新中国前夜的小山村

梁小明　闫志萍　张　磊／著

图书在版编目（CIP）数据

西柏坡：新中国前夜的小山村 / 梁小明，闫志萍，张磊著. —成都：天地出版社，2020.9（2021年5月重印）
ISBN 978-7-5455-5455-7

Ⅰ.①西… Ⅱ.①梁… ②闫… ③张… Ⅲ.①长篇小说–中国–当代 Ⅳ.①I247.5

中国版本图书馆CIP数据核字（2020）第027979号

XIBAIPO: XINZHONGGUO QIANYE DE XIAO SHANCUN
西柏坡：新中国前夜的小山村

出 品 人	杨　政
作　　者	梁小明　闫志萍　张　磊
责任编辑	杨永龙　李建波
封面设计	思想工社
内文排版	尚上文化
责任印制	王学锋
出版发行	天地出版社 （成都市槐树街2号 邮政编码：610014） （北京市方庄芳群园3区3号 邮政编码：100078）
网　　址	http://www.tiandiph.com
电子邮箱	tianditg@163.com
经　　销	新华文轩出版传媒股份有限公司
印　　刷	天津融正印刷有限公司
版　　次	2020年9月第1版
印　　次	2021年5月第5次印刷
开　　本	710mm×1000mm　1/16
印　　张	27.75
字　　数	384千字
定　　价	68.00元
书　　号	ISBN 978-7-5455-5455-7

版权所有◆违者必究

咨询电话：（028）87734639（总编室）
购书热线：（010）67693207（营销中心）

如有印装错误，请与本社联系调换。

▶ 在中国上下五千年的漫长岁月里，有很多充满戏剧性的片断，让人津津乐道，可如果不是到了二十世纪，如果没有中国共产党人，恐怕没有多少人敢想象，这样一个拥有九百多万平方公里土地、四万万人口的泱泱大国，有一天，它的命运会由一个默默无闻的小山村决定……

1

历史总是爱开玩笑的，在中国上下五千年的漫长岁月里，有很多充满戏剧性的片断，让人津津乐道，可如果不是到了二十世纪，如果没有中国共产党人，恐怕没有多少人敢想象，这样一个拥有九百多万平方公里土地、四万万人口的泱泱大国，有一天，它的命运会由一个默默无闻的小山村决定。

这个伟大而浪漫的故事要从一九四七年说起，要从距离这个小山村八百多公里外的革命圣地延安说起。自从一九四五年抗日战争胜利后，蒋介石的国民党政府不顾社会各界要求和平民主的呼声，一意孤行地开始为彻底消灭共产党、实现独裁统治积极准备，并终于在一九四六年六月调动三十万大军进攻中原解放区，全面内战就此爆发。为了结束内战，争取民主，中国共产党人与各民主党派人士一起努力，与国民党进行了多次谈判。但这一切都已阻止不了国民党人的独裁野心。在一九四七年三月举行的国民党六届三中全会上，蒋介石公开宣称，政治解决已经"绝望"，决心内战到底。由此，通过谈判解决争端、和平建国的大门已经被蒋介石彻底关闭了。

就在国民党六届三中全会召开的同时，一九四七年三月十八日，在经过了一连多日的飞机轰炸之后，国民党"西安绥靖公署主任"胡宗南，率十数万大军对延安发起了疯狂的地面进攻。只是这位"志大才疏"的"西北王"肯定想不到，从某种意义上讲，他吹响的其实是一场更大规模战争的号角。

这天,从一早起,延安城外的三十里铺就遭到了国军飞机的反复轰炸,到了午后,敌人的进攻更加猛烈了。据守的西北野战军战士进行着沉稳顽强的反击,战斗渐渐进入白热化,黄土高原的大地上到处是炮火摧残的疮痍。敌人的轰炸机顺着三十里铺通往延安城的官道一直向西北方向飞掠而去,那里有他们最重要的轰炸目标——王家坪,中共中央所在地。几乎同时,一匹快马从延安城里飞驰而出,穿过滚滚硝烟,同样向西北方向奔去。

马上的战士看上去二十多岁,一脸的灰尘都遮不住他焦急的神情。他叫陈开尧,是延安警备第三旅某连的连长。陈开尧本是河北平山县岗南村人,是老实巴交的庄稼人,他能参加革命来到延安,还得从他十六岁那年说起。

那年,有一回陈开尧上山砍柴,无意中捡到一只铜香炉,便拿到县城去换了钱。这事被当地的大地主吴有贵知道了,硬说那只香炉是陈开尧从他家宗祠里偷的,要他赔一百块大洋。其实这些都是幌子,吴有贵真正的目的在后面,如果陈家赔不出,便要他家在滹沱河边的两块稻田作抵。陈家求告无门,陈开尧的父亲陈大宽只好含冤将两块稻田抵给了吴有贵。陈开尧气不过,当晚闯进吴有贵家,砍伤了吴有贵后逃进了山里。

本来这一年父亲已经给陈开尧说下了亲事,可结果他媳妇没娶下,父亲却因此被拖累入狱。母亲激愤焦虑,一病不起,不久后就告别了人世,好好的一家人,就此家破人亡。也就是在这一年,卢沟桥事变爆发,日本帝国主义开始全面侵华。八路军第一二〇师第三五九旅的副旅长王震,派出刘道生等人来到平山洪子店村开展扩军工作,在"有人出人,有力出力,有钱出钱,有粮出粮"的号召下,平山地区掀起了轰轰烈烈的参军热潮,短短一个月零三天的时间里,就有一千五百名优秀的平山子弟报名参加八路军。逃进山里的陈开尧得知了消息,重新看到了人生的希望,从此投身到了革命的队伍。

陈开尧在中央军委所在的大院前翻身下马，也顾不上和院外执勤的警卫连战士叙旧，径直便向院内快步走去。到了会议室的窑洞门口，正犹豫着要不要敲门，警卫员金路恰好推门出来，看到他十分惊讶："陈连长，你不是在三十里铺吗，这咋回来了？"

"主席他们咋还没走呀？"

"这不是正开会嘛，都是团以上的干部，主席正给他们做思想工作呢。"

陈开尧掏出怀表看看，三十里铺前线的炮声又隐隐传来，他也顾不得那么多，伸手就去推门。金路赶忙阻拦："陈连长，你不能进去！"

"我是在执行彭老总的命令！"陈开尧一把推开金路，闯进了窑洞。

窑洞里济济一堂，坐满了穿着灰色军装的西北野战军指挥员，毛泽东站在众人之间，气定神闲地正在给众指挥员讲着："……吃了十年的小米饭，一下子要离开了，我这心里也舍不得啊！"

"主席，咱们不离开，跟胡宗南干！哪怕拼到最后一个人，也要保卫党中央，保卫延安！"

"对，跟胡宗南拼了！"

"胡宗南算个啥东西，又不是没打过交道，我们还怕他？延安是我们的，我们决不会放弃！"

一众指挥员斗志高昂，纷纷请缨出战。陈开尧看着这场面，就觉得自己的胸膛里也鼓鼓涨涨的，忍不住大声喊出来："主席，不能丢下延安，我们能守住，一定守得住！"

大家都奇怪地看过来，毛泽东也转过身来，见是陈开尧，这个曾经跟过自己五六年的警卫连连长，不由笑了："哦，是小陈啊，你这是从哪儿来呀？"

陈开尧立正敬礼，大声回答："报告主席，我从三十里铺前线赶来，奉彭老总之命，特来通知主席赶快撤离！"

毛泽东不紧不慢地擦着火柴点燃一根烟："那你告诉大家，三十里铺那边的情况怎么样啊？"

"不太好，敌人太多了，扛不了多久了，彭老总命令我赶回来，就是请主席快点撤离。"

毛泽东抽了一口烟，转身对众指挥员说："你们看，敌人兵力相当集中，十四万人哪，来势很凶啊，连小陈同志都说吃不下这一坨，怎么办呢？"

"主席，赶快走吧，三十里铺的战事非常吃紧，恐怕……我回来的时候发现十里铺也有敌人的便衣了，再不走怕就……"陈开尧焦急地说着。

毛泽东微笑地看着他："小陈啊，你刚才不是还说要守延安吗？怎么又说让我走呢？"

"主席，延安我们能守住，只要再有两个旅过来支援就一定能守住，不过您需要暂时撤离。"

"小陈，看来你也是保守派喽！"毛泽东笑着又说，"同志们哪，我军打仗，向来不看重一城一地的得失，而是要消灭敌人的有生力量。存人失地，人地皆存；存地失人，人地皆失呀。"

一位身材瘦高的干部站起来，满脸悲郁地说："可是，主席，延安是我们的根呀，这要是根都……"

毛泽东扔掉烟头，伸出右手比画着说："你们看，敌人现在是握着拳头的，占领延安之后他就要把指头伸开了，那时候我们就可以一个一个地切掉它。以后大家会看到，蒋介石占领延安绝不是胜利，反而是背上了包袱，是搬起石头砸自己的脚，他就要倒霉喽。"说着，他又重新点上一支烟，深深吸了一口，然后意味深长地看着大家，"你们回去要告诉同志们，少则一年，多则两年，我们就要回来，我们要用一个延安换取全中国，换取一个崭新的全中国！"

陈开尧心里犯急，又不敢出声催促，见旁边有机要人员在往外运着东西，就过去帮着抱起个书箱也往外运，一直抱到院子外的吉普车上放下。远处传来清晰的枪炮声，陈开尧一愣，转过身，一脸愁容地望着自己刚走出的窑洞。

金路从不远处走过来："主席还不肯走吧？"

陈开尧点了点头。金路露出一副苦脸："你还不知道主席啊，工作没安排好，他是不会先走的。陈连长，你不回前线了？"

"彭老总说了，让我看着主席走了再回去。对了，金路，周副主席他们走了吗？"

"都还没走，可能一会儿就过来了。"

两人正说着话，毛泽东从窑洞里走出来，身后陆续走出众位指挥员，一个个神情坚定，看上去应该是都想通了毛泽东的话。陈开尧快步走到毛泽东跟前，说："主席，快上车吧。"

"小陈，你吃了午饭没有？"毛泽东问。

"还没有。"

"好，那今天我就请你吃个饭，吃了饭我们再走。"

"啥？还……还要吃饭？主席……"陈开尧急得直想跺脚。

毛泽东笑着说："我把延安留给胡宗南，他总不能把我吃饭的权利也一起夺走啊？"一边说一边往窑洞里走。

陈开尧只好跟着走进窑洞，毛泽东让他在书桌旁的长凳上坐下来，自己也在旁边挨着坐下，摸出一支烟。陈开尧赶紧摸出火柴给他点燃，说："主席，彭老总让我……主席，我还要赶回前线向彭老总报告，您要是不走，我……我的任务就没有完成啊！"

毛泽东深深地吸了一口烟，岔转了话题，他问陈开尧："小陈同志，上回在中央礼堂看歌剧《白毛女》，我还记得你说过，你和白毛女是老乡，是不是呀？"

陈开尧不知道毛泽东为何说起这事，回答说："对，我们老家那边的人都说，白毛仙姑就出在我们平山县。天桂山上还有个白毛仙姑洞呢。主席，天快黑了，您……"

"想不想家乡啊？"毛泽东又问道。

"想。出来快十年了，哪能不想呢。"

毛泽东吸了一口烟又说:"你们平山县可是抗日模范县哪,出了很多战斗英雄,《新华日报》上有很多介绍你们平山县抗日的事情,你看过吗?"

"我看过,七七事变之后没多久,我们平山县就成立了'平山团',归三五九旅管,两千多人呢,清一色我们平山人。主席,我就是那时候来到咱队伍的。"

"我知道啊,我还知道你们平山有一个戎冠秀,是晋察冀子弟兵的母亲,是不是?"

"主席,您连这都知道?"陈开尧瞪大了眼睛。

"我怎么能不知道呢,人民群众为革命做出了贡献,不能忘了他们呀!"

陈开尧憨厚地笑着,不自觉地伸手去挠头:"戎冠秀和我们家还沾亲呢,她是后来嫁到下盘松村的,抗战以前她到我们家走过亲戚,我爹让我管她叫姑姥姥。"

"好啊,革命家庭嘛。正是有了千千万万个这样的革命家庭,晋察冀政府在那里才能站稳脚跟哪,你说是不是?"

门帘挑动,金路端着个盆进来。毛泽东笑着问:"这顿告别饭,让我吃什么呀?"

"饺子!冯班长说,出门的饺子进门的面,就要离开延安了,说什么也得让主席吃上一顿。"说着将一盆饺子放到桌上,饺子的香味四散开来。

毛泽东扭头看看陈开尧,笑着说:"小陈,你沾了我的光喽,你看,我们的炊事班就是不一样,比你沉得住气呀。来,小金,拿筷子来,我跟陈连长一起吃。"

陈开尧连忙摆手说:"不不,主席吃。我还是……"

"叫你吃你就吃嘛。"金路将筷子递给毛泽东与陈开尧:"陈连长,你就吃吧,吃饱了好上前线跟胡宗南干仗!"

"这就对喽,吃饱饭才能打仗,我也才能有劲跑路嘛。来,我们一起吃。"毛泽东夹起一个饺子津津有味地吃起来。

也说不上为什么,陈开尧就觉得自己心里好像踏实下来了,不再那么慌里慌张，肚子里的馋虫好像也活过来了。他夹起一个饺子，同样津津有味地吃起来。

准备出发的时候，天色已经彻底黑下来，密集的枪炮声更加近了，延安城上空腾起一片片的火光。陈开尧走到门口掀开门帘，毛泽东缓步走出窑洞，身后的金路赶忙把手里的棉大衣抖开，披在毛泽东身上。

"主席，上车吧。"陈开尧指着候在大院外的吉普车说。

"大娃娃（指李讷）他们撤了吗？"毛泽东问。

金路回答说："撤了，家属们在中午就全都撤走了，就剩下我们了。周副主席刚才派人来催我们尽快离开。"

"小金哪，咱们再等一会儿，你去把窑洞再打扫一下好不好？"

金路一愣："打扫……窑洞？"

毛泽东摸出香烟点燃，深情地看着窑洞说："来的都是客。人家辛辛苦苦打到延安来了，窑洞不干净怎么行啊？"看着一脸茫然的金路，毛泽东继续说，"不光要打扫干净，桌椅还要放端正，茶杯茶壶要摆整齐，我们要让胡宗南知道，这窑洞是我们的，这延安是我们的，我们还要回来的！"

毛泽东语气坚定，话音铿锵。金路打了个立正，大声回答说："是！"转身又喊上两个警卫员跑去窑洞内。毛泽东望着火光不断的延安城，渐渐流露出依依不舍的神情。作为党中央的主席，他有责任从大局出发做出决策，他有责任耐心细致地去做同志们的思想工作，但只有他自己心里最清楚，他对这片土地的热爱，远比任何人都更加强烈！从一九三五年十月十九日随陕甘支队一纵队到达陕北保安县的吴起镇算起，至今已经整整十一个年头有余，十一年多啊，四千多个日夜，四千多次的日升日落。在这十一年多时间里，从这片土地上燃起的星星之火，已经以无可阻挡之势燃遍了整个中华大地。现在，为了整个中国革命的胜利，就要暂时放弃这里了，毛泽东觉得，这好像是用刀子在他心头上剜肉一样呀。

望着毛泽东高大的身影，陈开尧的眼眶里不争气地涌出泪水，他用袖子狠狠抹了两把，走到近前，说："主席，您快上车吧，我……我的任务完成了，我要回前线去了，您可千万要保重身体呀！"

毛泽东把心思收回到眼前，看看陈开尧，笑了："你不用回去了。"

陈开尧一时没明白过来，诧异地说："啥？主席，我……"

毛泽东说："我已经让宋连长代替你去向彭老总报到了，你留下来，跟中央一起走。"

陈开尧连忙摆手，焦急地说："不，主席，我……我得回前线，我的战友们都还在战壕里，我哪能……"

"你这个小同志，我要批评你几句喽，除了上前线，保护党中央就没有意义吗？"

"不不，不是，我……主席，您让我回去吧，我得跟我的战友们在一起，我还得打胡宗南呢！"

"我就不是你的战友吗？再说，胡宗南就你小陈一个人打，我们别的战士就都不打胡宗南了，就任由他胡宗南来去自由了？"陈开尧涨得脸通红，不知怎么解释。毛泽东笑着又说："我说小陈，你是不是觉得跟我们这些中央的老头子们在一起，不如上前线打仗过瘾啊，对不对？"

"对……哦不，不对，我是说……"

金路和那两个警卫员这时从窑洞里出来了，毛泽东一挥手，说："好，我们出发！小陈啊，让你跟着中央走这是命令，你不能违抗命令啊，你不也一直催着我快走吗？好，咱们上车！"

毛泽东说完，走过去上车，陈开尧只好快步跟上。吉普车开动，渐渐远离军委大院，远离王家坪。毛泽东忍不住探出头来，再次回望火光闪耀的延安城，宝塔山巍巍耸立，延河曲折蜿蜒。车厢内，几个警卫员忍不住哭出声来。

2

清涧县枣林沟的一个窑洞里,陈开尧正捧着一个萝卜嘿嘿直笑,金路恰好进到窑洞来,看到他的样子好笑又好奇,陈开尧便把手上的萝卜递给他看。金路见萝卜中间被掏空了一块,里面是一汪黄乎乎的麻油,一根粗棉线浸在油中,竟是一盏精致的油灯。金路恍然大悟:"给主席的?"

"当然。"

两人走进主席的窑洞,毛泽东正在吃饭,任弼时拿着一份文件在白麻纸糊的窗口旁看着。这会儿已是黄昏,毛泽东吃的却是早饭。连日来昼夜行军让毛泽东的身体疲惫不堪,今天一躺到土炕上便睡着了,一直到黄昏前才醒。陈开尧把萝卜灯放在炕桌上,金路擦着火柴点燃棉线,棉线咻咻地燃烧着,冒出一股青烟,窑洞里一下子明亮起来。

毛泽东笑着问:"谁做的啊?"

陈开尧自豪地扬着头,金路说:"是陈连长,陈连长的办法特别多。"

陈开尧说:"主席说过的,非常时期,就要想非常办法。"

毛泽东笑着说:"你这个陈开尧就是鬼点子多,萝卜也能让你弄成灯,这倒不浪费,点完灯,我们还可以吃萝卜。弼时,有灯了,你过来坐着看吧。"

任弼时走过来,把文件扔在炕上,一脸愤怒地说:"这阎锡山真下得了手啊!"三个人都看向他,任弼时说:"山西文水县云周西村的妇救会秘书,叫刘胡兰,就义了,被铡刀……就在村口的麦场上,当着全村乡亲们的面，还……还不满十五岁……"

啪的一声，毛泽东将筷子拍在了炕桌上，愤怒地说："天作孽犹可恕，人作孽不可活，一个连十五岁的小姑娘都不放过的政府，不垮台，天将怒，人共愤，神鬼不容！"转而对陈开尧说，"小陈，拿纸笔来。"

陈开尧将笔墨纸砚端到炕桌上，金路已经将盘碗撤走。毛泽东拿起笔凝思了片刻，挥笔写下八个大字："生的伟大 死的光荣"。

陈开尧在旁看着，只觉得这几个字好像沉沉的，好像压到了自己的心头上，那么难受。毛泽东把笔递还他，悲愤地说道："这笔账要记下，新中国成立后，要告诉所有的后来人。"

门吱呀一声开了，一股冷风卷着飞雪飘了进来，朱德和刘少奇一起出现在门口。朱德笑着说："哟，主席，你这一觉可睡得好呀，超过正常的醒点都两个钟头喽。"

朱德的话引得众人都笑起来，大家悲愤的情绪也稍微平复了些。毛泽东笑着回应："是呀，这两个钟头让我做了个好梦，我梦见咱们又回到了王家坪，正就着辣子吃小米饭呢。"

朱德说："主席，那你就多做好梦吧，二十四号你做了个好梦，第二天彭老总在青化砭就消灭了胡宗南三十一旅主力，你再多做它几个好梦，胡宗南的十几万部队很快就都报销啦！"

众人又是一阵大笑。陈开尧和金路晓得几大书记要谈重要的问题，收拾起笔墨和盘碗往外走去。走到门口，朱德拍了陈开尧的肩膀一下，说："哎，陈开尧？你不是在前线吗，怎么会在这里？"

陈开尧站定，回答说："报告总司令，主席让我留下来保卫中央！"

"哦，是主席亲自点将啊。"

"我也不知道是为什么，其实，我……我……"

"还想上前线，是不是？"

"是！总司令、刘副主席，你们能不能跟主席商量一下，把宋连长调回来，让我还回前线啊？"

朱德故作思索地说:"嗯,我看陈开尧同志提出的这个问题,可以列入今天的会议议程。刘副主席,你说呢?"

刘少奇笑而不答。陈开尧挠挠头,一脸窘迫地说:"总司令,您还拿我开玩笑,我就是……唉。"转身出门追金路去了。

陈开尧的萝卜灯远比他要幸运,他要求回前线的事情当然没有列入会议议程,但他做的萝卜灯却见证了一个历史性的时刻,影响中国命运的枣林沟会议就是在这样一间破窑洞内进行的,毛泽东等人在油灯下展开了热烈的争论。

争论的焦点是关于中央机关的去向问题。任弼时手捏着一支香烟在鼻子下嗅着,他说:"主席不是反复强调,存人失地、人地皆存,存地失人、人地皆失吗?我们既然能够放弃延安,就也可以放弃陕北,这道理是一样的。"

毛泽东眉头紧皱,看向朱德,说:"朱老总,你的意见呢?"

朱德咳嗽了两声,说:"我同意弼时的意见。黄河以东还有不少根据地,中央可以到晋绥,再远一点还可以到晋察冀,甚至可以到晋冀鲁豫嘛。"

毛泽东又看向刘少奇。刘少奇站起来,吸了一口烟,不紧不慢地说:"晋绥、晋察冀和晋冀鲁豫都是老解放区,基础好,底子也厚,有利于中央的工作。"

毛泽东看了三人一眼,闷头吸烟。任弼时又开口说:"朱老总与少奇都表达了意见,恩来不在,不过我想他也是这个意思。主席不是反复强调,要用延安换取一个新中国吗?离开陕北,到其他解放区建立指挥中心也是可以的……"

刘少奇插话说:"但是,我们离开陕北这里面有一个政治影响的问题,要是离开了陕北,蒋介石就更有文章可做了。"

毛泽东站起来,冲着刘少奇点了点头,说:"对呀,少奇说到了点子上,不仅仅是蒋介石要大做文章,对我们自己的士气也会产生很不利的影响。"

任弼时将烟卷叼在嘴里，划着火柴点燃，猛地吸了一口，说："我也明白，撤离陕北会对我们的士气产生不利影响，但这可以通过做思想工作加以解决。撤离延安的时候大家心里不也想不通吗？现在撤出来了，也没有造成很大的混乱嘛。至于蒋介石，他这些年做的文章还少吗？按他的说法，你老毛已经死过好多次了，不是还活得好好的吗？"

毛泽东看了任弼时一眼，说："弼时呀，除了政治上的影响，军事上也要全盘考虑，如果我们离开了陕北，那谁来对付胡宗南？他就可以把部队调到其他地方，这对全国的形势不利嘛。"

任弼时说："这个我也考虑过，但总不能用中央来拖住胡宗南吧？这未免也太……"

毛泽东在炕沿上摁灭烟头，大声说："我就是这个意思！"其他三人都一脸疑惑地看着他。毛泽东接着解释说："不错，我是说过存地失人、人地皆失，存人失地、人地皆存。可最重要的前提是要存人呀。胡宗南把部队调到其他地方，我们的部队怎么办？人都不存了，还谈什么人地皆存？所以，我不能走，最好中央也不走，留在陕北，就可以拖住胡宗南，别的地方就可以好好地打胜仗，我们部队就可以保存下来。我留在陕北，中央留在陕北，可以拖住他几十万人，何乐而不为呢？"

任弼时当即反对说："我不同意，你说的只是问题的一个方面。这次胡宗南进犯延安，来势汹汹，志在必得，中央留在陕北，面临的困难将是空前的，危险是巨大的，如果中央都不存在了，其他什么都谈不上了。"

毛泽东又摸出一根烟，叼在嘴上，说："弼时同志过于悲观了，中央留在陕北就必然遭遇灭顶之灾？没有这个道理嘛。陕甘宁边区这么大，地形险要，群众基础好，足够我们和胡宗南周旋的了。大路朝天，各走一边。我们就是要用蘑菇战术，紧紧抓住胡宗南的两只拳头，把他拖住、拖垮，把他放到石碾子上，慢慢地碾，把他碾碎。"

任弼时扔下烟头，踩灭，说："这太冒险了，不怕一万，就怕万一。主席，我只想问一句，要是中央出了问题，主席你出了问题，我们如何向全党同志交代？"

毛泽东也针锋相对地说："弼时，我也要问你一个问题，要是我们不敢承担责任，敌人一来就往东跑，那又如何向全党同志交代？"

任弼时一时语塞，说："这……"他看了看朱德与刘少奇，又说，"不管怎么说，我坚持自己的意见，如果表决的话，我投反对票。"

刘少奇忙说："弼时同志，不要着急嘛，主席说的不错，不过弼时同志说的也不是没有道理。从全局出发，我也认为还是应该渡过黄河。"

毛泽东扭头看向朱德，说："老总，你呢？也投反对票？"

朱德微笑着说："我同意弼时同志的意见，避其锋芒嘛，谈不上不负责任。留得青山在，不怕没柴烧。"

毛泽东看着众人，苦笑了一下，坐在炕沿上，说："看起来，我是少数派喽。不过，有时候真理就掌握在少数派的手里，我要坚持我的观点，你们谁要走尽管走好了，反正我是不走的。"

毛泽东这话声音不大，但语气却是不容置疑。刘少奇等三人面面相觑，都皱起了眉头。任弼时激动地站起来，说："毛泽东同志，我们党少数服从多数的组织原则还算不算数？常委会形成的决议你还要不要遵守？"

刘少奇赶紧拉了拉任弼时的衣襟："弼时，你先坐下，慢慢……"

任弼时看着毛泽东，语气坚决地说："不行，我要把话说完！毛泽东同志，你说你不怕死，从参加革命那一天起就已经把生死置之度外，可是，我要问你，这仅仅是你个人生死的事吗？不要忘了，你是中国共产党的主席！"

啪的一声，毛泽东一拍桌子站起，同样激动地说："正因为我是党的主席，所以我才要留在陕北！"

啪又是一声，任弼时也拍了一下桌子，毫不示弱："如果形成了决议，你不走也不行，让战士们……不，我亲自背着你走！"

毛泽东有些吃惊地看着任弼时，他想不到这件事上任弼时与自己有这么大的分歧，先前不论是在五大书记的会议还是政治局的会议上，任弼时总是能非常理解自己的提议，总是能把自己的提议往深处引导、发挥，他从没想过任弼时会这么立场强硬地反对自己的意见。毛泽东说："弼时，你……你太意气用事了。"

任弼时不明白，一贯善于听从别人建议的毛泽东，怎么此刻变得这么固执，他也说道："你才是意气用事！"

朱德这会儿开了口，说："大家不要争吵嘛，主席和弼时说的都有一定的道理，看来一时谁也说服不了谁。我倒是有个建议，你们看行不行。"众人都把期待的目光投向朱德，朱德继续说，"中央留在陕北，万一出了危险，确实无法向全党交代，但要是离开陕北，政治与军事上的影响也很大。难以两全的情况下，能不能把中央一分为二，一部分留在陕北，另一部分东渡黄河？主席要留在陕北，那就留下，我跟着主席，弼时同志主张离开陕北，那就离开。我们在陕北出了问题，中央还是存在的嘛，工作不会受到影响。"

朱德的话一下子打开了大家的思路，几个人的眉头都舒展开了。毛泽东笑着说："朱老总的意见好呀，这倒不失为一个两全其美的办法，人员搭配上也要考虑，要有文有武。"

任弼时说："我同意。我留下来，我看恩来也留下来，朱老总岁数大了，让朱老总跟少奇走，董老要到太行去参加华北财经工作会议，也可以一起走。"

朱德笑着说："弼时，你这话我可不爱听呀，我是比你们大了几岁，可我的身体要比你好啊。"

刘少奇说："弼时同志，你身体不好，你走吧，我留下。"

毛泽东说："朱老总年纪最大，应该离开，负责军事。弼时，你的高血压一直不见好，我建议你和老总一起走，负责政治。"

任弼时反驳说："那怎么行？离开陕北是我提出来的，我怎么能走呢？我要留下。"

刘少奇说:"弼时,我们都知道你考虑的是主席和中央的安危,没人会想你……"

毛泽东插话说:"弼时同志的脾气我们是了解的,这种时候你让他走,他是不会走的。我看这样吧,我、恩来和弼时留下,朱老总,你和少奇,还有董老,你们到黄河以东开辟工作,怎么样啊?"

刘少奇说:"好,这下我们的任务就更明确了,不过还是让弼时同志跟朱老总……"

毛泽东摆了摆手,说:"少奇同志,我看就不要争了,我的考虑是有道理的,土改工作一直是你负责的,全国土地工作会议还是要开的嘛,你留在陕北,只怕连个会场也找不着啊!"

任弼时说:"对,少奇同志,土地改革关系到我们能不能夺取全国胜利,担子也不轻啊。"

刘少奇看了看朱德,朱德也向他轻轻地点点头。刘少奇说:"好吧,主席,我跟朱老总、董老过黄河。"

一项决定中国命运的决议就以这样的一种方式诞生了,毛泽东、周恩来、任弼时继续转战陕北,率领部分中央机关组成中央前委;朱德、刘少奇、董必武率领另一部分中央机关组成中央工委,到黄河以东寻找新的中央所在地并开展工作。

所谓民主,就是妥协的艺术。毛泽东身为党的主席,他有坚持也有妥协,而其他书记也能坚持己见,并提出不同意见与解决方案,这种民主与集中的结合,是中国共产党能够取得全国胜利的基石。

3

四月初的吕梁山春色正浓，山坡上，道路旁，一丛丛淡紫色的丁香花，细细碎碎地开放着。

一位老农步履蹒跚地走在山路上，忽然听到身后传来奇怪的声音，回头看去，一辆吉普车远远地驶来。

陈开尧就坐在刘少奇的吉普车上，一脸愁闷地望着车窗外。刘少奇很奇怪这个小伙子在愁些什么，好像他身上肩负的担子比自己的都要沉重。不过这会儿刘少奇的胃病发作得厉害，也顾不及询问他。拐过一个弯，吉普车更加颠簸起来，刘少奇就觉得胃更疼了，额头上已经冒出一层冷汗，他忍不住捂着胃弯下腰去。陈开尧看到刘少奇这么痛苦的样子，着急地问："刘副主席，怎么了，又疼了？要不歇歇吧？"

刘少奇摆摆手说："我没事儿，不用歇。"

陈开尧拿过一块白毛巾给他擦汗，边擦边说："刘副主席，我看还是歇一会儿再走吧，找个人家，我给您热个暖水袋。"

"不要紧，我们还是早点赶往县城，不然朱老总要等急了。"

由于前一天晚上在神木县给当地土改干部开会，所以刘少奇并没有与朱德同行，他们约定今天在兴县县城会合。这疼痛好像波浪一样，终于又翻过了浪头，缓和下来，刘少奇长出了一口气，慢慢靠到座椅上。看到陈开尧着急的样子，刘少奇笑了："小陈啊，我问问你，你有什么不开心的吗？还是哪个欺负你了？跟我说说。"

陈开尧说:"我不说,跟您说了也没用,您也管不了,那人比您官大。"

刘少奇乐出了声,说:"你说的是主席吧?你跟我说说,我可以给你评评理嘛。他主席怎么了?主席也不能欺负革命同志嘛。"

陈开尧说:"您看,我本来是应该回前线打胡宗南的,主席不让我去,说是命令,让我留下来保护中央,我留下来了,这才几天啊,主席又让我跟您去河东的解放区。刘副主席,我是解放军战士啊,这离前线越来越远了,我……我还能干什么啊?"

刘少奇笑着说:"小陈啊,这我倒要批评你几句了,你以为去后方就没有事做吗,那我过去是干什么的啊?主席让你跟我走,是有他的考虑的,过些天你就知道了,前面可有艰巨的任务等着你呢。"

司机这时摁响了喇叭,车前一位老农缓慢地往路边挪去。老农有些驼背,头上扎着一块白毛巾,背上背着一个带补丁的洋面口袋,手里还拄着根木棍,行动十分缓慢。车刚驶过老农身旁,刘少奇喊司机停了车,下车朝老农走来。

刘少奇问:"老人家,你这是去哪里啊?"

"回家。"老农回答说。

刘少奇又问:"远吗?"

"不远,还有十来里地吧。"

"十来里地还不远啊?天这么冷,路又不好走,老人家,上车吧,送你一段。"

老农忙摆手说:"不用不用,地下走着暖和。"

"天快黑了,要是摔着了可就不好了,老人家,还是上车吧。"

老农犹豫了一下,说:"这……好吧,没想到我这辈子还能坐上这机器车哩!"

车上,刘少奇和老农拉开了家常。老农今年也不过五十二岁,只是山区过于艰辛的生活让他过早地苍老了。刘少奇想到了陕北的农民,想到了整个中华大地上仍然贫苦着的农民。刘少奇问老农:"老人家,你们村的土改进行得怎么样啊？"

刘少奇的话让老农甚是讶异，说："土改？甚是个土改？"

刘少奇解释说："土改就是土地改革，就是……就是把地主老财的土地分给贫苦农民，让大家都有地种。"

老农一脸惊诧地瞪着刘少奇，说："啥？把地主老财的地……我说八路首长，你说笑嘞，逗我嘞，天底下能有这样的好事儿吗？"

刘少奇也是讶异，问："怎么，你们村还没有进行土改吗？"

老农摇头说："没哩，这种好事儿哪能轮到咱头上。"

刘少奇皱起了眉头，显然这个地区并没有开展土改工作，至少还没有大范围地开展。之前在岢岚听土改工作组汇报的时候，得到的信息是大部分地区已经开始土改，而就在岢岚南边的兴县竟然是这样的一个局面，这不由得让他对这份汇报产生了怀疑。自从一九四六年中央下发《关于土地问题的指示》（又称"五四指示"），到今天已经近一年的时间了，土改的工作进展竟如此缓慢，这是令刘少奇万万没有想到的。

刘少奇问道："这么说，您现在还种着地主家的地呢？"

"可不是咋的……"老农指着脚下的洋面口袋说，"这不，刚去东家借了种子，准备种哩。"

"这一年的地种下来，交了租子，家里人还够吃吗？"

"够啥哩！不到年根儿下就断顿儿了，找东家借了一百斤高粱，掺和着野菜、榆树皮，凑合吃到现在，又快没了。"

刘少奇轻轻地叹了一口气，说："老人家，你家是哪个村的？离兴县县城远吗？"

老农说："不远，紧挨着哩，就前边十二里铺。"

刘少奇对陈开尧说："小陈，我暂时先不进县城了，你进县城跟朱老总说一声，让县委的干部去十二里铺找我。"

朱德与兴县县委的几个干部来到老农家里的时候，刘少奇正坐在木墩子上,手里捧着一碗黑乎乎的菜粥。见众人来了,刘少奇忙站起来,招呼大家坐下,然后说:"老总,你怎么也跟着过来了?"

朱德笑着说:"你胡服(刘少奇的化名)同志不去县城,我想肯定有事儿,我能不来吗?"

刘少奇问道:"你们吃了吗?"

朱德晓得刘少奇的用意,说道:"还没呢。"转而对老农说,"老哥,还有这菜粥吗?我也饿了哩。"

老农说:"有,有的是。不过,你们大老远地来我家,让你们吃这个,我……"说着脸上露出一丝不安。

朱德说:"老哥,这饭不赖呢,当年我们长征的时候可吃不到这个。"又对陈开尧说,"小陈,盛饭,一人来一大碗。"

陈开尧答应着,从一口黑黢黢的锅里盛了几碗菜粥递给朱德等人。一名县委干部看着碗里黑乎乎的东西,感觉一阵恶心,急忙说:"首长,这……"

其他几个县委干部也显得惶恐不安。刘少奇说:"你们吃呀,怎么,吃不下吗?"

几个县委干部连忙否认,吸溜了起来。刘少奇看了众干部一眼,严肃地说:"同志们,把你们叫来,是想让你们知道老百姓在吃什么,让你们真切地体验一下农民们的生活有多苦。同志们,晋绥是老区呀,老根据地呀,可我们的土改进行得如何呢?进村以后,我走访了几家,他们连'土改'这个词都没有听说过,我们的工作是怎么做的?中央的部署还有没有用?'五四指示'还要不要贯彻执行?!"

朱德补充说:"同志们,这是个很严重的问题呀,土改不是在县城指挥指挥就能开展的,要深入下去才行呀!"

两位首长的话绵里藏针,刺得几名县委干部脸上又红又疼,他们也都认识到了自己的错误,相继诚恳表态会深入学习土改政策,并坚决贯彻下去。

刘少奇在向老农告别时，把几张陕甘宁边币作为饭钱放在老农手里。老农再三推让，还是拗不过刘少奇，只好收下了。刘少奇对老农说："老人家，别忘了我刚才的话，要不了多长时间，咱天底下的农民就都能有自己的地了。"

"真要那样，我们可是前辈子修下了福啊！"

朱德笑着说："老哥，不是前辈子修下的福，这是共产党的主张。"

老农激动地说："共产党好，好呀，能给我们庄户人家分地。好人们，等收了秋再来吧，那时候让你们吃高粱饭，保证管饱！"

前往县城的路上，刘少奇与朱德讨论着如何更加彻底深入地进行土改工作。朱德认为，当务之急要赶紧召开全国范围的土改工作会议，要把问题总结出来，把中央的要求贯彻下去，只有这样才能保证全国解放战争的胜利。刘少奇表示赞同。身后的陈开尧望着两个人不停讨论的精神劲儿，奇怪他们怎么都不觉得累。他又想起刘副主席说的，主席让自己来河东，是给自己安排了一个艰巨的任务。陈开尧心里不免一阵激动，又是一阵担忧。

4

雁门关两侧的长城，巨龙一样随着山脊蜿蜒，然而几百年前，它没能挡住蒙古人的铁蹄，几百年后，它也依然没能阻住日本人的枪炮，那破败的砖墙，仿佛已经凝固成了中国人心头的疮疤。

代县县城就在雁门关所在的山梁之下，朱德、刘少奇、董必武一行正从城门洞下穿过。看着门洞斑驳的青砖，朱德感叹说："天下九塞，雁门为首啊，可惜时间太紧，我们去不成雁门关喽。"

陈开尧说："等打败了蒋介石，整个中国都是咱的了，那时候老总想去哪儿就去哪儿。"

朱德笑着说："说得对呀，就为了这个心愿，也要打败蒋介石，解放全中国。"

董必武说："是呀，解放了全中国我们就可以到处走走了，可要是没有统一的货币，我们也还是寸步难行呀！"

董必武讲这话是有原因的。前两天在兴县县城的时候，陈开尧就惹了场麻烦，他看刘少奇水杯的把儿都掉了，用着太不方便，就敛了敛自己的零用钱，去集市上想给刘少奇买个搪瓷缸子。可没想到杂货铺老板接过他递去的陕甘宁边币，看了没两眼就一把撕烂扔在地上，还指责陈开尧拿纸钱来糊弄人。陈开尧眼见自己辛辛苦苦攒起来的钱被人一下子毁了，心疼得忍不住和杂货铺老板大吵起来，要不是还记着部队的纪律，陈开尧都想挥拳头了。事情闹得很大，很多百姓围观，直到刘少奇赶到，问清了情况，把陕甘宁边币兑换成晋绥边币付给了人家，这才把陈开尧领走。回来后，刘少奇先狠狠地批评了陈开尧，指出他对老乡的态度不对，要认真反省，然后又感谢他还惦记着自己，感谢他把自己的积蓄掏出来给自己买水杯。弄得陈开尧哭了好几次，先是委屈的眼泪，又是后悔的眼泪，最后是感动的眼泪。等陈开尧哭够了，刘少奇给他安排了个任务，算是将功补过——让他去十二里铺那位老农家里一趟，给人家送过去这边使用的晋绥边币和五斤小米："咱上次给的钱不能用，咱可不能坑了老乡啊，他们已经过得太不容易了！"

刘少奇接着董老的话说："各解放区发展不平衡，经济方面也有好有差，统一货币可能会遇到一些阻力。要把统一货币的意义给将来参会的代表们讲清楚，把中央的决心传达下去，思想要统一，一切为了最后的大反攻，一切为了建立新中国。"

董必武说："这方面我会做工作。刚才你说的要尽快成立华北财经办事处，我看是个解决的办法。在人选上我是这样考虑的，第一要精干，机构不能臃肿；第二要照顾到各个解放区。"

刘少奇说："我同意，中央决定由您出任华北财办主任，通知已经发下去了，一波、汉宸他们有了回电，表示赞同。现在各解放区的代表都已经到了馆陶镇，只等董老您了。"

"既然这样，我看让一波他们先把会开起来，不必专门等我嘛。这路上还不知道要走多长时间，那么多代表等着我，不好嘛。"

刘少奇思忖了一下，说："这倒是个好办法，我请示一下中央，让他们先开会，边开边等。董老，您去了以后，再把中央的意思向大家详细明确地解释一下，一定要让大家意识到统一财经工作的重要性啊。"

午后，朱德喊上陈开尧陪他去市面上查看民情。路过一处城隍庙时，他们看见一个衣衫褴褛的姑娘正跪在街旁，不住地向来往行人磕着头。姑娘看上去约莫十六七岁，头上插着一根麦秸，身旁是一张草席，草席的下部露出一双乌青的脚，草席前摆着张纸，纸上写着"卖身葬母"四个字。

看到这个情景，陈开尧就觉得眼窝酸酸的，忽然想起了受自己拖累而故去的娘，不自觉走过去，把兜里仅有的几张兑换来的晋绥边币掏出来，整了整，放在姑娘身边。姑娘停住了磕拜，仰起头，用一双清亮的大眼睛看着陈开尧。陈开尧难过地说道："对不起，我……我只有这么一点……"

陈开尧受不了姑娘的眼神，匆匆返回到朱德身边。朱德看着他垂头难过的样子，微笑着伸手在他肩膀上拍了拍，然后拉着他又朝姑娘走去。陈开尧领会，脸上立时转悲为喜。

看到朱德慈祥的笑容和关爱的眼神，那位姑娘反而更难抑制住自己的悲痛，一双大眼睛又涌出了泪水："大爷，我娘没了，我没钱给她买棺材，您能不能帮帮我……"

朱德一边伸手去扶姑娘，一边说："孩子，先起来吧，起来说，地上太凉，会把腿弄坏的。"

姑娘躲着朱德的手，说："大爷，求求您了，帮帮我吧，我想把娘葬了，不想让她还受这天寒地冻的。您要是帮了我，我给您做丫鬟，做奴隶，一辈子当牛做马报答您……"

朱德把姑娘头上的麦秸取下扔掉，说："好孩子，起来吧，起来说。"

姑娘在地上又连磕了好几个头才起来。朱德问："孩子，你叫什么名字？"

姑娘轻轻啜泣着说："我没大名，娘从小叫我二丫。"

朱德拿出一些钱交给陈开尧，说："小陈，你跑一趟吧，帮着买口棺材，再找人帮这孩子把丧事办了。"

姑娘扑通一声又跪下了，连连磕头，嘴里不住说着"谢谢大爷，谢谢大爷"，声音里都是哭腔。朱德连忙又去扶她。陈开尧别过头去，偷偷擦了一下眼角。

谁也没想到，第二天朱德、刘少奇一行要出发离开代县的时候，这小姑娘又跪在了县委大院门前。一看见朱德出来，姑娘便不住地磕起头来，朱德忙上前又一次把姑娘扶起来。刘少奇看着哭成泪人的二丫有些诧异，陈开尧忙把昨天的事情大致向他讲了。

二丫哭着向朱德说："大爷，您收下我吧，我勤快，洗衣裳、做饭都会，地里的活也都会，您只管使唤，我保证不叫屈，真的。"

朱德宽厚地笑着："孩子，先不说这个，饿了吧？"一边回头招呼陈开尧，"小陈，拿点干粮过来。"

陈开尧没想到自己一时多事，反而给老总引来这么大麻烦，心里很有些恼火，走过来把干粮递给二丫，说："吃吧，吃完赶紧走吧，别老给别人添麻烦！"

二丫瞪大了眼睛看着陈开尧，没有伸手去接干粮。朱德瞪了陈开尧一眼，说："小陈，怎么说话呢！"转过来又对二丫说，"孩子，听我说。我可不是什么地主老财，要使唤丫头干啥啊？你还是吃了东西回去吧。"

二丫看看朱德，又看看陈开尧手里的干粮，说："大爷，您不要我，这饭我不能吃。"

朱德皱起了眉头，说："孩子，我跟你说啊，我们是革命的队伍，是帮着穷苦人打天下的，不能带使唤丫头。"

二丫说："大爷，我就是劳苦人，我也跟着你们打天下。"

"不行，你还太小，干革命要吃很多苦，你不能……"

"我不怕吃苦，我从小就能吃苦。"

朱德苦笑着，不知道该拿这个执拗的姑娘怎么办。二丫目不转睛地望着朱德，眼里慢慢又涌出了泪水，她哭着说："大爷，您就收下我吧，俺娘没了，家里也没别人了，我也不知道该去哪好……您收下我，我真的当牛做马伺候您……"

刘少奇这时插口说："老总，我看就留下她吧。"

董必武也附和地说："是呀，留下吧，怪可怜的。"

朱德笑了："好，既然你们二位都说留下，那就留下吧。小陈，咱们炊事班缺不缺人呀？"

二丫又哭着跪到了地上，正要磕头，朱德忙将她拦住，说："把你留下了，往后我们就是同志了，可不能再动不动就磕头喽，不然人家还以为我要做土豪劣绅呢！"

大家都笑了，二丫也忍不住笑出来。只有陈开尧一个人在旁黑着个脸。二丫从他手里抢一样拿过干粮，又冲他做了个鬼脸，随即狼吞虎咽地吃起来。

5

过了繁峙县城便进入到太行山区，这一带山路狭窄陡峭，吉普车不便前行，朱德、刘少奇等人换乘了马匹，在蜿蜒的羊肠小路上行进。春日的太行山风光旖旎，山路两侧的灌木间盛开着各种不知名的花朵，鸟鸣啾啾，花香阵阵，令人心胸为之开阔起来。

翻过一个山头来到山下，见一条小河淙淙流淌，顺着山势向南蜿蜒。河面不甚宽，几根粗木支起数块木板横在河面上，便是一座桥了。朱德先行骑马从桥上过去，刘少奇骑着马跟着踏上了桥面。行走至桥中段，桥身突然摇晃起来，发出嘎巴嘎巴的响声。刘少奇脸色一凛，正要勒马退后，就听身后陈开尧大喊："刘副主席，小心，勒住缰绳，下马……"

朱德听到喊声，转身向桥上望去，就见桥身晃得更加厉害了，当下急切地喊道："少奇，下马，先下马……"

桥面晃动使得刘少奇胯下的马恐慌起来，奋蹄前行，没走两步，轰隆一声巨响，桥面断裂，刘少奇连人带马翻入河中。眼见刘少奇跌落，陈开尧当即跳入河中，几个警卫员战士也跟随着跳下，大家七手八脚地将刘少奇抬上岸边。朱德急忙走过来。

陈开尧一边安排旁边的警卫员去寻找人家，一边迅速脱下了刘少奇身上湿漉漉的棉袄。朱德脱下自己的棉袄给刘少奇披上，自己身上就只剩下了一件单布衫。刘少奇过意不去，挣扎着起身要把棉袄还给朱德。

朱德笑着，并不去接棉袄，说："怎么样，没摔着吧？"

刘少奇俯身揉揉膝盖，又迈腿走了两步，回头笑着说："老总你看，我这身子骨还可以吧，一点事都没有哩！"两人相对而笑。

这边陈开尧已经把自己的棉袄脱了下来，递给朱德："朱老总，您穿我的，就湿了一点，能穿。"

朱德板起脸来看着陈开尧，说："陈开尧，我命令你，赶紧把棉袄穿上！"

陈开尧犹豫着不肯穿，还要递给朱德。这时候跑去寻找人家的警卫员回来了，报告说前面不远就有个村子。朱德把手一挥，说："好喽好喽，咱们走，去找户人家烤烤火，让大家都暖和暖和。"

陈开尧拎着件棉袄走进一户人家的厢房，就见这房内除了靠墙的一盘土炕别无他物。炕上放着一个火盆，里面炭火已经烧过了劲儿，微红的木炭上积了厚厚的一层灰。刘少奇裹着大衣坐在炕角，脸色还有些发青，身子微微颤抖着，手里正捧着一份文件在看。

陈开尧走到炕边将棉袄递给刘少奇，说："刘副主席，您先穿这件吧。"

刘少奇就着火光看了眼棉袄，发现并不是军服，诧异地问："小陈，这棉袄是哪来的啊？"

陈开尧说："老乡家里借的，您先凑合着穿吧。"

刘少奇有些不悦地看着陈开尧，说："你这事情办得可不好，你借了人家的棉袄，人家还有的穿吗？"

"有，这是老乡给他儿子做的，他儿子现在在杨得志司令员的部队上当兵呢！"

"哦，"刘少奇这才把棉袄穿上，一边说，"那等我的棉袄干了，你赶紧给人家还回去，一定要代我好好谢谢人家。"

陈开尧应了声是，正要走又被刘少奇叫住。刘少奇说："对了，桥是我们踩断的，得赶紧给老乡们修起来，要不老百姓可就过不了河了。"

陈开尧笑着说："刘副主席，您只管养好自己的身体吧，别再操心这个了，朱老总早就带人去找木料修了。"

刘少奇笑着点了点头，摆手要陈开尧出去了。陈开尧前脚刚走，二丫领着一位六七十岁的老乡就进来了。二丫手里端着一个粗瓷大碗，碗里冒着腾腾的热气儿，说："刘副主席，大爷给您送姜汤来了，说给您驱驱寒。"

刘少奇接过大碗，感激地对老乡说："大爷，谢谢您。"

老乡说："那座桥早就坏了，我们也不知道你们来，要不……唉，都怪王老财，贪了大伙儿修桥的钱，找了几块破木板子糊弄我们，害得我们过河都得绕到五里洼去。"

刘少奇眉头紧锁，说："这个王老财是个地主吧？"

"可不是，村里架桥、修路的事儿都是他张罗，可没一件事儿给办好了，大伙儿也不敢说个啥，谁让咱欠人家的租子呢？唉……"

"这么说，你们村还没有土改工作组进来？"

"来了，不过……"

老乡欲言又止，神情似乎有些顾虑。二丫在旁边说："大爷，有什么您就说吧，咱这儿是解放区，有共产党给咱说理，什么都不用怕！"

刘少奇也看着老乡，真诚地说："大爷，您说吧，不要有什么顾虑。"

老乡犹豫了片刻，说："共产党好是好，可是……唉，算了，不说了，我去给你们做饭去。"

说完转身要走，二丫却伸手拽住了他，说："大爷，让您说您咋不说呢？您不说，咋知道你们有委屈呢？共产党是咱老百姓的党，是帮着咱老百姓的，有什么您说出来，共产党一定会给咱做主的！"

刘少奇朝二丫鼓励地点点头。老乡看了二丫一眼，又看了看刘少奇，说："好，那我就说。王老财把西大仓的那十亩旱地让出来以后，工作组就给他开了个开明地主的条条，没啥事儿了。西大仓的那十亩旱地是盐碱地，啥都种不了，这不是骗……唉，土改土改，不如不改，闹腾了半天地主还是地主，佃户还是佃户，真不知道闹球个甚！"

刘少奇的眉头紧紧皱了起来，他想不到自己策划主持的土改工作竟然得到了这样一个评价。当然，更让他痛心的是各地的工作进展情况这么不理想，和中央要求的目标差距这么大。他问老乡："大爷，那工作组就没去那块地儿看看？"

"去没去咱不知道，反正是待了三五天就走了。首长，该说的话我都说了，您歇着吧，我先走了。"

老乡说完转身出去，二丫忙过去搀扶着。刘少奇看着老乡的背影，神情渐渐凝重起来。

第二天队伍并没有继续前行，朱德、刘少奇召集当地县委和土改工作组的各级干部们开了个会。会上，刘少奇详细地给大家讲解中央"五四指示"的精神，耐心地回答了大家提出来的问题，同时也严厉地指出了大家犯下的一些错误。

会议是下午在县委驻地召开的，开到后段，刘少奇不时把手放到肚子上轻轻揉着。一旁的陈开尧看在眼里，急在心上，他知道刘副主席的胃病又犯了，匆忙离开会场，赶去西厢房，想给刘少奇冲杯热茶暖暖胃。二丫这会儿正在房内打扫卫生，看到陈开尧匆匆忙忙闯进来，一时心慌，手里擦着的茶杯啪嚓一声落在地上，碎了一地。

二丫哎呀一声，忙蹲下去捡。陈开尧没好气地嘟囔了一句："就会添麻烦！"等再看见碎瓷片上隐约可见的红字，陈开尧眼睛都瞪直了，"二丫！你……你这是把朱老总的茶缸给打了是不？"

二丫惶恐地看着他，话已说不利索："我……我……"

"你……你说你啊，挺大个闺女了，咋尽干砸锅的事儿！你知道朱老总有多喜欢这茶缸吗？！"

二丫嗫嚅着说："我……我……我赔……"

"你赔？你拿啥赔，你赔得起吗？！你知道这茶缸是怎么来的吗？这是当年叶挺叶军长送给朱老总的！叶军长你知道吗？朱老总常看着它怀念叶军长的，你知道吗？！没想到……没想到就这么毁在你手里了！"

二丫低头拾捡着碎瓷片,边捡边轻轻地抽泣起来。

"你咋就没个脑子!你看这……"

正说着,门外突然响起了朱德的声音:"我当是啥子事情,原来就是打了茶缸嘛。"

陈开尧和二丫转身看去,朱德已经从门外走了进来,他板起脸对陈开尧说:"你这个陈开尧同志啊,干啥子那么狠地说人家嘛?碎了就碎了,不过是个茶缸,没了茶缸我还可以拿葫芦瓢喝水嘛!"

陈开尧委屈地说:"朱老总,那可是叶军长……"

朱德摆手阻住他的话,说:"谁送的它也就是个茶缸嘛,对朋友的怀念是要记在心里的,是不是?何况我们怀念老战友,可也同样要善待新同志啊,你陈开尧在中央警卫团待了这么长时间,我看是没啥子长进嘛,你是老同志,又是连长,对待新同志怎么连一点阶级感情也不讲呢?"

二丫抹了抹眼泪,说:"朱老总,都怪我,是我不当心……"

朱德说:"二丫,不要怕他,要勇敢地和他这种态度作斗争。小陈,还不向二丫同志道歉!"

陈开尧扭捏着不肯开口。朱德表情变得严肃起来,说:"犯了错误就要及时改正,快,道歉!"

二丫急忙摆手说:"朱老总,您别说陈连长了,是我的错,都是我不好,我手笨……"话未说完,又呜呜地哭起来。

朱德笑着拍了拍她肩膀,说:"哎,二丫,一个茶缸子就让你哭成这样?这可不是革命战士的表现哟!"

陈开尧瞥了二丫一眼,老大不情愿地说:"二丫同志,对不起,我刚才……刚才态度不好,请你原谅。"

二丫尴尬地不知该如何答话,捧着碎瓷片匆忙从厢房内跑了出去。一到院子里,就听见刘少奇洪亮的声音从会场传了出来:"……我们任何干部,包括各级的负责人在内,均必须受群众的切实的毫不敷衍的考察和鉴定……"

6

早在抗日战争时期，河北省阜平县的城南庄就是晋察冀抗日根据地的首府。一九四六年秋张家口失守以后，中共晋察冀中央局又将领导机关迁到了这个已经居住多年的老根据地。

城南庄掩映在太行山菩萨岭下的一片幽深树林中，是个不过百十户人家的村子。这天是四月二十六日，正午刚过，咚咚锵、咚咚锵的锣鼓声就响彻了整个村子，一支秧歌队在村口卖力地扭摆着，围观的人众头上都扎着白毛巾，一个个喜笑颜开。村西的打谷场上，两颗高大的白杨树之间挂着一条横幅，上写"欢迎工校来到晋察冀"，横幅下摆着一张长条桌，桌上放着核桃、板栗等几碟干果。

咚咚锵的锣鼓声中，晋察冀中央局书记刘澜涛引领着朱德、刘少奇、董必武等一行走向打谷场。围观者随着秧歌队也蜂拥而来，朱德、刘少奇等频频向围观的群众挥手致意。长条桌前坐在小马扎上的几十名干部一起起身鼓掌，都用热切的目光看着朱德等人。就座之后，刘澜涛向四周鼓掌的人们摆摆手，掌声稍歇，锣鼓声也停了下来。刘澜涛大声地说："同志们，乡亲们，中央工校的朱校董和胡校长来到了我们晋察冀，请大家再次以热烈的掌声欢迎！"

话毕，雨点般的掌声再次响起。刘澜涛等掌声渐渐停下来，继续说："下面请朱校董给我们讲话！"

听讲话的时候，陈开尧的眼睛就没离开过刘少奇，果然没多久，刘少奇又把手捂在了肚子上，陈开尧忙起身朝司令部大院走去。晋察冀司令部是个三进的大院子，走进后院，就见二丫正在一棵枝叶茂盛的黑枣树下洗衣服。陈开尧走进堂屋，取了暖水袋灌满热水后出来，见二丫依旧低头搓洗着。陈开尧走到院门口想了起来，转身对二丫说："哎，二丫，一会儿要演秧歌剧《白毛女》，我带你去看看吧。"

二丫抬头看了他一眼没有答话，继续低头搓洗衣服。陈开尧又说："晋察冀的火线剧社很有名的，我们在延安的时候就……"

二丫低着头冒出来一句："我没脑子，看不懂。"

陈开尧一愣，明白过来这还是为前几天的事儿，于是说："咋的，还生我气呢？"

"没有，哪敢生你的气呀！"

陈开尧没想到自己一番好意人家竟不领情，心里也不大痛快，说："嘿，你把朱老总的宝贝摔了，都没人说你了，你还……还上劲了！"

二丫撩了撩散落在额前的头发，看了陈开尧一眼，两人眼神相对，二丫急忙又低下头去。陈开尧转身往外走，迈了一步又回头看着二丫说："二丫同志，我跟你说啊，你现在是革命队伍里的人，不是普通老百姓，批评你那也是为了让你进步！"

给刘少奇送了暖水袋，又帮着火线剧社布置完舞台现场，眼看着秧歌剧就要开演了，人群里还是不见二丫的身影，陈开尧就觉得心里有什么抓挠着，忍不住又跑回司令部大院来。二丫这会儿正将一大块床单展开，往晾衣绳上搭着，能看见她眼角边还挂着泪珠。陈开尧心里一软，眼前仿佛又看见了那天那个跪在地上卖身葬母的可怜姑娘，心底不觉地涌起一股歉意。他走上前去，俯身从木盆内拿出另一块床单，拧干，也抻开挂在绳子上。

"你哭了？"陈开尧说。

二丫抹了一把眼角的泪，说："没哭。"

"还说没哭，你这姑娘咋这么记仇呀，都过了好几天了，你咋……"

二丫抻着床单，说："我没记仇，我就是想哭。"

"行啦行啦，你非得让朱老总把我开除了才甘心？"陈开尧拉了拉二丫的胳膊，又说，"我再跟你道回歉好不好？对不起，真的对不起，好了吧？"

二丫说："陈连长，我真的不是为了那天的事哭。咋的，朱老总又说你啦？"

"可不，说我不懂得做思想工作，对待新参加革命的同志缺乏耐心，还说我……"

二丫急忙说："哎呀，那这就真怪我了。陈连长，我去找朱老总，让他别开除你，你没错，都是我的错，我……"

二丫在衣襟上抹了抹手就要走，陈开尧一把将她拉住，说："别去！"

二丫说："那要真开除了你，那……那我心里……"说着甩开陈开尧的手就往外走。

眼见二丫当真，陈开尧急忙喊："开除不了，回来！你看你，说风就是雨，衣服还没晾完呢！"

二丫转身看着陈开尧，一脸的愧疚，说："陈连长，我……"

陈开尧说："我这不是在转变态度吗，你看我现在多有耐心？在延安的时候，毛主席就说过，革命队伍中的同志不怕犯错误，怕的是犯了错误不改正，改正了还是好同志。你看我这不是正在改正吗？朱老总不会开除我的。"

二丫低头摆弄着衣襟，说："你是好同志，我不是好同志。"

"你也是好同志……哎，二丫，你家里还有啥人不？"

"有个哥哥，出去当兵了，不知道这会儿还活着没。"

陈开尧俯身从洗衣盆里又捡起一块床单，二丫上前跟他一起抻着。陈开尧问："你哥在哪个部队？"

二丫说："我也不知道，前些年捎过信儿，说他们长官姓阎，就在山西。"

陈开尧一怔,说:"阎锡山?"

二丫以为陈开尧晓得她哥所在的部队,高兴地说:"你知道啊,那我哥……"

陈开尧板起脸,使劲抖着手上的床单,说:"二丫,阎锡山是国民党的大军阀,你哥咋能参加他的队伍呢?"

陈开尧这话又让二丫紧张起来,急忙说:"我哥是让他们抓去的,真的,陈连长,我哥是让他们抓去的,他不是真想去给国民党当兵的。"

陈开尧说:"你着急个啥,唉,这也没啥,国民党抓丁那还不是常事儿?你哥又不是你,跟你没关系,你还是革命同志。"

二丫紧张的神情这才放松了点,她试探着说:"陈连长,你往后能不能……"

陈开尧说:"能不能啥?"

二丫鼓起勇气说:"往后,你……你的脸能不能甭转得那么快,我……我心里乱蹦……"

陈开尧一愣,晓得自己刚才的脸色恐怕又不大好看,赶忙在脸上挤出一丝尴尬的笑容,说:"二丫,那个,我……我其实是个粗人,说话没啥讲究,也没啥水平,说过了,或是说错了,你可别计较。"

二丫看着陈开尧怪异的表情,忍不住低头笑了,然后轻声说:"没事。陈连长,秧歌剧在哪演啊,你带我去看看吧。"

7

在城南庄停顿了两日后,董必武离开队伍前往冀南的馆陶县,参加在那里举行的华北财经工作会议。这次会议主要是为了成立华北财经办事处,重点解决兵源接济和财力困难的问题,为解放华北打好基础。而刘少奇与朱德一行则赶到了平山县的封城村,这里是正太战役指挥部所在地。其时正太战役已经接近尾声,聂荣臻、萧克等指挥员兴高采烈地将朱德、刘少奇接进指挥部。一进房内,一架收音机就吸引了朱德的注意,朱德笑着说:"快听听收音机,好久没听到新华社的广播了。"

聂荣臻拧开收音机,里边传出新华社女播音员的声音:"……新华广播电台,新华广播电台,现在播送一篇社论,现在播送一篇社论,题目是《志大才疏阴险虚伪的胡宗南》……"

朱德笑着说:"赶得巧呀,一来就听到了主席的文章。"

众人关注地听着收音机,播音员铿锵有力的声音朗读着:"……不到两个月,胡宗南丧失三个旅,事实证明蒋介石所依靠的胡宗南,实际上是一个志大才疏的大饭桶。胡宗南这个西北王的幻梦必将破灭在西北,命运注定这位野心十足、志大才疏、阴险虚伪的常败将军,其一生劣迹,必在这次的军事冒险中得到清算,而这也正是蒋介石法西斯统治将要死灭的象征……"

收听完新华社广播之后,聂荣臻立即召开了全体指挥员会议。当着朱德与刘少奇,聂荣臻讲解了当前华北战场的部署情况,他说:"杨得志、李志民指挥第二纵队，杨成武指挥第三纵队，联合向石门（一九四七年十二月二十六日改名石家庄）北面开进；陈正湘、胡耀邦指挥第四纵队，向石门南面开进。一共打了三天三夜，肃清了九十多个据点，歼灭了敌人第三军一个团和地方武装总共一万多人。第二、第三纵队主力沿滹沱河两岸前进，先是攻下了井陉、获鹿，接着拿下了娘子关，直逼阳泉。"

朱德、刘少奇看着墙上的地图频频点头，对聂荣臻的部署表示赞赏。朱德说："你们晋察冀最近的军事行动进行得很好啊，甩掉了大城市这个包袱，仗打得自由畅快多了嘛！"

聂荣臻说："是啊，可当时撤离张家口的时候，还有很多同志想不通呢。"

朱德说："正太、青沧、保北战役，三战三捷，这标志着，晋察冀地区的军事战局已经开始扭转，已经转入了主动进攻阶段，这很好嘛！"

聂荣臻说："现在大家心气很高，斗志也很盛，不过我们还是希望朱老总能多批评批评，指出我们的不足。"

朱德笑着说："好，既然你这么说，我可就不客气喽。你们虽然打了不少胜仗，但是总的来看，仗还打得零碎了些，从张家口撤离以后，没有很好地把兵力集中起来。河北这个地方很好，物产丰富，人口众多，民兵和地方武装也很多，如果你们学会了集中兵力，那就能够打大胜仗。打歼灭战，可是我们红军的传统战略思想啊！"

聂荣臻点点头，说："朱老总说的是，确实存在这个问题。"

朱德又说："要贯彻打歼灭战的思想，依靠民兵和地方武装牵制敌人，把野战军腾出来专门打歼灭战，不能叫主力部队到处去抵抗，应该加强地方部队的建设，还要从地方部队抽出一部分人来充实野战军。现在是吃饭的人多，打仗的人少，这不行，要实行总力战，党政军民结合为一体，共同对敌作战……"

当晚，聂荣臻在指挥部摆了一桌简单却也隆重的宴席招待朱德、刘少奇一行。宴席间，聂荣臻说："听说胡宗南进了延安，战士们都很气愤，要求回到陕北保卫党中央。当然，也有一些人对前景产生了怀疑……"

朱德说："产生这样的情绪很正常，要给同志们把道理讲清楚。"

刘少奇说："主动撤离延安可不是今天才提出来的，抗战胜利以后，根据'向北发展，向南防御'的战略方针，就想过要把指挥中心从延安转移到靠近东北的承德嘛。"

朱德说："打前站的部队和机关都出发了，要不是后来的形势发生了变化，说不定我们已经在承德办公喽。"

刘少奇说："重庆谈判以后，要组建联合政府，我们当时还考虑过把中央搬到南京附近，看来当初真是一厢情愿啊。"

朱德说："当时这是你提出来的建议，主席也同意的。"

刘少奇说："是呀，当时形势可是大好，不过主席说南京太热，他希望住在淮阴，开会的时候再去南京。当时苏皖边区政府和华中军区做了不少工作，把中央机关的住处都找好了，就在淮安。"

朱德笑着说："可人家蒋介石不欢迎啊，有什么办法呢？我们是单相思，做梦啊！"

大家都笑起来，刘少奇说："现在形势变化了，我们的指挥中心也要做出调整，要贯彻建立东北到华北大根据地的战略决策，根据这个来选择合适的地点。对了，荣臻你也给点意见。"

聂荣臻说："要我给意见，那我就说来我们晋察冀最好，有朱老总、刘副主席在，战士们打起仗来也是信心百倍啊！"

朱德笑着说："你别说空话，说点具体的。"

看到朱德态度很认真，聂荣臻一下子兴奋起来，声音激动地说："真的？中央真能留在我们晋察冀？"

朱德说："这还有啥子真假，如果晋察冀真有合适的地方，也不用劳师动众去找其他地方喽。"

聂荣臻说："太好了！我看晋察冀真的很合适，平山……"

刘少奇在一旁笑着插话:"要考虑到最后指挥大决战啊。"

朱德又说:"还要跟全国各地联系起来方便,交通要比较畅通,可是又不能在大平原上。"

聂荣臻说:"我看我们晋察冀的平山县就比较合适,那是个老区,大革命的时候党组织就很活跃了,抗战时候又是模范县,有'北方兴国'的称号。"

朱德思忖了一下,说:"看来群众基础是不错的。"

聂荣臻说:"是啊,安全肯定不成问题,我们这儿还有滹沱河,土地肥得流油,粮食、物产丰富,经济上也有保障。"

听着聂荣臻的话,刘少奇突然想起一件事,他放下筷子,说:"荣臻,白毛女的故乡在哪里呀?"

聂荣臻笑着说:"澜涛又请你们看《白毛女》了吧?其实呀,白毛女的传说就出在平山县。"

刘少奇讶异地说:"哦,这么巧?朱老总,你还记得跟主席分手时候他说的话吗?"

朱德说:"主席说了好些话,你说的是哪一句嘛?"

刘少奇说:"主席说,你们到白毛女的家乡去吧。"

朱德眼睛一亮,说:"主席是说过这话,看来主席对平山是早有考虑的。"

聂荣臻说:"平山可是个好地方,甭看喜儿一家穷得过不去年,其实这可是一个富饶的地方,老乡们有这么一句话,叫'阜平不富,平山不贫',特别是滹沱河两岸,那可是我们晋察冀的乌克兰哪!"

朱德对身边的刘澜涛说:"澜涛,把地图拿来!"

刘澜涛取出一张地图铺在桌上,聂荣臻举着马灯,朱德与刘少奇认真地看起来。聂荣臻指着地图说:"老总,刘副主席,你们看,这就是平山,在太行山和大平原之间,东边紧挨着石门,西边和山西连着。"

刘少奇点头说:"嗯,我看这个位置很好,最好是派人到那一带去走一走、看一看，实地考察一下。"

朱德笑着说："有一个人去最合适。"

刘少奇问："谁？"

朱德说："小陈，陈开尧！他就是平山人嘛。现在我明白了，为什么主席一定要让小陈跟着我们，看来他心里是早有打算呀。"

刘少奇也笑了，说："是呀，当时主席提到白毛女，我还以为就是随口一说，现在看来，主席是给我们指点方向呢。"

8

滹沱河流入太行山谷地后河面陡然变窄，河水也变得汹涌奔腾、浩浩荡荡起来，只有在界岭村与岗南村这一带，因为两山之间是一大片宽展的峡谷，所以河面要相对平静和缓得多。从西边的界岭一直到南边的岗南，河两岸多是宽阔的河间谷地，地势平坦，河水流经之地到处是碧绿的、一望无际的稻田，被河水分开的两边山势宛如两条巨龙的龙头，安静地在河边吸水。顺着龙头朝南北两边望去，便是那层峦叠嶂、巍峨耸峙的太行山脉。

陈开尧与朱德的秘书潘开文以及卫士长齐明臣一起，沿着河边的公路向西而行。他们是奉了朱德的命令，在滹沱河一线寻找合适的村庄作为新的中央办公驻地。越往西行，滹沱河的河面越加宽阔起来，河两岸稻谷青青，一些乡民在田间辛勤劳作着。指着两岸大片的稻田，陈开尧说："咋样，老齐、老潘，在这太行山里见到这么大片的稻田很惊奇吧？"

齐明臣感叹地说："聂司令老说平山是晋察冀的乌克兰，看来还真是名不虚传！"

潘开文说："是呀，这一带可真不赖，好山、好水、好田，的确不错。"

陈开尧指着前边掩映在杨柳林中的村庄说："看见没有，前边就是我们村——岗南村了，滹沱河在这一带九曲十八弯，河水最好的便是我们岗南村这段。"

齐明臣笑着说："走了这么远的路，从陕北一直走到这儿，原来是送你回家啊！"

陈开尧满脸得意地说："咋样，羡慕吧？我们村可是有革命传统的，平山县最早的党支部就在我们村呢！"

潘开文说："听你这么一说，我看工委驻在这儿就挺好，有群众基础嘛。"

陈开尧说："那当然。我们村大着呢，有七八百户人家，赶上一个小集镇了，逢年过节三里五村的人们都来我们村赶集，特别热闹。"

齐明臣问："哎，陈连长，你是哪一年参加平山团的？"

陈开尧说："三八年春天，日本鬼子刚进石门的时候。说起来，我也是被逼上梁山的，那年我还不到十七岁，我们村的大地主吴有贵霸占了我家两亩水浇地，我气不过，黑介摸到他们家砍了他几刀，可惜没把他砍死。我在外边躲了大半年，第二年春天的时候就参加了平山团，后来去了延安。"

潘开文说："哎呀，陈连长，看来你也是老革命了呀。"

陈开尧骄傲地说："虽说你们俩是走过长征的，可我打过鬼子，这么算起来也不比你们俩差多少！"

潘开文与齐明臣四目相对，不约而同笑起来。陈开尧又说："哎，我说，老潘、老齐，你们说，就让工校住在我们村吧，咋样啊？"

齐明臣举起望远镜向村子里望了一会儿，说："你们村是不是太大了？又在公路边上，保密工作不好做啊。刚才你说村里还有地主，首长们不安全呀。"

陈开尧不悦地说："咋就不安全了，我们警卫连是吃干饭的？谁敢乱动，我先崩了他！"

齐明臣打趣说："陈连长，你想让工校住在你们村，是想在乡亲们面前威风一下吧？"

陈开尧一下拉起了脸，说："看你说的，好歹我也是老革命了，觉悟有那么低吗？"

西柏坡 _ 041

潘开文笑着说："好了，别闹了，咱把这个村子记下，回去让首长们定吧。"

陈开尧急忙说："对对，要记下，要重点标记，回去我跟首长们好好说说。"

齐明臣说："最好把路过的地方画张图，位置都标记好。"

陈开尧说："还画啥，这一带啥样都在我这脑袋瓜子里，用不着。哎，你们跟我进村吧，去见见我爹。"

齐明臣说："陈连长，出发的时候总司令不是说了，要严格保密，你一回村，那不是……？"

陈开尧说："怕啥，咱又不是敲锣打鼓地进去，你们跟着我，咱们……"

潘开文面露难色，说："陈连长，还是不要搞出太大动静吧？"

陈开尧说："那……都到家门口了，总不能让我……"

齐明臣说："要不这样吧，我们在村外头等着，你自己回去看看，快去快回。"

陈开尧犹豫了一下，说："好，我就去看一眼，最多半个钟头就回来。"

这会儿正值晌午，村路上没什么人，陈开尧把军帽压低，快步来到村西的自家门前。院子里，一个略显驼背的身影背对着他，正在搬着砖头垫猪圈。尽管已经近十年没回过家，但陈开尧还是一眼就认出这是他的父亲陈大宽。看着父亲苍老的背影，陈开尧的眼睛红了，扬起手想喊，却又停下，两只手紧紧攥着，指甲都掐进了肉里去。

陈开尧随平山团到延安后不久，就收到信说父亲从县衙大牢释放了，后来还听说父亲参加了抗日游击队。他本以为父亲一直在队伍上，可一九四五年的时候又有人给他捎信说，父亲受伤后便回乡务农了，并没有留在部队上。

这时候，身后传来一阵踢踢踏踏的脚步声，陈开尧回头看去，街那边有位老人走了过来。陈开尧擦了一下眼，又望了一眼自己的父亲，转身快步走开了。

来到村口的树林里，就见潘开文和齐明臣正坐在树下吃着干粮。齐明臣见陈开尧的神情有些低落，拉着马缰站起来，问："陈连长，这么快就回来了，见着你爹没？"

陈开尧说："咱走吧。"

潘开文说："怎么，你爹没在家？"

陈开尧苦笑了一下说："在，不过我没进院。"

齐明臣有些纳闷，说："为什么？怎么不见……"

陈开尧说："咱身上带着任务，还是不见的好……走吧，前头那个村子叫西柏坡，咱去看看。"说着，他解开马缰绳，向树林外走去。

齐明臣和潘开文对望了一眼，脸上都露出了钦佩的表情。

三人牵着马在西柏坡村口前停下。陈开尧指着掩映在柏树林中的泥坯房屋说："西柏坡是个小村儿，百十来户人家，村里大部分人家都姓阎，平山团里也有不少人是这个村的。"

潘开文、齐明臣举着望远镜看了看，潘开文说："我们去那边岭上看看。"

从柏坡岭上向下观望，只见村子三面环山，南边是浩浩荡荡的滹沱河从村前流过，一排排泥坯的房屋、院墙掩映在柏树林中，整个村子显得十分静谧，炊烟袅袅，好像世外桃源一样。

齐明臣说："我看这个村子不错，村子不大，在一个山弯子里边，有利于隐蔽，靠山面水，靠着山还有利于防空。你说呢，陈连长？"

陈开尧看了他一眼，说："你要我说，哪个村都不如我们岗南村好。这么小的村子，一下子进来那么些人，更不好保密。"

齐明臣看向潘开文："老潘，你说呢？"

潘开文说："陈连长说得也不是没有道理，不过总体来说这个村子还不错，就是小了点。"

齐明臣说:"行不行我们进村子看看再说,走吧。"

三人下山向村子走去。进了村公所院子,却见一溜三间土房的大门都紧锁着。三人颇感遗憾地往外走,恰好一个青壮汉子牵着头牛往里走。这汉子打远处就一直盯着陈开尧看,陈开尧也觉得他很眼熟,只是一下记不起来是谁。等走到近前,汉子突然冲着陈开尧喊了一句:"喜子?是陈喜子不是?"

陈开尧一怔,然后欣喜地喊:"哎呀,是树根吧,我是喜子!"

树根松开牵牛的绳子,过来拉起陈开尧的手,欢喜地盯着他说:"哎呀,我心里琢磨着像你,没想到还真是。"

陈开尧说:"我也不大敢认你了,树根你可显老了。"

树根说:"那哪能不显老,咱们拾掇土疙瘩的能不显老吗?你这是……"

陈开尧说:"啊,我是来那个啥……树根,我给你介绍……"陈开尧指着树根向齐明臣与潘开文介绍,"这是树根,阎树根,那年我砍了吴有贵,就在树根家躲了好些天。"转而又指着潘开文与齐明臣向阎树根介绍,"这是潘开文同志,这是齐明臣同志,都是咱的同志。"

阎树根向潘开文与齐明臣分别敬礼,说:"首长好!"

潘开文笑着说:"别,可别这么叫,我们可不是啥首长。"

陈开尧说:"哎,树根,村公所咋连个人都没有,你知道村支书上哪了不?"

阎树根说:"田里该除二遍草了,我估摸着都去地里了。我这儿有钥匙,咱们进去说。"

陈开尧说:"你咋有钥匙,你当干部了?"

阎树根说:"不算啥干部,我现在是咱村的民兵连长。"

陈开尧笑着说:"嘿,有出息啊!"

阎树根说:"再有出息也比不上你呀,听你爹说,你在延安,保卫咱毛主席哩,是真的?"

陈开尧说:"甭听我爹的,他就爱显摆。"

三人跟着阎树根走进院子,树根打开中房的门锁,将陈开尧三人请了进去。这房内陈设简单，一盘土炕前摆了一张破旧的桌子，桌旁是两张长条凳，西墙上贴满了各式各样的奖状，墙边还放置着一架漆皮斑驳的红躺柜。阎树根请三人坐下，又拎起桌上的茶壶给三人倒水，说："喜子，你这是回来看你爹吧，队伍上给你放假了？"

陈开尧笑了笑说："啊，对，来看我爹……"

阎树根说："你走了以后我常去看你爹，前儿个在集上还见他来着，他可没说你要回来。咋的，还没见着你爹？"

陈开尧说："啊，还没，我是临时过来的。对了，树根，我们想找村干部了解一下咱村的情况，你能给叫一声不？"

"啥情况？"阎树根问。

"啥情况都想知道，有多少人，有多少地，粮食产量多少，党员有多少，等等。"

阎树根纳闷地问："你回来看你爹，打听这些干啥？"

陈开尧说："啊，我……顺便做个调查研究，首长布置的。你能给说说吗？"

阎树根说："哎呀，我可说不全乎。这样吧，我带你们去找村长阎三齐阎大爷，他一准知道，西柏坡的事儿没有他不知道的。"

阎树根领着陈开尧三人沿村街一路向西走去。路边就见有不少被烧掉了屋顶的房子，有的还剩下四面墙，有的只剩下了地基。陈开尧指着残垣断壁问："树根，这是……"

阎树根说："还不是日本鬼子烧的！"

"这日本鬼子真他娘缺大德了，这么个小村子也不放过！"陈开尧愤愤地说。

"这还是好的，村东头烧得更多，好大一片哩。"

潘开文小声地对齐明臣说："我看这些房子收拾收拾，加个房顶还能住人。"

西柏坡_045

陈开尧听到了他的话，说："那也住不下，这个村子太小了，真不如我们岗南。"

齐明臣说："一个村子住不下也不打紧，我看这滹沱河边上村子多的是，各个村子都可以住人。"

阎树根听着他们的对话，心下纳闷，说："住人？你们要住这儿？"

陈开尧说："哦不，不是我们……"

"那是要过队伍？"

"也不是，就是搞搞调查研究。快走吧。"

阎树根眼见陈开尧说话遮遮掩掩的，不知道他葫芦里卖的什么药，又问："哎，喜子，你到底是不是在延安保卫毛主席？看你爹那样儿可跟真的似的。"

陈开尧说："不，不是，那个……我是在延安，不过是在部队上。"

阎树根说："你看，我就说你爹吹吧！哎，那你在哪个部队上，跟着聂司令？"

听到阎树根的话，齐明臣与潘开文都笑了。潘开文说："他可不是跟着聂司令，他跟着的那个首长可比聂司令官大。"

阎树根说："比聂司令还大，那能是谁呀，难不成是朱德总司令？"

陈开尧说："我就是跟着聂司令，现在归聂司令管。"

四人一路说着，走到一户人家前。阎树根上前拍了拍门，喊道："三齐大爷，三齐大爷在吗？"

"在哩，是树根吧，进来吧。"

回答声十分响亮。阎树根推开门，几个人走了进去，就见一个精神矍铄的老人坐在窗根的木墩上，手里编着荆条筐。这老人就是西柏坡的村长，同时也是村支书，名叫阎三齐，看上去六十上下年纪，两鬓皆白，身边放着一根拐杖。

阎三齐看见陈开尧等人进来，一怔，放下手头的活计，抓过拐杖站起来，说："树根，有事儿？"

阎树根说:"啊,是有点事,"指了一下陈开尧等人,"这是聂司令部队上的同志,他们想问询点事儿。"转而又向陈开尧等人介绍阎三齐,"这就是阎三齐阎大爷,三齐大爷是我们村最早的党员,四四年打平山县城的时候腿上受了伤,这才回到了我们村。"

阎三齐说:"打听啥?坐下说!"

阎树根搬了几个木墩让三人坐下,然后指着陈开尧说:"大爷,你还认识他不?岗南村的陈喜子,那年砍了吴有贵躲在我家里的那个。"

阎三齐打量了陈开尧一眼:"有印象,不是说后来去了延安吗,咋的,回来了?"

陈开尧说:"啊,大爷,回来了,我们现在是聂司令部队上的人。"

阎三齐说:"好呀,跟着聂司令有出息呀!"

陈开尧说:"三齐大爷,我们想跟您了解一下咱村里的事儿,比如咱村有多少户人家,党员有多少,有几家地主,土地有多少,每年打多少粮食,附近有几个邻村,多远,您都给我们说说。"

阎三齐说:"我明白了,你们是为土改的事儿来的,对不对?"

陈开尧笑着点点头:"对,就是为土改的事儿来的。"

阎三齐说:"是不是要重新划成分呀?上回的工作组待的时间短,有些成分划得不对,地也分得不公平,是得改过来。"

陈开尧听得有点纳闷:"三齐大爷,咱村……"

阎三齐继续说道:"你们也瞅见了,咱这西柏坡在太行山东南边儿,滹沱河的北边,往东走个六十里就出山了,再往东走一百六十来里地就是石门。咱村子现在有百十来户人家,不到七百口人。地呢,有八百多亩。上回工作组来摸过底儿,说咱村够上地主的就阎在有一家,富农五户,大多数算中农。"

阎三齐说着,潘开文与齐明臣掏出笔记本认认真真地记录。齐明臣又仔细询问:"八百多亩地,平均一人一亩多地。哎,大爷,咱这八百多亩地能打多少粮食?都是啥粮食,小麦、稻谷还是玉米?"

"咱这儿的地一年就种两茬,一入春种大米,六月份收了大米再种玉米,两茬粮食算下来,一年能打个……"阎三齐掐着手指头盘算了一下,"咋也能打个三四十万斤粮食。"

陈开尧三人相互看了一眼,都有些不信,陈开尧说:"这么多?大爷,能有这么多吗?"

"这我还没敢往多里说。你们也看见了,咱村靠着河,用水不愁,就是天再旱也能打个三十来万斤呢!不信你问问树根。"

阎树根接话说:"三齐大爷估算得大差不差。喜子,你家也在河边,一亩地能打多少斤粮食,你还不知道?"

"我……我出去这么多年,老家的事儿有点整不明白了,反正延安那边可打不了这么多粮食,一亩地也就一二百斤小米,那还算多的。"

阎三齐说:"你们是外来的,不知道咱这块风水宝地,要不那么些个外村媳妇急着嫁到咱村来呢。咱这西柏坡周围的村,都挨着河,有河就不愁水,有水咱就不愁粮食,你说是不是?"

潘开文问:"大爷,咱周围有几个村子,人口多少啊?"

阎三齐从腰间摸出烟锅子,装上一锅烟,陈开尧划着火柴给他点燃。阎三齐向三人详细讲道:"东边是岗南村、洪子店、黄泥村,西边是夹峪村、郭苏村,这可都是大村子,最少的也得有二三百户人家、千把人吧。岗南跟洪子店还是咱这一块的集市,三里五村的人赶集都到这两个村。"潘开文根据阎三齐的讲述在笔记本上的一张草图内标记着,阎三齐继续说,"北边,翻过山就是蛟潭庄、宅北,小日本儿在的时候,贺龙司令员还在那打过日本鬼子呢!咱西柏坡的革命历史也不差,党员有三十多个,个个都是好后生,打仗、搞生产那都是冲在最前头哩。"

潘开文将笔记本递给阎三齐,说:"大爷,你看我这图画得对不对?"

阎三齐接过笔记本拿到眼前仔细看了看,笑着说:"挺好,挺对,到底是部队上的文化人,就是不一样哩。"

回到指挥部，陈开尧将几张草图铺在桌上向朱德、刘少奇讲解着，他指着地图上标记着的西柏坡说："这是西柏坡村，村子不大，百十户人家，六七百口人，八百来亩地。"只讲了几句，就又从衣袋里掏出一张岗南村的草图，覆盖到西柏坡村的图上，接着说，"这是东边的岗南村，村子大，房子多，人口多，每年收下的粮食也多……"

朱德指着草图上的一条线，打断他说："这是啥子意思？"

陈开尧回答说："公路，这线代表公路。"

朱德当下表态否定："不好，村子就在公路边上，来往的人也多，不好。"说着又将西柏坡的草图翻到上面，与手边的军用地图对比着看了片刻，然后对刘少奇说，"少奇你看，这个村子前面是河，后面是山，离公路不远，又不在路边，要想进去还要沿着滹沱河绕个大弯，不注意的话，从外面根本就想不到里面还藏着个村庄呢。"

刘少奇认真地看了看草图，说："我的意见也是这样，村子宜小不宜大。这个村子是不是可以初步定下来，再派几个人去重点核实一下？"

"嗯，这是个大事，以后中央机关都要过来，选址必须慎之又慎，马虎不得，我看可以让安子文和廖鲁言再去实地察看一番。"朱德表达着自己的意见，转而又对陈开尧说，"小陈呀，还是你带路，这一次重点要考察这个西柏坡，其他地方就先不考虑了。"

陈开尧甚是失望地看了朱德一眼，有气无力地答了声："是。"

朱德见他一副没精打采的样子，说："小陈，你是不是病了？那没事儿，你休息吧，我另外派人……"

陈开尧赶忙摆手说："不不，我没病！我去。"

第二天一早，陈开尧便陪着中央工委秘书长安子文以及农工部副部长廖鲁言前往西柏坡。在西柏坡转了足足大半天之后，他们又来到平山县城，再用了两天半时间，掌握了大量切实的材料之后，三人这才回到了封城村。

调查结果是由安子文向朱德、刘少奇汇报的，他将两份报告递给朱德与刘少奇。等他们看罢，安子文再做详细介绍："我们和平山县委的主要负责同志进行了座谈，据统计，到一九四六年十一月，平山全县共有党支部六百九十八个，党员一万九千五百三十五人，群众基础非常好。粮食产量因为土改的原因，许多人瞒报，所以无法统计清楚，但县委书记说，保证万八千人的队伍供给是一点问题都没有的。"

听着安子文的讲解，朱德、刘少奇频频点头。安子文又说："我们到西柏坡村里去看了，地理位置非常好，能进能退，交通便利，隐蔽性强，群众基础好。我和廖鲁言同志一致认为，西柏坡是中央工委驻地的最佳选择。"

刘少奇说："不要只说好的地方，有没有发现什么问题呀？"

"问题也是有的，"廖鲁言接着补充说，"主要有两个问题，第一个，县委的同志说，前一阵儿抓住了两个国民党特务，他们担心首长的安全。"

朱德说："一两个特务算不上大问题，只要群众基础好，保密工作就能有保证。"

安子文插话说："这一点县委的同志还是有信心的。"

刘少奇又问："那第二个问题呢？"

廖鲁言说："就是住的问题。西柏坡是个小村，房子本来就不多，好些个房子还被当年日本鬼子炸坏了，所以……"

乐观起来的刘少奇点燃了一根烟，吸了两口："炸得严重不严重，好不好修啊？"

安子文说："大多数的墙还保留着，加盖个屋顶就可以住人，但是有些需要在原来的地基上重建。"

朱德说："重建倒是不怕，可以请晋察冀边区政府帮助解决一些木料，再从当地购买一些。就是劳力是个问题，现在正是农忙季节，不好劳烦乡亲们，晋察冀的战士们也在备战，这……"

刘少奇说："中央党校的学员已经到了井陉一带，正在等候命令，确定驻扎地点，老总，你看能不能……"

朱德笑着说："你的意思是让这三百多名党校学员当一回泥瓦匠？"

刘少奇微笑着说："自己动手，丰衣足食嘛！这些学员当中什么样的人才都有，完全可以派上用场啊。"

朱德拿起草图又看了一眼，说："我看就这样定了，中央工委的驻扎地就定在西柏坡！"

话音刚落，一位参谋手里拿着电报夹跑进来，原来是中央来了电报。朱德摆手示意他快念，参谋打开电报夹，大声念了出来："朱、刘，之前来电收悉，勿挂念！之前中央社所说胡军占我保安、青阳岔、卧牛城是事实。撤出延安后的三个月来，第一个月陕甘宁边区地方工作有些混乱，第二个月步入正规，党政军民坚定地对敌斗争……"

电报念完，刘少奇不由感慨地说："主席他们受了不少苦啊！"

朱德点了点头："嗯，我们应该尽快给前委回电，就西柏坡的情况向前委作个汇报！"

中央工校选址西柏坡的消息在村子里不胫而走，村民们虽然并不晓得中央工校是个什么单位，什么组织，但从"中央"这两个字上，还是猜到他们是从延安过来的队伍，都是从毛主席身边来的大干部，所以十分欢欣鼓舞。在阎三齐的动员下，住在村东的几户人家搬到了村西，被炸毁房屋的人家也都早早地把院子里的破砖烂瓦收拾了出去，有的人家还专门运来了黄土，脱起了泥坯，为工校的建设者们做准备。

人多力量大，随着井陉党校学员的进入，村东是一片热火朝天的建设场面。自打三十年前龙王庙被冲垮以后，西柏坡好久没这么热闹过了。尽管是农忙时节，仍然有不少人家前来帮忙，脱泥坯的脱泥坯，取土的取土，欢笑声响彻云天。

这天午后，陈开尧带着一众警卫连的战士也开进了村子。战士们肩上扛着崭新的铁锹、铁镐，来到柏坡岭下。定好开挖地点之后，陈开尧一声令下，战士们挥锹扬镐挖了起来。施工现场总指挥安子文远远地看见了，急忙赶过来，眼见陈开尧正挥汗如雨地挖着，安子文上前来拍了拍他肩膀，问道："陈连长，你们这是……"

"挖防空洞。"陈开尧说。

"挖防空洞？没给你们安排呀。"安子文惊讶地说。

陈开尧笑着说："没安排我们就不能干了？我跟朱老总说了，防空洞由我们警卫连包了，我们警卫连也不能吃白饭呀，您说是不是？"

安子文搓着手说："好啊，我还正愁安排不出人呢。哎，你从哪儿弄的这么多铁锹、铁镐？"

陈开尧得意地笑笑，说："弄这些玩意儿还算个啥，就地取材呗！"

"就地取材？你不会是跟老乡们征的吧？"

"看你说的，咱哪能干那事儿？你想想啥地方会有这么多铁锹铁镐。"

"想不出来，啥地方？"安子文挠了挠头说。

陈开尧说："平山西南边是哪个县？"

"井陉县啊……"说罢，安子文猛地一拍脑门说，"煤矿，对呀，井陉那边有的是煤矿，你这些家伙什儿是从煤矿里弄来的吧？"

陈开尧笑着说："对喽，除了煤矿我上哪儿能弄这么多铁家伙？"

安子文也笑了，说："嘿，你陈开尧这脑袋瓜子也灵得很嘛！"说罢，两人哈哈大笑。安子文又说："哎，陈连长，咱们搞个劳动竞赛咋样？"

"好啊，你说吧，咋个赛法。"陈开尧说。

"我们党校学员预定用二十天翻修、新建六十多间房子，修路、平场再用个十来天吧，总共一个月，你们挖这个防空洞准备用多长时间？"

陈开尧说："我们人少，咋也得一个多月吧。"

安子文说："那咱们就比比看谁先完成？"

陈开尧说："好啊，输的一方每人做二百个俯卧撑，咋样？"

安子文在陈开尧的肩上拍了一掌，说："好，一言为定！"

陈开尧转身对一众警卫连战士大声说："大伙儿都听见了吧，输了的做二百个俯卧撑,你们可不能让我丢脸啊!我做不了二百个俯卧撑,我只能做一百九十九个。"

众战士哄笑起来,一个瘦小战士大声说:"陈连长放心,保证让你端着茶、喝着水看党校的同学做。"众人也都纷纷附和。

说笑了一阵,安子文正要走,民兵连连长阎树根带着十几个民兵也赶了过来,个个手里拿着工具,显然是帮忙来了。

陈开尧讶异地看着阎树根:"树根,你们咋来了?"

阎树根说:"干这些活,我们民兵最拿手,你给我们分派分派,我们帮你。"

安子文笑着说:"哎,陈连长,咱可是打了赌的,从外面招兵买马,不算啊!"

陈开尧说:"嘀,看你急的,能从外头招兵买马说明我们群众工作做得好,应该表扬啊。"

安子文说:"两码事儿,你们要是加人,那可得提前十天完工,要不打赌不算。"

陈开尧嘲笑地说:"咋的,安大秘书长,还没开始就软啦?好,咱公平争输赢。树根,把你的人分成两拨,一拨跟着安秘书长他们盖房,另一拨跟着我们挖防空洞。"

阎树根说:"行啊,咱说干就干!"

说着,阎树根给众民兵分派起来。安子文转身冲着南边正在盖房的党校学员大声喊道:"大伙儿加把劲儿啊,我跟陈连长打赌了,输了咱得做俯卧撑,你们个个可都是身经百战的战斗英雄,从来没打过败仗,是不是啊?"

众学员齐声高喊:"是!"洪亮的声音响彻了整个西柏坡。

9

听说中央工校要来村子里住，村东阎大头家是第一户主动迁到村西的，为此村支书阎三齐还当着全村老少的面表扬了阎大头。不过阎大头自个儿心里却是闷闷不乐，迁出村东的院子他并不情愿，而是他老婆李桃花自作主张。阎大头向来惧内，老婆李桃花拍板作了决定他也不敢再说什么，只好搬了。这李桃花外号"李大脚"，又有人叫她"李快嘴"，是村里出了名的泼辣厉害的主儿。当年阎大头从郭苏村把她娶过来的时候，有人笑话她一双脚大得出奇，李大脚当下好一顿指桑骂槐、含沙射影的说辞，把那些笑话她的人个个说成了蔫茄子。从她嫁到西柏坡来的头一天起，整个村子六七百口人就都知道了，这李大脚可不是好欺负的。不过这回迁出村东宅子这事儿，还是让全村的人都傻了眼，谁也没想到李大脚会主动要求搬出去，还是头一个。这个一分钱能掰成八瓣花的主儿，再一次让人刮目相看了。

这天一早，李大脚抱着一床被子从西厢房出来，将被子挂在院子中间的晾衣绳上，拿起一根竹竿使劲地敲打着被子，边敲边冲着堂屋喊："阎大头，大头，你出来，快出来！"

一个中年男人从堂屋里走了出来，手里捧着一个粗瓷大碗，边走边往嘴里扒拉着稀粥。这阎大头总是一副蔫拉吧唧、无精打采的样儿。村里人都说阎大头这副德行啊，那都是让李大脚给收拾的。

阎大头看了李大脚一眼说："有啥事儿，嚷嚷个啥哩？"

"你给我把东西厢房收拾出来，再找点白土子刷刷。"李大脚吩咐说。

"收拾它干啥哩？不过年不过节的。"

"你知道个屁，我让你收拾你就只管收拾。快点！"

"你不说清楚我就不管。"阎大头气不顺地顶了一句。

李大脚瞪了他一眼，板着脸说："你到底管不管？"

阎大头心里正窝着火，对李大脚有一百个不满意，大声回道："不管！"

李大脚抄起身边一把扫帚，冲阎大头比画着要打，一边喊道："你再说一遍！"

阎大头有些害怕了，将碗往地上一蹾："你到底要弄啥嘛！"

李大脚没好气地说："真是个冤家，你就一点没瞅出事儿来？"

"啥事儿？"

"你这脑袋真是让驴踢了，村东头干啥了，你就没瞅见？"

阎大头依旧不紧不慢地说："盖房子啊。"

"啥人盖房子？"

"说是啥工校要来咱村。他盖他的房子，关咱啥事儿？"

"咋就不关咱的事儿？你这脑袋上顶着个富农的帽子好看啊？美，是不是？"

"人家盖人家的房子，跟我是富农有啥干涉嘛。"

啪的一声，李大脚将扫帚扔下，说："你……你可真是……你真当你是富农啊，你才有几亩地，啊？！拢共不到三亩半，戴上个富农的帽子，要是土改工作组秋后算账，你……"

"你有啥话就说，扯这个淡干啥。"

"你这头闷驴就知道埋头拾掇土坷垃。我打听了，工校那些个干部啊，都是大官，土改工作组都得听他们的。这个时候咱不好好表现，你这富农的帽子还想戴一辈子啊？"

这话让阎大头关切起来，说："真的？"

"可不是咋的，土改工作组给你弄了个富农，咱多冤枉啊！你爹把地给你们哥五个一分，一家子还分不到三亩半，连头牛也没分上，咋就能是富农了？咱不能戴这个富农的帽子。"

"可咱家的日子就是比那些个中农强啊！再说了，我爹是地主，现在人家给咱划了个富农，算是照顾咱了。富农又咋的了，咱不偷不抢的，怕个啥啊！"

说着，阎大头从身后拽出烟锅子，划着火柴，闷头抽了起来。眼见阎大头一副无动于衷的样子，李大脚气得骂道："要不说你长了个驴脑子，你就没听说阜平那边搞复查了？"

"复查个啥，没听说。"

李大脚解释说："阜平那边，工作组把好些个富农的地又给重新分了，牛呀、马呀的家活什儿也都分了，听说好些个地主、富农还挨打了呢！阜平那边一闹腾，咱这儿肯定也消停不了。你说，咱要是不赶紧把这富农的帽子摘了，还能有个好？"

阎大头说："有这事儿？"

"可不，你大哥、三哥都争着抢着把工校的干部往自己家里拉呢，咱家也不能落后了，咱家要是住进几个工校的大干部，人家一看咱家这穷样子，没准儿就把富农的帽子给咱摘了。"

阎大头皱眉想了想，说："倒还真是个事儿哩。"

"明白我的意思没？"

阎大头点点头，说："好像是……明白了。"

"明白了就好，赶紧着，把东西厢房收拾出来，我出去拉干部来咱家住！"

虽说很多乡亲们都争着去村东帮忙修房，但这里还是有户人家一直没有搬走。这户人家的男人叫阎凤山，五十来岁年纪，是村支书阎三齐的亲侄儿。尽管阎三齐苦口婆心地劝说了阎凤山好几回，但他始终不同意，一口咬定不搬。

这天一大早，阎三齐叫人给阎凤山传了话，让他来自个儿家一趟。等阎凤山到了，阎三齐拎上一把斧头从堂屋出来，径直走到西墙根下，挥起斧头将捆着几根圆木的麻绳砍断，圆木哗啦一声滚了下来。阎凤山站在院门口也不说话，阎三齐扭头瞪了他一眼，说："咋也不放个屁。"

阎凤山没好气地说："三叔，大早起的叫我干啥哩？"

"给我把这几根木头锯了。"

"锯了？三叔，你干啥，你现在身子骨这么结实，还着急准备那玩意儿？"

"我准备啥玩意儿？"

"你这不是想做寿材吗？"

阎三齐气得脸都黑了："做啥寿材！你个兔崽子，咒你三叔死啊！"

"那你锯它干啥？"

"做门扇！你没见村东头盖房子吗？"

"人家盖人家的房子，关你啥事儿？"

阎三齐瞪了他一眼，啪的一声扔下手里的斧头，说："咋就不关我事儿了，我不是共产党员？"

阎凤山说："你是共产党员，可也不用把棺材本捐出去吧？"

"少跟我废话，过来，锯！"

阎凤山不情愿地走过去。两人将一根木材架到长条凳上，一人抓住锯的一头，开始锯了起来。阎凤山一边锯一边说："三叔，你说你，跟着共产党丢了半条腿，你到底图个啥？"

"图个啥？共产党图个啥我就图个啥！我说，凤山呀，你看人家李大脚，她都能主动把村东的房子让出来，你咋就……"

"她是她，我是我。我说三叔，共产党是不赖，可土改这事儿我觉得没弄好，我对共产党有意见。"

"咋的，让你退了那一亩地，心里头不服气是不是？"

"可不，我一百个不服气。凭啥给我划个富农，我爹那几亩地是咋来的，谁不知道？那是卖豆腐一分一分攒下的，买下四亩地容易吗？让我交出去一亩，我对得起我爹吗？我爹要是活着……"

阎三齐朝地上啐了一口，说："行啦，你就别唠叨了，人家工作组给你划的又不是一般富农，是新型富农，不一样。"

"新型富农又咋的，地还不是交出去了？我听说阜平那边又在搞啥复查，没准儿剩下那三亩地也保不住了。"

"你就别瞎想了，你的地分给了锁根，锁根他不是你亲表兄弟？又没分给外人，计较那么多干啥？"

"分给外人倒好了，锁根是个啥人你又不是不知道，那地给了他，你看着，肯定让他换大烟抽了。那么好的地给了他，真算是糟蹋了。"

阎三齐抹了一把额头的汗，说："你也别看不起人家锁根，锁根跟我保证了，从今往后好好拾掇地，再不抽大烟了。"

"哼，狗还能改了吃屎！"阎凤山不屑地说。

"你说你，自己的亲表兄弟，你不帮他就算了，还咒他，你存的啥心？他抽大烟抽死了，你就高兴啊！"

阎凤山没好气地说："他活该！"

"你……"阎三齐气急，骂道，"滚，滚，你给我滚！"

阎三齐甩下锯，气咻咻地走回堂屋。阎凤山看着他的背影摇摇头，一个人锯了起来。

锯完木料，阎凤山往村东自己家走去。一路上就见许多穿着军服的干部战士们，抬扛着各种各样的建筑物料穿梭来往。阎凤山心里正烦乱着，就听身后有人喊他，回过头，见李大脚风风火火地走过来，手里还拎着个荆条篓子。阎凤山诧异地问："大脚呀，干啥去呀？"

李大脚抹了一把汗说："东头看看。哎，凤山大哥，你还没搬出来呢？"

阎凤山不悦地说："啊，不搬咋的？"

李大脚见阎凤山的脸色难看，忙打了个哈哈，说："啊，没咋的，没咋的，我就是埋怨我家阎大头，你说他蔫了吧唧的，倒着急搬个啥……"

"呸！"阎凤山朝地上啐了一口，快步走了。李大脚捂着嘴笑着，也朝村东走来。

村东的柏树林里支着一口大锅，锅上雾气蒸腾，一个腰身苗条的姑娘挑着一担水来到锅灶边，把锅盖揭开，雾气散过，露出铺满笼屉的金黄色窝头。姑娘将窝头一个个掀起，放到一个大木盆中，然后抓起一块劈柴，当当当地敲起了挂在老槐树上的一块生铁，同时大声喊道："同志们，开饭啦，同志们，开饭啦！"

听到清脆的招呼声，施工的党校学员以及警卫连战士们纷纷向老槐树处走来。大家自觉排成一队，姑娘与另两个炊事班战士赶忙给大家盛饭盛菜。

李大脚远远地看着这一切，心里有了主意。她拎着荆条篓子快步走了过来，到姑娘近前，说："闺女，啊不，同志，我是村西阎大头家的，腌了点咸菜，想给战士们尝尝。"

这姑娘正是二丫，她这会儿正愁菜不够吃，听李大脚这么一说，欣喜不已，忙说："哎呀，太谢谢大婶了。"

李大脚伸手从荆条篓子里抓出一根腌黄瓜，递到二丫嘴边，说："你尝尝，可好吃哩。"

二丫咬了一口，欢喜地说："哎呀，真好吃，大婶，你腌得可真好吃。"

李大脚说："好吃，肯定好吃，给大伙儿分分！"

"哎呀，大婶，那可真是太谢谢你了，我正愁同志们菜不够吃呢，您可真是好心人啊！"

"还说啥谢，共产党的队伍跟我们老百姓那就是一家人，说谢就见外了。"说着，李大脚帮着二丫给战士们分发起了饭菜，一边忙乎着一边又说，"哎，闺女，你们这一来呀，我们老百姓心里甭提多高兴了！"

二丫说："共产党的队伍走到哪儿老百姓都高兴。"

"那是，你是不知道啊，我当姑娘的时候就给平山团的战士们做过鞋呢！"

二丫看了李大脚一眼，钦佩地说："真的？那大婶也算是老革命了。"

李大脚笑呵呵地说："那是当然。"

"哎，大婶，那你认识戎冠秀吗？"二丫问。

"认识啊，谁能不认识戎大姐呀？甭说在咱平山，就是北面的灵寿、南边的井陉都知道戎大姐呢！哎，闺女，你住哪儿呀？"

二丫指了指老槐树下的一个草棚，说："就住那儿。"

李大脚扭头看了看，说："哎呀，那哪能住人呢？现在刚是五月天，夜里冷着呢，咱女人可不比男人，不能糟蹋自己个儿的身子，夜里住到大婶家去，啊？"

"不用了，住那儿挺好的，谢谢你大婶。"二丫推辞说。

"你们共产党不是老说军民鱼水一家亲嘛，你不去我家，是不是不想跟我们一家亲呀？"

二丫忙摆手说："不，不是，我们有纪律，不能随便……"

"啥纪律，军民鱼水一家亲是不是纪律？没事儿，大婶去找你们领导说去。"

陈开尧这会儿正背靠着一棵大柳树坐着，把菜碗放在膝盖上，再把手里的窝头掰成小块儿泡进菜碗里，刚狼吞虎咽吃了两口，眼前突然出现一双穿着绣花鞋的大脚，吓了一跳，赶忙站起来。李大脚左右瞅了瞅，然后盯着他说："首长，我跟你说个事儿。"

陈开尧一怔，说："大婶，我可不是啥首长，叫同志吧，我姓陈，叫我小陈也行。"

李大脚指了指锅灶那边的二丫，说："那你是她的领导不？"

陈开尧朝二丫看去，二丫忙低下头。陈开尧说："算……是吧。"

李大脚说："那我跟你说，我想让那个闺女去我家住。她一个闺女家睡窝棚多不好啊，你说是不是？"

陈开尧喜出望外，感激地说："好啊，哎呀大婶，真是太谢谢您了，她去您家,正好可以把那个窝棚腾出来,还能再睡好几个战士呢!"

"战士们也别睡窝棚啊,地上潮着呢,弄坏了身子咋打仗呀?我看都去我家睡,我家东西房都闲着呢,住上十个八个的都不挤。"

陈开尧犹豫了一下,说:"那……男同志们就算了,我们不能给您添麻烦。"

"啥麻烦不麻烦的,咱军民是不是一家亲?"

"是啊。"

"那还客气啥,等你们盖好了房子,有地儿就搬出去,没地儿就在我家住着。咱是军民一家亲,可不能生分了,你说是不是?"

李大脚说得亲切,陈开尧也正好想找人家安排战士们的住处,于是说:"那可真是谢谢大婶了,暂时先让几个战士过去住,等我们修好了房子就搬出来。"

李大脚高兴地说:"好,褥子我都准备好了,你们带被子过去就行。"

陈开尧忙不迭地道谢:"谢谢,真是谢谢您呀大婶。哎,大婶,您叫……"

李大脚说:"你叫我李大婶就行,村里人都叫我李大脚,叫我李大脚也行。"

陈开尧一听差点乐出来,强忍着说:"那就叫您李大婶。谢谢您呀,李大婶。"

"不谢,谢了这鱼水就不一家亲了,那就这么定了,十个、八个都行。"李大脚转身往二丫那边走去,一边说,"我男人叫阎大头,村里人都知道,老实巴交的。"

这天晚上,陈开尧送二丫搬去李大脚家。夜间的村子很宁静,路边草丛里不时传来不知名的虫子的叫声。二丫在前面轻快地走着,陈开尧提着行李跟在后面,嘴里还不住地唠叨着:"……你住在人家老乡家里也得有眼色,该帮忙的时候帮忙,可不能让人家伺候你。"

西柏坡 _ 061

二丫噘噘嘴说:"我知道,不用你嘱咐。"

陈开尧又说:"干活手脚麻利点,别老是慌里慌张的。"

"我知道,你就是瞧不上我!"

"哎,说你你就好好听着,我可都是为你好!还有啊,不能乱说话,不能提朱老总和刘副主席的名字。"

"这些纪律到西柏坡以前就说过,都听几百遍了,咱们是工校,朱老总是朱校董,刘副主席是胡校长。"

"你以为我想跟你唠叨啊,你别不爱听。现在咱是中央的人,出了事儿可就是大事儿,你得一万个小心。"

"知道了还不行啊!得了得了,把被子给我,不用你送了。"

二丫说着伸手去拿行李,陈开尧把行李递给她,不满地说:"你当我愿意送啊,要不是总司令让我……"

二丫停下脚步,转身瞪着陈开尧,说:"不愿意还不赶紧回去?"

陈开尧说:"不行,总司令让我把你安全送到,我不能……"

"总司令问起来你就说送到了,我又不会到总司令跟前儿去告你的状。"

"那可不行,我不能说假话。"

二丫拎着行李赌气快走,陈开尧皱着眉头在后跟着,一边说:"还有个事儿,我跟你说多少回了,让你熬菜少放盐,就是改不了,党校那些学员好多南方人,人家吃不惯咸的。还有,甭动不动就放醋,你以为都像你们山西人那么爱吃醋……"

"你还有完没完?"

二丫扭头喊了一句,然后转身跑起来。陈开尧愣在那,眼看着二丫的身影渐渐消失在夜幕之中。仰头去看天,天上一轮圆月高高地挂着,格外明亮。

10

经过半个多月的紧张施工,一排排崭新的泥坯房子已经在村东矗立了起来。不过仍有一户破败的灰土院墙扎眼地夹在这些新房中间,那自然就是阎凤山家。安子文和陈开尧后来又来劝说过多次,但阎凤山就是不为所动,拿出的理由是父亲过世不久,照平山的习俗,三年不能搬家,否则父亲的魂找不到家。这当然是托词,但大家也无可奈何。

这天午后,阎三齐带着安子文再次走进了阎凤山家院子,一进门阎三齐便大声骂着:"凤山!凤山!你个王八蛋,王八羔子,你给我滚出来!"

阎凤山从屋里出来,斜眼看着阎三齐,再看了眼旁边的安子文,哼了一声,转身就往屋里走。

阎三齐喝道:"站住!你跑啥哩?"

阎凤山停下,转身靠在墙上,说:"三叔,你要是跟我提搬家的事,我还是那句话,不行。"

"你……还反了你了!你出去瞅瞅,左邻右舍的早都搬了,你咋就单单像块臭狗屎臭在这儿,让人家圈不上院墙?"

"三叔,我不能搬,搬走了,我爹的魂咋回来?我不能让村里人戳我的脊梁骨,骂我不孝。"

"老规矩该改也得改!你孝顺不孝顺,村里人自然知道。"

"反正你说下大天来,我就是不搬,说啥也不搬。"

"好你个王八羔子,我把你……"

说着阎三齐举起拐杖就要打,安子文急忙上前拦住,一边劝解说:"哎,三齐大爷,不是说好了不生气嘛,你咋又发这么大火呢?"

阎三齐恼火地说:"这头犟牛,好话你咋就听不进去哩?人家跟你说了多少好话,讲了多少道理,你咋就不往耳朵里装哩!"

阎凤山瞪了安子文一眼,干脆往地上一蹲,掏出烟荷包装了一锅烟抽起来。

阎三齐举着拐杖笃笃地砸着地面:"跟你说话哩,你耳朵聋了?"

阎凤山嘟哝着说:"不搬就是不搬,跟耳朵聋不聋有啥关系!"

"嘿,你个……我问你,你是不是对土改有意见才赖着不搬?"

"你知道还问啥?"阎凤山没好气地说。

"我就说你小子不是为你爹!"

"土改?这跟土改有啥关系?"安子文诧异地问。

阎三齐解释说:"安同志,你不知道,土改工作组来的时候,让他分出去一亩地,给了他表兄弟,他呢,成分划了个富农。就为这,心里不得劲儿,成天在我耳朵根儿前叨叨,让我找找工作组,给他改成分,你说,我能干那事儿吗?"

"他们办得就是不公平,凭啥不能改?"

"咋就不公平了?我瞅着公平得很,咋到了你这儿就……"

安子文这才明白了,说:"哦,原来真正的疙瘩在这儿啊。凤山大哥,土改是有标准、有政策的,不是说想给谁定什么成分就给谁定什么成分。有情绪你可以反映,但这跟搬房子是两码事儿,你……"

"咋是两码事儿?都是你们办的事儿,我看就是一码事儿!"

"你……你是吃了秤砣铁了心是不?"阎三齐瞪着阎凤山说。

"三叔,你让我多说两句行不?"

"不行!得听公家的!"

安子文劝道:"三齐大爷,让他说吧,把想说的都说出来,咱想法解决。"

阎凤山站起来，说："那好，我说。我跟共产党没仇，是共产党跟我过不去！我大爷跟着共产党把命丢了，我三叔，你看，跟着共产党这条腿残了……"

阎三齐白了他一眼，说："用不着提我，我愿意！丢了命我也愿意！"

阎凤山又说："凭啥给我安个富农的帽子？我家的地那是一分一分攒下的，村里人谁不知道，凭啥让我家把地让出来？阎在有那可是实打实的大地主，他让了七亩地也成了富农，跟我平起平坐了！你们知道不知道，他还有二十多亩地呢，雇着十好几个长工。我三亩地是富农，他二十多亩地也是富农，凭啥？！"

安子文听到这里恍然大悟，群众的情绪果然是有原因的，还是土改的工作有所欠缺。他诚恳地对阎凤山说："凤山大哥，你说的这些情况，我一定会向县委如实反映，搬家的事儿，也请你再考虑一下。"

阎三齐瞪了阎凤山一眼："你瞅瞅，人家通情达理，哪像你，混不吝！"

安子文轻轻拍了拍阎三齐的肩膀，示意他不要再说，然后拉着他离开了。看着他们离去的背影，阎凤山的眼神变得有些茫然。

自打住到李大脚家里，二丫和李大脚的关系很快就亲密起来，俩人能说到一块儿，李大脚也不拿她当外人，这让二丫心里很是感激。这天早上，二丫正在厨房里做饭。她从面盆内抓出和好的玉米面，迅速捏成窝头的形状，刚放进蒸笼里，李大脚就提着一捆菠菜走了进来："哎，二丫，还没走呢？"

二丫说："没呢，我蒸好了这锅再走。"

李大脚上前拿过抹布擦了擦手，帮着二丫捏起了窝头，一边说："哎，二丫，问你个事儿，你找下婆家没有啊？"

二丫没想到李大脚突然问起了这个，当下脸上一红，害羞地说："李婶，你咋提这个？"

李大脚说："那怕啥，男大当婚女大当嫁，你也是这个岁数了，婶子也是替你着急呢。"

二丫不好意思地说:"我没爹没娘的,谁肯……"

"没爹没娘的又咋的,闺女大了就得嫁人。"

二丫皱眉说:"我不嫁,一辈子都不嫁。"

"看你说的。唉,你也是个苦命人儿,没爹没娘的,也难怪没人给你提亲。哎,二丫,你要是不嫌弃你婶子,我认你当个干闺女咋样?"

二丫打心眼里感到高兴,她有些不好意思地说:"好啊,李婶……不,干娘。"

"哎,我的好闺女。哎呀,有了你这么一个当干部的闺女,我真是上辈子……"

见李大脚误会,二丫连忙解释:"干娘,我可不是啥干部,我就是一个做饭的。"

"闺女,不管你干啥,你都是我的好闺女。"说着,李大脚吊起了一张哭脸,"唉,可惜咱家戴了个富农的帽子。二丫,你不会为这个嫌我吧?"

二丫说:"干娘,看你说的,咋会呢。"

"你是不知道,自从你干爹戴上了富农的帽子,天天闹得他愁眉苦脸的,我们俩走到哪儿都觉得……唉,不说了,不说了。"

"干娘,这事儿你也别往心里去,我看咱家的富农帽子肯定能摘了,听说工作组马上要复查了,就咱家的这条件算不上富农。"

"你觉得咱家算不上富农?"

"是呀,咱家才三亩多地,也没有雇工,咋能是富农呢。"

"可你干爹他爹是地主。"

"爹是地主不能加在儿子头上,这我听他们干部们说过,划成分要根据实际情况,不能往老辈儿上算。"

李大脚欣喜地说:"真的?"

"就是,干娘,你就放心吧,让干爹也放心,咱家富农的帽子肯定能摘了。"

"哎呀，那可太好了，闺女你能这么说，我也放心了。哎，闺女，找婆家的事儿你也别着急，咱村里就有不少好后生……"

想不到绕了一圈又回到这个话题，二丫立时羞红了脸："干娘，咱不说这个好不好啊？"

李大脚笑着说："好，好，不说，不过，这事儿包在干娘身上。"

李大脚帮着二丫把饭送到了村东柏树林里，招呼党校的学员们吃饭。陈开尧领着警卫连的战士们加班挖防空洞，迟迟不肯过来吃饭。二丫心里惦记，只好又喊李大脚帮她抬着装满饭食的箩筐来到柏坡岭下。这边就见战士们排成一列，一传一递地从洞内送出装满土的箩筐，洞口两侧湿乎乎的碎石与泥土堆成了小山。

眼见陈开尧满身是土地钻出来，二丫就觉得心疼，赶紧递过饭碗，说："快吃吧，还热乎着呢。"

陈开尧接过扒拉了两口，又冲着两个战士说："抬进去，一排的就在里边吃了。"

两个战士抬着箩筐走进洞内。李大脚说："我说陈连长，好歹你也得让战士们歇一会儿呀，洞里又冷又潮，别弄坏了身子。"

陈开尧说："大婶，没事儿，我们撑得住。"

一名战士拎着铁锹跑过来说："报告连长，安秘书长他们已经在建最后一间房了，恐怕咱们赶不上人家了。"

"这么快？"陈开尧嚼着窝头，眉头皱成了疙瘩。

"是啊，连长，他们人多，当初你就不该……"

"啥该不该的，输了咱们就得做俯卧撑，赶紧进去挖吧。"扭头又对二丫说，"哎，二丫，村西边的房子盖好了没有？"

二丫回答说："打好了地基后就没见动静。"

陈开尧咧嘴笑了，心里有了主意，当下不再理会二丫，端着饭碗一边扒拉吃着一边向村西边走去。

到了村西头盖房处，远远地就见安子文正指挥着几个党校学员在安装房梁。陈开尧笑着说："安秘书长，你们干得挺快的呀。"

"那是，明天你们就准备做俯卧撑吧。"安子文得意地说。

"嗯，这房子盖得还真不错。"陈开尧说。

"当然，别看大伙儿是党校的学员，可人家在地方上不是区长就是团长，哪个不是身经百战的，盖个房子那算个啥！"

"安秘书长，你也别高兴得太早了，咱当初是咋约定的，你还记得吧？"

"当然记得，一个月为期，谁后完成谁做俯卧撑。"

"你们完成了吗？"

"下午就弄完，就剩一间房了。咋样，陈连长，听说你们刚挖了一半多，到后沟那儿还远着呢。对了，陈连长，我们当然也不会白看你们做俯卧撑，我们会帮你们挖的，你放心。"

"安秘书长，事情恐怕不是你想得那么简单吧。这边的房子你们是盖得挺快，可咱占了人家老乡的房子，不能就不管人家了吧，你们总得给人家搬出去的老乡们把房子修起来吧？"

安子文脸上的笑容立刻不见了，连拍脑门，说："哎呀，这个倒给忘了，忘了！真是百密一疏，咱是不能干那种过河拆桥的事儿，得赶紧给人家老乡们把房子盖起来。"

陈开尧这才哈哈大笑起来："谁做俯卧撑还不一定呢！"

"陈连长，你也别高兴得太早了，我们还有时间！"安子文说完，连忙招呼不远处整修路面的十来名学员集合，然后一起朝村子里跑去。

尽管警卫连的战士们在陈开尧指挥下没日没夜地赶工，他们最后还是输了，安子文率领的中央党校学员比他们整整早了五天完工。房子盖好之后，安子文又率领党校学员过来帮着警卫连挖防空洞。眼看工程接近尾声，没想到最后却遇上个麻烦事儿：挖地洞挖到了质地坚硬的石灰岩层，几百人轮流不停地凿，好几天也没有多大进展。后来还是陈开尧从井陉煤矿搞来了炸药，百十来斤的炸药堆上去，轰隆一声巨响，岩石层被炸了个粉碎。清理掉这个拦路虎，后边便好挖多了。到五月底的时候，防空洞终于挖通了，直通到柏坡岭西北侧的后沟。

这天黄昏时分，安子文与陈开尧陪同刘少奇视察新修建的住所。走到一处房门前，刘少奇摸着崭新的门板，很是好奇，他问："这门板可是上好的水曲柳，木材是哪儿来的啊？"

安子文说："是村里的老支书捐出来的，这本来是他留着做寿材的，听说咱们工校要盖房子，二话不说就把木料拿出来了。"

刘少奇感慨地说："都说平山的群众基础好，看来这与我们党员的先锋模范作用是分不开的。这位老支书叫什么啊？"

陈开尧回话说："叫阎三齐。"

"阎三齐，好，有时间了我去谢谢他。不过，用了人家的木料，要照价付钱。"刘少奇说。

安子文说："刘副主席，我们给他钱来着，您定下的纪律我们一直严格执行，用了群众的东西一律付钱。可这位老支书说啥也不收，不提钱还好，一提钱就急，水也不让喝，把我们……"

刘少奇说："钱是一定要给的，办法你们自己去想。"

安子文应了声"是"，带着刘少奇向后沟方向走去。阎凤山家正好就在这条路边，经过的时候，远远就见房上的烟囱里冒着炊烟，刘少奇有些奇怪："这里边已经住上我们的干部了？"

安子文连忙解释："不是，这是本地的一户村民，我们还在动员他搬离。"

陈开尧补充说："这人叫阎凤山，是个钉子户，我们好话说尽，他就是不搬。要我说啊，得给他来硬的，我就不信他不搬。"

刘少奇扭头看着陈开尧，说："来硬的？陈开尧同志，你说说看，怎么样来硬的呀？"

陈开尧说："只要您同意，我带上几个战士，把他架出去，他的东西我们……"

刘少奇不悦地打断他说："那好，我问你，你用这种办法把人家赶出自己的家，他心里能服气吗？我们住进来心里能踏实吗？西柏坡的老百姓会怎么看我们？"

陈开尧一下怔住了，讷讷地一时回答不上来。

刘少奇继续批评说："陈开尧同志，你要记住，我们面对的是真诚善良的老百姓，老百姓对我们的革命事业已经做出了很大的牺牲，他们是我们的衣食父母啊！在西柏坡，当地的老百姓是主人，我们不过是到这里借住一时的客人，哪有客人来了，把主人撵走的道理啊？"

"可是……"陈开尧挠着头，一时说不上话。

刘少奇又说："对我们的老百姓做工作，不能用简单、粗暴的方法，要耐心细致地做思想工作。人家不想搬，总是有理由的吧？"

安子文接口回答说："他说他爹刚死，要是搬走了，他爹的魂儿就找不到家了。"

陈开尧说："甭听他的，其实他是埋怨土改工作组给他划了个富农，心里头不得劲儿，故意给咱出难题。"

刘少奇眉头皱了起来，没想到事情又是有关土改。这时候阎凤山恰好端着一个木盆从院里走出来，恶狠狠地瞪了陈开尧和安子文一眼，哗的一声将盆里的水泼在了陈开尧面前。

陈开尧当即喊道："阎凤山，你……你咋搞的？！"

阎凤山冷笑着说："别以为我不知道，就是你们哄着我三叔来骂我！我明告诉你们，想让我搬家，没门！"说完转身进院，将院门摔得山响。

望着阎凤山家的大门，陈开尧气愤地说："刘副主席，你看见了吧？就这样的人，怎么耐心做思想工作，我们……"

刘少奇不紧不慢地说："看来这位老乡对我们的工作确实心存抱怨。这件事要调查清楚，如果是我们的错，就要及时改正。你们想想，人家心里可能受着很大的委屈呢，决不能逼着人家搬走。"

陈开尧苦着脸问:"那怎么办,咱这院里总不能留着他这一户吧?"

刘少奇说:"这有什么不能的?留下他一家也无所谓嘛。"

"可我们的警卫工作……"

安子文说:"是呀,咱们的大门有警卫,他一户人家出出进进的也不方便。"

刘少奇朝四周看了看,然后指着西边的院墙说:"可以在这里开个门,让人家自由出入嘛。"

陈开尧瞪大了眼睛:"这……这咋行?"

刘少奇笑了:"怎么不行?小陈同志,不要把我们的老百姓往坏里想,更不要站在老百姓的对立面去考虑问题,如果是这样,我们与蒋介石与那些个军阀又有什么区别,你说是不是?"

第二天一早,陈开尧敲响了阎凤山家的院门,他是按刘少奇的要求前来给阎凤山道歉的。阎凤山走出来,眼见是陈开尧笑眯眯地站在门外,心里已十分厌烦,二话不说关门就往回走,陈开尧连忙边拍门边喊着:"哎,凤山大哥,我是来跟你道歉的。我们首长说了,不用你搬家了,真的,凤山大哥。你给我开开门,我得给你鞠个躬……凤山大哥,我是真心诚意来跟你道歉的。你要是不原谅我,我跟首长没法交代,晚上我还来,你要是不给我开门,我就在你家门口给你站岗!凤山大哥,首长说了,现在正在搞土改的'五月复查',你的成分问题也要复查,要是划错了就会坚决改正过来。"

阎凤山其实并没走远,他就停在大门后听着思量着,陈开尧的话让他有点摸不出头绪。他拽下身后的烟锅子,点燃抽了起来。抽了一锅烟后,阎凤山心想陈开尧是共产党的干部,应该不会编瞎话骗自己,倒不如再好好问问他。想到这里,他又打开了门。但这时陈开尧早已走得远了。阎凤山倚着门框望着陈开尧走远的背影,心里不免有了一丝懊悔。

11

尽管阎大头对李大脚主动搬出村东的老宅子心存不满,但他还是又一次选择了忍气吞声。其实这么多年阎大头一直忍让李大脚的原因只有一个,就是他还想让李大脚给自己添个儿子。为了让李大脚怀孕,阎大头可谓是想尽了一切办法,折腾了十来年,钱也没少花,可就是不见大脚的肚子有动静。其实早年间大脚的肚子也有过动静,可惜生的都是闺女,除了已经长大出嫁的第一个女儿玉莲,李大脚还曾经接连生过两个闺女,只是都被阎大头狠着心送人了,为此他也没少遭到李大脚埋怨。

这天早上,李大脚正在炕上叠被子,阎大头端了碗药进来给她喝。李大脚虽然瞪了他一眼,但还是接过来喝了。刚喝了一口,李大脚立马就噗的一声吐了出来:"你这是啥破药,咋恁难喝?"

阎大头看着满地的药液,很是可惜:"哎呀,咽了又能咋的,真可惜了。你懂个啥,良药苦口,来,再喝。"

李大脚捏着鼻子摆摆手说:"光是苦倒好了,一股子马尿味儿,不喝。"

"别废话了,快喝了吧。"阎大头命令说。

"我都四十大几的人了,还能生吗?"

"咋不能?你没见人家阎长贵他老婆,也是四十大几的人,五年生了仨小子。"

"人家长贵家的祖坟上是长了那根草了,你再去你家坟头看看,连个狗尾巴草都没有,还想……"

"别扯没用的，赶紧喝了。"

李大脚知道这事儿上自己争不过阎大头，也就懒得多说，接过药碗强忍着咕咚咕咚喝完了。阎大头看着李大脚抹干净嘴角的药汤，脸上乐得像开了花。

李大脚瞪了他一眼，又想起更重要的事来："对了，我认二丫当干闺女了，往后你对人家闺女可要客气点。"

阎大头十分纳闷："二丫？二丫是谁？"

"你长着个脑袋成天琢磨啥呢？二丫就是住咱家西屋那个闺女。"

"咱戴着个富农的帽子，人家能乐意吗？"

"咋不乐意，她都叫我干娘了，叫得可亲了。二丫说了，就咱家这个条件，复查的时候肯定能把帽子摘了。"

"你跟人家提这个了？"

"是啊。"李大脚一边说着，一边放好被子下炕来，一脸得意。

阎大头这才明白了媳妇的用意，眉头皱了起来："想认人家当干闺女就堂堂正正地认，你这不是利用人家吗……"

李大脚瞪着眼喝止住他："你小点声！人家闺女在西屋呢。我咋就是有私心了？这富农的帽子本来就给咱戴错了，她帮帮咱也是应该的。"说完不再理会阎大头，撩起门帘就出去了。

午饭前，李大脚摘了一筐菠菜给二丫送去。进了新盖好的工校大院，就见大槐树下围了一群穿着军装的战士，一个个指点着说说笑笑，有人嘴里还喊着数："……六十五，六十六……"李大脚好奇，挤进人群去看，只见以陈开尧为首的五六十个战士排成五排，双膀撑在地上正一上一下地起伏着。

李大脚纳闷，不晓得他们是在干什么。这时候有人从身后拽了拽她的衣襟，扭头一看正是二丫。二丫笑着说："干娘，你也来了。"

李大脚说："啊，给你送点菠菜来。哎，闺女，陈连长他们这是干啥呢？"

二丫笑着说:"做俯卧撑。"

"甚是个俯卧撑?"

"陈连长他们做的就是俯卧撑,就是锻炼身体的法儿。"

"他们为啥耍这个?"

"干娘你不知道,陈连长跟人家打赌,说是谁后干完活谁就做俯卧撑。陈连长他们输了,这不就耍起这个了。"

李大脚笑着说:"这大热天的弄这个,我咋觉得他们是吃饱了撑的呢!"

二丫笑起来,围观的人们也都跟着哄笑起来。眼看陈开尧气喘吁吁地上下起伏着,安子文在一旁笑呵呵地喊着数:"……八十一,八十二,八十三,八十四……"

陈开尧与众战士已经大汗淋漓,汗水在土地上砸出一个个小泥坑。安子文笑着说:"陈连长,要不就算了吧,少做几个也无所谓,我们不计较。"

陈开尧边做着俯卧撑边说:"当初说好了二百个就是二百个,我们要做足了,你们可得数好了。"

做到一百五十多个的时候,战士们起伏的频率逐渐慢了下来,有好几个已经趴在了地上,呼呼喘着粗气,围观的党校学员们笑起来。陈开尧咬牙坚持着,有人还在数着数:"……一百五十九,一百六十……"

这会儿又有一些个村民们围聚上来,看见这场面都很好奇。李大脚又跟他们解释原因,众村民也都笑起来。阎凤山也在这人群里,他看着地上咬牙坚持的陈开尧,心里渐渐钦佩起来。

"一百九十三,一百九十四,一百九十五,陈连长加油,警卫连的兄弟们加油……"安子文大声喊着,"……一百九十九,二百。好,好呀,陈连长,厉害呀,不愧是警卫连的连长!"

安子文话音刚落,砰的一声,陈开尧双臂一软趴在了地上,嘴里喊着:"哎哟我的娘呀,累死我了,哎哟我的娘呀……"

陈开尧脸贴在地面上,汗水顺着脸颊哗哗地流下来。围观的村民们笑呵呵地散去,阎凤山也略带愧疚地看了陈开尧一眼,随着人群散去。两名党校学员上前把陈开尧搀扶起来,安子文将一碗水递到他嘴边,陈开尧一口喝尽,抹抹嘴,又擦了把汗,气喘吁吁地说:"哎哟我的娘呀,也不知道是老了……还是咋的,在延安的时候……一口气做三百个也不带喘大气的,现在……不行啦……"

安子文笑着说:"你这是累的,天天还要挖那么多土方,搁谁谁也受不了啊。行了,剩下的活儿你们不用干了,我们全包了。"

陈开尧说:"那哪儿行,你们也够累的。"

安子文说:"陈连长,房子咱是弄好了,可床铺桌椅这些家具什么的还没有呢,总不能让首长们睡地下吧?找家具的事儿你还得多想想办法。"

陈开尧说:"倒也是。行了,这事儿包在我身上,那剩下的活儿你们就干吧,我带人找家具去。"

安子文叮嘱说:"陈连长,我可得提醒你,你别忘了昨儿个咱胡校长是怎么批评你的,找家具的时候你可得注意你的态度,可不能……"

陈开尧打断了他的话:"我知道,你就放心吧,咱还能老犯同样的错误啊。"

这天晚上,陈开尧果然又来到阎凤山家。不过让人意外的是,刚敲了两下,阎凤山就出来打开了院门,脸上还带着陈开尧从没见过的笑容,客气地说:"陈连长啊,请进吧,到屋里坐。"

阎凤山态度的转变让陈开尧有些诧异,他走到院中说:"凤山大哥,我就不进去了。那天没见着你,我就在这院里给你道歉,给你鞠躬了,先前我的态度实在不好,请你原谅。"

说着,陈开尧向阎凤山深深鞠了一躬。阎凤山连忙说:"陈连长,快别这样,其实是我不好,是我错了,耽误了你们的工作,我该向你道歉才是。"说着也要给陈开尧鞠躬。

陈开尧急忙将他按住,说:"哎呀凤山大哥,你可别,是我的不对,首长已经批评我了,你再这么说,我可更……"

阎凤山抢着说:"不,不,陈连长,我想通了,想明白了,共产党是真心对我们老百姓好,是我长了歪心眼,给你们添麻烦了。我这就搬,明儿个一早就搬。"

"不用了凤山大哥,我们的领导说了,你家不用搬了,真的不用搬了,等我们搬过来,咱们就是邻居了,以后有些事还要麻烦你呢!"

阎凤山有些不敢相信,愣怔了片刻,这才懊悔地说:"我……唉,陈连长,你们领导……你们共产党真是……好啊!"

"凤山大哥,毛主席常说一句话:路遥知马力,日久见人心。凤山大哥,共产党对老百姓咋回事儿,好还是不好,你们心里也有秤,会称出来的。"

阎凤山眼眶不自觉湿润了:"我……怪我糊涂,给你们添麻烦了。你说的那个复查的事儿,是真的?"

"那还有假?首长亲口说的。"

"你们首长还问过我的事儿?"

"是啊,哎,凤山大哥,那天你不是见过我们首长了?"

阎凤山纳闷儿地说:"我见过?"

"就是那天,你泼水溅了我一身泥,旁边站着那个就是我们胡校长。"

"哟,那个就是……哎呀,我真是太不懂事了,那么跟你们闹腾,首长还过问我的事儿,我真是……"

"我们首长可不是小肚鸡肠的人,他是……行了凤山大哥,你就踏踏实实住着吧,我走了,有事儿到树根家找我。"

说完陈开尧转身要走,阎凤山急忙把他拉住:"对了陈连长,我听说你们在找家具是吗?我家里有两件多余的旧家具,不知道你们要不要。"

陈开尧欢喜地说:"要,要啊。旧的不怕,能使就行。"

"那你明儿个找人过来搬吧,我给你腾出东西来。"

陈开尧赶忙又给阎凤山鞠了一躬:"哎呀,那可真谢谢你了凤山大哥!"

七月三日，这天在皇历上是宜搬迁的好日子，工校决定在这一天正式入驻西柏坡。一大早，二丫便带领着村里的一大帮妇女，在大院内的围墙和树干上贴下了许多花花绿绿表示欢庆的标语。到了上午十点多的时候，咚咚锵的锣鼓声响起，秧歌队在工校大院门口扭了起来。两侧围观的村民们个个喜笑颜开，等着一睹工校领导的风采。

扭了一袋烟工夫，随着噼里啪啦的鞭炮声，朱德、刘少奇在一众工委干部的簇拥下来到工校大院，边走边向夹道欢迎的村民们挥手致意。到了大门口，两人回身看向跟随的众村民们，朱德不禁感慨地大声说道："乡亲们，我得首先感谢你们啊，是你们做出了牺牲，才让我们有了安身之地啊。我谢谢大家了！"

朱德说完，和刘少奇一起冲着村民们深深地鞠了三个躬。村民们也用热烈的掌声给予了回应。

进到工校大院之后，朱德、刘少奇在安子文和陈开尧的带领下先去了西首的一处小院子。一进房间，房内许多件漂亮的洋式家具让朱德与刘少奇吃了一惊，朱德诧异地问："这些个家具是哪来的？"

陈开尧得意地回道："是我从井陉煤矿弄来的。"

刘少奇说："跟晋察冀军区打招呼了吗？这些家具应该归属晋察冀政府，我们征用过来应该得到人家同意才是。"

陈开尧说："您放心，我先跟军区后勤部打了报告，他们同意我们使用。"

朱德笑着说："聂荣臻给我们这份见面礼不薄嘛，欠下他这个情，以后可得还啊！"

正说着，院子里传来聂荣臻的声音："不用还，朱老总多指点指点我们打仗就等于还啦！"

大家朝外望去，就见聂荣臻与刘澜涛等人笑呵呵地走了进来。朱德笑着说："说曹操曹操就到，欢迎我们的聂司令大驾光临！"

聂荣臻也笑着说："这乔迁之喜我怎么能不来啊？朱老总，你看看，我给你带啥东西来了！"

　　说着，聂荣臻将一瓶白酒递过来。朱德接过酒瓶仔细打量着："这是啥子酒，有名堂没有啊？"

　　聂荣臻说："这是当地老乡酿的枣杠子酒，有劲儿！名堂呢，就是我要请朱老总和刘副主席喝个乔迁之喜酒。"

　　朱德大笑起来："好啊，我们就喝个乔迁酒！"

　　这天下午，火线剧社也从城南庄赶了过来，给村民们演出了秧歌剧《白毛女》。庆祝活动一直进行到深夜才渐渐停歇。中央工校就此正式入驻西柏坡，刘少奇和朱德也将这个好消息发电报通报给了远在陕北的党中央和毛泽东。

　　西柏坡，这个不过百十户人家的小村庄，从此在中国历史上，刻下了深深的印记。

12

保北战役是在这年六月份开始打响的。依照中央决定,晋察冀野战军以第二、第三、第四纵队在保定以北对国民党军发起进攻,歼灭北河店至漕河头铁路沿线的国民党守军。当月二十五日,晋察冀野战军第二纵队迅速逼近徐水南北两关,并于次日攻占了该城,歼灭国民党守军第一〇九师整整一个团的兵力。第三纵队则于二十五日夜开始向徐水、定兴各点发起攻击,并迅速攻克了北河店至固城,以及田村铺至固城之间的各点碉堡。得知这个好消息后,朱德很快作了决定,他要去前线战场看一看,只是在西柏坡这还有一件事让他放心不下。

这天晚上,朱德来到刘少奇房间,见他果然还在一边揉着肚子一边伏案书写。看着刘少奇一脑门的汗珠,朱德有点心疼,于是开口问他:"少奇,昨天主席的电报你看了吗?"

刘少奇说:"看过了,主席在电报里给我们交代了三件大事儿,我们……"

朱德打断他:"你看错了,是四件事儿。"

刘少奇放下笔,诧异地看着朱德说:"是三件啊,怎么是四件了?第一件,开好土地工作会议;第二件,建立财经办事处;还有第三件,将晋察冀的军事问题解决好。"

"还有一件头等重要的事情呢!"朱德笑着说,"你记得不,主席第一句话就说了,让你安心休养一个月,这不是头等重要的事情?"

刘少奇苦笑了下，说："我身体不要紧，挺挺就过去了。"

"那怎么行哟，身体是革命的本钱，你的病拖不得，是该好好休养一下了。"

"不用，自打搬到这里来，我感觉好多了，我可以……"

"长城不是一天建起来的，工作也不是三天五天就能做完的。眼下最主要的工作就是召开全国土地会议，代表们至少要到八月中旬才能聚齐，趁这段时间你好好休息一下，把身体调养好。我听荣臻说，城南庄西北边有个花山村，环境不错，你可以到那里调养一下。"

刘少奇连连摆手，说："还是等等再说吧，现在实在是脱不开身，土改的事情千头万绪，需要我去处理呀。"

"不能等了，论年龄，我是你的老大哥，你要是在西柏坡病倒了，我没法儿向中央交代嘛。我这就跟荣臻联系，明天或后天，你就去花山休养。"

朱德说完转身就走，不给刘少奇留拒绝的机会。走到了门口，他又回头对刘少奇说："明天一早我就要去保北战役前线了，你身体不好，就别来送了。休养的事你可不能打马虎眼，一定要去，要不我就让战士们抬着你去！"

听说要去前线，陈开尧兴奋得一夜没合眼。自打从延安出来后，他就一直惦记着再回到前线上阵杀敌。

这天一早，陈开尧陪同朱德坐上吉普车向保定方向疾驰而去。朱德看着一脸兴奋的陈开尧开玩笑地说："我说小陈，到了前线，你不会把我这个老头子扔下，自己去过枪瘾吧？"

陈开尧嘿嘿笑着说："朱老总您就别拿我逗乐了，我哪儿敢啊！不过，要是能消灭一两个蒋匪军……"

朱德笑着说："看看，心里还是想着去打老蒋吧？你这个陈开尧，到了前线，怕是不听我的话喽！"

陈开尧说："朱老总，我都好几个月没摸枪了，我想您也不会真的狠心……"

朱德说："我狠心怎么样啊？"

陈开尧挠挠头说："我的意思是……您不会不让我去杀几个蒋匪军吧？"

"行嘛，陈开尧，会用激将法了。你说会不会呢？"

陈开尧又嘿嘿笑着说："不会。"他摸出一把手枪递给朱德，"朱老总，您看，这枪还是四三年的时候我评上了优秀连长，您亲自奖励给我的。"

朱德拿过手枪看了看，说："嗯，不错，这枪保养得很好嘛。"

陈开尧说："保养得好有啥用啊，这枪要是不多杀几个蒋匪军，那不是太可惜了？"

朱德笑着来："小鬼，又在跟我耍心眼儿啊！"

陈开尧憨笑了两声，一脸渴求地看着朱德。朱德收起笑容，语重心长地对他说："小陈啊，你要明白一个问题，革命不仅仅是打仗，打仗也不仅仅是为了消灭对手。我们和蒋介石的战争虽然不可避免，但是，战争的目的是为了和平，是为了全中国的和平。"陈开尧低头琢磨着。朱德继续说："我们是逼不得已才打仗，我们打仗就是要打倒蒋介石的独裁，给全国老百姓以民主、自由，让他们过上好日子。"

陈开尧觉得自己一下子明白了很多，他看着朱德重重点了点头："老总您说得对，等全中国都解放了，成立了新中国，就再也不用打仗了。"

"对！特别是中国人不打中国人！"

吉普车在保北前线指挥部院门外停下，陈开尧率先跳下汽车，为朱德打开车门，扶他下来，早已在门口等候的杨得志等前线指挥人员忙迎过来。杨得志来到朱德身前，立正敬礼："欢迎朱老总亲临保北前线视察指导工作！"

朱德笑着说："指导工作可谈不上，我是代表党中央和中央军委，来向前线的将士们表示感谢的。"

杨得志说："请总司令放心，我们一定夺取胜利！"

朱德拍了拍杨得志的肩膀说："好，有这股子信心就好。"

杨得志指了指身后的院子："朱老总，这是我们的指挥所，请总司令进屋，外面太热了。"

朱德没有马上进屋，而是左顾右盼地打量起指挥所附近的地形地貌，看了一会儿才说："嗯，这个指挥所位置选得不错嘛，有一个好的指挥所，打起仗来就事半功倍了。"

杨得志说："这个指挥所还是聂司令亲自来选定的。"

朱德点了点头："嗯，聂荣臻很有眼光嘛！哎，小杨啊，我们有几年没见了？"

杨得志回答说："自从四五年离开延安后一直到现在，两年多了。"

"这两年，尤其四六年以后，你杨得志打了不少胜仗嘛。好啊，成长得很快呀，聂荣臻有你们这些猛将相助，全取华北指日可待啊。"

杨得志踌躇满志地说："总司令亲自来前线给我们鼓劲儿，这一仗是必胜无疑了。"

朱德笑着说："你又在给我戴高帽子了，我朱德没有那么大的福气哟。"

众人都哄笑起来。杨得志当先带路，引着朱德等人朝指挥所里走去。

到了第二天黄昏时候，攻打固城的战斗开始了，隆隆的炮声清晰地传到指挥所内。朱德在一副地图前凝神观看，陈开尧站在他身旁，看着指挥员与参谋们进进出出，十分忙乱，就觉得手里发痒，恨不得冲上前线去亲自消灭几个敌人。

陈开尧正琢磨着，就见杨得志拿起一部电话，大声下达着命令："决不能让敌人突围！我告诉你，朱老总到前线来了，就在我们身边……对，我能糊弄你吗？告诉战士们，要打个大胜仗，让党中央放心！对，对……好，我等你的消息。"

杨得志放下电话，兴奋地走到朱德身边，汇报说："朱老总，杨成武的三纵已经把傅作义的一个美式装备团包围在固城，其他部队也被我军分别包围在徐水、定兴和完县。"

朱德的手指在地图上一一滑过这几个地点："好，好嘛，把肉分割了，才好下嘴嘛。不过，要注意北面增援的敌人，傅作义不会乖乖地看着他这四个团被我们吃掉的。"

杨得志说："我已经在高碑店安排了打援部队，涿州的敌人还没什么动静。朱老总，你看我们是不是主动敲他一下，把涿州的敌人引出来？"

朱德笑着说："你是指挥官，我不好越权指挥嘛。战场上形势瞬息万变，战术要根据需要随时调整嘛！"

得到朱德鼓励的杨得志信心更足，他从容地指挥队伍引蛇出洞，围城打援，很快拿下了保北战役的胜利。最后的战斗是在午夜时分结束的，到了第二天上午，杨得志请朱德给所有一线的指战员讲话。望着还没来得及擦去灰尘、满脸疲惫但又兴奋的众多前线官兵，朱德十分感慨："同志们，你们这次的堡垒战和攻城战打得好，你们这两种战术的素养有了很大的提高；另外，炮兵、步兵协同得好，这个经验要认真总结。我们在指挥炮兵作战方面经验还不多，这次胜利，给以后炮兵大规模参加作战提供了示范……"

返回西柏坡的路上，朱德又专门到石门前线视察了一番。黄昏时候，正路过岗南村外围，夕阳西下，路两边的田地里，金黄色的稻穗在山风吹拂下波浪一般地摆动，一些农民还在田垄间除草。望着田地里饱满的稻穗，朱德满心欢喜，他摇下车窗看着窗外问陈开尧："小陈，前面是什么村啊？"

陈开尧说："岗南村。"

"岗南村，上一次你们出来选址，好像就有这个村，是吧？"

陈开尧兴奋地说："对对，是有这个村。朱老总，我就是这个村的。"

朱德有些惊讶："哦，原来你离家这么近啊，那家里面还有什么人啊？"

陈开尧回答说："就剩我爹了。"

"回去看过老人家没有啊？"

陈开尧摇摇头说："没有。"

"想不想回家去看一看呀？"

陈开尧怔了一下，好半天才说："不，不想！"

朱德微笑地看着他："没有讲真话吧？"转头又对司机小宋说，"小宋，停车！"

司机小宋踩下刹车，将吉普停在路边。陈开尧连忙说："朱老总，我不回家，咱们有纪律，不能暴露首长的……"

朱德笑着说："哪个说让你回家了？遵守纪律是对一个革命战士最起码的要求。"一边说，一边打开车门走了下来，陈开尧也跟着走下来。

朱德走到田边，抓过一根稻穗仔细看了看，说："好呀，这稻谷长得不错嘛。"

就在前面不远的河沟处，一个穿着白布衫的农民挂着锄头直起了腰。陈开尧怔怔地看着，泪水一下子充满了眼眶，那正是他的父亲陈大宽。父亲那苍老的身影让陈开尧揪心一样疼痛。

"那边有个老乡，我过去跟他说说话，你们俩在这儿等着。"朱德说着，踏上田垄向陈大宽走去。陈开尧张大了嘴，却一个字也说不出声来。

走到陈大宽身边，朱德和他打了个招呼。他的口音让陈大宽有些纳闷。看到陈大宽的诧异，朱德又笑着说："老乡，我是路过的，看着这稻谷长得不错，就下来看看。以前我也是种田的，老家在四川。"

陈大宽摇摇头说："你可不像个种田的。"

朱德说："不像吗？那我像干啥子的？"

"像个教书的先生。"

朱德哈哈笑起来，说："我还是头一次听说我像个教书先生。你看我这身板，哪像个教书的嘛。"

"反正我觉得像。老哥，你到我们这儿干啥来了？"

朱德说："我去西边的西柏坡村子办点事儿。对了，老乡，我问你，你种的是自己家的地吗？"

陈大宽看了朱德一眼，说："要是自家的就好了，这是吴有贵家的地。"

"吴有贵是个什么人呢，地主？"

"是哩，这些地都是他家的。"

"你们村还没土改呀？"

"改了，分了两亩山梁子地，管个啥用？糊弄人哩。"

朱德皱起眉头又问："这么说这些河边的地还都是地主家的？"

"可不是！你瞅瞅，这沿着河的好田都是吴有贵家的，每年打下的稻谷他家的仓里都盛不下！"

朱德说："哎，前一阵儿咱这县里不是来了工作组吗？怎么还……"

"工作组是来过，待了几天又走了，没管啥事！唉，说是让咱穷人翻身，我看是没那么容易翻的。"

"能翻，老乡，我看再要不了一两个月咱就能翻身了。"

陈大宽惊讶地看着朱德："你这个先生是干啥的，这话可不兴乱说呀。"

"不要紧，咱这里是解放区，说啥子话都不怕。"朱德说到这里，放眼望去，见夕阳下群山环抱，远处宽阔的滹沱河浩浩荡荡向东奔流而去，不禁感慨万分，"这么好的地方，应该属于劳动人民。"

陈大宽看着朱德一脸认真的样子，笑了笑说："你这老先生，话说得挺好，可惜呀，不定咋回事儿哩。"

朱德也笑着说："老乡，我敢跟你打赌，用不了两个月，这里的地一定有你，用不了几年，全中国的土地都属于劳动人民。"

陈大宽仔细打量了朱德一番，说："你是西柏坡里头那个学校的吧？"

朱德笑着说："你看出来了？"

陈大宽说："那一准儿是，听说西柏坡的学校里来了好多共产党的大干部，听你的话应该是那边的。哎，老先生，不瞒你说啊，我儿子就在你们部队上。"

"哦，哪支部队？"

"哪支部队咱不知,就知道是在延安哩,保卫毛主席,保卫朱总司令哩。"

朱德一愣,随即笑了,正要开口,陈大宽不满地说:"你笑个啥,我一把岁数还能说假话?"

朱德摆手说:"不不,我相信你,你儿子叫个啥子嘛?"

陈大宽自豪地说:"陈开尧!大前年就当上连长了。"

朱德大感诧异,扭头向路边望去,只见陈开尧背身蹲在吉普车旁边,手里不住地在地上划拉着,朱德立时明白了一切。

返回车上,朱德故意什么也不说,果然还是陈开尧年轻沉不住气,过来试探着询问:"老总,那……那个老乡……他没跟你乱说啥吧?"

朱德佯作不知,反问说:"没有啊。怎么,那个老乡你认识?"

陈开尧连忙解释:"不是不是,那个……我离得远,没看清。"

"那你怎么说人家乱说啊?"

陈开尧挠了挠头:"我……我们村里的人都没啥见识,我怕……我怕他们说错啥话。"

"不要看不起老百姓嘛,咱们又有多少见识了?要了解群众的真实要求,不能光听汇报,要深入到群众当中去,和他们拉家常,跟他们交朋友,那样才能听到真话。"说着,朱德拍了拍陈开尧的肩膀,"小陈,看来你们村的土改工作也做得很不到位,需要立即整改才行。"

车子缓缓前行,陈大宽的背影渐渐缩小,最后消失在暮色之中。

陈开尧咬紧嘴唇望着窗外,久久不肯把头转过来。朱德没有再多说什么,只是脸上露出了宽慰的笑容。

13

全国土地工作会议召开在即，晋绥、冀南等解放区的代表已经到达西柏坡，董必武也从馆陶县赶了过来。时下距离确定的开会日期七月十五日，已经只剩下三天了。

这天午后，二丫正在大伙房擦拭着饭桌，陈开尧急匆匆地走了进来，二丫诧异地问道："陈连长，你咋才来？已经没饭了。"

陈开尧说："我不是来吃饭的，我来找你。"

"找我？"二丫心里纳闷，不由得又紧张起来，"我又犯啥错误了？"

陈开尧板着脸说："你看你，除了批评你，我就不能找你有别的事儿？"

"那你找我啥事啊？"

"我来是想问你会做针线活儿吗。"

"会啊，不过……我就会缝个被子啥的，衣裳没做过。"

"不让你做衣服，会缝被子就行。"

"那我会。给谁缝被子呀？"

"不是缝被子，是缝个……缝个大帐子。"

"大帐子？那我可不会。"

"咋又不会了，比缝被子简单，就是把几块布缝在一块儿，这会不？"

"这个会，还絮套子不？"

陈开尧不耐烦地说："大帐子！大帐子！絮啥套子？"

"到底多大个帐子啊？"

陈开尧比画着说:"有……从这儿,到墙根下,这么大。"

二丫吓了一跳,说:"缝这么大个帐子干啥?"

陈开尧批评她说:"不是跟你说了嘛,不该打听的决不打听,你咋又犯了……能缝不?"

二丫琢磨了一下说:"让我干娘帮着,也许能吧……"

陈开尧听她说什么干娘,很是纳闷,问:"你干娘?谁是你干娘?"

"就是李大婶,她让我认她做干娘了。"

"二丫,咱革命队伍里可不兴认干娘。"

"那咋办?已经认下了,退了?"

"认下了再退更伤害阶级感情,我是提醒你,以后可不能再认了。"

二丫笑着说:"那是,我可不能认七八个干娘。"

陈开尧瞪了她一眼,说:"严肃点!这样,你去问问你干娘,家里有白布没,要是有的话,咱给钱,按市价买。"

二丫说:"行,要多少?"

陈开尧掐算了一下,说:"我估摸着咋也得十来丈。"

二丫又吃了一惊:"啥?缝这么大个帐子,干啥用啊?"

"你看你看,又打听……"

二丫吐了一下舌头,笑着说:"我又犯错了。行,我这就去问我干娘。"

回到阎大头家,二丫跟李大脚说了这事儿,李大脚也吓了一跳。她家里还真存着一卷白布,不过那是当年结婚时带过来的嫁妆,是十尺上好的细洋布,要拿出来缝帐子,李大脚还真有点舍不得。二丫看出她的心思,认真地跟她说:"干娘你放心,陈连长说了,好布就按好布的价钱算,赖布就按赖布的价钱算,工校亏不了咱老百姓的。"

李大脚犹犹豫豫的总算答应了,二丫又请她去乡亲家都打听打听,看大家能不能凑出这十丈白布来。李大脚琢磨了一会儿,第一个先往村长阎三齐家过来了。

阎三齐不在，他闺女春草正好在家。春草的丈夫出外参军去了，自己又有了身孕，没人照应，于是回到娘家来住。听李大脚说明了来意，阎春草当下回屋拿了一卷白布出来，说："这是准备给我爹做寿衣的，公家要使，先让公家用着。"

李大脚忙摆手说："哟哟，那咋行？之前你爹把寿材都拿出来了，这寿衣可不能再……"

阎春草将布塞给她，说："他要不是把寿材做了门板，我还真不敢把这布给你。大脚，我爹的脾气你还不知道，给了公家他才高兴。"

李大脚接过布，说："那行，我就收下。工校说了，这布给钱，不白用。对了，这布的价钱是多少来着？"

阎春草说："啥钱不钱的，我爹要是听见了那就得跟你急。"

"那就甭让你爹知道。春草，你家日子也紧巴巴的，不能不要钱，该要就得要，咱过日子也不容易不是？"

"再说吧，你先拿去。"

李大脚掂了掂手里的布，说："这布起码也有一丈半。行，我跟工校说，有一丈半白布是你家的。"

李大脚前前后后跑了一晌午，总算皇天不负有心人，一共借下了十五丈白布。下午她又去郭苏村的集市上买来针线，当晚便和二丫在屋里缝了起来。

李大脚一边缝着白布，一边不忘在二丫耳边念叨："闺女，这些个布可都是干娘豁着老脸跟人家赊的，咱得赶紧把钱给人家，干娘脸皮薄，欠不得人情。"

二丫说："干娘，陈连长说了，帐子缝好了就给钱。"

"还有这线，这也得……"

"干娘你放心，该多少钱，跟陈连长一块儿算就是。"

"那就好，甭嫌干娘唠叨，干娘也是没法儿啊，但凡富裕点，也不至于……你也瞅见了，咱家虽说顶了个富农的帽子，可日子不富啊，你干爹拾掇那两亩地不容易……"

二丫用针撩了撩额头前散落的头发，说："干娘，我知道。"

"共产党对咱老百姓好，要是家里富裕，这点白布绝不能跟人家算钱，可这确实没法子不是，这手工钱咱肯定是不能要……"

二丫笑了，说："干娘，手工钱该算也得算，共产党有纪律，不能占老百姓便宜。这我会跟陈连长说，让他该算多少钱就算多少钱。"

"别，你可别说，那样的话干娘成啥人了？这手工钱不能算，不能算。"李大脚连连摆手说着，可脸上早已乐开了花。

到了第二天黄昏前，十五丈白布终于缝接在了一起。二丫将缝好的白布交给陈开尧的时候，陈开尧很是高兴地表扬了她一番，之后把布钱还有手工钱都如数交给了她。二丫把钱又再转给了李大脚。李大脚也同样满心欢喜，琢磨着靠着公家就是好，这一里一外赚进了不少钱呢。

土地会议的会场就设在村西恶石沟的打麦场上。这天一早，陈开尧叫上几个战士一起，把缝好的大帐子缠在打麦场的树木上，支成了一个白布篷。这会儿正是七月中旬，日头最是歹毒，有了这布篷，前来参会的代表们就能免受暴晒之苦了。

布置好会场，陈开尧看到军区炮兵团高炮连的战士们在沟口两侧的山上架起了几门高射炮，以防敌人空袭。晋察冀高炮连的高射炮都是从国民党那里缴获而来的。看着这一门门昂首挺胸的高射炮，陈开尧甚是欢喜，心想，要是老蒋的飞机来了，定要让它们有来无回！

从山上看下去，打麦场四周绿树环绕，场地修理得平平整整。打麦场北侧修建了一个土台，土台上并排摆着几张褪了色的长条桌椅。土台下是各式各样的长凳、矮凳、马扎、石块。一切都已准备就绪。

会议定在上午的九点钟正式举行。不到八点，布篷下就坐满了来自各个解放区的参会代表，聂荣臻、叶剑英、罗瑞卿、彭真、薄一波等人也都从忙碌的工作中抽出时间赶到了这里。

朱德的夫人康克清与两名妇女代表走进了布篷里,正四处寻找着空位置,就听到一个熟悉的声音在喊她:"康大姐,过这边来坐。"

康克清循声望去,只见土台下西侧邓颖超正向她招着手。康克清与两名妇女代表快步走过去,在邓颖超身边坐下。康克清关心地问道:"颖超,昨晚休息得好吗?"

邓颖超说:"很好,比起乡下条件好多了。"

康克清说:"你岁数也不小了,要注意休息。你现在是一个县的父母官,吃喝拉撒都得管,担子不轻啊。"

邓颖超微笑着说:"康大姐尽管放心,让我到阜平县当县长,其实就是组织上照顾我,再说身边有荣臻、澜涛他们,我的压力小多了。"

正说着,康克清突然指了指不远处一个高个子青年,说:"颖超,你看,那个小伙子是岸英吗?"

邓颖超扭头看了看,说:"应该是。岸英!岸英!"

男青年回过头来,正是毛岸英,眼见邓颖超与康克清向他招手,忙笑呵呵地跑过来,问好说:"邓妈妈,康妈妈,你们好。"

康克清笑着说:"哎哟,真是岸英,离开延安以后就再也没见过你了。你现在在哪个单位?"

毛岸英笑着回答说:"劳动大学。"

康克清纳闷地说:"劳动大学?我怎么没听说过……"

邓颖超笑着说:"他跟你说笑呢。他呀,现在在下面参加土改工作队,昨天我们一起来的。"

康克清笑着在毛岸英的头上轻轻拍了一掌,说:"好你个小家伙!看来让你参加土改工作组你是有意见了呀。"

毛岸英一本正经地说:"我哪有什么意见,爸爸说我这个洋知识分子不能不了解中国的现状,让我深入群众,从种地开始干起,他说这就是'劳动大学'。"

康克清说:"你爸爸说得对,是应该深入到群众中去。晚上散了会,你到我那儿去,给康妈妈好好讲讲你的收获。"

毛岸英敬了个军礼:"是!"

康克清关爱地拉着毛岸英的手说:"这军礼挺标准的嘛!来,别老站着,坐下。"

毛岸英笑着说:"我年轻,还是坐后面吧。"说着转身走去会场后面,找了块石头坐下了。

康克清看着毛岸英在后排坐好,这才好奇地询问邓颖超:"岸英也在阜平?"

邓颖超说:"没有,就在平山。哎,大姐,前不久我到他们村,发现岸英和思齐在一个工作队,你说他们两个……"

康克清纳闷地说:"思齐?哪个思齐?"

"就是刘谦初和张文秋的女儿啊。"

"哦,就是在延安演话剧《弃儿》的那个小姑娘?"

"对,就是她。她从小就把岸英当成亲哥哥。现在小姑娘长成了大姑娘,两个人挺般配的,我就想……"

"你想给他们做媒?"

"你说行吗?"

"这有什么不行的,思齐是革命的后代,我们当然要考虑她的幸福。这样吧,咱们找个机会把岸英和思齐叫来,一起吃顿饭,说说这事儿。"

"好,等开完会就把他们……"

话未说完,土台上传来刘少奇的声音:"同志们,请安静!"

邓颖超和康克清不再说话,抬头看去,只见刘少奇在土台子的长条桌后面站起身来,微笑地环视着会场中的众人,会场渐渐安静下来。刘少奇清了清嗓子,大声宣布:"同志们,代表们,我宣布,全国土地工作会议现在开幕!"

掌声随即如雨点一般响起。

14

  一百多位参会代表的伙食,让厨房的几位工作人员忙碌得如同奔波的蚂蚁,从凌晨四五点钟直到现在,没有谁能歇上一会儿。二丫一大早便去田间地头采摘蔬菜运回厨房,这会儿她坐在大水缸旁择着豆角,脚边还放着一本破旧的识字课本,嘴里念叨着"人、口、手、山、地、风、雨……"

  厨师长老徐将揉好的馒头一个个从案板上拿起,放到硕大的笼屉内,然后扭头喊她:"二丫,帮我上屉!"

  二丫忙放下手里的菜,走到老徐身边,跟他抬起笼屉架到热气蒸腾的锅上。老徐指了指水缸边的小坛子又说:"哎,二丫,那个小坛子是你拿来的?"

  二丫说:"是呀,那是我酿的醋。"

  "你塞桌子底下吧,别往那儿搁,有点碍事儿。"

  二丫嗯了一声,走过去把小坛子拿起来,打开泥封的盖子,低头到坛口闻了闻,忍不住小声地自称自赞:"真香呀!"

  "十二点准时开饭,开得了吗?"陈开尧匆匆推门走了进来。

  老徐扭头看了看他:"开得了,你就放心吧陈连长,你都问了五遍了!"

  陈开尧尴尬地笑了,又转头对二丫发号施令:"二丫,快,找些马扎子摆到大伙房外头去!"

  上午的会议主要是刘少奇代表中央作报告。吃罢午饭,下午又换成朱德与彭真等人继续作报告。会议一直进行到六点方才散了。

小伙房的餐厅摆了四五张方桌。天黑前，陈开尧带着薄一波、彭真等人过来吃饭。二丫赶忙端来饭菜摆到桌上。主食是馒头，菜肴则是菠菜炒鸡蛋、青菜炒肉，还有土豆丝。彭真坐下，看着桌上喷香扑鼻的饭菜，笑着说："伙食不错嘛。"

薄一波说："平山这地方富裕，聂司令不是说，这里是晋察冀的乌克兰嘛。"

彭真说："主席他们在陕北可是受苦了，肯定还是吃着小米饭呢。"

正说着，二丫将一碗醋放到桌上，说："首长，这是刚酿下的醋，你们尝尝吧。"

薄一波是山西人，自然是好醋，端起碗闻了闻，陶醉地说："嗯，好香啊！好醋！"说着往自己碗里倒了一些，将醋碗递给彭真，"老彭，这醋不比你老家的差，你尝尝。"

彭真也倒了一些，尝了尝，不由连声说好："想不到，在这太行山的山沟沟里，能吃到这么好的醋，真不赖呀。"

薄一波微笑地看着二丫问道："姑娘，这醋是从哪买的？"

二丫回答说："报告首长，这是我自己酿的。"

彭真打量着二丫："哦，你是山西人？"

二丫说："是，兴县的。"

彭真笑着说："哎呀，你是我们的小老乡嘛！我们俩都是山西的。"

二丫高兴地说："真的？彭书记老家是哪儿的？"

彭真说："我是曲沃的，山西南边。"

薄一波说："哎，小老乡，开完会，你能不能把酿的醋给我们带一点啊？"

"当然可以，我给你们酿一大坛子！"

薄一波笑起来："好好，那我先谢谢你了。"

当天晚上,火线剧社的工作人员在会场拉起了银幕,为参会代表和乡亲们放映苏联电影《列宁在1918》。由于声音是俄语,毛岸英便与另外一名留过苏的女同志充当起配音演员,举着话筒给观众现场配音。乡亲们看着这稀奇的洋玩意儿,不时传出惊叹声和欢笑声。

刘少奇当然没有心思去看电影,土改工作严峻的形势时刻困扰着他。就在他在屋里撰写报告的时候,彭真走了进来:"刘副主席,没去看电影呀?"

刘少奇拉着彭真坐下,欣喜地说:"我正要找你说点事儿呢,你来得正好。"

彭真笑着说:"看来刘副主席还是跟在延安时候一样,一工作起来就停不下了。"

刘少奇无奈地说:"没办法,土改进行到这个时候出现了这么多问题,我是有责任的呀。土改当中的歪风邪气必须纠正过来,否则何谈赢得全国的胜利?"

彭真说:"是呀,形势的确很严峻,比想象中的还严峻。进行的没进行彻底,没进行的有着太多的思想包袱,这不是好兆头呀。"

刘少奇说:"是,所以我想让你多谈谈你们东北解放区的经验,总结出经验来给大家借鉴就能少走弯路,少犯错误。现在看来,晋冀鲁豫和苏北的土改进行得比较彻底,你们东北和热河新区也可以。山东、晋绥和晋察冀太慢了,完全没跟上形势,这可是个大问题。"

彭真说:"是啊,经过我们的调查,农民的要求主要有三项:土地、生产资料、民主自由的权利。我们在土改中着重工作的就是这几项。"

刘少奇说:"还有一项,负担要公平。"

彭真说:"对,从大家反映的情况来看,我们一些干部强迫压制群众意见的作风还很严重,脱离群众,已经达到了惊人的程度。"

刘少奇激动地站起身来,严肃地说道:"党内及干部中严重的不纯洁状态,作风不正,领导上的官僚主义,缺乏具体的思想教育,是这些地区工作落后的基本原因。这次会议必须要纠正这股不正之风!"

第二天会议的内容是各解放区代表依次报告土改工作中的经验与教训。由于土台上没有布篷遮蔽,因而坐在上面的刘少奇、朱德一直暴晒在日光下,不到晌午,俩人已经汗流浃背。早在开会前,刘少奇的胃病突然变得严重起来,这两天他一直是忍着胃部剧烈的疼痛参加会议的。一旁的朱德看着刘少奇不住地揉搓着胃部,几次劝他回去休息,刘少奇都摆摆手,强笑着拒绝了。

中午,代表们吃饭的时候出了点小插曲:菜里浓重的醋味让很多代表都吃不下去。陈开尧过来给朱德打饭,听到代表们的反映后立时猜到了怎么回事,他马上跑到后厨,找到二丫质问道:"二丫,你是不是给菜里放醋了?"

二丫看着陈开尧吹胡子瞪眼的模样,十分不安:"啊,那个……昨天首长夸我酿的醋好,我就……就……"

陈开尧一听气不打一处来:"你可真行!你……你以为首长都是你们山西人?都喜欢吃醋?"

二丫没想到自己好心办错了事,惶恐地说:"我……我们家里炒菜都放醋,我就……"

"这儿不是你们家!你办事儿不要凭经验行不行?参加咱这会的代表天南海北的都有,你放了醋,好多人就不爱吃,你这事儿办得是大错特错,你知道吗?"

听了这话,二丫心里也十分后悔,抽泣着说:"陈连长,我……我又犯错了,我……"

陈开尧不客气地又给了她一句:"你是屡犯不改,我看你是没救了!"

二丫一下子哭出来,抹着眼泪跑了出去。

趁着吃饭的当口,刘少奇与朱德正讨论着今天各位代表的发言。刘少奇说:"在土地政策的方向上看来,代表们的意见比较一致,都认为平分土地利益很多,方法简单,群众拥护,外界也很难找出理由反对,可以团结百分之八十以上的农民。有了基础我们就可以少犯错误。"

朱德点头表示赞同:"数量上抽多补少,质量上抽肥补瘦。除了少数分子,无论男女老少,人人有其田。这样也照顾了中农的利益,地主、富农也能留下一份生产资料……"

两人正说着,陈开尧拎着食盒走了进来。他打开食盒,一边将饭菜摆到桌上,一边歉疚地说:"朱老总,刘副主席,今天的饭只能凑合着吃了。"

刘少奇纳闷地问:"怎么回事,不够吃吗?"

陈开尧说:"二丫给菜里放醋了,酸了。"

"我尝尝。"朱德说着,抓起筷子夹了一口菜放进嘴里,立刻皱起了眉头,"你去告诉张二丫同志,以后做菜要照顾到大多数代表的口味儿。"

陈开尧说:"我就是这么说她的,可她觉得自个儿挺委屈,饭也不给打了,跑了。"

朱德瞪了陈开尧一眼,说:"那一定是你的态度不好,快去找她,不要出啥子事情!"

陈开尧其实也很担心二丫,有了朱德的命令,他马上跑出去寻找起来。可是从村里找到河边,又从河边找到村里,四处都找遍了也没见到二丫的身影。陈开尧更加担心焦急,他开始反思自己那会儿的做法,话说得是不是太重了,态度是不是又过了,脸色是不是又太难看了……

直到日头快要落山,二丫才一个人蔫不悄声地回到了小伙房。她过来找到陈开尧,主动向他承认了自己的错误。陈开尧心里的石头总算落了地,但他还是故意板起脸,警告二丫以后不能再一个人乱跑,然后又向二丫耐心地讲解了各位首长的饮食喜好与生活习惯,要她在工作中多多注意,要更加细心认真地对待工作。吸取了之前的教训和朱德的批评,陈开尧这次格外注意自己的态度,尽量心平气和地和二丫说话,他的样子反而让二丫有些奇怪。

一听说陈开尧忙到现在还没顾得上吃饭,二丫心里更加内疚,赶忙跑回厨房给他做饭去了。

15

全国土地工作会议顺利结束，与会代表们全票通过了刘少奇牵头起草的《中国土地法大纲》。虽然还只是一个草案，但它明确地规定了土地改革的方针和政策，为土改工作指出了明确的方向。土地会议结束后不久，晋察冀野战军在西柏坡东北大约一百公里的定兴县清风店镇，全歼了驻守石门的国民党第三军主力部队，俘虏军长罗历戎。第三军主力被消灭后，国民党在石门的外围防线彻底被摧毁，驻守石门的国民党军只有第三军第三十二师，以及两个保安团和周围几个县的保安大队，态势孤立。趁此之机，为了给中央前委到达西柏坡营造一个良好的安全环境，晋察冀军区司令员兼政治委员聂荣臻开始部署解放石门的战役。

已入秋的太行山内一片萧瑟，山风呼啸下黄叶纷飞，田地里的雾气散去后露出一片片的根茬。陈开尧走在熟悉又有些陌生的村路上，朝自己的家乡岗南村走去。朱德昨天给陈开尧布置了一项任务，说让他上前线去。陈开尧兴奋极了，问是去哪个前线，是不是石门前线，结果朱德告诉他是土改工作的前线，就是去他的家乡岗南村，了解那里的土改工作。陈开尧沉默了。朱德最后拍着他的肩膀说："小陈啊，我知道你很想家，想念你爹，都回来四个多月了，也该让你回家看看了。而且我还知道，你爹也非常想你啊！"

走进村子里，见有人正在墙上抄写《中国土地法大纲》，很多村民在围观议论。陈开尧没有多做停留，他快步来到自家院子，就见父亲陈大宽背身站在窗根下，踩着一个板凳，正把手里的玉米往房檐上挂。看着父亲苍老的身影，陈开尧再也忍不住，哽咽地大喊一声："爹！"

听到喊声，陈大宽身子一震，手里的玉米掉落在地。他缓缓地转过身，怔怔地看着陈开尧，良久，才哆嗦着嘴唇说："喜子？"

陈开尧上前将玉米捡起，抹了一把眼泪，说："是我，爹！"说着，陈开尧伸手把父亲从板凳上搀扶下来，"爹，您可老多了。"

陈大宽依旧是怔怔地看着陈开尧："嗯，是喜子，是我家的喜子，这模样跟我在梦里头见着的一样。喜子，你可回来了！"

"爹，我……其实我早回来了，可是……可是部队上有纪律，我……"

"早回来了？"陈大宽惊讶地说，"那你是在聂司令的部队上？"

"不是，我是在西柏坡的工校，四月底到的。"说着，陈开尧的眼泪滚落，"爹，喜子不孝，这才来看您，我……"

"瞅你，哭个啥，你不回来肯定有不回来的道理，走的时候都没哭，这回来了还哭个啥？别哭了。"

尽管这么说着，陈大宽自己也抹了一把眼泪。进到屋里，喝着父亲泡下的红枣茶，陈开尧将这近十年的经历一一说给父亲听。听说儿子现在是工校警卫连的连长，陈大宽满脸的欢喜，当下张罗着要请客，把亲友都叫来，算是给陈开尧接风。陈开尧劝父亲不必张扬，可陈大宽说等儿子回家等了十年，总算等到这一天，怎么能不热热闹闹地庆祝一下呢？陈开尧理解父亲的心情，也就没再阻拦。

陈开尧回来的消息没一个时辰就传遍了村里的每家每户，人们纷纷传说陈开尧现在是聂荣臻部队上的大干部，有的说是团长，有的说是政委，有的甚至说陈开尧是西柏坡工校很大很大的干部，出门都有洋汽车，众说纷纭，莫衷一是。总之这些传言让陈大宽听得美滋滋的，舒坦坦的。可惜的是现在地主吴有贵不在村子里，否则陈大宽一定会带着陈开尧去找他算账。自打上次土改工作组进入村子以后，吴有贵就搬去了石门城里，他的宅子留给了弟弟吴有禄。

中午，陈大宽家的小院里挤满了人，都是前来给陈大宽道贺的四邻八舍的亲朋好友。众人围着陈开尧轮番地问这问那，让陈开尧好一番招架。陈开尧族里有个远房兄弟叫陈更生，称呼陈大宽叫六叔，喊陈开尧叫喜子三哥，因为陈开尧在这一辈中排行老三。陈更生自小父母双亡，是被陈家族人一起拉扯着养大的，陈开尧当年走了以后，他就一直陪着陈大宽过活。这会儿他好奇地跟陈开尧打听说："喜子三哥，六叔说你在延安，天天守着毛主席，他吹的吧？"

"这……对，是他吹的。哎，更生，你别喜子三哥地叫，叫喜子哥也行，叫三哥也行，这喜子三哥算个啥啊？"

大家笑起来，更生说："好，那我叫你喜子哥，"转而又冲着陈大宽喊，"六叔，喜子哥说了，说你吹牛呢。"

陈大宽拎着茶壶一边给乡亲们倒茶一边说："你个兔崽子，六叔这么大岁数了吹啥牛？是他写信这么说的，要吹也是他自个儿吹的！"

更生笑着说："喜子哥，到底你跟六叔谁吹牛了？你没跟着毛主席那跟着谁呢，聂司令？"

陈开尧说："爹，我信上不是说了让你保密吗，你咋到处乱说呢？"

陈大宽说："保密？我倒是想保密，可我大字不识一个，不得找人念信啊？"

陈开尧一怔，大家伙儿都笑起来，陈开尧也笑着说："怪我怪我，我真的是……好好好，我错了，我吹的，是我自个儿瞎吹的，行了吧？"

更生又问："哎，喜子哥，你说这回这土改复查会不会跟上回一样，刮一阵风就没事儿了？"

陈开尧说："不会，全国土地会议都开了，《中国土地法大纲》也印出来了，还能刮一阵风？你没见村公所那墙上都写着了？"

陈大宽走过来，说："哼，我看还是一阵风！上回也说要给咱分地，可到最后弄了个七不上八不下，工作组一拍屁股就走了，财主还是财主，穷人还是穷人。你就说更生吧，孤儿，打小就吃百家饭，谁不知道？该不该分地？最该分！可一垄地也没落在他头上。"

陈开尧皱起眉，问陈更生："哎，更生，你不是不给吴有贵家当长工了吗？"

更生说："吴有贵跑了，可他家的地没跑呀，还是人家的。吴有禄现在不敢明着雇人了，可暗地里，咱不给他扛活吃啥呀？"

"这么说，你还是他家的长工？"

"算是吧，不过他吴家没先前那么神气了，见了我也是客客气气的。"

"那是为啥？"

"现在地主不吃香了呗！听说山西那边好些个地主还给打死了呢。再说我现在是民兵，他要是再敢欺负我，我就崩了他。"

听着更生的话，陈开尧的眉头皱得更紧了。

招待乡亲们吃喝完后，陈大宽带着陈开尧去了坟地。陈开尧跪在母亲的坟前再次痛哭流涕，给母亲诉说自己这些年的境遇。

晚上回到家里，父子俩在灯下又聊了起来。陈大宽问："喜子，张庆发家的榆儿还记得不？"

陈开尧说："记得。你不是说张庆发也给评了个开明富农吗？"

陈大宽说："是，要不是他儿子在聂司令的部队上，我估计咋也得给他评个地主。其实人家也不能算是地主，人家是从口外贩山货攒下的钱，这才买了十几亩地，那可都是血汗钱。咱乡下人挣了钱干啥，那可不就是买地吗？买了地就是地主就是富农？这评得不对头哩。"

陈开尧说："错划成分的事情的确要纠正过来，这次复查主要就是纠正这些错误。不过不管咋说，按他家的情况评个富农也没啥不合适的。"

陈大宽说："咱先不说这个。喜子，人家榆儿还等着你呢。"

陈开尧一怔："啥，等我？"

陈大宽这么一提，往事在陈开尧的脑海里又翻起了浪花。当年他与榆儿是定了亲的，要不是砍伤吴有贵逃走，说不定自己早已经和榆儿结婚生子了。他听父亲说起榆儿，显然还是想让自己娶她。可如今的陈开尧早已不是当年的庄稼汉，延安破除封建包办婚姻、鼓励自由恋爱的风气早已经让他忘记了这事儿，他心里已经认为这样的婚姻是不能算数的。

见儿子沉默不语，陈大宽说："你不是还没娶下媳妇嘛，你要是娶下了爹也不说啥了。既然没娶下，咱还得把人家榆儿娶进来，人家姑娘可是为了等你一直没嫁。"

陈开尧说："爹，十年前的事儿现在不能作数了，我不能娶榆儿。"

陈大宽瞪着他说："咋就不能作数？人家榆儿可是个好姑娘。这些年要不是人家张庆发接济，说不定你爹早就饿死了。后来你来了信，人家榆儿也以为你能回来，这才没嫁。你现在说这个，你对得起人家吗？"

陈开尧不想第一天回来就惹父亲不快，于是敷衍地说："爹，您别着急，这事儿我考虑考虑。"

陈大宽说："我能不着急吗？榆儿现在都二十二岁了，跟她一般大的姑娘孩子都生仨了，你还想耽误人家到啥时候？"

陈开尧说："爹，我不是说了考虑考虑嘛。等忙完土改的事儿，我会跟榆儿说的。哎，爹，咋没见张庆发过来？"

陈大宽说："榆儿她姥姥病了，张庆发回他丈母娘家了。我说喜子，这事儿你考虑不考虑都得……"

"行啦爹，以后再说吧。我累了，要去睡了，您也早点睡吧。"

第二天，县上来的土改复查工作组便进驻到村子，陈开尧前去与他们相见。说明自己的身份与任务后，工作组的人员对陈开尧非常敬让，希望他能主导这次复查工作。陈开尧说自己不过是来调查研究的，不能喧宾夺主，婉言谢绝了。不过陈开尧同时也提出了自己对复查工作的意见。一番商议之后，工作组决定全部没收地主的土地与资产，分配给没有地的贫农们。

分地这天，村公所里异常的热闹。院子中挤满了男女村民，吵吵嚷嚷的好像腊月里的大集一般。原本一块地也没有的贫民们,在工作组人员的组织下,依次上台抓阄,拿到属于自己的土地。

陈开尧观摩了一会儿分地,又与乡亲们攀谈了一会,这才走出村公所。没走几步,迎面恰好走来三个姑娘。陈开尧就觉着其中一个姑娘很是眼熟,一时却想不起来是谁。正要从她们身边经过,就听一个姑娘喊他:"喜子哥,你回来了?"

陈开尧一怔,扭头向喊他的姑娘看去,只见这姑娘身材高挑,模样俊秀,胸前的两根大辫子又黑又亮。陈开尧一下想了起来:"榆儿?"

榆儿红着脸说:"我要不喊喜子哥,喜子哥认不出来我了是不?"

榆儿身边的一个姑娘笑着说:"陈喜子,你可真是,自个儿媳妇也不认得了,是不是外边又有了啊?"说完,和另一个姑娘大笑起来。

榆儿瞪了她一眼,说:"三丫,胡说啥呢?"

那个叫作三丫的姑娘说:"你们俩慢慢唠啊,我们抓阄去了。"说着,拉着另一个姑娘跑进了村公所。

陈开尧尴尬地笑了笑,说:"是有点不敢认了。哎,你不是回姥姥家了吗?"

榆儿说:"听说分地,就回来了,昨儿个回来的。喜子哥,你多会儿回来的?"

陈开尧说:"我……回来几天了。你爹好吗?"

"我爹挺好。"榆儿摆弄着衣襟说。

"啊,那就好,你快进去吧,要不今儿个轮不上了。"

榆儿看了他一眼,说:"我家不分地,我家是……"

陈开尧才想起张庆发被划的是富农,自然是没资格再分地的,忙又说:"哦,那……进去看看热闹吧,我先走了。"

陈开尧说完逃也似的快步向村西走去。榆儿望着他的背影,眼神里是藏不住的失望。

刚收获完的田地里，齐刷刷的玉米根茬还留在土地上，田地间一条条白灰线把土地分割成了方块状。

陈开尧走到田边，就见村东头的刘光腚正拿着一把榔头在白灰线上砸一根木桩。栽好木桩后，他又从地上捡起一团麻绳，拴在木桩上开始丈量起土地。这刘光腚刚刚在几天前的分地大会上抓到了全村最好的这块地，让全村人都羡慕得不行。

"喜子。"身后传来了陈大宽的声音。陈开尧转身看去，只见父亲扛着把铁锹走了过来。

"啊，爹，你也过来了。哪块是咱家的地？"陈开尧问。

陈大宽指了指刘光腚身后，说："光腚后边的就是咱家的地。"说着，陈大宽摸出烟锅点燃，吸了一口后冲着刘光腚喊，"哎，光腚，你这是弄啥哩？"

刘光腚扭头看了他们父子俩一眼，说："我的地，量一量。"

"共产党都给咱量过了，咋的，你信不过共产党啊？"

"咋能信不过呢，以前都是给地主量地，现在咱是给自己个儿量，过过瘾呗！"

陈大宽笑着说："嘿，你个老小子，看你那高兴劲儿！"

刘光腚笑了，露出仅剩的几颗牙说："咋能不高兴？我爹我爷爷都没见过自个儿的地，我见着了，我能不高兴？说实在的，这些天我没一宿睡踏实了，一想起来就美呀！"

"那就好好美吧，咱两家的地紧挨着，比比谁的庄稼侍弄得强，咋样？"

"比就比，我也老庄稼把式了，还怕你？！"

陈大宽打趣他说："你是老庄稼把式？谁不知道你出工不出力，整天糊弄鬼呢，没少让吴有贵打你。"

刘光腚笑着说："给吴有贵干活，出啥力？我又不是傻子！这往后可不一样哩，自个儿的地，还能瞎糊弄？"又对着陈开尧说，"哎，喜子，你说，这个地……这个地……"

陈开尧笑着说:"刘叔,你有啥话就痛痛快快地说。"

刘光腚说:"喜子,你说这天还会不会再变了?"

陈开尧晓得他的意思,但佯装仰头看了看天,说:"这我哪说得准,这得老天爷说了算。"

刘光腚说:"我不是说脑袋顶上那个天,我是说……"

陈大宽说:"光腚他是怕地主再把地收回去。"

陈开尧笑着说:"刘叔,你就放心吧,有共产党给咱撑腰呢!"

刘光腚眯着眼,笑着说:"那就好,那就好。"说着,突然一下子跪倒在地,捧起一捧土,在嘴上亲着,泪流满面地喊着,"我的地,我的地,这是我的地呀!"

看着刘光腚的举动,陈开尧眼中涌出泪水,赶忙拉着陈大宽走开了。来到自家地头,远远看去,刘光腚还趴在地上呜呜地哭着,陈大宽感慨地说:"唉,庄户人家,地就是命,有了地就有了底气啊!"说着,从地上捡起一块土坷垃使劲扔了出去,然后问陈开尧,"喜子,你看我扔了多远?"

陈开尧目测了一下,说:"二三十丈吧。"

陈大宽笑着说:"看着没,二三十丈都没有扔出咱家的地,这是咱家的地啊!"陈大宽又俯身下去,从地上拔起一根玉米根茬继续说,"喜子,你就跟着共产党好好干吧,干不好你可没脸进咱陈家的祖坟啊!"

陈开尧看着激动的父亲,眼眶再次潮湿:"是,爹。"

陈大宽留在地里收拾庄稼,陈开尧一个人回到了家里。刚到家门口,就见榆儿的父亲张庆发正蹲在那抽着烟。陈开尧怔了一下,也只好硬着头皮上前问好。两人客套了几句,张庆发把烟锅在墙上磕了磕,终于说到了正题:"喜子,咱们就打开天窗说亮话吧,张叔问你,你跟榆儿的事儿还作数不?"

陈开尧一脸歉意地说:"张叔,你看,我现在是共产党的人,共产党你也知道,讲究自由恋爱,反对包办婚姻,我跟榆儿……那个,我们……"

"你的意思是不作数了,是不是?"张庆发打断他说。

"我……张叔,我跟榆儿不太合适,我们……"

"行啦,你别说了。我知道,现在我们榆儿配不上你!"

张庆发恼火地说完转头就走。陈开尧歉疚地看着他的背影,想喊住他再做解释,可又不知道说什么好。眨眼的工夫,张庆发已走远了。

回到家时,榆儿正在院子里唱着歌洗着衣服。张庆发一肚子气正没处撒,这会就都发泄到女儿身上:"别唱了!有啥好乐呵的!"

榆儿抬头看到父亲阴沉着脸,也不知道是什么事惹恼了他,怯怯地问:"爹,咋啦,又跟谁生气了?"

"就没一件顺心事儿!"张庆发嘟囔着说。

榆儿在衣服上蹭了蹭湿漉漉的手,站起来说:"爹,到底咋啦?还为那两亩地生气呢?工作组不是说了,因为咱是军属,特别照顾……"

张庆发愤愤地又舀了一锅烟点燃,抽了一口才说:"我不是为这个生气,我是生喜子那王八蛋的气!"

"喜子哥?他……咋啦?"榆儿纳闷地问。

张庆发说:"人家攀上高枝儿了,不要你啦!"

榆儿身子颤了两颤,嘴唇哆嗦着说:"爹,你咋知道的?"

张庆发猛地吸了两口烟,说:"刚才碰上那个小王八蛋,他亲口跟我说的,说以前定下的亲事儿不作数……榆儿啊,你就……他不要咱,咱也不稀罕他,咱另寻好人家!"

榆儿愣怔了好一会儿,才哇的一声哭出来,捂着脸跑回了自己屋里。

陈开尧退婚的事儿陈大宽还是几天后从邻居那听说的,当下暴跳如雷,跑到村公所把正在开会的陈开尧拽了出来,一直拽回到家里,关上门先抽了陈开尧两烟锅子,然后大吼着说:"咋的,你他娘的还想当陈世美是不是?"

陈开尧皱着眉头说:"共产党讲究新式婚姻,反对封建包办,我是党员，你这不是让我犯错误吗？"

"你别跟我扯，你是党员，我还是你爹呢！"

"爹，您看您，您能不能好好说，别……"

"咋的了，不爱听了？你当再大的官，我也是你爹。前几年，你一来信，我就跟人家庆发说了，说等你回来就把你们的婚事儿办了。你这会儿觍着脸去退婚，你说，你让我这张老脸往哪儿搁？我陈大宽可不能干这种屙下来的屎再吃回去的事儿！"

"那还不是因为你们搞封建包办那一套，你跟庆发叔定亲的时候咋不问问我？"

"我娶你娘的时候，你爷爷问我了吗？啊！谁家的儿女婚姻不是爹娘做主，共产党再好，也不能管人家娶媳妇、生孩子吧，啊？！我跟你说，你给我去给张庆发道歉，明儿个就让榆儿来咱家住，过两天就办事儿！"

"爹，你咋就……"陈开尧急得不知道怎么说好。

"行啦，你就别嘞嘞啦，这事我做主。我就不信……哎，我说喜子，你不会是嫌人家张庆发是富农吧？"

"爹，你又扯哪儿去了？我……反正这门亲事我不认！"

"这由不得你，除非你不认我这个爹！"陈大宽拍着桌子吼道。

"爹，你这人咋……我是共产党的干部，这封建包办婚姻……"

"共产党的干部咋的了？共产党的干部没有爹娘老子，是从石头缝里蹦出来的？"

"爹，你讲点理好不好？"

"讲理？爹跟儿子没得理讲！喜子，人家榆儿多俊哪，你没瞅见？你能娶人家榆儿是八辈子修来的福分！"

"俊又咋的，我们没感情。"

陈大宽脱下鞋子照着陈开尧头上打去："你再跟我扯这个，我抽你这个兔崽子！没感情也得讲良心吧，你庆发叔为了你推了多少人家？要不是等你，人家榆儿这会儿都抱上孩子了！"

"反正我就是不乐意！"陈开尧说着跑出了房门。

"你……你个小王八羔子，我叫你不乐意！"说着，陈大宽将手里的鞋朝陈开尧的背影用力扔了过去。

16

西柏坡的土改复查工作也在秋收前后开始了，没地的农民分上了地，先前划错成分的也都纠正了过来。

这天一大早，阎大头坐在正房门口的台阶上，拿剪子使劲铰着一顶破毡帽。李大脚从西厢房出来，看到阎大头的举动很是纳闷，赶紧过来抢过阎大头手里的剪子，说："你这是弄啥哩？"

阎大头瞪着李大脚说："铰了它。"

"你疯啦，帽子招你惹你了，你铰它干啥？"

阎大头站起来，支棱着头说："我就是要铰了它。"

李大脚伸手在阎大头的额头摸了摸，说："没发烧啊，你这是抽哪根筋呢？"

阎大头突然哈哈大笑起来，李大脚更加着慌了，说："大头，你咋的了，啊？你可别吓我啊！"

阎大头按住李大脚的肩膀说："大脚，咱家不是富农啦，帽子摘啦！"

"真的？真的不是富农了？"李大脚满脸的惊喜。

"真的，我刚从村公所回来，骗你干啥？"

"工作组真的把咱家富农的帽子摘啦？"李大脚揉揉眼，又问了一遍。

"嗯，还给我赔礼道歉了呢，说是先前划错了，对不起啥的。"

"那咱家让出去那一亩多地……"

"工作组说再给咱分回来，我说算了，不用了。"

李大脚脸色大变,狠狠地在阎大头的脑门上戳了一指头,骂道:"你他娘的真的是疯啦,啊?为啥不要,你家地多啊?!"

说完,她一把推开阎大头,气冲冲往村公所疾步走来。到了村公所门口,正撞上阎凤山往外出来,李大脚把他拉到路边,问:"你去里面干啥去了?"

"你说我能干啥?"

"也给你摘帽子了?"

阎凤山笑着说:"摘了,我现在是中农,你家大头的帽子不是也摘了?"

"我知道。我问你,你交出去的地……"

"给回来了,这不,新地契。"

阎凤山从怀里掏出地契递给李大脚。李大脚看了一眼,哭丧着脸说:"凤山,你快去劝劝大头。你说这个阎大头,他的脑袋肯定是让驴踢了。人家工作组说要把地还给他,他说啥也不要,你说他不是……"

阎凤山诧异地说:"刚才大头过来我也在场啊,他是说不要,可工作组说了,不要也得要,这是政策。"

李大脚转忧为喜,说:"啥?真的?那地真……真还给我家了?"

阎凤山说:"那还假了?我亲眼瞅着大头把地契揣进兜里了。"

李大脚又惊又喜,然后又恼火地骂道:"这个闷葫芦,真能把我气死,我非扇他俩耳光子!"

李大脚说完转身就往家里跑去,就听阎凤山在身后笑着说:"你们两口子,一个太急,一个太慢,弄不到一块堆儿!"

回到家,李大脚劈头盖脸地对阎大头一顿数落,逼着他把地契交了出来。

为了庆祝土地失而复得,当晚李大脚特意炒了肉菜,买了两斤老白干,还把二丫从工校叫了回来。

吃完饭后,李大脚拿出一根竹尺在二丫背后量起来。二丫惊讶地说:

"干娘，队伍上发穿的，不用给我做衣裳。"

李大脚说："我是你干娘不？"

二丫说："干娘，我有的穿。"

"你有是你的，干娘给你做是干娘给的，不一样。"

二丫感激地看着李大脚，说："干娘……你对我可真好。"

李大脚说："要不是你们来了，我家这帽子能摘掉？要不是你给帮忙了，我家这地能还回来？干娘知道谁好谁赖，知道该谢谁。"

"干娘，我真的什么都没做，要谢你也得谢共产党。"

"你就是共产党。"

"我不是，我现在还不是党员。"

"那大院里头，别的共产党干娘也不认识，就认个你……别动！"接着又说，"闺女，往后日子好过了，等你出嫁的时候，干娘再给你做新的，红红绿绿的都得有，可不能让人瞧不起咱。"

"干娘，你咋又提这个……"二丫红着脸说着。

老鸹呱呱的叫声从窗外传进来，夜已经深了。

陈开尧这两天一直在村公所里忙活着，没有回家去住。村支书方定国在分地的时候提出一个提议，号召乡亲们捐出粮食送到石门前线去，送给在那里艰苦战斗的晋察冀野战军战士。这个提议当即获得了全体村民的一致拥护，不过两天工夫，村民们已经捐了几千斤粮食。

对于这件事，陈开尧劝过支书方定国。陈开尧说，现在大多数村民是刚分了地，从吴有贵家里分得的粮食又不算多，眼看要入冬了，正是消耗粮食的时候，村民们应该留下粮食为明年的春种做准备。可是他的劝说挡不住村民们的热情，大家都说，要没有共产党哪还敢奢想明年，紧紧裤腰带一个冬天就过去了，再怎么着也得让前线的战士们吃饱。村民们朴素的感情让陈开尧深深感动，也就没再阻拦。

捐来的粮食都堆在西厢房，村民们推着独轮车不停地进进出出，车上都装着大小不一的各种麻袋。方定国带领着几个年轻人给粮食过秤，陈开尧做起了文书，给捐了粮的村民开具捐粮证明。看着村民们踊跃捐粮，陈开尧感慨地对方定国说："咱平山县的老百姓就是好呀，要不中央工校为啥选咱这儿呢！"

方定国笑着说："两好成一好，他蒋介石就没得好喽。"

陈开尧又问："送公粮的人都选定了吧？"

方定国说："选定了。我说陈连长，你就甭去了，村里小伙子多的是，你还是……"

陈开尧说："不是说好了吗，我就跟着送一趟，就一趟。"

方定国还想说什么，院门口突然传来一阵嘈杂声。众人回头看去，只见陈大宽手里拎着一根木棍，怒气冲冲地闯了进来，身后还跟着几个乡亲，一路走一路劝。陈大宽骂骂咧咧地说着："你们甭劝！我要不打死这王八羔子，我不姓陈！陈喜子，你给我过来！"

陈开尧听到父亲的骂声，急忙站起来，说："爹，啥事儿呀？"

陈大宽快步走过来，冲着陈开尧劈头就是一棍子，陈开尧急忙侧头躲闪，砰的一声，棍子砸在他的肩膀上。陈大宽抬手还要再打，方定国忙一把拖住他的胳膊："大宽，你这是咋回事儿，你闹啥呢你？"

陈开尧捂着肩膀，疼得龇牙咧嘴："爹，你这是咋啦？我……"

陈大宽气咻咻地说："咋啦？你干的好事你自个儿还不知道？！我今儿个非把你……"

说着，推开方定国举棍又要打，两个青年忙上去将陈大宽拦住。方定国说："大宽，有话好说，喜子如今可是共产党的人，在部队上还是连长，你可不能说打就打，还当着这么些人……"

"他当再大的官也是我儿子，也是我陈家的后生。他丢了我的人，我就得打他。我不光打他，我还要跟共产党说，把他的官给他撤了！"

"大宽，喜子他到底犯了啥事儿，惹你生这么大气？"

陈大宽指着陈开尧，说："你问他！"

陈开尧揉着肩膀说:"我不知道。爹,你这么没头没脑的,我咋知道?"

"还说不知道,都逼出人命了,你还想赖!"

"逼出人命?爹,你说的这是哪门子……"

"你这个兔崽子,你退婚,你非要退婚,人家还有脸活吗?你把人家榆儿逼得都跳了河了,你还算个人吗,啊?!"

陈开尧一路飞奔跑到张庆发家门口,正好隔壁大婶从院子里出来,陈开尧急忙上前问道:"婶子,榆儿她……"

大婶厌恶地瞪了他一眼:"喜子,瞅瞅你干的好事儿!你的良心让狗啃啦?想当陈世美是不是?啊!在部队上当了个连长就了不起了?就看不起榆儿了?榆儿多好的闺女呀,咋就……"

大婶说着忍不住又哭起来,推了陈开尧一把,抹着眼泪走了。陈开尧傻了眼,他靠着墙根慢慢坐倒在地上,心里说不出的难受和自责。

也不知过了多长工夫,张庆发牵着一头牛从院里走出来,眼见陈开尧坐在门口,冷冷地说:"你咋在这儿?"

陈开尧爬起来扑通一声跪在地上,泪水立时充满了眼眶:"庆发叔,我……"

张庆发冷哼了一声,说:"你可别这样,我家门楼子小,受不起,你走吧!"

陈开尧自责地说:"我不起来,庆发叔,榆儿她……"

"你不是要悔亲吗?行了,从今往后,榆儿跟你两清了!"

陈开尧一愣,觉得事情有点不对:"榆儿……她……没死?"

"呸!"张庆发冲着地上狠狠地啐了一口,"咋的,想咒我家闺女死?滚!再不走我就……"

陈开尧急忙说:"不是,不是,庆发叔,我……我该死!是我该死!榆儿她要是还愿意,我娶她,庆发叔,真的,我娶她!"

听了陈开尧的话,张庆发的气儿稍微消减了一些,又叹了口气,说:

"喜子，你起来，走吧。你俩没这个缘分，强扭的瓜不甜，绑在一块也做不成两口子。庆发叔不怨你，起来走吧。"

说着，他伸手把陈开尧拉了起来。他的态度突然转变，让陈开尧更觉愧疚，心里好像有把刀子在扎一样的难受。陈开尧哽咽地说："庆发叔，说啥我也得见榆儿一面，跟她说声对不起，要不，我……我心里……"

张庆发一下子也哭出来，老泪纵横地说："你走吧，走吧！你还要见她干啥呀，你已经把我们榆儿折腾得够苦了，还要打扰她干啥呀？！"

陈开尧愣了好一会儿，心里明白张庆发说得其实在理，只好冲着他深深鞠了一个躬，擦着眼泪默默离开了。

一路来到河边，陈开尧望着滔滔的河水发怔，泪水又无声无息地流下来。他想不通这事儿到底怪谁。应该怪自己，但自己就应该接受这并非自己意愿的婚姻吗？可以怪榆儿吗？当然不可以，人家苦苦等了自己快十年，可自己一回来就说要退婚，换谁感情上也接受不了。也许应该怪父亲，他不该替自己做主许下这桩婚事，但祖辈们都是这么过来的，似乎也没办法去责备他……

陈开尧正想着，有人从身后拍了他一下，回头一看，却是更生从郭苏村训练完回来路过这里。更生看到陈开尧脸上的泪痕，纳闷地问他："喜子哥，你……你咋啦，你咋哭啦？"

陈开尧捡起一块石子向河面上扔去，装作若无其事的样子："没事儿，让我一个人待会儿。"

"别，有啥事儿你说呀，没有过不去的火焰山，大伙儿帮忙肯定……"

"你走吧，你们谁都帮不了！"

"到底啥事儿啊？就算别人帮不了你，你说出来也能痛快一点啊。"

陈开尧看看他，又长叹了口气，这才开口说："我说要跟榆儿退婚，结果她就……"

这话让更生大吃一惊："啥？原来是你？原来榆儿跳河是为了你？"

陈开尧痛苦地点点头。更生挠着头说："我说那天晚上把她救上来，她咋还非要再去寻死，原来……"

"啥，是你救的她？"陈开尧吃惊地问。

"是啊，"更生说，"那天晚上我正在这儿巡逻，榆儿就跑过来了，我还以为是有人来捞鱼，没想到是她要……哎，喜子哥，你为啥要退婚，你爹不是说正给你们张罗着……"

陈开尧说："更生，共产党讲究自由恋爱，我跟榆儿没有感情，我爹是硬逼着我跟她……唉！"

更生说："喜子哥，你说这话我可不爱听，啥自由恋爱的我不懂，咱这块儿的规矩你不是不知道，嫁出去的闺女泼出去的水，那是收不回来的！人家跟你定了亲，那就是你的人。这么些年，庆发叔拒绝了多少提亲的，不就是为了等你？好不容易等回来了，你说声不要就不要了？"

"不是不要，是我们没有感情基础，根本就不应该结婚。"

"喜子哥，你真的不想娶榆儿？"

"我不是说了嘛，再说榆儿比我小那么多，我一直把她当妹妹，我咋能娶她呢？"

"你说的是真的？"

更生的话音里带着一丝喜悦，陈开尧有些诧异地看着他，说："你是啥意思？"

更生憨笑着说："喜子哥，不瞒你说，我一直……一直喜欢榆儿。"

陈开尧一愣，说："啥，你喜欢榆儿？"

更生说："是，我喜欢榆儿。我经常去庆发叔家打短工，榆儿老去地里给我送饭，我就喜欢上她了。"

"那你咋不托人去提亲？"

"我一个孤儿，托谁去呀？再说，我怕榆儿看不上我，也就没敢说。还有，你跟榆儿还定着亲呢，我更不能说了。"

陈开尧一把拉住更生的手，说："这下你知道我是啥意思了，你敢去跟榆儿说不？"

"敢，有啥不敢的。"更生坚定地说。

"那好，你就去追榆儿，喜子哥支持你。"

"可是……"更生挠挠头，"只怕六叔他……"

"我爹那儿你放心，我会跟他说清楚。刚才庆发叔也跟我说了，我跟榆儿没缘分了。"

"真的？"更生欢喜地说。

"是，更生。自己追求来的爱情才是真正的爱情，父母包办的婚姻多半不会幸福的。你一定能行！"

听到陈开尧的话，更生眼前仿佛都看到了自己和榆儿在一起的幸福画面，脸上不自觉露出甜蜜的笑容。陈开尧看着他发呆的样子，心里也是一样的欢喜，这些日子压在自己心头的大石头总算拿掉了，而且还有这么美好的结局，看来还是应了好人有好报的老话。

17

陈开尧与更生等人将粮食送到石门前线时,解放石门的外围战役已经打响了。听着前方隆隆的炮声,陈开尧得意地给更生等人讲解着哪个是六五山炮,哪个是七五野战炮,听得更生等人崇拜得不行。到了晌午,送粮队赶到西王村,这里是进攻石门的后勤基地,前来送粮的老百姓络绎不绝。看来土改复审以后,乡亲们捐粮支军的热情高涨,整个冀中军区所属各地都有村民前来支援慰问。

交割完粮食,一名戴眼镜的干事交给陈开尧一张捐粮证明,说:"我代表军区后勤部多谢岗南村的乡亲们,这七千八百斤粮食我们日后一定会还上,请乡亲们放心。"

陈开尧说:"啥还不还的,这可是老乡们的心意,只要咱们的部队打了胜仗,保卫了老乡的土地,老乡们捐出更多的粮食心里也是乐呵呵的。"

走出粮仓场院,一队野战军战士雄赳赳气昂昂地扛着枪从陈开尧面前经过。他正羡慕地看着远去的士兵,一只大手摁在了他的肩膀上。陈开尧转身看去,朱德正笑吟吟地看着他,身后立着两名警卫员。

陈开尧当即立正敬礼。朱德笑着说:"小陈,你是不是从土改前线脱逃了啊?"

陈开尧挠挠头说:"报告总司令,我是代表岗南村村民来这里送军粮的,你看,这是我们的收据。"

陈开尧从兜里摸出收据递给朱德。朱德看了看说:"哦,好嘛,七千八百斤，不少嘛，看来你们岗南村的经济很发达嘛。"

陈开尧说："是，我们村种地不缺水，不用看老天爷的脸色吃饭。"

朱德说："对头，以后我们打仗也不用看老天爷的脸色喽，因为我们有广大民众支持嘛。你们在这个时候能把这么多粮食捐出来，不容易啊，我代表党中央谢谢你们！"

陈开尧笑着说："不用谢，七千八百斤不多，等明年收了秋，肯定捐得更多。"

朱德说："是啊，明年就能看出我们的土改有没有效果喽。哎，小陈，我交给你的任务完成了没有啊？"

"我做了好些个调查，正准备写报告呢。"

"那好，晚上你先给我口头报告报告。我现在就批准你归队，明天我们去前线慰问尖刀连的战士们，给他们打打气！"

陈开尧欣喜不已，说："那……我就不用回岗南村了？"

朱德拍了拍他的肩膀说："等解放了石门再回去也不迟嘛。"

陈开尧又麻利地敬了一个军礼："是！那……那可太好了！"

朱德不顾危险，让陈开尧陪着自己一直来到石门战役的最前线阵地视察情况。只见前方国军阵地上地堡遍布、壕沟纵横，远远地偶尔还可以看到国军士兵爬出坑道晒太阳。战壕里准备打前锋的尖刀连战士中有人认出了朱德，很快大家就都拥了过来，抢着跟朱德握手。朱德一一与大家握手，同时说："大家辛苦了，前边就是石门了，让我们一举拿下它！有没有信心啊？"

众战士齐声喊道："有！"

一名高瘦的战士握着朱德的手说："总司令，我家这次分了四亩地呢。我一定会在战场上好好表现，保卫我们的胜利果实。"

朱德拍着他的肩膀说："好，这样我们才对得起老百姓送给我们的粮食嘛！"

一名叫小武的战士将一把弹弓递给朱德，有些紧张地说："总司令，我想……想把这个送给您，您收下吧。"

朱德拿着弹弓抻了抻，笑着说："小鬼，为什么送我弹弓呀？"

小武红着脸说："我……我有个坏毛病，一打起仗来，我就想用我的弹弓打敌人，不喜欢用枪……"

朱德笑着问："哦，那你打弹弓准不准啊？"

一旁的战士说："小武的弹弓打得可好啦，又远又准，能把敌人的眼睛打瞎！"

朱德说："哦，那我就不能收嘛，这是你的武器，你这武器也很厉害嘛，还省子弹呢！"

战士们都笑起来。小武说："我……朱老总，您拿上我的弹弓，我一想到您拿上了我的弹弓，我就会好好使枪，杀更多的敌人了。"

朱德这才接过弹弓，递给身后的陈开尧收着："好，我就先替你收着，等打下了石门城，你再去跟我要。"

几名警卫员跟着朱德走去了另一条壕沟。陈开尧正摆弄着一把歪把子机枪玩得高兴，突然一只大手伸过来，揪住了他的衣领，将他拽起来当胸就是一拳。陈开尧吃了一惊，忍痛看去，来人有些眼熟，再一想，才想起这正是榆儿的哥哥张洪志。来之前陈开尧就听说了，张洪志正是这个尖刀连的连长。

"你是……洪志哥？"

张洪志瞪着他，说："陈喜子，你他娘的跟陈世美一个姓，你还真想学他呀，啊？差点害死我妹妹，你说，咋办？啊？"说着又是一拳。

陈开尧不躲不闪，挨了这一拳，说："你打吧，洪志哥，打我一顿，我心里还好受些。"

张洪志说："少跟我来这套！你给我撂个实话，娶不娶榆儿？"

"我……洪志哥，你也是咱部队上的人，你说，那种封建包办婚姻要是搁在你身上，你能……"

"你他娘的还有理了？全村都知道榆儿为你跳了河，你说以后让她咋活，还咋嫁人，啊？！"

"我……赶明儿我回村，跟乡亲们把封建婚姻的害处说说，让大伙儿……"

"你还要回去吵吵，你还嫌我们老张家不够丢人吗？"

"那……"

"我告诉你，你回去给榆儿磕头，跟乡亲们说清楚，就说是我们家榆儿不要你的，我们家榆儿……我们家榆儿要自主婚姻，自由恋爱！"

陈开尧忙不迭地说："行，行，我去说，我给榆儿磕头，让她打我，只要她高兴，咋打都行。"

正说着，一个战士跑过来报告："报告张连长，团长的电话。"

张洪志赶紧跑过去接电话，片刻后又回到陈开尧身边，说："喜子，刚才我是跟你闹着玩，榆儿的事儿其实也不能全怨你。唉，榆儿这孩子太……"

陈开尧说："就怪我，都怪我没早早跟榆儿说清楚。哎，洪志哥，你就是这尖刀连的连长？"

张洪志开玩笑地说："咋的，没你官大，看不起我是不？"

陈开尧笑着说："看你说哪儿去了，我是羡慕你。"

"羡慕我？羡慕我啥？"

"羡慕你能打仗呗。"

正说着，天空中传来飞机的轰鸣声。陈开尧快步冲到西侧壕沟内朱德身边，急切地说："朱老总，快进洞！"

朱德抬头看着呼啸而过的飞机说："不要怕嘛，不是母鸡，不投弹，我晓得。"

战士们都哈哈笑起来。张洪志快步走过来说："朱老总，您还是回指挥部吧。"

朱德笑着说："你这个连长给我下逐客令喽。"

张洪志说:"不是,不是,朱老总,刚才团长来电话了,说杨司令请您赶紧回指挥部。"

朱德说:"好,我这就走。连长同志,你的担子不轻呀,能不能突破内市沟,可就要看你们的了。"

张洪志举手敬礼,说:"请朱老总放心,第一个打进内市沟的肯定是我们尖刀连。"

朱德说:"好,不愧是平山团出来的,好样的,我祝你们旗开得胜,一举拿下内市沟!"

尖刀连的战士齐刷刷地向朱德敬礼,齐声说道:"请总司令放心,一定拿下内市沟!"

回到前线指挥部,杨得志向朱德出示了一封电报。朱德看了看,笑着说:"看来这逐客令不是你杨得志下的。既然是毛主席下的逐客令,我就没办法喽。我走,不过你们要随时向我通报战场情况哟。"

杨得志赶紧说:"朱老总,您就放心吧,我保证战报第一时间到您手上。"

朱德说:"不过我还是有点不想走,俗话说'县官不如现管''将在外,君命有所不受',杨得志,你私下里就不能挽留我朱德一下?"

杨得志笑着说:"等拿下了石门,我们再去请您,现在我们对您的政策还是——走为上!"

朱德哈哈笑着说:"好你个杨得志,一点面子都不给。好,我走!"

天空阴霾,狂风呼啸。随着两颗信号弹腾空而起,密集的炮声响起,大地震颤着。野战军炮兵几个齐射便将外市沟的地堡炮楼炸了个底儿掉。坑道内的国民党士兵乱作一团,有的人还爬上坑道准备逃跑。一个营长开枪击毙了一个逃兵,剩下的士兵们才被镇住,匆忙又回到自己的坑位,端起枪向冲锋的野战军战士射击起来。

隆隆的炮声中,连长张洪志向尖刀连战士们做最后的动员:"同志们,我也不多说啥了，考验咱尖刀连的时候到了，冲啊！"

清脆的冲锋号响起，张洪志首先跃出坑道，背着炸药包、端着冲锋枪向敌人阵地冲去。众战士如下山的猛虎，奋勇向敌人阵地猛扑过去。冲锋了大约一百多米，几十辆国军坦克边射击边快速向我军阵地开来。张洪志抓过小武递过的电话机，冲着话筒大声报告方位。炮弹就如密集的雨点般洒落在敌人的坦克群上，坦克接二连三被炸飞上了天。

"冲啊——"张洪志再次大喊一声，战士们潮水一般涌向外市沟。外市沟是敌人在石门的最后一道防御工事，经营有年，沟内又深又宽。战士们冲进沟内，架起一架木梯向上攀爬，突然轰隆、轰隆几声巨响，木梯被炸断了，木梯上的战士纷纷倒地，掀起的泥土将他们迅速掩埋。

张洪志把手一挥，喊道："上！"第二批战士再次冲了上去。新的木梯又一次靠上了沟沿，战士们一个接一个攀援而上。

借着我军猛烈炮火开道，张洪志率领众战士冲破了外市沟的防御工事，向火车站方向冲去。随着一阵机枪的扫射声，张洪志大吼了一声："卧倒！"众战士纷纷趴下。此时数辆敌军装甲巡逻车沿着铁路线疾驰而来，车上的机关枪吐出火舌，压制了战士们的冲锋。张洪志迅速抓过话筒，请求炮兵支援。炮弹精准地落在装甲巡逻车上，几辆装甲车都被掀翻。趁此机会，张洪志抱着炸药包冲向一辆未被炸毁的巡逻车，他将炸药包塞进了装甲车底部后迅速后撤。轰的一声，装甲车爆炸，铁片横飞。

战士们一跃而起，再次向火车站冲去。火车站附近是敌人布防最严密的地区，高出地面约十几公分的一处暗堡突然喷出了火舌，敌人凭借坚固的工事疯狂向我军射击，我军的冲击速度迟缓了下来。

张洪志与众战士躲在一处废墟之后观察敌人的火力，看了片刻，他喊过一名叫高大宝的战士向他面授机宜。高大宝点点头，抱着炸药包从侧面迂回接近地堡。

张洪志大喝一声："机枪掩护！"机枪手一齐开枪，吸引敌人的火力。高大宝冒着枪林弹雨，抱着炸药包匍匐前进，终于接近了地堡。但就在这时，一颗子弹飞来，将他击中。

张洪志悲切地大喊："大宝！大宝！周来根，你上！"喊了几声却没见动静，回头一看，那名叫周来根的战士已经伏在地上牺牲了，小武与几个机枪手正在向敌人射击。张洪志没有犹豫，立即起身向地堡冲去。

张洪志眼看就要接近牺牲的战士，突然一颗子弹打中了他的左臂，他扑倒在地。他强忍剧痛，仍然一步一步爬向牺牲的高大宝，从他手里抓过炸药包后再次跃起，向暗堡冲去。

冲到地堡右侧，张洪志拉下导火索，导火索嗤嗤地冒着青烟，快烧到炸药包底部的时候，张洪志才将炸药包塞进地堡，接着迅速滚到一旁。轰隆一声巨响，地堡被掀翻。战士们冲过来，小武扶起张洪志关切地问："连长，连长，你咋样？"

张洪志看了众战士一眼，说："没事儿，肩膀上吃了颗枪子。我们接着冲！"说着抓起冲锋枪，摇摇晃晃地向火车站冲去。

火车站一带到处是残垣断壁，地上满是瓦砾。张洪志等人冲到一处残墙边停了下来。张洪志看了看身后的战士，数了人数，已经不足五十名，每个人都还不同程度地负了伤。正清点着人数，噗的一声，一颗子弹射进一名战士的头部，战士倒地身亡。张洪志大喊："卧倒，有狙击手。"

众战士矮身下去，躲在墙后。张洪志看着小武说："小武，看你的了！"

小武答应一声，端枪瞄准了一处楼房的窗户。他扣动扳机，窗户里栽下了一个敌人士兵。众战士高兴地喊："小武，好样的，好枪法！"

小武连连开枪，弹无虚发，几名隐藏的国军士兵接连被击毙。

从残墙后远远看去，火车站已经坍塌了半边，站前广场上的几个暗堡冒出火舌，不少野战军战士倒地，进攻受阻。

张洪志摸了摸肩头，说："还有炸药包没有？"

小武说："没了。"

张洪志说："手榴弹呢？"

小武说："也没了。子弹也不多了。"

正说着，几名穿着铁路制服的人冒着炮火跑了过来。张洪志不晓得他们是什么人，眼看不是国军，急忙大喊："趴下，快趴下！"

话音刚落，随着两声枪响，有两个人倒在了破房前的瓦砾上，剩下几人赶紧卧倒。

张洪志喊道："半边楼方向，火力压制。"小武与众战士端起机枪向残楼内射击。张洪志冲着趴在地上的工人大喊："过来，快过来！"

没有中弹的两名工人左右看了看，一跃而起，跑到张洪志身边来。张洪志瞪着他们说："你们是干啥的，咋跑到这儿来了？"

清瘦一些的那名工人说："我们是铁路大厂的工人，我叫罗峰。"又指着身旁矮一些的工人，"他叫潘寿生。同志，我们知道罗英藏在哪儿。"

罗英正是守备石门的敌军第三十二师师长。陈开尧惊讶地说："你们知道罗英在哪儿？"

罗峰说："是，他肯定在大石桥下边的地下工事里，我们的同志一直盯着他，这些天他就没动窝。"

张洪志纳闷地问："你们是……"

潘寿生说："同志，罗峰是我们铁路大厂的党委书记。罗英的师部就设在我们大厂，我们一直盯着他，他就在大石桥下头。"

张洪志伸手与罗峰相握，说："罗峰同志，谢谢你提供这个消息，我是七十三团尖刀连连长张洪志，很高兴见到你。"

说着，张洪志举起望远镜向大石桥望去，只见大石桥的前侧有沙包垒砌的工事。罗峰说："张连长，东边有个水塔，从水塔绕过去就是大石桥后边。张连长，我跟老潘可以给你们带路。"

张洪志举起望远镜又向水塔处看了看，说："好，李排长，你们在这里掩护，三排、四排的跟我来！"

张洪志等人沿着残墙断壁缓慢向水塔下掩进，沿途遇到几个国军士兵均被他们轻松解决。由于敌人只注意到火车站正面方向的进攻，因而这一小队人马趁着浓浓的硝烟，很快便掩杀到了大石桥东侧百十来米的水塔旁。此时，再向大石桥下望过去，只见桥边工事里的国军纷纷向北逃窜而去。张洪志一挥手，众人随他冲到大石桥下。罗峰来到第三孔桥洞下，指着一处一米直径的入口说："就在这下边！"

张洪志给三排长做了个手势，三排长叫上七八名战士跟着张洪志等一起顺洞口的铁梯攀援而下。下到离地面约三米处便踏到了实地。罗峰将手电筒递给张洪志，张洪志摁下开关，一道强光向巷道深处射去，只见地上一片狼藉，罐头盒、纸张、煤块等物散落一地。众人将身体贴在水泥壁上慢慢向巷道深处走去。拐过一个丁字口，只见尽头处的水泥壁上折射出些微亮光，原来里边还有一间房。来到房门口，张洪志伸手向里一推，木门吱呀一声被推开，门上的玻璃掉落在地，发出清脆的声音。众人一惊，纷纷拉下枪栓。

里边有没有人，有多少人，一切都不清楚。张洪志琢磨了片刻，又侧耳听了听，除了上方隐隐的枪炮声，里边并无声响。于是张洪志蹲下，探头向内望去。只见屋内遍地狼藉，几张桌椅翻倒在地，靠墙处是一张大木床，床边有一个立柜。张洪志举起手摆了摆，小武等战士迅速端枪冲了进去。

屋里并没有人，众人都质询地看着罗峰与潘寿生。罗峰忙说："我一直派人在水塔后边盯着，没见罗英出来过。"

小武说："会不会是化装跑了？"

张洪志没答话，左顾右盼地仔细观察着。这时，立柜旁的床铺忽然微微抖动了一下。张洪志笑笑，向小武指了指床下。小武端起机枪走了过去，用枪头撩起垂至地面的床单，喝道："出来！"

话音刚落，只听床下有人说："别开枪、别开枪！我投降、我投降！"

众人笑了，张洪志笑着说："罗师长，出来吧。"

说完，众人都盯着床下。只见先是一双手露了出来，接着罗英的整个身子爬出床底。

18

到了这天傍晚六点多的时候，石门市大部分地区都已被野战军攻克，只有东南角还剩下一个营的敌人在负隅顽抗。张洪志带了两个士兵先把俘虏罗英送到了旅部指挥部，交给了旅长傅崇碧。这时，他因为肩部的枪伤失血过多而昏倒了，被紧急送去了野战医院。

说是野战医院，其实不过是西王村东头一处废弃的寺庙。战士们在庙前空地上搭了七八顶帐篷，又在帐篷上画上大大的红色十字，这里便成了伤病官兵的医治休养之地。石门战役彻底结束后，战士小武前来这里寻找张洪志。他在帐篷之间穿梭着，不停地撩起帘子向里张望，终于在靠近庙门的帐篷里发现了躺在床上的张洪志。

"小武，你咋来了？"张洪志看到他后十分惊喜。

"同志们心里都放不下连长，所以让我来找你。总算找到你了。这些天，我挨个医院找，就是没你的影子，把我心里急的……"小武关切地又问，"咋样连长，好点没有？"

张洪志费力地坐起来，说："我挺好，同志们还好吧？"

小武黯然说道："刘会军也牺牲了，许宁还没醒过来……连长，咱们连……只剩下十六个人了。"

张洪志神情悲郁，眼眶中也有了泪光："就是剩下一个人，尖刀连还是尖刀连。"

小武激动起来，伸手去抓张洪志的手，却只握住了一只空空的衣袖。

他大惊失色:"连长,连长,你……"

话未说完,小武眼泪如雨点般落下。张洪志拍着他的肩膀微笑着说:"小武,别哭,这没啥。跟死去的战友比起来,我还活着,已经算很幸运了。"

小武难过地说:"可是,连长,以后你……"

张洪志举起右手,说:"不是还有这只手吗?不影响开枪。好啦,别难过了,跟我说说外头的事,整天躺在这儿,可把我给憋坏了。"

"你想听啥?"小武说。

"啥都想知道。哎,你们住哪儿?"

"西大营,就是日本人建的那个兵营。"

"部队啥时候开拔,往哪儿走,知道不?"

小武摇摇头说:"还不知道。"

张洪志说:"我估摸着还得往南开。你跟大伙儿说,用不了几天我就回去,到时候咱把人员补充上来,继续打老蒋,解放全中国。"

小武眼泪又落下来,说:"连长,咱们连取消了,给合并到机枪连了。"

张洪志沉默了,望着被风卷起的门帘愣怔着,良久,他叹了一口气说:"也好,机枪连都是啥装备?"

小武说:"清一色的歪把子机枪,子弹管够打。连长,你回去肯定还是连长,他们机枪连的人也都服你。"

张洪志苦笑了一下说:"啥连长不连长的,我不在乎,只要让我回部队就行。我看往后呀,咱们肯定是往城市里打,这城市攻坚战我有经验,能派上用场。"

小武说:"是呀,首长说石门以后就是咱们的了,其他大城市也要一个一个地收回来,一直到解放全中国。"

张洪志激动地说:"太好了!钻了这么多年山沟沟,总算是进城了!哎,这么说,市委市政府都成立了?"

小武点头说:"是,成立了。毛……毛……"

西柏坡 _ 127

张洪志说："毛主席？"

小武摆手说："不是不是，毛……对，毛铎！毛铎是市委书记，听说是从察哈尔来的，柯……柯……"

张洪志说："柯庆施？"

小武说："对，柯庆施是市长。"

张洪志说："柯司令，我见过，是咱晋察冀的老首长。还有啥？"

"还成立了公安局。现在实行军管，还有宵禁，清查敌人的……"

话未说完，只听门口有人说："洪志哥。"

两人向门口望去，只见陈开尧穿着棉军装站在门口。张洪志讶异地说："喜子？你咋来了？"

陈开尧走上前抓起张洪志那只空荡荡的衣袖，眼眶中满是泪水，说："洪志哥，你……这往后你可……"陈开尧哽咽地说不下去，脸上已满是泪水。

"看你，还是朱老总身边的人呢，哭啥？"张洪志微笑着说。

"洪志哥，在平山团的时候你就是左撇子神枪手，往后……"

"没了左胳膊我还有右手，枪法还能练回来嘛。对了，你咋来了，朱老总也来了？"

陈开尧点点头，说："朱老总来视察，早上在市委听傅旅长说你受伤了，没了胳膊，我就……"

"没啥大不了的。喜子，这事儿先别跟我爹和榆儿他们说，听到没？"张洪志郑重地向陈开尧交代着。陈开尧难过地看着他，终于还是重重地点了点头。

没了左臂并没有让张洪志消减斗志、灰心丧气，他只有一样担心，就是担心从此再也上不了前线。第二天旅长傅崇碧来探望他的时候，张洪志急切地提出了自己的请求："旅长，让我归队吧！哪怕回机枪连当个排长我也愿意，干啥都行，可别让我在这儿待着了。"

傅崇碧拍着他的肩膀说："张连长呀，你的伤情已经不适合再上前线了，我们研究……"

张洪志急忙说："旅长，你这是啥意思？我还有一只胳膊，咱部队上一只胳膊的司令员就有好几位，余秋里余司令不就一只胳膊吗？为啥我不能跟着大部队走？"

傅崇碧说："张连长，是金子在哪儿都能发光的，对不对？经过旅部研究，决定让你留下来，到地方工作。"

张洪志摇头说："不，旅长，我不能……"

傅崇碧耐心地劝解说："张连长，你说说，咱们打仗是为了什么？"

"打倒蒋介石，解放全中国。"

"全中国都解放了，交给谁来管？再交给蒋介石去管，交给国民党去管？"

"那咋会，是咱自己人来管。"

"是呀，咱自己人得管。咱们不光要打仗，不光要推翻旧政权，还要建立新中国，还要管理国家。留在地方就是管理国家，这任务也不轻啊。"

张洪志晓得旅部的决定已经不可能更改，黯然说道："我……旅长，我留在地方也还是在部队是不？"

傅崇碧笑了笑，没直接回答他的话，说："不管在哪儿，思想上要转弯，这对我们每个人都是一个新任务、新考验，也是一个新的战场。你是老党员了，可不能没上战场就投降啊。"

张洪志苦笑了一下，说："那……我服从命令。"

傅崇碧说："那好，你现在就去市公安局报到吧！"

"公安局？"张洪志讶异地说。

傅崇碧冲他点了点头，微笑着说："对，市公安局侦查处，副处长，这是你的新岗位。"

和张洪志一道从部队转业到公安局的还有二十多人。过来报道的这天，市公安局专门为众人举行了欢迎会，热烈的气氛总算消除了张洪志一些低沉的情绪。主持欢迎会的副局长王钧向张洪志等人介绍了其他干警："小钱和小李子以前是石门警察局的，我军打进来后，由于维持治安有功所以留了下来。"王钧又指着另外几个干警，"这几位都是从外地调来的，小张是从哈尔滨来的，王江是从晋冀鲁豫来的，小曹是从山东来的，都是在地方上负责治安的，很有经验。"

听完王钧的介绍，张洪志不由得感慨地说："跟部队一样，哪儿的人都有啊。"

王钧说："是呀，革命的大熔炉嘛。不瞒大家说，我王钧以前是国军，还是个上校团长呢。"

众人一怔，都用诧异的目光看着他。王钧笑着说："我以前是罗历戎的第三军的，清风店战役我率我们团的人马起义了。后来咱们打石门，警察局局长是我以前的同学，上级就派我来做他的思想工作。拿下石门以后，我本想随着大部队去消灭更多的国军，没想到首长把我安排到这儿来了。好了，我也不多说了，从今往后咱们就是一个战壕里的战友，团结互助，共同把石门的治安维护好！"

众人纷纷鼓起掌来。王钧摆摆手制止住众人鼓掌，又接着说："眼下咱们局的主要工作是肃清国民党留下的残余势力。而且现在我们就有一个非常非常重要的任务，那就是——"王钧又看了一下众人，郑重地说，"保卫朱总司令！"

19

这天一早,石门铁路大厂就接到通知,朱德总司令要来这里视察工作。工人们听说朱总司令要来,纷纷自发到厂门口迎接。王钧、张洪志等公安局的同志已先行赶来了,检查现场,布置警力,以防国民党残余势力搞暗杀或其他破坏活动。

上午十点多的时候,朱德一行来到铁路大厂的礼堂内。朱德走上礼堂的讲台,台下近百名工人代表爆发出热烈的掌声。朱德抱拳向大家问候致意,说:"来之前,我向身边的同志们了解了铁路大厂的历史。自从铁路大厂一九〇三年建立以来,为了争取平等、自由和民主,你们多次举行大罢工,极大地动摇了反动政权的统治,在我们的工人队伍中培养了大批革命力量……"

朱德的讲话风趣生动,工人们备受鼓舞,纷纷表示为了新中国要更加奋发努力地工作。离开礼堂以后,朱德又与铁路大厂的领导干部们进行了座谈,指出了铁路大厂当前的首要任务,一是要尽快恢复生产,二是要与残留的反革命势力作斗争,保护铁路大厂物资的安全。

朱德一行离开铁路大厂后,按计划前往北面的大兴纱厂。在路过一家澡堂的时候,突然听见里面响起两声沉闷的枪声,紧接着又是轰隆一声爆炸响起。坐在朱德身侧的陈开尧吓了一跳,急忙命令司机掉头返回。朱德笑着拦住了他,镇定地说:"不怕嘛,这手榴弹响我听得多喽。跟人家纱厂的工人代表说好的,不能不去,要言而有信嘛。"

陈开尧着急地说:"石门还有好多敌特分子呢,刚才的爆炸肯定就是他们干的!"

朱德微笑着说:"有几个敌特分子,我们就不敢出门了?那还算啥子共产党员嘛?"

"您到部队去,我一百个放心,可这地方……"

朱德拍着他的肩膀说:"要相信大多数人民群众嘛。我们共产党人是人民大众的公仆,哪有公仆害怕主人的道理嘛。话说回来,就算是个人牺牲了,也不算个啥嘛,革命这么多年,我身边的战友牺牲了多少啊,和他们比起来,我们已经很幸运了。"

陈开尧挠挠头说:"反正……反正下次您要是再出来,一定得多带几个警卫,要不然……"

朱德说:"哎,不好不好,你一出门,前呼后拥的像个啥子嘛!再举块牌牌,上面写上'回避'俩字,那不成了官老爷出巡呀?老百姓还能和你亲近吗,还能和你讲知心话吗?调查上来的事情还有几个是真的呀?"

陈开尧当然讲不过朱德,虽然他觉得朱德讲得并不全对,但也找不出话来反驳。吉普车朝大兴纱厂飞驰而去。

澡堂内的枪声和爆炸声确实是敌特分子所为。就在朱德还在和铁路大厂干部们座谈的时候,张洪志接到群众举报,发现有两名鬼鬼祟祟的青年男子疑似国民党特务,他们还一直提到要在铁路大厂外不远的水塔处干什么坏事。张洪志立刻带了几名干警赶到水塔下。观察地形后,他警觉地判断出,以这里的角度和距离,绝不是狙击暗杀的好位置,敌特分子不会这么蠢。但是保险起见,张洪志留下两名干警爬上水塔顶搜查,自己则带着其余干警前去道路两旁的各商铺筛查。

根据空间位置和经营特点等原因,张洪志几乎第一时间就把目标锁定在了这家澡堂上。果然,当他率干警冲上澡堂二楼的时候,两名特务分子正端着狙击步枪向下瞄准着。行迹败露的两名特务负隅顽抗,最后引爆身上的炸弹自杀了。张洪志为没能抓到活口感到非常遗憾,但看到窗外朱德的吉普车平安远去，他悬着的一颗心总算放下了。

很快王钧等人也都赶到了澡堂。听张洪志讲了事情的经过以后，众干警都钦佩地看着他，王钧更是拉着他的手，笑着说："了不起呀张处长，你不光保护了总司令，立了大功一件，而且可以看出，你天生就是干公安的料！"

大兴纱厂是京汉铁路开通后石门城内建的第一家现代工厂，创建于一九二一年。由于这一天天降大雪，纱厂的工人以为朱德不会再来了，所以便没有聚集在会堂内等候，而是都在车间里修理机器。

车间主任石秀兰带领着众女工正忙碌地修着织布机，忽然间车间大门打开了，北风卷着雪片吹进来。众人向门口望去，只见几名纱厂领导陪着一个穿着棉大衣的老者走了进来。

众女工的目光都盯在了老者身上。一个女工指着墙上朱德的画像大喊："看，秀兰姐，你们快看。"

众女工朝墙上望去，齐声大喊："朱老总！"

老者当然就是朱德。他走过来亲切地与大家握手，笑着说："看了墙上的画像就认出了我朱德，看来这画像的人手艺不赖嘛。"

石秀兰激动地握着朱德的手说："没想到下这么大的雪朱老总也来了，我们大伙儿以为您不来了，都正难过呢。"

朱德微笑地看着众女工，说："怎么会呢，为了尽快恢复生产，你们都辛苦了，我是代表党中央专程来看望大家的。多的也不说了，我只有一件事要拜托大家。现在是十二月份，可是我们有好多战士还没有棉衣呀，他们穿着单衣在战壕里面打仗啊！如果你们早一天恢复生产，一万个锭子一天就可以出一万多斤纱、一千多匹布，那我们全体解放军的穿衣、戴帽和绷带的问题就全解决了。"

石秀兰大声说："请总司令放心，我们一定克服困难，早日恢复生产。"

众女工纷纷大声地表着决心，场面热烈起来。朱德冲着众女工鞠了一个躬:"那我谢谢你们了。"

石秀兰激动地说:"朱老总,您太客气了,我代表姐妹们再次向您保证,十天之内一定让机器转起来!"

朱德笑着说:"好,有这个气魄,那就肯定没问题。"

话音刚落,屋顶上空突然传来飞机的轰鸣声。朱德身后的陈开尧大喊了一句:"敌机来了!大家快散开!"说着便一个箭步冲到朱德跟前,拉着朱德向门口冲去。刚冲到门口,炸弹落下的尖啸声传来,紧接着轰的一声巨响,炸弹在北侧窗外爆炸,玻璃窗瞬间被气浪震飞。靠近北窗的一排织布机也被掀翻,棉纱烧了起来。

陈开尧拉起朱德正要往外跑,谁知朱德却一把推开他,捡起地上的大笤帚直奔着火的棉纱而去。陈开尧着急地大喊:"首长,危险!"

朱德一边扑打着火苗一边喊道:"啥子危险,快救火!"

众女工纷纷举着各色工具上前扑火。陈开尧叹了口气,也抄起把扫帚冲了上去。

敌人的飞机何以能在朱德出现的地点投弹,这一点让公安局的同志们十分纳闷。经过检查,干警们最后在车间的屋顶上发现了一条红花被面。看着崭新的红花被面,张洪志眉头皱了起来。

回到公安局,王钧当即召集科以上干部开会。张洪志展示了被面,对大家说:"从种种迹象来看,刺杀朱老总的阴谋是早有计划的,他们获知了朱老总的行动方向。我们内部一定有奸细!"

此话一出,众人全都紧张起来。王钧看了大家一眼,说:"张处长分析得很对,他们事先是有计划的,不过奸细……不一定吧,这几天敌人一直没间断地轰炸,也许只是巧合。"

张洪志说:"总司令到纱厂视察,这件事还有谁知道?"

王钧掏出一根烟点燃,说:"市委市政府都知道,还有就是军区那边陪同的干部也都知道。"

张洪志说:"王局长,我认为这绝不是巧合。为啥敌人出现在总司令去纱厂的路线上,为啥恰恰在纱厂车间的屋顶上出现了这条醒目的被面。飞机轰炸得那么准确,这绝不是巧合能解释的。"

王钧深吸了一口烟,说:"嗯,有道理,不过……涉及的部门、人员太多,还是要以秘密调查为主,不能搞得人人紧张,那样影响不好。"

张洪志点了点头,说:"我想下一步的主要任务就是调查这件事,您看怎么样?"

"好啊,一定要彻底调查清楚!"

20

乐仁堂是石门市最大的一家药房，是北京同仁堂乐家老铺在石门开设的分支机构。因为石门靠近安国，安国又是全国最大的药材集散地，所以石门乐仁堂所生产的中药数量并不比同仁堂少，可以供应全国各地。然而晋察冀野战军解放石门以后，乐仁堂药店却一直关门歇业。这都是因为之前国民党政府对共产党的妖魔化宣传，让市面上的商户都对共产党的政策有所怀疑，吃不透摸不准，所以不敢继续经营。再加上乐仁堂是石门工商界的翘楚，其他商家看到乐仁堂至今仍未开业，所以也都跟着店门紧闭，一时间市面上显得十分冷清。

这天一早，时任石门市政府经济处副主任的罗峰来到了乐仁堂药店门口。他举手拍门，拍了半晌，一个睡眼蒙眬的小伙计才打开了门，揉了揉眼睛问他："你找谁？"

罗峰说："我是市政府来的，找你们的乐老板。"

小伙计说："不在。掌柜的……去天津了。"

罗峰很是失望，说："哦，啥时候去的？"

"打仗前儿就去了。"

"店里还有啥人？谁主事儿？"

"就剩下我一个人看店，没主事儿的。"

罗峰犹豫了一下，说："这么着吧，你给你们掌柜的捎个话儿，就说石门市政府有政策，保护工商业者，鼓励商店开门营业。你告诉他，共产党和国民党不一样，没那么多税，也不会侵害工商业者的利益。"

小伙计挠了挠头说："哦，啥利益来着？"

罗峰说："我的意思你没听明白？"

小伙计又揉了揉眼睛，说："我……不明白。"

罗峰耐心地说："你就这么跟乐掌柜说，等他回来，让他把店开起来。你就说，病人和伤员很多，都等着买药。人命关天，掌柜的不能见死不救啊。"

小伙计这下似乎听明白了，点了点头说："行，你要这么说我就明白了。"

其实掌柜的乐中义并没有走，他就在后院的佛堂与一名叫圆通的僧人谈论佛法。小伙计进来，把乐老板叫到一旁，悄声地将罗峰的话转给乐中义。

乐中义把罗峰的话以及自己对共产党政策的疑惑告诉了圆通法师。法师说，先前自己去五台山拜佛，五台山所在的晋绥解放区百业兴旺，民众安居乐业，并非是国民党所宣传的那样，他建议乐老板恢复营业。尽管法师这么说，可乐老板心里依然顾虑重重。

市政府人员分别去各家商户做了很多耐心的说服工作，三天之后，市面上总算有不少商户开门迎客了，但是乐仁堂依然是大门紧闭。

腊月初十这天，开完了经济工作会议之后，下属侯科长向罗峰汇报了市面商户的开业情况。得知乐仁堂仍然没有开业以后，罗峰有些失望。思考良久以后，罗峰带着侯科长又跑了一趟乐仁堂，把一份药品订单交给了那个看门的小伙计，并再三叮嘱他，务必要尽快交到乐老板手里，因为这事关很多人的生命健康。

小伙计不敢怠慢，拿了订单便直奔后院佛堂，将订单交给乐老板，并将罗峰的话语再次转达。小伙计最后说："掌柜的，我看那俩人不像是装的，说话呀啥的都挺和气，应该是有谱的事儿。"

乐老板皱眉说："听说共产党在山里搞土改，把好些个地主、做买卖的财产都没收了，还打死了人，咱不得不防呀！"

小伙计说："可是……掌柜的，共产党要是诚心抢，咱就是关着门也躲不了呀。"

一旁的圆通法师这时插口说："乐施主，这些年来，施主对佛陀的供奉，老衲铭记在心，感激不尽。医药者，救人也。施主既然经营药铺，还需将众生的苦痛常系于心，切不可患得患失，迷失了真性啊。"

乐老板又琢磨了许久，这才点点头："既然这样，那咱们就开业试试。小李，你去趟市政府，就说他们的订单我们接下了。"

第二日一早，噼噼啪啪的鞭炮声在乐仁堂药店门前响起，青烟弥漫，红红的碎屑纷飞。乐掌柜身穿一件崭新的灰色袍子，率领众职员站在门口，抱拳向前来买药的客人寒暄。

快到晌午的时候，伙计小李将罗峰引到了乐老板面前："掌柜的，这位就是市政府的罗主任，来找过您好几次呢。"

乐老板向罗峰抱拳行礼，微笑着说："久仰久仰，罗主任，先前乐某一直在天津公干，怠慢了，还请原谅则个。"

罗峰微笑着说："乐老板客气了。我就开门见山跟乐老板说，那批药品，你看啥时候签个合同，我好把定钱打给你。"

乐掌柜从怀中摸出单据，还有些狐疑地说："罗主任，这……你们真的跟我要这么多货？"

罗峰笑着说："共产党可不说假话。"

乐老板欢喜地说："好好，干啥都得讲个诚信。明天，明天咱就签合同，加班加点也得赶出来！"

第二日正式签下合同之后，乐老板吩咐工人加班赶制药品。忙到第五天的头上，大部分药品都已经赶制了出来。就在这天午后，工人们正装箱的时候，一帮手执大刀长枪的人闯了进来。尽管这些人一个个衣衫褴褛，好像乞丐，但是气势却凶得很，一声声喊着要老板出来说话。

伙计小李急忙将乐老板从里面叫了过来。眼见这些人的模样，乐老板心下一怔，满脸堆笑地对为首的一个矮胖中年人说："请问你们……"

矮胖中年人正是这帮人的首领，名字叫作冯二宝。他斜眼看着乐老板，一只脚踏在凳子上，很不客气地问道："你就是掌柜的？"

乐老板说："我是，你们是……"

矮胖中年人说："我们是革命的贫民团！"

他身边一个十五六岁的跟班大声喊着："这是我们的冯团长！"

乐老板挠了挠头说："贫民团……请问找我有啥事儿呀？"

冯二宝说："我们党的政策你懂不？"

乐老板点头说："懂，懂。政府的罗主任跟我讲了，我懂。"

冯二宝环顾一下四周然后说："那就好，把你的财产交出来吧！"

乐老板大惊，说："啥？交……财产？"

冯二宝瞪着乐老板说："城市平均资本家的财产，农村平均地主的土地，这就是我们党的政策。咋的，你不想交？"

乐老板惊诧说："这……罗主任可不是这么说的。他说你们党的政策是保护工商业者，鼓励工商业者扩大生产，他……"

冯二宝冷笑着说："你说的啥罗主任，冒牌的！还保护、鼓励，你倒想得美！保护了你们，我们吃啥？那么多穷人，喝西北风去？"

其他人起哄说："就是，保护了你们，我们喝西北风啊……"

乐掌柜苦着脸说："哎，罗主任可说他是市政府的，跟我签的合同上也盖的是市政府的大印，你们共产党可不能说话不算数，你们……"

冯二宝不耐烦地说："少废话！你是自己交出来呢还是我们动手啊？"

乐老板说："你们先等等，我要去找罗主任，问问他……"

冯二宝一把揪住乐老板的衣领说："找谁也不行！我劝你还是卷铺盖滚蛋吧，可别像锦和轩的老板那样给活活打死！"

西柏坡 _ 139

乐老板掰开他的手说:"你们……你们不能……"

冯二宝在地上啐了一口说:"你他娘的真是敬酒不吃吃罚酒,你是自找不痛快。那好,把他拉出去!"

两个贫民团的人上前,扭住乐掌柜将他拖了出去。把众伙计也赶出去之后,贫民团的人开始四下搜寻起来。搜了半晌,除了药品以及要加工的药材之外,并没找到现金银锭之类的东西。冯二宝恼火起来,命令手下人将乐老板又带进店铺大堂,逼问说:"你到底把不把钱交出来?"

乐掌柜瞪着他说:"我要见罗主任,你们不是共产党!"

啪的一声,一记耳光扇在乐掌柜脸上。冯二宝面目狰狞地喊道:"我看你是活腻歪了!说,银圆都在哪儿?"

乐掌柜依旧瞪着他说:"我要见罗主任!"

"好,你是不见棺材不掉泪。给我把他吊起来!"

两个贫民团员上前,掏出绳索将乐老板捆好吊在了房梁上。冯二宝举着手里的木棍敲打着乐老板的脚说:"赶快交代,不然的话可就要上刑了。"

两个贫民团员分别扭住乐掌柜的两只胳膊,向上一抬,乐掌柜不由得弯下了腰。冯二宝说:"就这么待着,看你能忍到啥时候!"

乐老板咬牙瞪着他说:"我要见罗主任!"

"娘的,就没见过你这么嘴硬的!罗主任?我明跟你说,不交出钱,什么锣主任,鼓主任也救不了你!我就不明白了,是他娘的钱要紧还是命要紧?赶紧交吧,交出来你松快了,我们也用不着熬夜了!"

乐老板依旧是那句话:"我要见罗主任!"

冯二宝大怒,接过旁边人递过来的皮带就要抽下去,正在这时,伙计小李带着罗峰以及两名工作人员冲了进来。罗峰大喝一声:"住手!"

乐老板看到罗峰到来,紧绷的神情松缓了一些,说:"罗主任,你们到底谁是共产党?"

罗峰瞪着冯二宝说:"你们是什么人?赶快放人!"

冯二宝也看着罗峰说:"你就是罗主任?"

罗峰说:"是我,快把人放下来!"

冯二宝不屑地说:"你说放就放?"

罗峰大声说:"你们这样做是违反政策的!"

冯二宝冷笑一声,掏出一张报纸,啪地拍在桌上,说:"好好看看这个,我们的行动是上了报纸的!"

罗峰仔细一看,见是一张《新石门日报》,上面刊登着多篇贫民团揪斗工商业者的消息,最醒目的一篇标题为《五街穷人会清洗坏蛋》。罗峰冷笑着说:"原来你们就是贫民团的人。"转而又对侯科长说,"侯科长,把中央的文件拿给他们看。"

侯科长答应着,从公文包里掏出一份晋察冀中央局的文件,递给冯二宝说:"好好看看吧。"

冯二宝不屑地扫了一眼,并不伸手接,说:"不识字。"

侯科长说:"好,那我就念给你听!"

侯科长将文件中关于打击非法帮会组织抢掠工商业者的决定念了出来,冯二宝等人一下傻了眼。冯二宝看看乐老板,又看看罗峰等人,大声狡赖说:"我们都是穷人,共产党是穷人的党,你们这份文件是假的!"

罗峰瞪着他说:"假的?难道市委书记、市长都是假的?自打解放石门以来你们就为非作歹,如今再不惩治你们那就天理不容了!"

话音刚落,张洪志带领一众公安干警冲了进来。冯二宝等人再想逃跑已来不及,被公安干警们全部擒拿住了。

罗峰亲自给乐老板解下绳索,搀扶他坐下,惭愧地说:"乐掌柜,发生了这样的事,这是我们的失误,我向您道歉。"

乐老板看着满地散落的药材,痛心地说:"罐子打破了,再也修不好了。"

罗峰说:"乐掌柜,石门发生的事惊动了党中央、毛主席,刘副主席还给我们市政府写来亲笔信,要求限期改正。市委市政府领导委托我向您当面道歉,希望您能……"

乐老板苦着脸说:"罗主任,你也都看到了,都砸了,我这买卖是没法做了,乐仁堂要关门了,你还是到其他的……"

罗峰急切地说:"乐掌柜,你可不能这样,造成的损失我们赔,医院里还急等着用药呢!"

乐老板摇了摇头,又对伙计小李说:"小李,你去雇辆驴车,跟我一起去天津吧。"

伙计小李看了罗峰一眼,为难地说:"掌柜的,这……"

乐老板说:"哦,你是本地人,到了天津不习惯。那好,你跟我回家,我把你的工钱还有伙计们的工钱都结了,咱这就算关门啦!"

伙计小李含着泪说:"不,掌柜的,你……你也别走。罗主任不是说了,这事儿……"

乐老板苦笑连连,说:"我做了一辈子买卖,这事儿还是头一次遇着,该我倒霉呀!"

乐老板说着,跟跟跄跄朝外走去,伙计小李和几名工人也都跟着出去了。偌大的厅堂上只剩下神情凝重的罗峰一人。

贫民团冯二宝等人被带到了市公安局审问。到了公安局后,冯二宝依然很嚣张,他理直气壮地反问张洪志说:"贫民团又不是我们一伙,休门、振头、城角村都有贫民团,你咋就不抓他们哩?"

张洪志严肃地说:"他们没有抓人,没有打人,跟你的性质是不一样的!"

冯二宝不满地说:"十九号也抓人也打人,还杀人哩,你咋不抓?"

张洪志一怔:"你说啥?十九号?"

冯二宝冷笑地说:"十九号杀了那些个人,谅你们也不敢抓。"

张洪志警惕地说:"你告诉我,这个十九号在哪条街?"

"啥哪条街,十九号是个人。"

张洪志更加吃惊:"啥?是个人?"

这时王钧带着几名干警走了进来，张洪志忙向他报告说："王局长，你来得正好，他刚才说石门有个人叫十九号，抓了不少人，还杀人。啥人叫这么个怪名？肯定是个代号，说不定就是潜伏的敌特分子！"

王钧点点头，走到冯二宝面前，问道："你见过十九号？"

冯二宝摇了摇头："没，我就是颗芝麻绿豆，还能见着人家？"

"那你知道他们的住址？"

"不知道。"

"那你咋知道他抓人杀人？"

"听说的呗。"

王钧笑着拍了拍冯二宝的肩膀："你可要说实话，这可不是小事儿！跟你打砸乐仁堂比起来，这件事可大多了，说不定要掉脑袋的！"

冯二宝惶恐起来，抹了一把额头上的冷汗说："我……我真是听说的。都说'见了十九号，阎王跟前报了到'，见过十九号的人没一个活着出来的，当然谁都不知道他是谁，住啥地方。"

看到冯二宝已经交代不出更多东西，王钧便让干警小曹把他带下去了。张洪志皱着眉头对王钧说："王局长，这是一条非常重要的线索。我们不是一直怀疑上次谋杀总司令是有计划有预谋的吗？会不会就是跟这个十九号……"

王钧摸出一根烟，吸了两口，这才缓缓地说："有关十九号的情况我们有所掌握，从敌人来不及销毁的情报简讯上，我们发现以前石门有个情报站，为首的就叫十九号。"

张洪志急切地说："这……这么重要的事儿，咋不早跟我说呢？"

"正因为太重要了，局领导认为知道的人越少越好，免得走漏了风声。"

张洪志不由一怔："啥？你们……信不过我？"

王钧拍了拍他的肩膀，笑着说："谈不上信不过，这是工作原则。做公安工作，最重要的一条原则就是保密，这个你会慢慢明白的。关于这个十九号，我们也已经发现了几条线索，都在严密监控之中。"

21

　　一九四八年的春天似乎比往年来得更早一些，陕北米脂县杨家沟外的黄土高坡上，嫩黄的青草已经星星点点地冒出了头。

　　快到晌午的时候，全村的村民以及七里八村的乡亲们便拥挤到了杨家沟西首的打麦场上，大家翘首以望，等待着给中央前委的同志们，给毛主席、周副主席等中央领导送行。

　　今天是一九四八年的三月十八日，距离党中央撤出延安整整一年的时间了。

　　周恩来从窑洞里走出来，以汪东兴为首的众多中直机关干部已经在院子里等候。周恩来抬腕看了看表说："主席还得等一会儿才能出来，大家都收拾好了吗？"

　　汪东兴说："都收拾好了，周副主席。老乡们都上了打麦场，说是要给我们送行呢。"

　　周恩来说："好呀，老乡们情深义重呀。大家还记得吗，我们是哪一天离开延安的呀？"

　　众人齐声说："四七年的三月十八日！"

　　周恩来感慨地说："是呀，整整一年了。这一年当中，我们转战了十二个县，驻足三十八个村庄，从延安、清涧，转战到安塞、米脂。一年来，敌我力量的对比发生了根本的变化，中央坚持留在陕北的任务已经完成，为了迎接即将到来的全国范围的胜利，中央决定东渡黄河，移驻到华北去!"

众人表情兴奋,但都控制着没有欢呼,他们知道此刻的毛泽东还在睡觉。毛泽东早在延安的时候便养成了白天睡觉晚上工作的习惯,大家不想打扰他休息。

周恩来正要再开口,窑洞的门吱呀一声开了,毛泽东揉着惺忪睡眼走了出来。眼见周恩来在跟众人讲话,毛泽东笑着说:"哟,你们都等上了,不好意思,我起来得晚了哟。"

汪东兴上前说:"主席,我们也是刚集合到这儿,没吵到您吧?"

毛泽东说:"没有,因为知道又要走,所以早早地醒了。刚才是给刘副主席写了一封电报。要走喽,我这心里又兴奋又舍不得呀。"

周恩来说:"是呀,主席,大家都舍不得,你给大家讲两句吧。"

毛泽东笑着说:"我就不讲了,我赶紧去洗脸,你讲,你讲。"

说着毛泽东又转身走回了窑洞。周恩来看了众人一眼,说:"同志们,又要行军了。这一次是真的要离开陕北了,让我们再最后看一眼陕北的山山水水,再回来的时候,全国就解放了,那时候的陕北就是新中国的陕北了!"

这次众人放开喉咙了欢呼起来,无数顶帽子被抛向了空中。

毛泽东、周恩来和任弼时带着中直机关的工作人员赶到了杨家沟的打麦场,与等候在这里的乡亲们一一握手告别。临走前,心情激动的毛泽东站到了一个石磨盘上,他的湖南乡音在打麦场上抑扬顿挫地响起,随着他的话音,天空中飘起了今年的第一场春雨,就像是乡亲们送别的眼泪。

"……乡亲们,我们是还要回来的。再回来的时候我相信全中国都已经解放,一个崭新的新中国已经成立。等我再回来看望大家的时候,我也相信大家都过上了丰衣足食的好生活……"

园子塔渡口是由陕入晋的几个主要渡口之一。这天的黄昏前,毛泽东率领大家赶到了园子塔渡口岸边。只见黄河水浩浩荡荡,奔腾而下,水面上还漂浮着许多未融化的冰块。毛泽东感慨地说着:"黄河啊黄河,我们也要跟着你往东走喽。"

正说着,警卫员金路端着个托盘走了过来,上边是一盘窝头和一碟小菜:"主席,吃点东西吧。"

毛泽东说:"对,要吃点东西,不吃饱了是要晕船的。你告诉大家,都要吃点东西。"

金路答应着,将托盘放到一块大青石上,接着又搬过一块石头放到旁边。毛泽东坐下,拿起一个窝头,望着滔滔河水吃了起来。

正吃着,汪东兴带着一名矮瘦的当地干部和一些乡亲代表来到毛泽东身边。那名当地干部有些不安地说:"哎呀,毛主席,我们在县里准备了午饭的,谁知道你们直接奔渡口来了,还是……"

毛泽东笑着说:"不麻烦了,你看,坐在黄河边上吃饭,不是别有一番风味吗?"

"这……这让我们心里过意不去呀!"

毛泽东说:"有什么过意不去的?陕北的老百姓生活太苦了,不能给你们再增添麻烦。我们打游击,在外面吃饭习惯了,没有关系嘛。"

"您看这……中央就要离开陕北了,最后一顿饭都不能……"

毛泽东说:"我们知道陕北的人民群众对我们好,我现在和撤离延安的时候一样,还是舍不得离开呀。但是,我们不能再说不打倒蒋介石我就不离开陕北,如果再那么说,就是不切合实际了,你们说对不对呀?"

汪东兴正要答话,周恩来快步走过来说:"主席,船已经准备好了,为了防止敌机空袭,还是抓紧时间过河吧。"

毛泽东放下窝头起身,说:"你们看看,老蒋是连一顿过河饭都不让我们吃好啊。没办法,只能在他还没派出蚊子嗡嗡之前,我们过河喽!"

眼看毛泽东等人就要离开,一名乡亲代表忍不住问道:"主席,你们……还会回来的,是吗?"

毛泽东笑着说:"当然,等全国解放了,我们还会回来看望大家的。谢谢你们，谢谢陕北的乡亲们！"他说着，站到石头上，向乡亲们挥了挥手，"陕北的父老乡亲们，再见了，再见了！"

送别了乡亲们之后，毛泽东等人来到河边。只见河面上停着十几条木船，每条船上都有四位船工，撑着篙分别立在船头与船尾。金路搀扶着毛泽东登上一只木船，一名瘦小的船工搬过一个木墩放到毛泽东身边，说："主席，您坐好。"

毛泽东说："又要辛苦你们了。"

船工说："不辛苦，能送毛主席过黄河，是我们的福分哩。"

金路叮嘱船工说："水流有些急，你们可一定要当心呀。"

船工说："放心吧，我们祖祖辈辈就在这黄河渡口上讨饭吃的。"

毛泽东笑着说："我信得过你，一看你就是个好渡手！"

随着船工的一声吆喝，众木船离开河岸，向河心驶去。河水湍急，磨盘大的冰块在水中横冲直撞，击在船身上发出咚咚的声响。金路紧张万分，紧紧抓住了毛泽东的胳膊，另外几名警卫战士也小心翼翼地站立在周围。

邻船的任弼时大声喊道："主席，这过黄河，比我们当年过金沙江怎么样呀？"

毛泽东笑着说："好呀，感觉好得很呀。"说着挣脱金路的手，"你们几个也坐下，我要好好欣赏黄河的风景呀。"

金路还是不肯松手，说："主席，这个船也没个抓手，还是我抓着您点好。"

毛泽东开玩笑地说："你是怕我落在水里头，还是怕你自己落下去呀？"

金路不好意思地说："我……当然是怕……"

毛泽东说："不要怕，这点风浪并不大嘛。刚才你听船工说得多有信心，我们要相信人家嘛。"

金路答应了一声，松开毛泽东的胳膊，在船舷坐下。船工扭头说："往年的这个时候，黄河里水不多，根本上不了东岸，今年不知道是咋的了，水位一下子涨了好多，风也不大，浪也平得很，是个好兆头。"

毛泽东感兴趣地问："哦，真是这样吗？"

船工说："可不是真的！"

毛泽东对金路说："你看，你吓得够呛，可人家还说这浪不大呢，这就叫艺高人胆大呀！"

金路说："就像去年您非要留在陕北一样，也是艺高人胆大，可我们却紧张得够呛。"

毛泽东笑着说："我的本事可比不上他们这些船工，他们可是这黄河的主人。"转而又对船工说，"我听说黄河船工的号子特别好听，能不能让我一饱耳福啊？"

"好啊，那我就给主席唱一个。"船工说着就唱了起来，"天下黄河九十九道弯，弯弯浪头摸着天……"

高亢激昂的歌声在水面上久久回响。一曲唱罢，毛泽东鼓掌，众警卫战士鼓掌，邻船的周恩来、任弼时也鼓起掌来。毛泽东说："好，唱得好！曲子好听，歌词也好，鼓舞人心哪。"

船工说："主席要是喜欢听，以后您就常来，我还唱给您听。"

毛泽东笑着说："我真想一辈子住在黄河边呢，可是不行啊，蒋介石还没有打败，新中国还没有成立，我还不能退休啊。"

船工说："那就等新中国成立以后，您再回来，我唱给您听。"

毛泽东说："好好，就这样说好了。黄河真是一大天险啊，如果不是黄河，我们在延安就住不了那么长时间，日本军队打过来，我们可能又到什么地方打游击去喽。"

金路说："这么说黄河对我们有恩呢。"

毛泽东说："黄河不光对我们有恩，还是全中国人民的母亲河啊。过去，黄河没有得到很好的利用，新中国成立以后，要利用黄河灌溉、发电、航运，让黄河造福人民。"

船工说："嘿，那敢情好……哎，大家坐好！"

随着船工的喊声，一块巨大的浮冰撞到船身上，船体剧烈摇摆。金路急忙扶住毛泽东，毛泽东笑着说："我不要紧。"又对船工说，"你们也要当心哪！"

船工说："放心吧，黄河的脾气我们摸透了，要从冰块的缝里钻过去，不能硬碰硬。"

"嗯，这话说得好，道理很深啊。"毛泽东说着，目光再次投向西岸，那边的景物已经变得模糊起来。

毛泽东等人过了河，在岸边歇息，船工们又返回西岸摆渡下一拨人。马夫侯登科正要赶着毛泽东的大青马上船，大青马却扑通一声跳进了河中，奋力向东岸游来。

看到大青马跳进河中，金路指着河对面，紧张地对毛泽东说："主席，快看，大青马游过来了。"

毛泽东望向河面，只见大青马昂头奋力地游过来，不一会儿便游到了东岸，上岸后抖着身上的水，水珠四溅。毛泽赶紧走过去，抚摸着大青马的额头感慨地说："老伙计，你怕我不带你走，所以就冲过来了，是不是呀？"

金路在一旁说："肯定是。"

毛泽东望着西岸说："马犹如此，人何以堪！我们是不会忘记陕北的，我们还要回来的。"

周恩来和任弼时这时走了过来。周恩来说："主席，这里风大，我们还是找地方休息一下吧。"

毛泽东摆摆手说："不忙不忙，我要在这里看看，我们已经离开陕北喽。对了，恩来、弼时，我刚才就一直在想，侵略者、独裁者可以藐视一切，但就是不能藐视黄河，藐视黄河就是藐视我们这个民族。你们说对不对呀？"

周恩来说："对，日本帝国主义就是因为藐视黄河，才落得个失败的下场嘛。"

"是啊。"毛泽东感慨地说,"黄河之水天上来,奔流到海不复回。好一条大河呀!"

22

一进到三交镇的双塔村，任弼时便召集中央后方委员会的全体干部开会。三交镇双塔村是中央后方委员会的驻地，转战陕北时，中央机关的工作人员大部分转移到了这里。那时中央前委只有一部电台，中央后委却有十几部电台，所以中央前委同各地的联系一般都要通过后委下达，驻在双塔村的中央后委也就成了承上启下的枢纽机关，地位十分重要。叶剑英是这里的负责人。

会上，任弼时先作了发言，他向在座的各位干部表达了感谢："从撤离延安的时候起，一部分机关就来到这里，有力地支持了中央在陕北的活动。如果不是你们，中央的后勤就没有保障，通信就不能畅通，也就无法牵着胡宗南的鼻子转圈圈了。中央感谢你们，你们辛苦了！"

掌声响起，有干部高呼着："打倒蒋介石！解放全中国！"

掌声、呼声平息后，任弼时说："下面请周副主席讲两句。"

众人再次热烈鼓掌。周恩来摆了摆手，掌声渐渐停下来。周恩来说："好，那我也说两句，人逢喜事精神爽嘛。今天这个会是行军动员会，我们离开了陕北，要到华北去，到西柏坡去。到了那里，中央前委、中央后委和中央工委就会合了，就是一个完整的党中央了。这说明什么？说明彻底打败蒋介石、解放全中国的日子不远了！"

掌声和欢呼声再度响起来，众人期盼的目光渐渐都看向毛泽东。毛泽东笑着说："我就不讲了。"

叶剑英说："主席，讲几句吧，大家都想听您讲两句呢。"

干部们都聒噪起来，纷纷请求主席讲话，毛泽东只好笑着答应。他站起身来说："同志们，我们都是转战陕北的战友啊！刚才弼时同志说得对，大家同甘共苦一年多，你们帮助我们做了很多事情，这要好好谢谢你们啊！不久前我们打下沙家店，就算是翻过了山坳，最困难的时期已经过去，陕北战争的主动权就掌握在我们的手里了。我们现在要到华北去，还是要翻山越岭，要经过华北的最高山脉，路上还有敌人，我们要提高警惕，不能粗心大意。到河北平山一带，那里条件要好些，对指导全国有利。所以我说行军是艰苦的，可前途是光明的。为了新中国，同志们，努力吧！"

话毕，会场内掌声雷动，经久不息。

在双塔村休整了两天后，离开时已是三月二十六日的上午。晋绥军区司令员贺龙专门派了几辆吉普车过来，接毛泽东一行前去晋绥边区的机关所在地——兴县蔡家崖。一九四〇年一月起，晋绥军民在贺龙和续范亭的领导下，在蔡家崖成立了晋绥边区行政公署，随后中共中央晋绥分局以及晋绥军区司令部也先后设在这里。抗战期间，晋绥边区巍然屹立在华北敌后，成为陕甘宁边区的屏障，为保卫党中央立下了不可磨灭的功勋，蔡家崖因此获得了"小延安"的称号。

蔡家崖村口，贺龙一行早早地在此迎接毛泽东等人的到来。黄昏时分，南面的土路上马达轰鸣，车队卷着尘土出现在贺龙的视线里。车子停稳，贺龙叼着烟斗走到毛泽东乘坐的车边，拉开车门，笑着说："主席，终于等到您的大驾光临了呀。"

毛泽东下车，与贺龙的手紧紧握在一起，笑着说："贺胡子，我到你的'小延安'来了，欢迎不欢迎啊？"

"看主席说的，您要是长期住在这儿，那我贺龙可就烧高香喽。"

众人哄笑声中，贺龙又与周恩来、任弼时握手。周恩来打趣说："你这个贺老表，样子还没有变嘛，倒是瘦了些。"

任弼时开玩笑说:"人家贺胡子把好吃的都供应给了咱们,当然他要瘦了。"众人再次大笑。

毛泽东与贺龙并肩向村内走去。正是春耕时节,村民们扛着锹赶着牛在村路上走着,很多人热情地与贺龙打着招呼,却没有谁注意到贺龙身边的毛泽东。

毛泽东和贺龙边走边聊着。毛泽东说:"晋绥是老区,群众基础本来不错,可是,土改要是搞'左'了,就会失去人民群众的支持,这个教训是深刻的。"

贺龙说:"我们已经按照中央的精神纠正了。"

毛泽东说:"康生、陈伯达他们在试点中搞的那一套,不好,在全国土地工作会上还当作经验加以推广,就更不好了。幸亏及时发现了问题,进行了纠偏,才没有闹出更大的乱子来。所以你们老解放区,更要吸取教训。"

贺龙点头说:"是,这个教训我们要吸取。十二月会议上,任书记的发言很及时,也很准确。有了土改工作的总路线和总政策,大家工作起来就明确了。"

两人正说着,迎面传来马的嘶鸣声。毛泽东抬头看去,只见侯登科牵着大青马走了过来。毛泽东笑着迎上前,摸着大青马的鬃毛说:"我这马好些了吧?"

侯登科说:"就是受了点风寒,好多了,这不,出来遛遛。"

"老侯啊,你年纪也大了,这大青马以后归你骑着吧。"

侯登科一听连连摆手:"那咋行,这是主席的马,我咋能……"

毛泽东笑笑,说:"我年纪也大了,以后就不骑马了,改坐汽车了。"

侯登科一怔:"那……那我给主席喂着,您啥时候想骑了都行。"

在蔡家崖停留了大约一周的时间,毛泽东、周恩来、任弼时先后听取了贫民代表、土改工作代表以及地方政府的报告,之后又做了详细的调查研究，在这些的基础上，四月一日和二日两天，毛泽东分别作了《在晋绥干部会议上的讲话》以及《对晋绥日报编辑人员的谈话》两份报告，极大地鼓舞了晋绥边区军民们的士气和信心。

四月六日下午黄昏前，毛泽东一行驱车来到了代县雁门关下。几个人下了车，一起步行向山崖上的雁门关走去。到了关口下，只见巨大的崖顶上写着"雁门关"三个大字，两边的对联写的是："三边冲要无双地，九塞尊崇第一关。"

毛泽东望着雁门关，感慨地说："恩来、弼时呀，我们到了雁门关，不上去看看太可惜了吧？"

周恩来说："是啊，我小时候还背过唐代大诗人李贺的《雁门太守行》：黑云压城城欲摧，甲光向日金鳞开。角声满天秋色里，塞上燕脂凝夜紫……"

毛泽东接着吟诵："半卷红旗临易水，霜重鼓寒声不起。报君黄金台上意，提携玉龙为君死。"

"好一个'半卷红旗临易水'呀！走，我们登关。"任弼时说完沿着关口一侧的石阶率先向上攀爬。毛泽东和周恩来紧随其后，拾级而上。

到了关头之上，向远处极目远眺，只见青山起伏，长城蜿蜒，而雁门关就在两山对夹之间，地势十分险要。毛泽东感慨地说："真是一夫当关、万夫莫开，好一座险关啊！"

金路问："主席，为什么叫雁门关呢？"

毛泽东说："大雁南来北往，两边的山太高喽，只好从这里飞过，所以就叫雁门关了。"

金路恍然大悟："我知道了，是说只有这一条路。"

毛泽东笑着说："对了。你看，认了字，有了文化，许多事情就能够理解了。"

任弼时接口说："雁门关、宁武关和偏关并称为山西三关，也是外三关；紫荆关、居庸关和倒马关并称为内三关。"

周恩来说:"自古以来,这里就是抵御外来侵略的关口要塞,现代战争中这里也是有名的战场。八路军首战平型关,名扬天下,这平型关就离雁门关不远,都在晋北地区。"

毛泽东说:"是呀,中华民族是一个伟大的民族,我们从来不发动战争,我们经历的战争都是别人强加在我们头上的。古人为什么要修建长城呢?就是为了抵抗外族的侵略。可是,有了长城,修了这么多关口,还是没有挡住侵略者的铁蹄。只有全体中国人用自己的血肉筑起长城来,才能战胜侵略者。"

周恩来说:"现在,我们还要打败蒋介石。"

毛泽东说:"等打败了蒋介石,我们还要加强国防,到那时,中国人民就可以休养生息、安居乐业了。"

任弼时说:"我们今天长途跋涉,从陕北来到晋北,就是为了这一天早一些到来。"

毛泽东点了点头:"好,那我们就继续自己的任务,不要再耽搁了。走,下关!"

当天晚上,众人赶到代州小学的教室内休息。毛泽东等人正跟县里的干部们谈着话,金路端着一个托盘走进来,将三碗白米饭端给毛泽东、周恩来与任弼时。

毛泽东看着白米饭,有些吃惊地说:"大米?这是你们当地生产的?"

代县县委的黄书记回答说:"是,这是我们代州产的大米。"

毛泽东说:"山西北部是高原地区,想不到还能生产大米。"

黄书记说:"晋北能产大米的地方不多,产量也不高,主要集中在滹沱河河谷一带。"

毛泽东尝了一口,说:"这米不错啊。你刚才说滹沱河?"

黄书记说:"是呀,滹沱河就发源于我们这里,向东南流向河北省。"

毛泽东说:"我知道,我看过地图,流经晋察冀的平山县,平山县有个小村庄,叫西柏坡,你们听说过没有啊?"

黄书记摇摇头说:"没有,从来没听说过。"

毛泽东笑了:"我敢跟你打赌,用不了多久,你就会记住它的。"

黄书记说:"主席,快吃饭吧,凉了就不好吃了。"

毛泽东扒拉了两口饭说:"好好,很长时间没有吃到大米饭了,今天我要多吃一碗,可不可以啊?"

黄书记忙说:"当然可以,主席想吃多少都可以,走的时候再带上一些。"

毛泽东笑着说:"不带了,不带了,连吃带拿,这个作风要不得哟。"

周恩来说:"是呀,出发的时候主席特意强调,一路上尽量不要给当地政府添麻烦。"

黄书记说:"这不是添麻烦,这是我们应该做的。"

毛泽东严肃地说:"怎么是应该的呢?你们要记住,上级和下级、中央和地方、司令员和士兵,只是分工不同,地位上完全是平等的。"

周恩来说:"今天的饭我们是要付钱的,这一路上走过来也都是付了钱的。"

黄书记诧异地说:"还要付钱?这……这怎么……"

毛泽东说:"以后新中国成立以后,这个传统也要坚持下来,上级到下面视察工作,不要搞迎送,不能收礼,要吃工作餐,要付饭钱。"

"哎呀,要真是这样,那我们在基层工作可就轻松多了。"

毛泽东说:"基层干部最辛苦,再把精力放到迎来送往上,那怎么行呢?你们要把本职工作做好,做不好本职工作那是要挨板子的。只要做好了本职工作,其他的都可以不去理他,再大的官都可以把他顶回去。"

任弼时说:"这就是我们共产党和国民党的本质区别。国民党当官的横征暴敛、穷奢极欲,国就是家,家也是国。官大一级压死人,讲出身,搞派系,当然要灭亡。"

周恩来说:"说得对,不仅仅是国民党,历朝历代的统治者,如果不把人民群众的利益放在第一位，早晚都是要灭亡的。"

毛泽东说："你们知道这里为什么叫代州吗？汉高祖封他的儿子刘恒为代王，他的封地就在这里。刘恒也就是后来的汉文帝，'文景之治'你们都听说过吧？那是一个太平盛世。中国历史上皇帝很多，可真心关怀老百姓的皇帝却不多，汉文帝算是一个。"

任弼时说："对，他废除了许多残酷的肉刑和连坐法，特别是废除了'诽谤妖言罪'，平民百姓有了不满，也可以骂皇帝了。"

毛泽东说："而且他生活上节俭，懂得虚心纳谏、罢兵兴农，这些都是值得我们学习的。"

周恩来说："是呀，以后治理新中国，我们没有经验，需要向前人学习呀。"

毛泽东说："你看，我们从一碗大米饭讲到了历史，讲到了治理国家，耽误了你们吃饭，讲远喽！"

黄书记钦佩地说："我们爱听，这些知识平常都听不到。"

毛泽东说："作为地方官，对当地的历史还是要了解一些，以史为鉴，温故知新嘛。"

黄书记点头说："是，往后我们要加强学习。"

周恩来又问："这里距离五台山不远了吧？"

"不远，过了繁峙县杨林村就是台怀，那就在五台山脚下。这几天天气不好，雪天翻越五台山很危险的。你们还是在这里多住一些日子，等天放晴了再走吧。"

毛泽东笑着说："要是老天不放晴呢，那就不革命了？"

黄书记不好意思地说："我不是这个意思，我是……"

毛泽东说："离朱老总、少奇他们越来越近，我可是着急想见他们呢。"

周恩来说："我们的心情还希望大家理解。主席，我看这样吧，我先行一步，到前面去做些安排。"

毛泽东点了点头："好，那又要辛苦你了。"

23

　　一场突如其来的大雪覆盖了五台山,漫山遍野都是皑皑的白雪。山脚下,有一条人工扫出的通道一直通往山上,几辆吉普车沿着这条通道缓慢前行着。

　　毛泽东就坐在车内后座上,金路坐在他一旁,望着窗外说:"周副主席真细心,还没一天就把路扫出来了。"

　　毛泽东说:"恩来干工作从来如此,你们要学习他的认真和严谨。"

　　金路说:"是。这回下这么大的雪,要不是周副主席提前做了安排,咱们就断粮了。"

　　毛泽东说:"我和恩来认识二十多年了,他真是个难得的人才啊。得恩来者得天下,这话不是我说的,是国民党的人说的啊。"

　　金路好奇地说:"国民党里也有人佩服周副主席呀?"

　　毛泽东笑着说:"不是一两个人,是一大批人呀。"

　　正说着,车窗外又飘起了雪花。毛泽东摇开车窗,伸手出去接住了几片雪花:"老天爷跟我们过不去呀,最后一段路要再考验我们一下子。"

　　金路说:"那怎么办?回去吧,再等几天……"

　　毛泽东笑着说:"开弓没有回头箭,我可不想走回头路啊。"

　　雪越下越大,天地间渐渐只剩下白茫茫一片。突然,毛泽东乘坐的吉普车车轮子在雪地上打滑了,汽车横着就滑向路边的悬崖。眼看将将就要滑出崖壁,随着一阵紧急的刹车声,汽车终于在崖壁边上停止了滑动,有半个轮胎已经悬空了，车轮推动一些石子滚落到悬崖下，半晌才从下面传来声音。

车门打开，金路小心翼翼地扶着毛泽东从车上下来，随后探头向悬崖下看了一眼，摸着急促起伏不定的胸口说："好险啊，好险啊……"

任弼时从另一辆车上下来，匆忙快步走过来："主席，不要紧吧？"

毛泽东笑笑，看着大雪飞舞的天空说："不要紧，虚惊一场。"

金路说："任书记，您劝劝主席吧，这么大的雪，上不去啊，还是先返回吧。"

任弼时说："主席，雪确实太大了，为了安全，我看还是……"

毛泽东说："怎么，你也要打退堂鼓了？唐僧取经还要经历九九八十一难呢，我们的道路可不会比唐僧更容易嘛。汽车坐不成，那就走路，既可以欣赏雪景，还可以锻炼身体，两全其美嘛。"

任弼时知道拗不过毛泽东，于是说："那就走，你在前头，我去断后。"

走了大约一袋烟的工夫，风雪弥漫中隐约看到前方走来两名战士，两人手里都牵着一匹马。走到近处，才看出其中一位战士是周恩来的卫士长成元功。

成元功走到毛泽东身边说："主席，周副主席估计汽车开不上来，让我们送两匹马过来，您骑上吧。"

毛泽东说："我还行，把马送到后面去，让弼时同志和陆定一同志骑吧。"

成元功说："主席，这……不好吧？"

金路说："是呀，主席，这路太难走了，您刚才都摔了两跤了。"

毛泽东说："弼时同志和陆定一同志身体不好，能坚持到现在已经很不容易了，让他们骑马，物尽其用嘛。"说完继续前行。

成元功看了看金路，金路无奈地摇摇头，紧跑两步去追毛泽东。成元功将手里的缰绳塞到另一位战士手里，说："你快去接任书记他们！"说完自己快步追上毛泽东，"主席，雪太大了，前面有个山洞，休息一下吧，正好等等任书记他们。"

毛泽东扭头往回看了看,说:"好,那我们就休息一下。"

几人走到近处才发现,这里其实根本称不上山洞,只是一处凹进去的崖壁,勉强可以遮蔽风雪。成元功和金路找来干柴生起火,又搬来几块石头摆在火堆旁。

成元功说:"主席,烤烤火吧,暖和一下。"

毛泽东说:"好,正好可以等一等他们。"说着坐在石头上。

金路带着几个警卫战士站在外面,用身体阻挡着风雪。毛泽东看到后,笑着向他们挥挥手说:"哎,你们几个,也过来烤火嘛。"

金路说:"我们不冷!"

毛泽东说:"假话!这么大的雪哪能不冷呢?刚走得出了汗,一停下来受凉会感冒的,快过来!"

金路说:"没事儿,我们扛得住。"

毛泽东说:"你们要是不过来,那我也不休息了,接着走!"

毛泽东说着就要起身。战士们无奈,相互看看,只好都过来围着火堆坐下。毛泽东笑着说:"这就对了嘛。一个人烤火没意思,大家围在一起才有乐趣嘛。哎,你们知道这五台山是哪位菩萨的地盘吗?"

战士们都笑了,摇摇头。金路说:"我们都不知道,主席,快给我们讲讲吧。"

毛泽东说:"传说这里是文殊菩萨的道场,人们就在这里供奉文殊菩萨……嗯,你们听过一句诗吗,'天地有五岳,恒岳居其北',这是贾岛的诗句。五台山就离着恒岳不远,恒岳说的就是北岳恒山。哎,你们知道贾岛吗?"

成元功说:"在延安的时候,周副主席给我们讲过贾岛推敲的故事。"

毛泽东说:"对,'推敲'这个词就是从贾岛那儿来的。我最喜欢贾岛的诗啊,是《剑客》那首。"说着,他吟诵起来,"'十年磨一剑,霜刃未曾试。今日把示君,谁有不平事?'是不是很有气势啊?"

金路也重复着念道:"十年磨一剑……"

毛泽东说:"我们共产党这把剑磨了二十七年喽,不容易啊。"说着站起来,望着洞外的飞雪,"同志们,起来吧,继续爬山!爬过了这座山,离革命成功就又近一步了!"

五台山东南的长城岭是晋冀两省的分界岭。走到长城岭下,周恩来指着一块巨石对毛泽东说:"主席,这块石头就是太行山的分水岭了,跨过这块石头,我们就进入河北境内了。"

毛泽东俯身扫了扫石头上的雪,光滑如镜的石面露出。毛泽东说:"但愿这里也成为我们革命事业的分水岭。"

任弼时说:"其实,从我们离开陕北开始,我们的革命事业就已经有了一个新的开端。"

毛泽东说:"不,应该说是从撤离延安开始的。"

周恩来说:"现在看来,撤离延安是一个高招,留在陕北更是一步妙棋。"

任弼时说:"主席啊,当时在枣林沟,我主张东渡黄河,看来是把问题想得简单了,我现在诚心诚意向你认错。"

毛泽东笑着说:"你这个史林同志啊,能够自我批评,很好,我接受了。"

周恩来说:"主席的深谋远虑是需要大智慧的,说实话,当时我心里真是捏着一把汗啊。"

毛泽东说:"实践证明,我们拖住了胡宗南,有力地支持了其他战场,所以我们才能这么快地转入战略大反攻嘛。"

任弼时说:"主席是个好棋手,走一步能够看两步,看三步,看到未来。"

毛泽东摆摆手说:"你过奖喽!看两步看三步还可以,太远的未来就看不清了。比如说,未来的新中国,国体、政体是个什么样子,经济、国防、外交如何搞,这些我的心里还是没有底呀。"

任弼时说:"是呀,这些问题是应该考虑了。到了西柏坡,见到少奇和朱老总,我们应该坐下来认真研究研究。"

周恩来说:"研究是必要的,但我们都没有治国的经验,还需要学习。斯大林同志不是邀请主席尽快访问苏联吗?我看要带着问题去。"

毛泽东说:"我是有很多问题准备去向苏联的同志们请教。恩来呀,再给斯大林同志回个信,尽快把行程确定下来。"

周恩来说:"好,不仅要确定访苏的日期,还要把路线、交通工具、路上的安全和保密工作都确定下来。"

毛泽东说:"好,坐而论不如起而行,我们这就起身走吧!"

24

四月十三日这天傍晚,毛泽东一行终于到达了阜平县的城南庄。聂荣臻带领着刘澜涛、萧克等人早早地就等在这里迎接他们。两队人马会合后,毛泽东笑着对聂荣臻说:"好你个聂司令,还亲自来接呀?劳你的大驾喽!"

聂荣臻说:"应该的。昨儿个刚下过雨,路不好走,我心里急,就赶紧过来看看。"

刘澜涛等人也上前与毛泽东等握手寒暄。聂荣臻看到周恩来一副清瘦的模样,脸上胡子拉碴,笑着说:"周副主席,你又瘦了,这胡子好长时间没刮了吧?"

周恩来说:"想刮呀,剃刀不趁手,就等着到了你的晋察冀再刮呀!"

聂荣臻说:"好好,给你烧热水,让理发员好好给你刮刮。你们的头发可都该理了啊!"转而又对任弼时说,"任书记,你这脸色不太好,一路上吃苦了。"

任弼时摆摆手笑着说:"没什么,老毛病,死不了人的。"

聂荣臻又说:"听说西边下雪了,路上不好走吧?"

毛泽东说:"下的是好雪,看的是好风景啊!五台山上一片洁白,多好啊。荣臻同志,到了你这晋察冀,有点像当年在江西到了兴国一样,一路过来,群众见我们都是笑脸啊。"

周恩来说:"一过西下关就有这样的感觉,一路上经过的村庄,群众对我们都很热情。你聂荣臻群众工作做得不错嘛,大家对你都很爱戴呢。"

聂荣臻笑着说:"我要是告诉城南庄的父老乡亲们,说是毛主席来了,他们会高兴得跳起来的,只怕你们就没法工作了,所以,我做了一些保密工作,你们就住在司令部,房间已经准备好了。"

毛泽东说:"那好,我们就去你聂司令的司令部享受享受。"

晋察冀司令部院内种着一颗大枣树,此时枣花盛开,青叶吐绿,煞是好看。这天晌午,毛泽东正在枣树下踱着步思考事情,聂荣臻领着一个中年人走进了院子。中年人手中还端着一个托盘,上面放着几碗饭菜。聂荣臻说:"主席,开饭了,先吃饭吧。"

毛泽东说:"哦,好,先放这吧,我一会儿就吃。"

中年人把托盘放在一旁的桌子上。聂荣臻指着他向毛泽东介绍说:"主席,这是我们司令部的司务长小刘,刘从文,由他负责你们的伙食。"

刘从文礼貌地向毛泽东鞠了一躬,说:"首长好。"

毛泽东说:"你好,往后一段日子要辛苦你们了。"

刘从文说:"应该的,首长在伙食上有什么要求只管提出来。"

毛泽东笑着说:"我倒是有一个要求,能不能每个星期让我吃上一顿红烧肉啊?不吃红烧肉,脑子转不动啊。"

聂荣臻说:"这个要求算什么!小刘,你记住了?"

刘从文说:"记住了,一定满足首长的要求。"

毛泽东笑着说:"那就谢谢你们了。"

刘从文又客套了几句离开了。毛泽东转头对聂荣臻笑着说:"我一来,就把你聂大司令的住处占了,心中不安啊。"

聂荣臻说:"主席的安全最重要,这里便于保卫。主席,您先吃饭吧。"

毛泽东说:"不急。看样子你是有话要讲啊,怎么不说啊?"

聂荣臻说:"好,我说。听说主席最近要访问苏联,是不是?"

"是啊,你是什么意见啊?"

聂荣臻犹豫了一下，说："我觉得主席不能去。"

毛泽东看着聂荣臻，诧异地说："哦？说说你的道理。"

"目前全国的形势发展得这么快，超出了我们的预想。现在正是一个非常关键的时刻，在这种时候，主席应该留在国内，指挥全国的大反攻才对。"

毛泽东皱眉想了想，说："嗯，有道理。可是，大反攻的目的是什么呀？"

聂荣臻说："那当然是打倒蒋介石，建立新中国。"

"建立新中国？怎么样才能建立新中国啊，怎么样才能管理好新中国呀？"

"这……我并不是反对主席访问苏联，只是觉得眼下时机不合适。"

"你说得很对，目前的形势发展确实很快。转战陕北的时候，我们预计用五年的时间夺取全国胜利，现在看来用不了这么长时间了，新中国的建立要大大地提前了。可是，我们还没有准备好啊。"

"可是，您走了，国内……"

"有朱总司令，有恩来，还有你们这些司令员，我有什么不放心呀？建国可不是一件小事情呀。在江西的时候，虽然我也当过中华苏维埃共和国中央执行委员会主席，但你也知道，那还不能真正地称为一个国家，管辖的地方小得很嘛。未来的新中国可就不一样喽，百废待兴，没有治理国家的经验可不行啊。"

聂荣臻还想再说，此时周恩来拿着一份电报兴冲冲地走进院子。他的胡子已经刮去，整个人显得格外精神。周恩来兴奋地说："主席、聂司令，好消息啊，我们的彭老总收复延安了。"

毛泽东惊喜地说："哦，这么快呀？"

周恩来说："是呀，离我们去年撤离延安才一年多一个月，延安就重新回到我们手中了。"

毛泽东感慨地说："这个彭大将军，从来就没有让我们失望过呀。去年

西柏坡 _ 165

三月份国民党匪军占领延安的时候，我们就断言，这种占领将标志着国民党匪军的失败和中国人民的胜利。一年多来的一切变化，充分证明了这一断言。快给西北野战军发电报，表示中央的祝贺。"

周恩来应了一声就要走，毛泽东又赶紧叫住他："恩来，先不要走。聂司令对我访问苏联有一些不同的看法，你能不能替我说服他呀？"

周恩来转身看着聂荣臻，说："聂司令，这个问题我们在路上已经多次讨论过，我们一致认为，国内形势发展得这么快，时不我待呀！主席应该尽早访问苏联，越早越好，越早越主动。"

毛泽东说："荣臻同志，你考虑到国内的大反攻，这没有错，可是，我们不能走一步看一步，那样就太被动了。我们应该对更遥远的未来做出判断，做好准备。"

聂荣臻说："既然中央已经作出了决定，那一定是站在全局的角度认真考虑的，我拥护。"

周恩来说："主席，到现在斯大林同志一直没有回电，不知道……"

毛泽东说："他不回电，我们就再发一份电报，催一催他嘛。把我们国内的形势给他讲清楚，把我们的想法给他讲清楚，争取尽早成行。现在我们来到了聂司令的地盘上，不妨多住一段时间，等一等斯大林同志的回电。如果时间确定下来，我就从这里出发，你说怎么样啊？"

周恩来说："很好，主席留在这里，可以安心地做好访苏的准备。我和弼时同志先到西柏坡去，与朱总司令、少奇他们会合。"

毛泽东笑着说："不要急，听说过两天颖超同志要来开土改和整党的汇报会，你们夫妻总要见一见嘛，见过面再走。"

邓颖超是两天后到达城南庄的。这是周恩来夫妇分别一年多后的第一次见面，不过这在他们的革命生涯中已是司空见惯的事情了。当着毛泽东等人的面，两人谁也没有更多的激动，平静得好像昨天他们还在一起一样。等回到了两人的房间，邓颖超从一个蓝布包袱里拿出一件白色衬衣，在周恩来背后仔细比量着:"恩来,我请老乡给你做了一件衬衣,你试试,看合身不?"

周恩来说:"小超,这一年多你受苦了。"

邓颖超在身后抚摸着周恩来鬓边的白发,说:"恩来,你瘦了。这一年多,我这心里没有一天不惦记着你们,陕北的一点点消息都让我……"说着,声音渐渐有一点颤抖。

周恩来轻轻拍了拍她的手,说:"别难过,这不是又团圆了吗?来吧,说说你的工作,这个县长不好当吧?"

邓颖超说:"还好,眼下的主要工作就是土改。有了土地法大纲,工作就好做了,不像以前,忽左忽右的。"

周恩来说:"土地法大纲也还存在一些问题,需要在实际工作中不断完善。这次主席专门把你们叫来听取汇报,就是想了解实践中遇到的问题啊。"

到了午后三点多,想着毛泽东应该已经起床,周恩来便陪着邓颖超过来看望毛泽东。进到房内,见毛泽东正在洗脸,邓颖超上前拿过毛巾递给他:"主席,我来看您了。"

毛泽东擦了擦脸,笑着对邓颖超说:"颖超啊,你现在是县委书记,本来我是要先去拜访你的,可你都吃过中饭了,我才起床洗脸,我这个节奏总是比你们慢半拍啊!"

邓颖超笑着说:"主席是比我们快半拍,我们睡觉的时候,您都是在工作呢!"

毛泽东说:"我就是一只猫头鹰,看来是变不成早起早睡的燕子喽。"说着指了指旁边那张有些破旧的沙发,"来,坐,坐下说。"

周恩来夫妇坐到沙发上。毛泽东掏出烟卷点燃,吸了一口,说:"颖超同志啊,你坚持在第一线工作,不容易啊!不但取得了经验,而且做出了成绩,很好嘛!"

邓颖超谦虚地说:"我是在响应主席说的'从实践中来、到实践中去'

的号召。"

毛泽东说:"很好,实践是检验真理的唯一标准嘛。我们在各项工作中出现的左的、右的错误,都是因为脱离了实践,才变成了教条主义嘛。"

邓颖超说:"土改中的教条主义最可怕,幸好我们都及时纠正了过来。"

毛泽东开玩笑地说:"不过我也要批评你,你这个后勤部长可没有当好啊,这么长时间,你连到前委来慰问一下都没有,可苦了恩来呀!"

周恩来笑笑说:"她要是来,恐怕我们也没地方让她住呀。"

邓颖超笑着说:"恩来的身体很好,有警卫员照顾,又有主席关心,我不去也很放心呀!"

毛泽东说:"那可不行,我们都替代不了你啊!"

周恩来说:"现在通信联系很方便,写写信,也等于见面了。"

毛泽东说:"哎,那不一样,个人生活与革命生活是紧密相连的,以前我们的生存条件太差,顾不上个人生活,以后条件好了,老百姓们的生活好了,我们也可以关注一下自己的个人生活嘛。"

周恩来说:"个人的牺牲能换来全国老百姓的美好生活,也很值得。"

毛泽东说:"对,这就是理想。理想是要有所牺牲的,有了牺牲精神,才会有美好的未来嘛。"

邓颖超知道周恩来和毛泽东还有重要的事情要商议,寒暄几句后,便向毛泽东告辞离开了。

等她走后,周恩来掏出一封电报,对毛泽东说:"主席,粟裕同志发来一封长电。"

毛泽东关切地说:"哦,是不是南下渡江的日子定下来了?"

周恩来摇了摇头:"不是,他再一次提出暂不过江,而应留在中原,集中兵力打大歼灭战。"

毛泽东一愣,眉头皱了起来:"哦?三个月以前,军委在杨家沟就决定将华野的一、四、六三个纵队编成一个兵团,由粟裕任总司令兼政委,渡江南下,开辟东南各省,配合刘邓,他粟裕就一直……"

周恩来说:"电报里说了,他也是担心自己对政局情况了解太少,说这只是他个人不成熟的意见,斗胆直陈,南渡的准备还在积极进行,决不会松懈。"

毛泽东板着脸说:"又是一个'斗胆直陈',一月二十二日和一月三十一日他已经两次'斗胆直陈'了,每一次都是洋洋数千言啊!"

周恩来说:"这封电报我认真看了两遍,他提出的观点还是有道理的,思考也还是成熟的。"

毛泽东看着周恩来说:"这么说,你是同意他的意见了?"

周恩来说:"同意说不上,不过在中央一再强调加强纪律性的情况下,他能根据敌我双方的实际情况提出自己的意见,我认为这是一种负责任的态度,应该认真对待。"

毛泽东说:"那你的意思呢?"

"现在刘邓和陈毅也倾向于粟裕的意见。我建议,召开一次中央书记处扩大会议,会上可以把这件事认真讨论一下。"

毛泽东思忖了片刻,说:"那好,我们和朱老总、少奇同志分别一年多了,现在有条件了,也应该在一起开个会了。"

周恩来说:"还有一件事。廖承志同志从涉县发来电报,他说五一劳动节快到了,看中央有没有重要的事情通过他们新华社对外发布。"

毛泽东说:"是呀,时间过得快,又到五一劳动节了。"

"我们应该借这个节日发表一篇社论,分析当前的形势,提出我们在目前形势下的……"

毛泽东掐灭烟头,说:"长篇大论不好,我看不如简单一些,提出一些口号,表明我们的建国主张,一目了然。当然,这个口号是行动的口号,不是宣传的口号。"

"我明白了,这个口号主要是针对国统区的民主人士。自从我们撤离延安以后,国统区的民主人士都十分担心我们的命运。我们在五一劳动节的时候发布口号,可以让民主人士共同分享我们的胜利,也让他们对前景更加充满信心。"

毛泽东又摸出一支烟卷点燃:"这样吧,你找人起草一下,会上把五一劳动节口号也定下来!"

25

波光粼粼的小河缓缓地在城南庄村西流淌，汇入滹沱河。小河边是一大片胡杨林，现在正是杨柳吐絮的季节，山风拂卷，林边杨絮飞舞，就如漫天飞雪一般。

午后，风停了，飞絮也安静下来，静静地落在庄户人家的房顶上、田地上、河岸边，星星点点的，好像给大地挂上了一层白霜。毛泽东在房内看了会儿文件后走出来，散着步向村西走去。金路端着茶缸在后跟随。

来到林边，数十只喜鹊飞来飞去叽叽喳喳叫个不停。只见马夫侯登科正在河边拿着把刷子给大青马刷洗着，一边还和大青马说着话，似乎大青马听得懂："……等主席去了西柏坡，我看你也该退休了。你退休了，我也该退休喽。"大青马不住地打着响鼻，似乎并不情愿接受这样的结局。侯登科又说："我知道你不愿意离开主席，我也不愿意啊！可该退休就得退休，咱们都老啦……"

听到老侯说的，毛泽东和金路笑呵呵地走过去。金路说："老侯，你唠唠叨叨地说什么呢？"

侯登科扭头，见毛泽东微笑着站在金路身边，有些尴尬地说："主席，让您见笑了，我正跟大青马说话呢。"

毛泽东说："俗话说，老马识途，这马是通人性的，我相信你的话它肯定听得懂。"

侯登科说："听得懂听得懂，我跟它说话的时候，它高兴了就使劲儿刨蹄子，不高兴了就一个劲儿地打响鼻。"

毛泽东笑着说："那你问问它，舍不舍得退休，舍不舍得离开我毛泽东啊？"

侯登科在马头上抚摸了几下，说："大青马啊，主席问你舍不舍得离开他？"

大青马噗噗地又打了几个响鼻。侯登科说："主席，您看，一说这个它就不高兴了。"

三人哈哈大笑起来。正笑着，一个声音远远传来："主席，你笑啥子呢？"

毛泽东一怔，不晓得是谁说话，听声音竟像是朱德。仔细向河对面望去，只见林间影影绰绰闪过几个身影。金路兴奋地说："主席，是朱老总他们，肯定是朱老总他们！"

话音刚落，朱德、刘少奇、周恩来、任弼时几人的身影一一掠过胡杨林，踏上河边的木桥往这边走，身后是陈开尧和几名警卫战士。

毛泽东大喜过望，步履矫健地迎了上去，大声说："朱老总，少奇。"

朱德也快步走过来，两人热切地握手。朱德说："想给你老毛来个突然袭击，哪晓得你身边还有侦察员呢！"

毛泽东笑着说："你朱老总的脚步声我在八里地外就听得到，还用得着侦察员？"众人笑起来。毛泽东又与刘少奇握手："我说怎么这林子里喜鹊一个劲地叫呢，原来是故人回来了。少奇，你的胃病……"

刘少奇说："好很多了，谢谢主席关心。主席，你也瘦了呢！"

毛泽东说："我怕热，出的汗多，自然就瘦了。"

周恩来说："分别了一年多，再聚首，别有一番滋味啊！"

毛泽东看着不远处的太行山，感慨地说："你们看，那是太行山。从陕北到太行，这可是一条迎着太阳升起的金光大道啊！"

朱德几人也都望向巍巍太行，心里也都是各有一番感慨。陈开尧这时从后面跑过来，麻利地敬了一个军礼："主席好！"

毛泽东与他握握手，笑着说："哟，陈连长，你可胖了呀，看来你们这边的伙食就是好。"

陈开尧挠挠头说："主要是回到了家乡，心里高兴，吃啥都长肉！"

众人又都笑起来。朱德说："大米饭可比小米饭养人哪。西柏坡这地方好，主席到了，一定也会说好。"

毛泽东说："平山虽然出了个白毛女，看来并不穷嘛。听聂荣臻说，这里还是晋察冀的乌克兰呢。"

刘少奇说："是的，我记得当初我们在枣林沟分手的时候，主席说……"

"我说，你们到白毛女的家乡去吧。"

"对，就是这句话，看来主席对平山是早有打算了。"

"我不是神，可没有先见之明啊。但是，平山县在我的脑子里记得很深，这还要归功于我们的陈连长啊。"众人都把诧异的目光投向陈开尧。毛泽东又说："在延安的时候，他经常在我的耳边吹牛，说他们平山这么好那么好的，我就想让你们去看看是不是真的好。现在看来他倒不是吹牛，是真的好啊。"

众人又是一阵哈哈大笑。又闲聊了几句，毛泽东最后说："现在我们总算聚齐了，抓紧时间开个会吧，着重研究一下怎样促使中国革命全面胜利和怎样迎接全面胜利的到来。"

朱德说："粟裕的电报我看过了，可以让他来一趟嘛！"

周恩来说："对，陈毅大概明天能到城南庄，可以把粟裕也叫来，当面汇报，讲清他的想法。"

毛泽东说："好，立刻给粟裕发电报，今天是四月二十八日，要求他五月五日以前务必赶到城南庄，向军委当面汇报他的想法！"

具有重要意义的城南庄会议是在四月三十日下午举行的，会议室就设在晋察冀司令部前院的小食堂里。五大书记围坐在一张破旧的桌子旁，每个人手里都拿着一份"五一口号"的草稿，热烈地讨论着。

毛泽东说："'五一口号'大家都看过了，我做了一些修改。第五条，'工人阶级是中国人民革命的领导者，解放区的工人阶级是新中国的主人翁，更加积极地行动起来，更早地实现中国革命的最后胜利！'这就太局限了，我改成了'各民主党派、各人民团体、各社会贤达迅速召开政治协商会议，讨论并实现召集人民代表大会，成立民主联合政府！'"

朱德等人都表示赞同，纷纷点头。刘少奇说："嗯，这样好，我们的新政府不同于蒋介石的旧政府，我们不要独裁，要的是民主联合政府。"

任弼时说："这样可以最大程度地吸引和团结广大民主人士。"

朱德说："各民主党派也就站在我们这一边了。"

周恩来说："政治协商会议可以保留，但不是重庆的旧政协，而是新政协。人民代表大会这种制度很好，真正体现了人民当家做主。"

毛泽东说："那这一条就通过了。第二十三条也不好，看得我身上起鸡皮疙瘩呀。"

刘少奇说："主席是指'中国人民的领袖毛主席万岁'这条？"

毛泽东说："是。这么提不好，提万岁要不得，谁又能真万岁了？不要搞个人崇拜嘛，老蒋就搞这一套，大家谁又信他？"

刘少奇说："这是群众自发喊出来的，是发自他们内心深处的，我看……"

毛泽东摆摆手说："不好，很不好啊！要是这样，民主人士会怎么看我老毛？怎么看我们共产党？不要留给人家又是一个王朝兴替的印象嘛。山呼万岁要不得，我们可不能当李自成呀，进了北京，百官朝拜，山呼万岁，结果怎么样？很快就垮台了嘛。还有第二十四条'中国劳动人民和被压迫人民的组织者，中国人民解放战争的领导者——中国共产党万岁！'也不好，我改成了'中华民族解放万岁！'"

任弼时说："嗯，主席这一改寓意更深刻了。"

刘少奇说："主席的胸怀比我们博大，对统一战线在革命进程中的作用有更清醒的认识，更加高瞻远瞩。"

毛泽东说:"如果没有意见,那就这样通过吧?"

众人点头。周恩来说:"时间不等人,我立刻发给新华社,让他们对外发布。"

26

毛泽东等人的烟瘾都很大。司务长刘从文按着聂荣臻的吩咐，第一回从烟厂领了三条好烟出来，结果没两天就所剩无几了。城南庄会议后的第二天，聂荣臻只好吩咐他再去领烟。一大早，刘从文就赶到了金星烟厂经理孟宪德的办公室，将司令部后勤处的批条塞到了他手上。孟宪德看完批条后愣住了，吃惊地说："二十条？啥人来了，要这么多好烟？"

刘从文说："来了好些个大首长，都挺能抽，二十条恐怕都不够。"

孟宪德脸皮抽搐了两下，但很快恢复了平静："哦，啥样的首长啊？"

刘从文说："大首长，都是大首长。"

孟宪德说："聂司令他们从平山回来了？"

刘从文说："不是聂司令抽，是从西边来的首长们抽。"

"西边？从山西那边……好，我给你写条子。"说着，孟宪德走到桌边，拿起钢笔写了一张条，又盖上了印章递给刘从文，"你拿这个去领就是。"

刘从文正要走，孟宪德又一把拽住他，说："老刘，别着急走呀，眼看晌午了，咱哥俩到镇上喝两盅去，我这儿有好酒。"

说着他走到一个躺柜旁，揭开盖子，拿出两个白瓷瓶。刘从文忙摆手说："不，不了，我得走，有事儿。"

孟宪德笑着说："不就是送烟嘛，不耽误喝酒。走，喝两盅。一会儿我派车送你！"

刘从文还是摇头推辞。孟宪德看了他一眼，故意把酒瓶在他眼前一晃：

"唉，那好吧，就可惜了我这两瓶好酒……"

刘从文一看到酒瓶标签上的"汾酒"两个字，两眼就像粘住了一样根本挪不开："这是……汾酒？你……从哪儿弄的啊？"

孟宪德笑着说："咱管着烟，还怕弄不着好酒？"

两人来到镇上的一家小酒馆，孟宪德找了个雅间，两人推杯换盏喝起来。不过三碗酒下肚，刘从文就已经醉了，说话也口齿不清了："……那个大首长没啥架子，跟咱一样，也都是一个鼻子两个眼……哎对了，那是个夜猫子，白天睡觉，晚上不睡……"

孟宪德又给他满上一碗酒，说："听你这一说，比咱聂司令还大？"

刘从文说："那是，我看聂司令见他也恭恭敬敬的。"

孟宪德说："哦，这大首长叫个啥，姓个啥？"

刘从文说："听说姓李，叫啥就不知了……来，老孟，喝！"

两人又干了一碗。孟宪德说："哎，老刘，这大首长要在咱这儿住多长时间？"

刘从文说："你打听那干啥？"

孟宪德说："我……这不是想见见大首长嘛。除了聂司令，我还没见过更大的首长。不像你，再大的首长都见过。"

刘从文拍着胸脯得意地说："那倒是真的！赶明儿你来，我让你见见大首长。"

孟宪德高兴地说："真的？"

刘从文说："我啥时候跟你老孟说过虚的？"

"嘿，好啊，我可真去了。哎，老刘，人家不让我进院咋办？"

刘从文拍着胸脯说："有我还能进不了院儿？你到了就跟值班的说，说给我送烟，我去门口接你。"

孟宪德说："那行。这样，这烟你先领十条回去，剩下那十条我明儿个给你送去，我也趁机见见大首长是个啥模样。"

喝罢了酒，刘从文又到孟宪德的办公室睡了个午觉，这才赶回了城南庄。给毛泽东送完烟出来，就见周恩来拿着一个笔记本走进了院子。刘从文向周恩来道了声首长好，转身径直向后院去了。

周恩来进到毛泽东的房间，见他正在挥笔书写："主席这么早就起来了？"

话未说完，门外传来有人喊"报告"的声音。毛泽东笑着说："我们的粟大将军到了。"然后冲着门外喊了声，"粟大将军，进来吧。"

门打开，果然是粟裕走了进来。他上前和两人握手，激动地说："主席好，周副主席好！"

毛泽东笑着说："好，我们都好。你这一路好走吧？有没有遇到危险呢？"

粟裕说："还好。主席，周副主席，你们在陕北吃苦了。"

毛泽东说："我们留在陕北，就是要配合你们多打胜仗啊。"

粟裕说："这一点，干部、战士们都很清楚，所以打起仗来更有劲儿。"

毛泽东说："仅仅在中原打胜仗还不够，要把战争引向敌人的心脏。把你从前线叫回来，就是要做你的说服工作啊。"

粟裕有些紧张地说："我也想向主席当面汇报，直抒己见。如果军委不同意我的想法，我坚决执行命令。"

毛泽东笑着说："好啊，那我们就看看到底谁能说服谁。"

周恩来看了看表说："时间不早了，那我们就去开会吧。"

这天参会的人员除了毛、刘、周、朱、任五大书记外，还有陈毅、粟裕、聂荣臻、薄一波、李先念、张季春也在座。由于在是否进军江南的问题上大家有一些分歧，会场上的气氛因而显得格外严肃。

毛泽东说："……第一，要把战争引向国民党区域，没有这一条，是不能胜利的；第二，胜利使人欣喜，但目前民力负担很重，要发展后方的农业和工业，才能适应战争的需要；第三，反对无政府无纪律状态，适当明确地方的权力。简单总结就是几句话，'军队向前进，生产长一寸，加强纪律性'。"

毛泽东讲话之后,朱德与刘少奇等人也相继发了言。最后发表意见的是粟裕,他站到一副巨大的战略态势地图前面,详细地给众人讲解:"……我军三个纵队渡江南进,到敌人后方进行扩大机动作战,这无疑会给敌人相当的震撼、威胁和牵制。但是,也存在一些难以克服的不利因素。第一,我军三个纵队,加上地方干部,近十万人,要在敌占区转战数省,行程几千里甚至上万里,敌人必然对我军实施围追堵截,作战难度相当大;第二,我三个纵队渡江南进后,可以调动江北部的敌军回防江南,但估计调不动敌人在中原战场上的四个主力军;整编第五军和整编第十一师都是蒋介石的嫡系主力,是半机械化部队……"

听着粟裕的讲解,毛泽东紧皱的眉头渐渐疏解开来。

就在毛泽东他们开会的时候,司令部门口来了一辆小卡车。车停住后,孟宪德拎着个布袋从车上走下来,径直就要朝司令部大院里走。门口值岗的战士忙将他拉住:"干什么的?这里不许停车!"

孟宪德急忙说:"我是金星烟厂的,给首长们送烟来了。"

值岗战士说:"不行,有后勤处的批条才能进。"

孟宪德解释说:"同志,是这样,昨儿个刘从文刘司务长去我们厂拿烟,我们厂正好没他要的那么多烟,他拿了一半儿就走了,这不,我给他送另一半来了。"

值岗战士说:"那也不行,没有后勤部的批条不能进。"

"那要不你给送进去?"

值岗战士说:"我值班呢,你得等我下了岗。"

孟宪德犹豫了一下说:"好,好,我等。"

孟宪德正要转身上车,门口传来了刘从文的声音:"老孟,送烟来了?"

孟宪德转回身,只见刘从文从院内走了出来。他忙迎过去将手里的布袋递给了刘从文:"老刘,人家同志不让我进,你拿进去吧。"

刘从文接过布袋，扭头对值岗战士说："小赵，上次进的一些个麻油不好，我想让孟经理拉到镇上换了，他能进去不？"

值岗战士犹豫了一下，这才说："那就进去吧。"

孟宪德大喜，跟着刘从文进了大院。两人刚走进前院，陈开尧与金路正好从甬道内迎面走过来。陈开尧眼见孟宪德脸生，便开口问道："刘司务长，这位是……"

刘从文忙解释说："啊，这位是咱后勤部金星烟厂的孟经理，这不给首长们送烟来了，正好有几桶麻油不好使，我想趁着他的车拉到镇上换了。"

陈开尧和金路又打量了孟宪德几眼，并没发现什么异样，这才点点头走开。

刘从文拉着孟宪德快步穿过甬道，进到后院厨房里，这才长出了一口气。孟宪德看着刘从文，紧张地说："我的妈呀，咋管得这么严哩？"

刘从文说："我不是说了嘛，来了大首长，管得严了。"

孟宪德说："我不是也想瞅瞅大首长嘛，这咋瞅得见呀？"

"今儿个估计是看不见了，以后再说吧，赶紧拉上油回吧。"

孟宪德看着东墙边上摆着满满一桌子的青菜和肉，说："弄这么多菜，看来这首长们来得不少呀。"

刘从文："那是，好些个大首长，聂司令都不算大。"

孟宪德又问："是来开会的吧？"

刘从文不耐烦地说："我说老孟，你就不能少问两句？快走吧，这儿也不让来生人。水缸边有两桶油，你提上快走，我得忙活了。"

"本来想看看首长，看来是看不上了。"孟宪德看着刘从文，脸上掠过一丝怪笑，"对了老刘，你这老一个人过也不是个事儿啊，我们烟厂有个女工叫秦淑珍，又年轻又漂亮，给你说说，咋样？"

刘从文眼睛一亮，但很快又拉下脸说："这啥时候咋想起说这个，再说我都这把年纪了，人家能看上我？快走吧走吧。"

"看上看不上，先见一面呀。哎，明儿个你到烟厂来，我请你们俩吃顿饭。"

刘从文推着他往外走去："再说吧，你还是快点走吧。"

孟宪德笑着拨开他的手，然后去水缸边提起了那两个油桶："我回去就跟人家说，你可得来啊！"

午饭做好了很长时间，前院的会议也没有暂停的意思。眼看饭菜都要凉掉，陈开尧和金路干脆自作主张，把饭菜送进了会场里去。毛泽东几人一边吃着饭，一边仍然继续讨论。对于粟裕的意见，陈毅表态说："虽然粟裕同志这个想法是他以个人名义提出来的，但是在濮阳的时候，他是和我商量过的。说实话，我思想上也经历了一个转变的过程，后来我同意了。现在我也建议中央重新考虑渡江南进的计划。"

毛泽东咬了一口馒头，开玩笑地说："你陈毅也倒戈了，那我在粟大将军面前腰板更直不起来喽。"扭头又问朱德，"朱老总，你的意见呢？"

朱德说："粟裕同志作为战役指挥员，把局部和全局加以结合，综合考虑，提出暂不渡江，留在中原，集中兵力打歼灭战，我看是可靠的，有把握的。"

周恩来说："刘邓也来了电报，认为在粟部自身准备尚不充分和渡江有较大困难的情况下，迟出几个月为好，可以加入中原战局。"

毛泽东夹了一口菜，说："朱老总发话了，刘邓也表态了，看来我是少数派，不得不低头呀。"

粟裕说："主席，我……我只是说出我的想法，大局还要您来掌控。"

毛泽东说："大局也要实事求是嘛。真理越辩越明，民主集中制不能丢，大家的智慧总比一个人的智慧高明嘛。在这个问题上，我认输。"

毛泽东的话令粟裕一愣，他想主席果然像人们说的那样，胸怀宽阔，乐于听取他人意见。毛泽东注视着他，又问道："你们兵团眼下的任务不是渡江，而是开辟渡江的道路。在八个月以内，你们兵团加上其他配合纵队，要消灭敌军在汴徐线南北地区的十二个正规旅。怎么样，做得到吗？"

粟裕站起身来,目光坚定地说:"军委采纳了我的意见,对南线战略做出调整,就等于给我粟裕下了军令状。请主席放心,请军委放心,我一定圆满完成任务!"

27

给首长们忙完了晚饭后,刘从文返回住所。回到家门口的时候天还没全黑。他掏出钥匙正要开门,一只大手搭在了他的肩上,扭头看去,只见孟宪德正笑嘻嘻地看着他。

"你咋来了?"刘从文诧异地说。

"你说我咋来了,还不是为了你的事儿?"孟宪德扭头又冲着街口喊,"淑珍,过来吧,老刘回来了。"

街口一个身材高挑的姑娘答应了一声,缓步走了过来。

"你这是弄啥呢,你把人家闺女带过来了?"刘从文有些紧张地说。

"啊,不是跟你说好了嘛,你看你这人。"孟宪德又对走过来的姑娘说,"淑珍,这就是司令部的司务长刘从文,你就叫刘大哥吧。"

"刘大哥好。"姑娘脆生生地叫了一声。

刘从文有些手足无措,只见姑娘模样很是俊俏,一双大眼睛正眉目含情地看着自己。他忙躲开姑娘的目光,搓着手说:"进家说吧,进家说。"

三人进了屋。孟宪德给刘从文做了介绍,说这姑娘叫秦淑珍,保定府人氏,由于哥哥在王快镇上的烟厂工作,因而也随哥哥来到了烟厂。刘从文从躺柜里拿出些干果摆到桌上,招呼两人吃着,然后说:"老孟,你们还没吃饭吧?我让街上的馆子弄两个菜去。"

刘从文说着转身就要走,孟宪德却一把将他拉住:"吃过了。你跟淑珍说说话,我到外边去办点事儿。我先走了啊。"

"哎，老孟……"

眼见孟宪德推门出去，刘从文心里有些发慌，扭头又看了看秦淑珍。只见她低着头坐在那里，没有出声。

刘从文走到桌边，端起茶壶倒了一杯水，放在秦淑珍身前："我……我只当孟经理说笑哩，没想到他真……"

秦淑珍看了刘从文一眼，扭捏地说："我一听刘大哥在军区司令部，还是个司务长，就答应了。"

刘从文听到秦淑珍娇滴滴的声音，不禁心旌摇荡，嘴上说："可我年纪大了，比你……"

秦淑珍低着头说："年纪大怕啥，我不在乎。"

"真的？你真……真不在乎？"刘从文激动地说。

"找个年纪大的，稳当，一门心思过日子，多好。"

这话让刘从文心花怒放，他搓着双手，一时不知说什么好。

秦淑珍又说："我打小就没了爹娘，两年前跟着哥哥来到了这儿。现在哥哥又调到外地了，没个亲人。刘大哥，你要是也愿意，咱们……咱们早点把亲事办了，也好有个家。"

刘从文大着胆子抓过姑娘的手，摩挲着说："哎，淑珍，你不嫌弃我，我还能说啥？可……咱没房子，这房子是租人家的，这咋……"

秦淑珍说："孟经理说了，要是你愿意，他就在烟厂边上给咱找一间房子，还给咱买几件家具。"

刘从文感激地说："真的？孟经理他真这么说的？"

"那还有假？不信你去问问他呀。"

"可……老孟他咋一下子对我这么好？以前也没……"

"你看你，可真是的，人家对你好，你倒受不了啦。刘大哥，你说呀，咱啥时候成亲呢？"秦淑珍说着站起来，直接倒在了刘从文怀里，"孟大哥是好人，他介绍的肯定也差不了……刘大哥，你不想要我？"

温香软玉入怀，刘从文哪里还把持得住。他没有答话，抱起秦淑珍就进了耳房。当晚，秦淑珍便与刘从文睡在了一起。

此后一连几天，秦淑珍每晚都来刘从文这里过夜。刘从文虽然也对这突如其来的幸福有些疑惑，但每天陷身在这温柔乡里，哪还顾得上琢磨。又过了些时候，两人选了日子成了亲。婚礼也很简单，都是孟宪德一手操办的，只请了些烟厂里的闲人吃喝一顿便算了事。

婚后第二天的下午，刘从文有事刚要出门，孟宪德走进院子里来："老刘，干啥去呀？"

刘从文说："给淑珍买点脂粉去。"

孟宪德笑着说："哎呀老刘，淑珍嫁给你可真享了福了，你还真疼媳妇。"说着从兜里掏出一沓纸币递给刘从文，"这个，你拿上。"

刘从文诧异地说："老孟，这是干啥？"

孟宪德说："老刘，你也该带人家姑娘出去转转。北边的保定那还是国民党的地盘，咱去不了，你带着她去南边的石家庄看看啊。这结一次婚，也得让人家姑娘出去走走不是？"

刘从文点点头说："我还有钱，不用你破费了。"

孟宪德说："哎，老跟我见外！咱俩是兄弟不？你一个月挣那点钱也就刚够吃喝，拿上！"说着将那沓纸币硬塞到刘从文手里，"老刘，你可能心里琢磨我老孟为啥对你这么好，我也实话给你说，你老刘能干，现在是司务长，往后说不定就能升处长。我老孟能有你这个哥们，那往后……"

刘从文这些日子的疑惑一下子释然了，觉得心头一片轻松："哎呀老孟，你能跟我交底，我也就放心了。啥也不说了，你就是我最好的兄弟！"

刘从文特意请了两天假，带着秦淑珍去石家庄好好玩了两天。回到王快镇的家里，秦淑珍将买回来的众多首饰、丝绸都拿出来摆到床上，摊满了整整一床。看着秦淑珍兴奋的样子，刘从文摸了摸兜里所剩无几的钞票，不禁暗暗发愁。

秦淑珍很快也察觉到了他的异样："咋了，你不高兴了？"

刘从文强笑着摇摇头："没啥不高兴，你高兴我就高兴。"

秦淑珍说："那你咋不说话？"

刘从文犹豫地说："媳妇儿，咱这趟可花费了不少，我盘算着……往后该省着点，人家老孟的钱也不是大风刮来的，咱得还人家。"

秦淑珍说："那是，我在烟厂做工，一个月也能挣好几块钱，用不了几个月咱就能还上。"

"哎，淑珍，可我总觉着……我这心里还是不踏实，你说老孟他……"

秦淑珍把玩着一个玉镯说："你呀，有啥不踏实的。你跟孟大哥是兄弟，你怕他啥呢？"

两人正说着，门外突然响起敲门声，接着孟宪德的声音传来："老刘，在家吗？"

刘从文一怔，忙过去开门把孟宪德迎了进来。就见他手里拿着两个纸包，笑嘻嘻地说着："哟，还真回来了，我只当你们还得再等几天才回来呢。"

刘从文说："明儿个就得去上工了，可不敢不去。"

孟宪德把那两个纸包放到桌上打开，里边是猪头肉和花生。他又从兜里摸出一瓶酒，咬开瓶盖放到桌上："老刘，你一走我都找不着喝酒的人了。来，咱俩喝两盅。"

刘从文从橱柜里拿出酒盅，两人喝了起来。三杯刚过，酒量不大的刘从文便有了些醉意。孟宪德看着他的样子，暗暗冷笑了一下，然后从怀里掏出一张纸展开递给他："老刘，你看看这个。"

刘从文接过一看，大惊失色，两只手忍不住都颤抖起来，将那张纸掉落在桌上。只见那张纸上面，国民党的青天白日旗十分显眼："老孟，这……你这是啥玩意儿，给我看这个干啥？"

孟宪德拿起那张纸，笑着说："这是国民党的委任状，我给你念念啊，'兹委任刘从文先生为军统少校谍报员……'"

话未说完，扑通一声，刘从文已经跪倒在了孟宪德跟前，哆嗦着说："老孟，你可……你……不不，我不干……"

孟宪德瞪着他说："不干，晚了！你收了军统的经费，玩了军统给你找的女人，哪能说不干就不干呢？"

刘从文扭头看向秦淑珍，只见她正搔首弄姿地看着自己："刘大哥，共产党国民党的我搞不清楚有啥不一样，谁给咱的钱多咱就跟谁干，是不是？"

孟宪德将瘫软在地上的刘从文拉起来，笑着说："老刘，你看人家淑珍这才叫明理儿。你怕个啥，现在大半个中国还是国民党的，共产党翻不了天。"

刘从文抓着孟宪德的手说："老孟，不不，我不能干这个，你……你们……孟宪德，你……你害我……"

"看你说的，我不是害你，是帮你！老刘，少校谍报员啊，一个月有好十几块大洋呢，不比你这个司务长强？"

"不，不行，我不能背叛聂司令，不能……"

"聂司令算个啥？他给你张罗着娶媳妇了？能给一个月十几块现大洋？你咋就看不清形势？你真以为共产党能成事儿，能把这天翻过来？"

刘从文怔怔地看着孟宪德，然后又看向秦淑珍："淑珍，你……你不会也是军统的人吧？我知道你不是，你是个好闺女，不可能……你不会骗你刘大哥吧？"

秦淑珍走过来，将刘从文按坐到椅子上，搂着他的头说："刘大哥，你看我像军统的人吗？我是你新娶的媳妇儿啊，我就想跟着你过上好日子。"

刘从文瞪着她说："你真的没跟孟宪德串通？"

秦淑珍笑着说："看你，说啥呢。我能跟谁串通啊？人家是真心喜欢你，才啥也不顾跟你成了亲，你可不能冤枉我。"

"这事儿……孟宪德真没跟你商量过？"

秦淑珍说："没，我也是这会儿才知道。从文，一个月十几块大洋，不挣才是傻子。等咱有了钱，你带着我去上海，去南京，去美国，谁也认不出你。我好好伺候你，咱俩……"

刘从文猛地一把推开她："你让我……让我好好想想。"说着他双手揪着自己的头发，陷入痛苦的思考当中。

孟宪德和秦淑珍对望一眼，都露出得意的笑容，又一起冷冷地打量着思考中的刘从文。过了好一会儿，刘从文终于抬起头，他红着眼瞪着孟宪德："你……你要让我干啥？"

孟宪德冷冷一笑，掏出一个小纸包递给他："也不干啥，容易得很，你把这里头的药面儿往大首长的饭菜里一倒，就算完成任务，奖励是一百块现大洋。"

刘从文指着纸包说："这是啥？"

"你甭管啥，你按我说的做就是。"

刘从文摆着手说："不不，你要下毒害首长，我不敢，不敢……"

孟宪德说："你是不敢还是不干？"

"不敢，我……也不干……"

"那好，一会儿到了城南庄，我跟你一块去见聂司令，把你的委任状往他跟前一拍，看他咋说！"

"不不不，你可不能去，你这是要毁了我呀！"刘从文恐慌地说。

秦淑珍说："从文，不就是往饭菜里掺点儿药吗？干完了你赶紧出来，咱一块儿远走高飞，他们想抓你的时候，咱已经到南京了！"

刘从文看着孟宪德说："我要是干了，真能让我去南京？"

孟宪德笑着说："那还有假？明儿个响午，我开着汽车，和淑珍在城南庄村外头等着你。你那一百块现大洋也在车上，你只要把饭菜端上去，赶紧出来找我们，我送你走，一直把你们送到安阳，咋样？"

刘从文还在犹豫着，秦淑珍走过去，拽着他的胳膊说："快接着啊！"

刘从文的手哆哆嗦嗦地伸过去，接过纸包塞进兜里。

28

　　这天午饭时候，刘从文拎着食盒向毛泽东的房间走去，但刚到门口就被陈开尧拦了下来："刘司务长，你干啥去？"

　　神情紧张的刘从文支吾地回答说："我……那个……给首长送饭啊，要不，你给送进去？"

　　陈开尧笑着说："刘司务长，你歇了两天假刚回来，还不知道，聂司令员有令，从大前天开始，几位首长的饭菜已经安排了专人负责。"

　　"啥？咋会……那……"刘从文一下有些发怔。

　　这时一位姑娘提着一个食盒从前院甬道走了过来。陈开尧指着她对刘从文说："刘司务长，这是二丫，以后她专门负责首长的饭菜。"

　　二丫向刘从文点点头，走进了毛泽东的房间。刘从文抹了一把额头上的汗，嘴上说着："哦，那……那好，那好……"转身就要走。

　　陈开尧看到他神情异样，心下纳闷，说："刘司务长，你等等。"

　　刘从文又一哆嗦，紧张得几乎晕过去，好一会儿才回过身来，说："陈连长，你还有啥吩咐的？"

　　陈开尧说："你是不是病了？看你好像有点不对劲儿。"

　　刘从文定了定神，说："啊，前些天张罗结婚的事，忙得有点累。"

　　陈开尧笑着说："那你可要多注意身体。对了，恭喜你呀，还没吃你的喜糖呢。"

　　刘从文干笑了两声："喜糖忘了带了，明儿个补上。陈连长，没啥事儿，那我回后厨帮忙去了。"

陈开尧说："没啥事，你去忙吧。"

刘从文拎着食盒快步走进甬道。回到厨房内，他赶紧将食盒里的菜倒进灶膛内，又添了两根木柴，看着火苗蹿上来，渐渐将饭菜烧得没了形，这才稍稍放下心来。

收拾了一阵后，刘从文从司令部大院出来，径直往东边村口走去。来到村口南侧的林子边，只见一辆小卡车停在那，秦淑珍从车窗内探出头来向他招着手。

刘从文快步过去，拉开车门坐了上去，摸着胸口一个劲儿地喘着粗气儿。

孟宪德瞪着他说："咋样，办成了？"

刘从文探头向村口看了看，说："快走，快走吧。"

孟宪德兴奋地说："办成了？嘿，老刘，你真行！"

刘从文说："没，没干成，他们换人了。"

孟宪德沉下脸，瞪着他说："你说啥？没干成？"

"我走了这些天，他们另外找了个小丫头，专门负责那些大首长的饭菜……"

孟宪德打断他说："没办成你跑出来干啥？"

"你不是让我……我害怕，我心里……"

"老刘，给你那些经费，是让你干事儿的，你以为是让你哄着军统玩儿的？"

"这……老孟，我……我实在是……"转而又对秦淑珍说，"淑珍，你帮我说说，我是真害怕呀。"

秦淑珍说："孟经理，他们换人了，从文他想干也干不成啊。"

刘从文急忙说："对对，干不成了。说不定他们已经盯上我了，我还是……"

孟宪德一掌拍在座椅背上，说："下毒不行，再想别的招儿！"

刘从文紧张地问："啥招儿？"

秦淑珍说："你让他拿枪去打……"

刘从文急忙摆手说："不不，我可不敢开枪，我……我连枪都没摸过，我只会做饭。孟经理，我……"

孟宪德说："啥招儿我还没想出来。可有一样儿，你不能就这么走了，你得留下来。"

"留下来我也不……不能……"

"你这一跑，那不等于给他们通风报信儿了？只怕以后再也找不着机会了。"

"可是，我……我……"

"这事没得商量，你下去！"孟宪德厉声说，"下去呀！"

眼见孟宪德凶巴巴的样子，刘从文吓了一跳，慌忙下车。

孟宪德威胁说："老刘，你媳妇可是在我们手里，你要是敢乱来，不光她活不成，你也活不成，知道吗？等我想好了主意，自然会来联系你，你给我好好等着！"

"这……老孟，咱们再……"刘从文的话还未说完，汽车发动机的轰鸣声响起，轰隆声中，孟宪德已驾车远去。

这天一大早，还靠在墙角打盹的金路就被叽叽喳喳的鸟叫声吵醒。金路恼火地捡了颗石子扔向红枣树，那群麻雀扑棱棱地飞走了，院子里这才安静下来。金路回头朝毛泽东的房间望去，只见窗帘的缝隙处灯光闪动。金路心想，主席应该是又工作了一夜。

"小金，进来一下。"这时毛泽东的声音从房间内传出。

金路一怔，赶紧推门进去，见毛泽东正在脸盆里涮着毛巾："主席，您又是一夜没睡？"

毛泽东边擦脸边说："是呀，秉烛而书，不知东方之既白呀。我这个毛病也连累了你们呀。把我的安眠药放在桌上，你也去休息吧。"

金路从衣袋里掏出一个药瓶，倒出两粒安眠药放在桌上，接着提起茶壶在茶缸里倒上热水。毛泽东拿起药片看了看，说："这几天大脑兴奋，再多给一颗嘛。"

金路为难地说："朱大夫吩咐过，每次只能……"

毛泽东说："医生的话靠不住，你要听我的，我自己的身体我知道怎么回事。"

金路从兜里摸出药包，说："可是……朱医生说了，这药不能……"

毛泽东说："那就不要让他知道嘛，这是我们两个人之间的小秘密。"

金路无奈，只得再取出一粒药片，看着毛泽东吃下去。然后他帮毛泽东脱去外衣，扶他躺下。毛泽东随手抓起一本书，一页还没看完，眼皮便沉得合拢起来。

金路从毛泽东房间刚出来，就见不远处二丫拎着个食盒走向前院。金路笑着迎上去，说："二丫同志，给聂司令送饭呀？"

二丫说："啊，是。昨儿个你值班？"

金路说："是啊。哎，二丫同志你多会儿调到西柏坡去的，以前是哪个部队的？"

二丫说："我是去年跟着朱老总去的西柏坡，以前没跟着部队，是朱老总在街上收留了我。"

金路惊讶地说："哦，是这样。那陈连长没少批评你吧？"

二丫看了金路一眼："他……他是不是也常批评你们？"

金路笑着说："可不，陈连长这人嘴上不饶人，不过心眼挺好，挨着他的骂也觉着跟他在一起挺高兴。"

"我可不觉得。哎，他跟朱老总去前线了？"

"嗯，走了几天了。"

"他走了挺好，清净。我给聂司令送饭去，不跟你说了。"

二丫说完向前院走去，可刚一进前院，就听天空中隐隐传来轰鸣声。二丫抬头朝天空望去，只见晴空万里，没有一丝云彩，根本不像能打雷的样子。二丫正纳闷着，聂荣臻房间的门突然打开，他拎着件上衣跑了出来："不好，敌机来了！快通知同志们进防空洞！"

二丫愣怔了一下，随即反应过来，赶忙答应着跑出院子。聂荣臻自己则快步跑向毛泽东的房间，过来就见金路正守在门口。聂荣臻喊道："小金，敌机来了，快叫醒主席！"

金路一怔，犹豫地说："可主席刚睡下……"

"睡下也得叫醒，你叫人抬担架过来！"

聂荣臻说着推门而入，见屋内毛泽东睡得正香。他伸手推了推毛泽东的肩膀："主席，主席，醒醒……"

毛泽东没有反应，翻了个身发出轻微的鼾声。聂荣臻再去推他，急切地说："主席，醒醒……主席，你醒醒！"

毛泽东这才睁开眼睛，有些不悦地看着聂荣臻："有什么事呀？"

聂荣臻说："主席，敌机来轰炸了，请您快到防空洞去。"

毛泽东坐起来，揉了揉惺忪的睡眼，说："不要紧嘛，没什么了不起。无非是投下一点钢铁，正好打几把锄头开荒。"

聂荣臻急得直跺脚，说："不，主席，我要对您的安全负责！"

看他着急的样子，毛泽东笑着披上了衣服，又接连打了几个哈欠，但还是没有要起身离开的意思。聂荣臻急切地说："主席，刚才敌机来侦察了，现在轰炸机马上就来了，请您……"

正说着，江青急匆匆地走进屋来。聂荣臻急忙说："江青同志，你来得正好，快劝劝主席。"

江青上前说："主席，我看见了，两架敌机朝这边飞来了，快走吧。"

毛泽东看了她一眼，还没说话，就见金路和几个警卫战士抬着担架跑了进来。聂荣臻直接向几人下命令说："快，把主席抬走！"

几个警卫战士也不顾毛泽东摆手反对，一起上前将毛泽东扶起放到担架上，然后抬起来就跑。他们刚从房间里跑出来，十余颗炸弹便在司令部前后院落下，爆炸开来，一时间硝烟弥漫，尘土飞扬。聂荣臻几人无不暗自庆幸，如果刚才动作慢上一点，那后果可就不堪设想了。

  为了防范敌人再次前来空袭，聂荣臻将毛泽东安排到了城南庄西北十里的花山村居住。花山村背山靠水，风景十分优美，晋察冀军区后勤部就设在这里。后勤部大院依山而建，靠着后院的山崖下还有一个防空洞。

  到了花山村已经是这天的晌午。吃了午饭后，毛泽东又睡下了。到了傍晚，毛泽东醒过来，洗了个澡便坐到桌前又书写起来。正写着，周恩来和聂荣臻走了进来。

  毛泽东看到周恩来进来，知道他是担心自己，所以才从西柏坡赶了过来，于是起身说："我让聂荣臻不要跟你说，他就是不听，又要你跑一趟。"

  周恩来说："出了这么大的事情我当然要过来看看。主席，你受惊了。"

  毛泽东笑着说："不要紧，蒋介石的炸弹奈何我不得，只是把我给刘邓起草的电报稿，还有召开全国政治协商会议的通知炸飞了。你看，害得我不得不重新起草。"

  周恩来说："主席，我看你也住到西柏坡去吧。"

  毛泽东说："不急。斯大林的电报也该来了，看看再说吧。"

  聂荣臻说："主席住在这儿很安全。这个小村叫花山村，只有十来户人家，便于保密。这个院子原来是我们的后勤部，后边也有一个小防空洞。今天主席他们来的时候，对外说是土改工作队。"

  周恩来考虑了一下，点点头说："嗯，西柏坡那边的房子还没有盖好，主席就在这里多住一些时间，等一等斯大林的电报。不过，聂司令员，要加强警戒，切实保证主席的安全。"

  聂荣臻说："是。主席转移到这里，只有少数几个人知道，周围也加强了警备，人员不得随意出入。另外，我已经安排专人对这次轰炸做调查，如果有内奸，一定会查出来。"

  周恩来郑重交代说："是要好好查一查，敌人面临着失败，是会狗急跳墙的。"

29

城南庄会议后,聂荣臻将毛泽东安排到城南庄西北的花山村居住,在那里等待苏联方面斯大林的回电,而周恩来、任弼时则随着朱德、刘少奇先行抵达西柏坡。一回到西柏坡,刘少奇便马不停蹄地要下地方视察土改工作。因为担心刘副主席的胃病,陈开尧也自告奋勇地跟着来了。

眼下已是五月下旬,微风轻拂,田地里到处是金黄色的麦浪翻滚。一些农民挥舞着锄头辛勤劳作着,不时直起腰来抹一把脸上的汗水。这是土改复查后的第一个农忙季节,田里的庄稼好像也知道了这些,因而长得格外茁壮。

陈大宽也在自家的地里,他已经忙活了一个上午了,这会儿正坐在地头歇息。看着地里饱满的麦穗,他脸上不由得露出了笑容。他从腰间解下烟袋,舀了一锅叼在嘴上,然而伸手到怀里去摸火柴却没有摸到。陈大宽侧过头冲着麦田那边大喊了一声:"光腚兄弟,带取灯没?"

刘光腚的声音从不远处传来:"还顾得上抽烟哩,你抽烟的工夫这草又长上来啦。"

陈大宽又喊:"带没带?说草干啥!"

随着一阵窸窸窣窣的声音,麦田中刘光腚的身子直了起来,扔下锄头向这边走来。走到近前,刘光腚拽下腰间的烟袋锅递给陈大宽,说:"舀一锅。"

陈大宽斜了他一眼:"嘿,敢情你只带烟锅不带烟呀,就想着占别人便宜。"

刘光腚说："我带烟了。"

"那咋不抽你自个儿的？"

"你的好抽。再说了，你也不能白用我的取灯啊，是不是？"

说完，刘光腚嘿嘿地笑起来。陈大宽笑骂着说："嘿，你个刘光腚，没分地的时候你挺大方的，咋的，有了这么些地，反倒小气了？"

"以前地不是咱的，咱啥也没有，那是穷大方；现在地是咱的，可不啥都得省着，要不……"

陈大宽把烟荷包递给刘光腚，接过刘光腚递来的火柴，扑哧一下擦着。点罢烟，陈大宽猛吸了两口，说："要不啥，是不是还想娶个媳妇？"

刘光腚笑着说："说实话，还真想。守着这么好的地还打光棍，对不起人家共产党哩。"

"听说沈寡妇对你可有意思，你们俩……"

"得得，少跟我提她，哪壶不开提哪壶。哎，你家喜子咋也不回来了？"

"我家喜子是公家人，哪能说回来就回来，人家有纪律。"

"有纪律还不要人家榆儿，我看他不是共产党。"

陈大宽瞪了刘光腚一眼，恼怒地说："滚你地里去！人家张庆发都不计较了，你他娘的……"

话没说完，只听远远传来更生的喊声："六叔，六叔……"

陈大宽扭头望去，就见更生沿着田垄飞快地跑来。陈大宽站起来，说："更生，啥事儿啊？"

更生上气不接下气地说："喜子哥……喜子哥又……又回来啦！还有个大首长也……也一块儿来啦！"

陈大宽又惊又喜，扛起锄头就走。刘光腚敲了敲烟锅子，扛起锄头也跟了上去。

陈开尧这会儿确实是陪着刘少奇来到了岗南村，一起陪同来的还有几位平山县的县领导。村支书方定国在村公所里欢迎众人。一下子见到这么多领导，特别是还有刘少奇这样的中央首长，方定国紧张得都有些不会说话了。

看到方定国窘迫的样子，陈开尧笑着说："老支书，你就随便说说吧，这土改的事儿你是直接参与者，首长就是要了解一手的材料。"

方定国挠了挠头说："我……我……我不会说个啥。"

陈开尧说："首长让你说，你就说，想到啥说啥。"

刘少奇微笑着说："我不是什么首长，到了你们村，我就是你的村民，咱们唠唠家常。关于土改的事儿，你想到什么就说什么，要说问题，把问题说出来就行。"

方定国说："那……那我就说了。"

说着坐下来，紧张地看了刘少奇一眼，不自觉地伸手去摸烟袋。刘少奇递给他一根烟卷，说："尝尝这个。"

方定国忙摆手说："不，不，我抽不惯这个，还是抽烟锅子好。"说着，方定国点燃烟锅，抽了一口，"我们岗南村是个大村，三百多户人家。没土改以前，有地主六个，村里大部分地都让这六个地主家占了，其中吴有贵家最多，有二百多亩地。土改以后，从地主、富农手里共清理出土地一千一百多亩，由于人多地少……"

方定国正说着，一个身形瘦小的村民突然推开门闯了进来，却是刘光腚。众人看着他都有些诧异。方定国的话被打断了，恼火地喝道："哎，光腚，你干啥哩？快出去！"

刘光腚没理方定国，径直走到陈开尧面前，问道："喜子，哪位是大首长？"

陈开尧有些纳闷，犹豫地反问他道："刘叔，你……你这是做啥呢？"

刘光腚的视线在屋里众人身上扫了一圈，最后落在刘少奇身上。他上上下下地打量着刘少奇，刘少奇也微笑地看着他。突然，刘光腚走过去跪到刘少奇面前，咚咚地磕起头来，一边哭着一边喊道："多谢大首长，多谢

西柏坡 _ 197

共产党,给了我们活路啊!"

刘少奇急忙伸手去扶起他:"老乡,快起来,快起来,不能磕头,咱不兴这个。"

刘光腚站起身,抹了抹眼中的泪水,说:"共产党好啊,我刘光腚今儿个要是不来跟首长说一声谢,我心里憋得慌啊!"

旁边的方定国和几位领导这才放下心来,几人相顾微笑。陈开尧忙介绍说:"胡校长,他叫刘子义,以前是村子里最穷的佃户,这回土改,他家分了三亩地。"

看到刘光腚真情流露,刘少奇也很是感动。从延安一路过来,看到的都是关于土改的负面内容,今天总算见到有贫农收获了实惠,这让他感到由衷的欣慰,看来经过复查以后,现在的土改工作才真正取得了实质的成效。刘少奇伸出手去,与刘光腚那双裂纹斑斑的黑手紧紧握在了一起。

散会以后,方定国告诉陈开尧他父亲下午来过村公所,还要陈开尧一定带首长回家里吃饭。旁边的刘少奇听说是陈开尧的父亲,十分高兴地答应了。倒是陈开尧心里惴惴不安,他不知道父亲会不会还纠缠他的婚事。

傍晚时分,陈开尧领着刘少奇等几位领导来到家里,陈大宽早已备下了丰盛的家宴,不仅做了很多素菜,而且有鸡有鱼。看着院子里方桌上摆得满满的菜肴,方定国笑着说:"我说大宽,你这是捡了钱了还是咋的,又是鸡又是鱼的。"

众人落座。陈大宽说:"鸡是自己家的,鱼是喜子他老丈人送来的。"

陈开尧一听,心说坏了,父亲肯定是要在首长面前告自己的状!

刘少奇看着桌上丰盛的菜肴,开玩笑地说:"陈开尧同志,今天我跟你也沾了光嘛!"

陈开尧不好意思地笑了笑,说:"首长,您就多吃点,乡下的做法也挺好吃的。"

县委陈书记说:"现在大伙儿手里有地,心里就托底了,搁以往,可不敢这么吃，一般都得等过年才能见着荤腥的。"

方定国说："可不是，是共产党给了我们好日子呀！我代表我们岗南村全体村民，敬首长一杯。"

说着方定国站起身，举起酒碗。陈开尧忙劝阻说："老支书，首长不能喝酒，你就别敬了。"

方定国说："得敬，得敬，要不我们可就磕头了。"

刘少奇说："老支书，你也是党员，我们都是人人平等的，磕头这一套可不能搞啊！"

方定国说："是，首长说的是。"

刘少奇说："共产党的宗旨就是为人民服务，我应该感谢你们，应该敬你们才是。不过我不能喝酒，以茶代酒，怎么样啊？"

陈书记说："行，首长就以茶代酒。"

方定国却摇着头说："首长可以喝茶，不过这酒得让陈喜子代。喜子，你替首长喝！"

陈开尧忙笑着答应下来，和方定国干了一碗酒。

众人说了一会儿闲话，就见一名警卫员走到院门口，向陈开尧招了招手。陈开尧纳闷地走出来，看到院门外立着个姑娘，分明就是榆儿。陈开尧一惊，马上就明白过来了，这肯定是父亲一早安排好的。

院内的陈大宽向榆儿招了招手，喊着："榆儿，过来，认识认识大首长。"

榆儿面含羞涩地走进来。只见她穿了一件大红的夹袄，脸上也涂了一些脂粉，显得更加俏丽。陈大宽对刘少奇说："首长，这是我家喜子没过门的媳妇，叫榆儿。"

刘少奇一愣，说："哦，小陈，家里定了亲，这事儿你可没有汇报过啊！"

陈开尧十分尴尬，一时也不知道怎么解释好。榆儿突然一下子跪倒在刘少奇面前，眼眶含泪说："大首长，你可得替我做主啊！"

西柏坡 _ 199

陈开尧大惊，急忙上前，拉着榆儿的手想把她拽起来："榆儿，你……你这是干啥哩？"

榆儿推开他的手，说："我就要跪着，我有话要跟首长说，你放开我……"

刘少奇也很惊讶，急忙站起来，说："姑娘，你起来，有什么话起来说。小陈，放开姑娘。"

陈开尧尴尬地说："首长，她不是我媳妇，我……"

砰的一声，陈大宽将酒杯往桌上一蹾，骂道："你个小兔崽子，榆儿就是我儿媳妇！你不认，我认！"

榆儿站起身来，但却只是抹泪不说话。陈大宽着急地说："榆儿，你倒是说呀，心里有啥委屈……唉，还是我来说吧。大首长，是这么回子事儿：喜子和榆儿早年间就定下了娃娃亲，后来喜子出去参加了八路，这一走就是十年，人家榆儿也等了他十年；前一阵儿，喜子回来了，哎，说啥也不认这门亲事了。大首长，我们老陈家可是老实人家，说出去的话就是板上钉的钉，风刮不走雨浇不湿。他可好，一句话就把我这张老脸扔地上了，你说说我这往后可咋见人，咋活？你瞅瞅，榆儿已经是二十来岁的大闺女了，这让人家往后咋见人，咋活？这不是逼着人家跳井上吊吗？"

陈开尧更加窘迫起来："爹，这事儿我都跟庆发叔说清楚了，你咋还……"

陈大宽恼怒地说："你给我闭嘴！大首长，你给评评理，这亲事是我跟庆发兄弟当面锣对面鼓定下的，咋就不算了？一辈子的大事，说不算就能不算？这不是陈世美吗？"

刘少奇看着陈开尧说："小陈，是这样吗？"

陈开尧点了点头。旁边的县委陈书记说话了，他对陈大宽说："陈老哥，你这是封建包办啊，如今革命队伍里讲究婚姻自由了。"

陈大宽说："自由？别人谁爱自由谁自由，反正我家喜子不能！想不认这门亲事儿，除非他不姓陈！革命队伍咋啦？榆儿的哥哥也是咱队伍上的人，打石家庄的时候把条胳膊都扔了，你说说……"

陈开尧着急地说："爹，首长是到咱村来调查研究的，你咋拿这种小事儿麻烦人家呀！"

陈大宽恼火地说："小事？大首长，你说说，人家榆儿都跳河了，这还是小事？"

刘少奇惊讶地看向榆儿，只见榆儿哭得更伤心了。陈开尧伸手去拉榆儿，说："榆儿，你爹没跟你说？后来我跟你哥也说了呀，你咋还……"

榆儿哭着说："我爹啥也没跟我说，反正我就要嫁给你。"

陈开尧听她说得这么不通情理，也有些生气，说："榆儿，你这样，我更不能娶你了。"

听到这话，榆儿哭得更伤心了，捂着脸就往外跑。陈大宽一把拉住她，抬腿就踹了陈开尧一脚，骂道："你个兔崽子，你刚才说啥？"

刘少奇说："小陈，不管怎么个原因，你先要向姑娘道歉。"

陈开尧一愣，说："啥？首长，反对封建包办婚姻可是党的号召，我没错！"

刘少奇命令说："我让你道歉！"

"我……"陈开尧抬头看到刘少奇一脸严肃的表情，只好转身对着榆儿说，"榆儿，我……我对不住你，让你……让你伤心了。"

陈大宽得意地说："哼，你拧，看你拧得过大首长？"转而又安慰榆儿，"榆儿，甭哭了，喜子都说了软话了，你还要他不？"

榆儿抹了一把眼泪，说："喜子哥做了什么，我也不恨他，我……"榆儿说着抬起头来，冲着刘少奇说，"大首长，请你给我们做主，今儿个就把亲事办了吧，我怕你一走，他……他又变卦。"

听了这话，众人议论纷纷。方定国、刘光腚都喊好，陈开尧则感觉更尴尬了。这时，更生端着个盘子从厨房出来，正好听到榆儿说这些话，心里不免酸楚，呆呆地愣在那儿。

陈大宽兴奋地说："对对对，趁着大首长在这儿，把他们的亲事办了。"

接着又喊更生,"更生,快去把你庆发叔叫来,让他们行大礼。"

更生尽管并不情愿,也只好答应着,转身离开,临走前忍不住又看了榆儿一眼,只见榆儿一张脸羞得红红的,倒比平时更加动人。

陈开尧尴尬至极,挠着头对刘少奇说:"首长,这……"

刘少奇也没料到事情有此变故,犹豫了一下,然后他微笑地对榆儿说:"姑娘,我让小陈向你道歉,是说他对你的态度有问题,太生硬,没有好好跟你讲道理,可不是认可这桩包办婚姻呢。"榆儿和陈大宽听得都愣住了,神情紧张起来。刘少奇又接着说:"封建包办婚姻是不符合我们党的主张与政策的,共产党提倡恋爱婚姻自由,要充分尊重男女双方的感情和意愿,任何人不得干涉呀。"

眼见刘少奇终于表达出了自己的意思,陈开尧满心欢喜,高兴地说:"爹,您听听,您听听,您听首长怎么说的!"

听到这话,榆儿愣怔了片刻后再次哭了起来。刘少奇劝慰她说:"姑娘,婚姻的基础是双方的感情,你想想,一个没有感情的婚姻会是个什么结果?如果一方不同意,带着强烈的抵触情绪,就算是成了亲,三天两头吵吵闹闹,那日子能过好吗?这样的婚姻能幸福吗?两个人痛苦地生活一辈子,那滋味儿可不好受啊。"

榆儿抹着眼泪说:"可是,我……我……"

刘少奇又说:"看得出你很喜欢小陈,现在心里很痛苦,也很委屈。但这只是暂时的、短期的,过一段时间,很多事想通了就会好起来的,可要是你们真成了亲,那可要一辈子忍受痛苦啊。"

榆儿还想说什么,张庆发和更生已经快步走了进来。张庆发上前揪住榆儿的胳膊,厉声说:"你个丢人现眼的东西,给我回家去!"

看到张庆发恼怒的模样,陈开尧急忙上前阻拦:"庆发叔,你别……"

张庆发看着陈开尧说:"喜子,你没错,前两天洪志回来跟我说了好多,我已经明白这里头的理儿了。"

陈开尧感动地说:"庆发叔,谢谢你!"然后指了指刘少奇,"庆发叔,这是我们首长。"

张庆发忙给刘少奇鞠了个躬，歉疚地说："给首长添麻烦了。"

刘少奇微笑着摇摇头，说："年轻人嘛，可以理解。"

张庆发又鞠了个躬，转身拉着榆儿便离开了。更生犹豫了一下，也跟了出去。好好的一顿晚饭，没想到弄成这么一个样子。陈大宽挠了挠头说："这……这事儿就……就算完了？"

陈开尧抱怨地看了父亲一眼，但这时刘少奇用手捂着胃部，痛得已经弯下了身子。陈开尧顾不上其他事，连忙焦急地对父亲喊道："爹，首长的胃病犯了，快去倒碗热水，我去叫车！"说着已跑出了院子。

30

聂荣臻走进毛泽东在花山村的住处时,医生朱仲丽正在给他点眼药水。由于连日高强度的操劳与工作,毛泽东害了眼病,幸好朱仲丽及时发现,强行逼着他休息并使用了药物,这才遏制住了病情。知道两人是有重要的事情要谈,朱仲丽回避开了。聂荣臻随后把苏联方面发来的电报念给毛泽东听。

"……鉴于您所在地区的事态发展,尤其是傅作义已经开始进攻蔚县,也就是说,您来苏途中拟经过的三个地区都在火线上。我们担心,您的出行会影响事态的进程,况且您路上也不太平。有鉴于此,不知您是否应推迟来苏。您若决定不推迟动身,请通告我们并告知如何向何处派飞机接迎。盼复。"

听聂荣臻读完电报后,毛泽东摸出了一个烟卷点燃,说:"荣臻呀,你怎么看?"

聂荣臻说:"主席,我看这都是借口,他们还是不想得罪蒋介石呀。"

毛泽东笑了笑说:"是呀,他们签订了《中苏友好同盟条约》嘛,这说明斯大林同志对我们中国革命的形势认识不足,他悲观了,在这一点上右倾得很。"

聂荣臻说:"那……还等吗?"

毛泽东笑着:"还等什么?看来,我该去西柏坡喽,那里的人们才欢迎我。"

第二天一早，聂荣臻、刘澜涛等人护送毛泽东离开花山村直奔西柏坡而来。毛泽东的车上还坐着江青和女儿李讷。这年的李讷刚刚八岁，活泼好动的她望着窗外的风景不时问这问那，毛泽东耐心地解答着。

"小爸爸，你说西柏坡有学校，是真的吗？"

"小爸爸什么时候跟大娃娃讲过假话呀？"

"太好了，自打从延安出来，我都好长时间没在学校上课了。"

"有了教室，大娃娃可要好好读书哟。"

李讷骄傲地说："那当然，我的学习是最好的，比任远远好多了。"

毛泽东笑着说："哎，可不能骄傲呀！"

"到了西柏坡，是不是就能见到任远远他们了？"

"当然，他们都在西柏坡等你呢。"

"太好了，太好了。西柏坡大吗？"

"大，大得很。"

"那我们又可以藏猫猫了。"

"对，好好藏，让他们找不到你。"

进到平山县境以后，安子文与陈开尧等人前来迎接。一起吃完午饭，陈开尧与毛泽东同车再往西柏坡赶来。路上经过一处陡峭的上坡路时，眼看汽车爬坡已很吃力，毛泽东等人便下车来步行前进。几名警卫战士推着吉普车在前，毛泽东和陈开尧跟在后面边走边聊着。

"小陈啊，这一年多工作怎么样啊，有什么收获没有？"

陈开尧回答说："报告主席，有成绩也有错误。"

"说说看，有什么成绩，又有什么错误。"

陈开尧说："其实也没啥成绩，就是帮着安子文他们建设工校，还有就是开土地会议的时候，帮着做了些后勤工作。"

毛泽东说："你们警卫连这些成绩我在《晋察冀日报》上看到了。"

陈开尧有些意外，说："主席从哪儿找着的旧报纸啊，那都是去年的事儿了。"

毛泽东笑着说："我这个人就爱看旧报纸，你们平山团的事迹也是当年从旧报纸上看到的。说完了成绩，再说说犯过什么错误啊。"

陈开尧说："开土改工作会的时候，刘副主席组织我们讨论，我发言说，要把地主老财都抓起来杀光，刘副主席批评我太'左'了。"

毛泽东说："我们的战士大都是贫雇农民的子弟，几辈子受地主老财的欺压，很容易就冒进，犯'左'的错误啊。"

正说着，忽然坡上传来一个女人的叫喊声："躲开，快躲开！把不住车了，快躲开……"

随着话音，毛泽东和陈开尧向坡上看去，只见一辆两轮木板车从坡上俯冲下来，把车的姑娘虽然尽力想止住板车，但巨大的惯性使她刹不住脚，紧抓着板车的把手冲了下来。

情势危急，陈开尧大喊了一声："主席，快闪开！"说着一边快步向板车冲过去。眼见板车冲到面前，他伸出双手猛地抓住车架，但是车子巨大的惯性将他也带倒了，身子重重地撞在山壁上。这时另几个警卫员冲过来，这才合力将板车稳住。等车停下来，大家才看到车上还躺着一个奄奄一息的老汉。把车的姑娘惊慌失措，吓得失声痛哭起来。

毛泽东快步走过来，将陈开尧扶起，关切地问："小陈，要不要紧？"

鲜血顺着陈开尧的裤腿流下来。他咬着牙说："没事儿，可能是擦破点皮。"扭头冲着哭泣的姑娘吼道，"你是咋回事儿？你……"

毛泽东拍了拍陈开尧的肩膀说："小陈，不要这么大的火气嘛。"然后又对姑娘说，"姑娘，别哭了，没事儿了，没事儿了。"

姑娘停止哭泣，看着毛泽东等人，神情显得有些惶恐。毛泽东又问她说："姑娘，你叫什么名字呀，你这是去哪里呀？"

姑娘这才结结巴巴地开口说："我叫凤妮儿，我爹……我爹不行了，郎中说，让我回家……回家准备后事……"说着伏在车上又哭了起来。

毛泽东凑近板车，摸了摸老汉的额头，老汉哼了一声。毛泽东说："还活着。小陈，快去把朱医生叫来。"

陈开尧答应一声，忙向坡下跑去。不一会儿，他带着医生朱仲丽快步赶了回来。朱仲丽从医药箱内取出听诊器给老汉诊断。毛泽东站在一旁看着，关切地问："朱医生，怎么样啊？"

朱仲丽摘下听筒，说："肺炎，还能救。可是……"

毛泽东诧异地说："可是什么？"

朱仲丽说："治肺炎最好的药是盘尼西林，可盘尼西林就剩最后一支了，是给主席准备的，要是……"

毛泽东微笑着说："小朱啊，你是医生，医生的职责就是救人性命，人的生命都是一样的，没有高低贵贱之分。眼下老人家需要盘尼西林，那就给他用嘛！"

朱仲丽还是有些犹豫。毛泽东见状，表情严肃起来，命令说："时间不等人，快打针！"

朱仲丽这才答应着，赶忙从医药箱里取出针剂，迅速地给老汉注射了进去。注射完又观察了一会儿，看没什么异样，朱仲丽这才离开。毛泽东随后让陈开尧等人帮着凤妮儿推板车，自己则与凤妮儿跟在后面，一起向坡上爬去。

翻过了这道山坡后，天色已黑下来。坡下右边有一条山沟，沟边的开阔地上种着小麦，还有几处泥坯房点缀在山沟两侧。毛泽东问凤妮儿说："姑娘，这个村子叫什么呀？"

凤妮儿说："主投沟，我家就在沟里边住。"

毛泽东没听清她的话，又问："什么沟？"

凤妮儿又重复了一遍说："主投沟，就是主子投奔的沟。"

毛泽东感兴趣地说："哦，这里面一定有故事。"

凤妮儿说："是，听老辈儿人说，当年汉朝皇上刘秀到过我们村。"

毛泽东对陈开尧说："这里离西柏坡还有多远呢？"

陈开尧回答说："大概还有四十多里地。"

毛泽东望了望天边似火的晚霞，笑着说："小陈，你去告诉聂司令，我

西柏坡 _ 207

们不走了,今晚就住在主投沟村了。"

凤妮儿家住在山沟深处,转过两道土峁梁才来到她家的院子。吃罢晚饭,毛泽东带着李讷和陈开尧过来看望凤妮儿的父亲。见老人病情稳定,毛泽东等人放心了,和凤妮儿在堂屋桌旁坐下聊天。毛泽东还惦记着那个刘秀的故事,让凤妮儿再给自己讲讲。

凤妮儿说:"我也是听村里的老人说的,说是当年刘秀被奸臣王莽追杀,就逃到南边那条沟里,跑着跑着没道儿走了,脚底下一滑,顺着山坡就滚下来了,滚到我们村,躺在垄沟里头,王莽没找到,就走了。从那以后,南边那条沟就叫滚龙沟,我们这条沟就叫主投沟。"

毛泽东好奇地说:"滚龙沟……小陈啊,当年《晋察冀日报》不就在滚龙沟吗?"

陈开尧点点头说:"是的。"

凤妮儿欣喜地说:"哦,搞了半天你们是《晋察冀日报》的人哪。鬼子扫荡的时候,我爹还帮你们抬过机器哩。"

毛泽东说:"那这么说你父亲也是支前模范嘛。滚龙沟有个王二小,这个你们都听说过吧?"

凤妮儿说:"那还能不知道?王二小还有歌哩,好些人都会唱。"

李讷感兴趣地说:"姐姐,你唱唱,我想听。"

凤妮儿忙摆着手说:"我可唱不好。"

毛泽东对李讷说:"大娃娃,王二小牺牲的时候,比你大不了几岁呀。"

凤妮儿说:"就是。除了王二小,我们沟上头还埋着好些女学生哩。"

毛泽东一怔,说:"哦,什么时候的事情?"

凤妮儿说:"哪一年我也说不上了,反正记得那年鬼子把华北联大的老师和女学生们围住了,一直往上赶。赶到悬崖上,没道了,咋办呢?大伙儿一合计,不能让鬼子糟蹋了,就手拉着手从山崖上跳了下去,说是有十几个,一个都没活。鬼子走了以后,我爹他们才上去把人埋了……"

凤妮儿讲的过程中，毛泽东的表情渐渐变得凝重起来，听到最后，他霍然起身，走出院子，仰头望着夜空。凤妮儿等人跟了出来，看着毛泽东的样子都有些不解。李讷小声地问："小爸爸，你怎么啦？"

毛泽东叹了一口气，对凤妮儿说："姑娘，确实是华北联大的师生吗？"

凤妮儿说："是，村里人都这么说，我爹还见过她们唱歌跳舞，她们……"

毛泽东说："她们的坟还在吗？"

凤妮儿说："在，就在沟里头，每年清明的时候，乡亲们都还去给她们上坟呢。"

毛泽东说："姑娘，明天一早你带我去坟地看看吧。"

凤妮儿虽然不解，但还是点了点头。她哪里知道，她的话触动了毛泽东的一段心事。原来，他的发妻杨开慧的哥哥杨开智先生有个女儿，名叫杨展，抗战期间就在华北联大校部党委任干事。一九四二年，在一次日寇的扫荡合围中，为了不落在敌人的手里，她带领十几名年轻的女学生毅然从悬崖上跳下，壮烈牺牲。当时年龄最大的杨展也只有二十一岁。

听了凤妮儿的讲述，毛泽东已经断定，这里就是开慧的亲侄女杨展牺牲的地方，她就长眠在这条普普通通的山沟里……

31

毛泽东的到来并没有什么热烈的欢迎仪式,也没有让西柏坡变得喧闹,甚至西柏坡的村民根本对此就毫不知情。这体现的正是当年共产党最高领导集体一贯低调、务实、简朴的工作作风。

在刘少奇、周恩来、朱德和任弼时的陪同下,毛泽东第一次踏进了中央工校大院。他颇感兴趣地四下参观,问这问那。周恩来等人一一给他做着解释。刘少奇最后笑着反问他:"主席,你看我们这中央工委驻地怎么样啊?"

朱德说:"哎,少奇,从现在起,这就不光是我们中央工委喽,应该说这里是我们中共中央的驻地。"

毛泽东走到院子东侧的一小片柏树林下,四下环顾着,感慨地说:"不错,真是好地方。"

刘少奇说:"对对,主席一来,中央就完整了。"

周恩来说:"我们从去年三月十八日离开延安,在枣林沟开会决定将中央分成前委和工委,今天,前委和工委终于在西柏坡会师了。"

毛泽东说:"是呀,中央前委和中央工委已经完成了各自的历史使命,我看可以撤销了。"

众人都点头赞同。任弼时说:"当时在枣林沟开会,我还不同意主席的意见,坚持要撤离陕北,还跟主席拍了桌子。今天看来是我错了。"

刘少奇说:"是呀,我对主席的决定也有些担心,没有主席那么大的气魄。"

毛泽东笑了笑说:"不要一见面就做自我批评嘛。走,我们去滹沱河边看看。"

几个人来到河边。只见水面波光粼粼,两岸稻苗茁壮。毛泽东望着对面起伏的群山,感慨地说:"从延河到滹沱河,别是一番景色啊!"

任弼时说:"从三秦大地到这古中山国,是到了该决战的时候喽。"

毛泽东说:"可我们不能学秦始皇,心里始终要记得,天大地大,不是他皇帝老子最大,而是人民最大。"

周恩来说:"主席说得好。主席,黄炎培老先生在延安时候与你的谈话还记得吗?"

毛泽东说:"当然记得,一辈子都忘不了!黄先生说:'大凡初时,聚精会神,没有一事不用心,没有一人不卖力,但最终政怠宦成的也有,人亡政息的也有,求荣取辱的也有,总之,没有能跳出这个周期率的支配。'"

刘少奇说:"我记得主席是这么回答黄先生的:'我们已经找到新路,我们能跳出这周期率。这条新路,就是民主。只有让人民来监督政府,政府才不敢松懈。只有人人起来负责,才不会人亡政息。'"

朱德说:"是呀,我们共产党人不仅能够建立一个新中国,也能够管理好一个新中国,让中国人民真正过上幸福富足的生活。"

毛泽东说:"我时常在想,我们是一群什么样的人呢?我们是一群理想主义者。但凡有理想的人,总能够在没有路的地方走出路来,在常人认为不可能的情况下创造奇迹。我们共产党人就是要在这个小小的村庄里面迎来一个新中国。"

在河边感慨了一番后,几个人再次返回机关大院。走到刘少奇居住的院内,刘少奇指着泥坯的土房说:"西柏坡村子不大,这边的房子大都被日本人烧了。我们来了以后,把破房子修修,圈了院墙,对外说是工校。这是我和朱老总住的院子,前面是弼时和恩来的住处。"

毛泽东赞许地点点头,说:"好,院子不大,胸怀不小。我的住处在哪里呀？"

朱德笑着说："在后边，你的地方最清静呢。"

几个人引着毛泽东向后沟走去。到了那里，只见三孔硕大的窑洞矗立在苍翠的柏坡岭下。窑洞外墙上用青砖砌成券顶模样，看上去十分的坚固结实。

毛泽东眼前一亮，脱口而出："窑洞？"

刘少奇笑着说："不是真窑洞。恩来说，主席住惯了陕北的窑洞，可能不习惯华北的平房，就在这后沟仿照陕北的窑洞专门给主席盖的。"

几人走到窑洞跟前，毛泽东上下打量着，又伸手摸了摸外墙的灰砖："看到这窑洞，就好像回到了延安呢。嗯，不错，有模有样，进去看看。"

毛泽东走进窑洞，只见里面陈设简单，除了床与桌子外只有一个破旧的书架。毛泽东摸出一根烟点燃，抽了一口说："这窑洞里就是不一样，凉快得很呀。"

朱德说："是啊，这西柏坡的夏天，热得很，不亚于你们湖南哟。"

刘少奇说："虽说不是真窑洞，但这墙也是加厚的，冬暖夏凉。"

毛泽东点头说："很好，你们想得很周到嘛。可是，这个窑洞我是不住的。"

几人一愣，都诧异地看向毛泽东。毛泽东对朱德说："朱老总，你岁数大了，应该你来住。中华民族的传统美德不能丢，我们要尊老爱幼嘛。"

朱德急忙摆手说："那可不行。中华民族的传统美德还有一条，君子不夺人之美，这窑洞是给你老毛建的，我哪里能住。不行不行，我不能住这里。"

周恩来说："主席，后沟这边比较安静，有利于你工作休息。"

刘少奇说："后边的院子大些，开个会也方便。"

毛泽东笑着说："那我就更应该住在前边了，我们共产党人开会要往前跑，不能往后退嘛。"

几个人都笑起来。朱德说："我住哪儿都习惯，还是你来住。"

毛泽东说:"我不住这儿有我的道理,一是朱老总比我年岁大,应该照顾,你和少奇住一个院子,太小了;二是与蒋介石进行决战的时候到了,我跟恩来是负责军事的,以后要天天在一起讨论战争形势,指挥决战,我要是在后边,老跑来跑去的,也不方便嘛。"

周恩来说:"主席说的也有道理,那朱老总你就搬到后边来。"

朱德说:"那主席住哪儿啊?前边没有合适的房子呀。"

刘少奇说:"前边倒是还有一个院子,挺大,就是房子太破了,房顶都快塌了。"

毛泽东说:"这个好办嘛,加几根柱子,把房顶支一下,不漏雨就行了。"

众人还在犹豫,毛泽东又说:"这个事情我看用不着讨论了,就这样形成决议吧。"

周恩来说:"那好吧,马上去修。"说完扭头冲着门外的陈开尧命令道,"陈连长,你马上带人把军委作战室旁边那几间房子修一修。要快,要牢固!"

这天,毛泽东的午饭是在后沟南侧的小伙房吃的。掌勺的大厨除了厨师长老徐,还有二丫。如今的二丫已经是小伙房里的又一个掌勺师傅了,她的进步得到了后勤部门的一致好评,这回五大书记齐聚西柏坡后的第一顿饭,便指定她和老徐一同负责。得到这个任务,二丫心里激动坏了。她做的主打菜是红烧鲤鱼。鲤鱼是昨晚从滹沱河里打上来的,为了做好这道菜,二丫早早就用各种调料先将鱼腌制了一整晚。第二天这红烧鲤鱼一出锅,便引得老徐赞不绝口。

菜肴很简单,两荤三素。五大书记围坐桌旁正吃着,二丫将这盘红烧鲤鱼摆了上来,接着又摆上一碗油炸辣椒。朱德指着盘里的鱼对毛泽东说:"主席,你尝尝,这是滹沱河里的鱼,新鲜得很。"

毛泽东夹了一块鱼肉放进嘴里,连声称赞:"嗯,味道不错,好吃,好吃。"

二丫听到主席的赞许，心里乐开了花，转身轻快地出去了。毛泽东又夹了几根辣椒放进嘴里，美美地嚼起来。刘少奇也要去夹辣椒，却被任弼时伸筷子挡住了。任弼时笑着说："少奇，你可不能痛快了嘴，难受了胃呀。"

刘少奇苦笑着说："看着主席大口吃辣椒，我眼馋哪。"

毛泽东笑着说："少奇，还是保胃要紧，等胃好了，再慰劳嘴。"几个人笑起来。

毛泽东又说："身体是革命的本钱。少奇啊，你需要有人在身边照顾啊。"

朱德说："主席你放心，现在外事局也到了平山，少奇同志这个问题很快就可以解决了。"

毛泽东一怔，继而笑着说："看来少奇是有了意中人了。是外事局的哪个呀？我见过没有？"

刘少奇说："是王光美同志。"

周恩来说："光美同志在王家坪翻译组待过一阵儿，主席不记得了？"

毛泽东皱眉想了想，说："还真想不起来了。"

任弼时笑着说："他们保密工作做得好，我也想不起是哪个了。"

刘少奇说："当时也没确定关系，这事儿还得感谢康克清大姐。"

毛泽东说："嗯，康大姐做得对。哎，朱老总，这事儿也有你的功劳啊。"

朱德笑着说："那当然，我为他们见面创造了不少机会嘛。"

几个人又笑起来。毛泽东又问道："哎，少奇、朱老总，你们来平山也一年多了，这里有什么好去处呀？"

朱德说："南有天桂山，西有驼梁，都是好地方，有空了你可以去看看，风景好得很。"

刘少奇说："还有华严寺。这地方有句俗话，'先有华严寺，后有平山城'。石家庄附近还有毗卢寺，石家庄北边的正定城，古迹就更多了。"

毛泽东说:"我倒是想看看古中山国,不知道现在还有得看没有。"

刘少奇说:"中山国都城遗址在三汲乡,听县委的干部们说,现在就剩下一些夯土的城基了。"

毛泽东说:"这个中山国了不得,一个小国能在战国七雄中起起伏伏地存在二百多年,不容易啊。"

周恩来说:"可惜它最后还是赶上了赵武灵王胡服骑射的时代。"

毛泽东说:"是呀,他们的外交政策没有及时调整,酿下了灭国的大祸,'亲齐仇赵',显然是没有看清形势啊。对了,我们的"子弟兵母亲"戎冠秀同志在哪个村呀?"

朱德说:"她是下盘松村的,离西柏坡不太远。"

毛泽东说:"这么好的妇女同志,要做好优抚工作,要特殊照顾。没有人民的支持,我们是打不了胜仗的。粟裕同志直抒己见,先经营中原,再渡江作战,其中一个很重要的因素,就是考虑到有没有老百姓的支持啊。哎,粟裕那边的情况怎么样啊?"

周恩来说:"主席呀,还是安心吃顿饭吧,工作上的事……"

毛泽东笑着说:"不谈工作,吃饭也不香啊!说吧,把老蒋当下饭菜嘛!"

周恩来说:"根据汇总来的情况,现在敌我的形势是这样的:敌人在中原战场上除保安部队外,有正规军二十五个整编师,其中十三个整编师担任重要点线的守备;另外十二个整编师和四个快速纵队编成四个兵团,执行机动作战任务……"

听完,毛泽东用筷子敲击着桌子说:"摆在陈粟、刘邓他们面前的可是一块大肥肉呀,不知道他们能不能吃得下。"

周恩来说:"蒋介石也是摆出了一副决战的架势,其意图是控制陇海路东段、津浦路和平汉中南段的交通线,以郑州、信阳、蚌埠、开封、商丘和徐州等城市为据点,乘我华野部队整训分离之际,集中一切可能使用的机动兵力,和我军主力兵团决战,同时监视和堵击我军在濮阳地区进行整训的华野第一兵团渡河南下。"

朱德说:"我去过前线了,粟裕的心思一直放在寻歼蒋介石的整编第五军上。但是整编第五军是蒋介石在关内剩下的两大主力之一,其战斗素质虽不如整编第七十四师和整编第十一师,但装备并不差,人数也比该两师多,炮兵火力的运用和步炮协同动作较好,又经常抱在一团,不贸然行动,所以粟裕还有些顾虑。"

毛泽东说:"粟裕的顾虑,主要是他的主力还没有集中,打援兵力不足,地形上又对他不利。虽然有不利的地方,不过这也是打援的最好时机。粟裕如果攻打第五军,蒋介石必极力救援,我们应该给他鼓鼓劲呀。"

周恩来点点头说:"好,那吃完饭我就起草电报。"

32

毛泽东的住处仅用了两天时间便加固完毕。这是个前后两进的院子，前院很大，院中还种着一颗高大茂密的楸树。西侧三间泥坯房是警卫员们的住处。连接后院的院墙处还不合时宜地垒着一排破旧的鸡窝。这天午后，陈开尧和几个警卫战士拎着铁锹进来，准备"铲除"这个碍眼的鸡窝。

几人正要动手时，毛泽东和刘少奇恰好从外面回来。看到陈开尧几人要拆鸡窝，毛泽东诧异地问："小陈，你们这是干什么呀？"

陈开尧回答说："我看这个鸡窝又脏又碍事……"

毛泽东说："这就是你的不对了，这些东西都是属于房东的，我们只是房客，没有权力拆人家的东西。"

陈开尧挠了挠头说："这……那好吧，这磨盘还是清理走吧？"说着他指了指楸树下那个早已废弃的旧磨盘。

毛泽东笑着说："不用，我看这磨盘放在这里挺好，可以给我当个桌子。屋里热，我可以在这树下边读书看报嘛。哎，小陈，这是什么树呀？"

陈开尧说："这叫楸树，特别硬，太行山挺多的。"

"哦，楸树，好。小陈，这里的东西都不要动，我们走的时候还要完璧归赵呢。"

陈开尧带着几名警卫员离开了。毛泽东和刘少奇继续讨论起刚才说的事情："……少奇，把晋察冀和晋冀鲁豫两大解放区合并为华北解放区，这个建议我和恩来、弼时都赞成。晋察冀中央局和晋冀鲁豫中央局合并成华北局，你来出任第一书记，薄一波为第二书记，聂荣臻为第三书记。至于两区的军政机构，我们考虑到军事方面的情况，暂不合并为宜。"

刘少奇说："主席，我跟朱老总是这么考虑的：只合并党务和财经机构而不合并军政，不利于统一管理。我们的目标是成立一个统一的华北人民政府，如果这只是一个名义上的机构，对以后我们取得全中国的胜利也没有什么实质性的意义。"

毛泽东沉思了片刻，说："嗯，你的想法是长远的。好，我们可以在石家庄搞一个试验田，成立一个华北人民政府，为我们以后建设新中国做经验上和人才上的准备。"

刘少奇说："这件事我们已经开始着手做了，由董老全面负责。"

毛泽东说："对呀，我正要问你，为什么没有见到董老啊？"

刘少奇笑着说："他平时住在王子村，不经常回来。"

"哦，董老要是回来，一定要告诉我，我很想他呀。"

黄昏时分，陈开尧陪同毛泽东到河边散步，路过河边稻田的时候，看到阎凤山正在地里撒稻种。此时已是五月下旬，早错过了种稻谷的时令，毛泽东于是诧异地问道："老乡，你这是在干什么啊？"

阎凤山抓起一把稻种撒进田里："种大米呢。"

毛泽东又问："老乡，眼下已经快六月天了，这时候种稻谷可晚了很多呀。"

阎凤山说："我也知道晚了，这块地前些天让河水给冲了，这不补种呢。"

陈开尧说："首长，这位老乡叫阎凤山，他家就在咱们大院里。"

毛泽东说："哦，那我们是邻居呀。凤山兄弟，补种倒也可以，可你种稻子为什么不先育秧呀？"

西柏坡一带种稻谷历来直接向田地里撒种子，没有育秧的习惯。阎凤山因而诧异地问："啥？育秧，育啥秧？"

毛泽东说:"就是先把种子在育秧棚里种出来,长成苗,然后再插秧,那样产量高啊。再说,你这是补种,本来就晚了时令,要是这么种恐怕收不上呀。"

阎凤山说:"我们这边都这么种,育秧可没听说过。"

陈开尧说:"我们老家岗南村那边也是这么种的。"

毛泽东说:"那你们这么种一亩地能打多少?"

阎凤山说:"二三百斤吧。"

毛泽东说:"这么好的地,打这么点稻子,产量太低了。在我们湖南,一亩稻子最少能打六七百斤。"

阎凤山摇头说:"不可能,能打那么多?听都没听说过,瞎吹哩!"

毛泽东笑着说:"我不是瞎吹,是真的。六七百斤是少说的,施肥勤点能打八九百斤呢。老乡,你们的种植方法应该变一变。"

阎凤山说:"那咋变?不会哩。"

毛泽东:"等明年种的时候我来教你嘛。"

阎凤山说:"你……你是工校教种田的?"

毛泽东笑着说:"对,我就是教种田的,我是专家嘛。"

阎凤山欢喜地说:"那好,我听你的。到时候你可真得教我啊。"

毛泽东说:"好,我们一言为定。"

说完毛泽东继续前行,阎凤山却小声喊住了后面的陈开尧,问:"哎,陈连长,他真是教种田的?"

陈开尧一怔,只好说:"是……是教种田的。"

阎凤山说:"那他一定是个种田的好把式。他来的那天我见了,连胡校长、朱校董都出来接着,还坐着汽车,肯定能耐不小。"

陈开尧笑着说:"算你说对了,他呀,能耐可大了。"一边说,一边笑着追赶毛泽东去了。

第二日午后,毛泽东果真在前院楸树下的磨盘旁开始了工作,不过忙了没多久，陈开尧就引着中央土改团的几名干部前来向毛泽东汇报工作，为首的正是朱德的爱人康克清。毛泽东一见赶忙起身迎上前来，与康克清亲切地握手："哎呀，康大姐，你辛苦了，辛苦了。"

康克清微笑着说："我们不辛苦，主席才辛苦。从陕北到西柏坡这一路受了不少罪吧？"

毛泽东说："好多喽，比长征的时候好多喽。再说隔三岔五能听到前线胜利的战报，这一路走得畅快得很呢！"

陈开尧与金路搬来几个小马扎摆在磨盘旁，众人都分别坐下。康克清说："看得出来，主席的气色很好啊。"

毛泽东说："是呀，现在各方面的工作都取得了很大的进展，我的气色要是不好，那就对不起解放区的群众喽。"

众人都笑起来。康克清又向毛泽东一一介绍了土改团的其他几名干部。到了最后一位衣着朴素但容貌十分秀丽的年轻女同志，康克清说："这是外事局的翻译小王，前一段在晋绥搞土改，不久前才……"

毛泽东打断她说："你就是王光美同志？"

王光美有些惊讶，说："是。主席。"

毛泽东笑着说："光美同志呀，少奇的身体一直不好，胃病很严重，你还是早些到他身边来照顾他吧。"

王光美没想到毛泽东会提这个，有些窘迫地说："主席……我……我们……"

康克清笑着说："主席，他们俩的事儿你都知道了？"

毛泽东说："我知道！我还知道，是你康大姐做的媒嘛。"

康克清说："对对，是我给他们牵的线。主席，王光美同志可是辅仁大学的研究生呢。"

毛泽东说："哦，你在北平辅仁大学学的什么？你们校长是哪一个啊？"

王光美说："我学的是原子物理，我们校长是陈垣。"

毛泽东说："陈垣？中国有南陈、北陈之说，你们这个校长可了不起呀。"

陈开尧端着茶盘走过来，把几杯茶水放到磨盘上。毛泽东说："来来，大家喝茶，这是陈毅他们带来的明前茶。尝尝，尝尝。"众人端起茶杯喝着茶，毛泽东又问道，"哎，康大姐，岸英不是跟你们在一起吗，他工作得怎么样呀？"

康克清说："岸英干得不错。本来他也要一起来的，可聂司令员把他请走了。"

毛泽东奇怪地问："哦，聂荣臻请他干什么呀？"

康克清说："聂司令的部队成立了一个坦克连，让他上课去了。他不是在苏联的坦克部队工作过嘛。"

土改团的同志们又与毛泽东聊了很多关于土改工作中的问题，毛泽东也表述了自己对土改工作的指导意见，一直到了黄昏，这场谈话才算结束。临走时候，康克清将毛泽东拉到墙角，说："主席，关于岸英的事儿我得跟你说说。"

毛泽东说："哦，什么事儿呀？"

康克清说："岸英有对象了，你知道不？"

毛泽东惊讶地说："哦，有对象了？我刚到西柏坡，一年多没见他了，我还真不知道。你给介绍的？"

康克清说："我和颖超给他们撮合了一下。原来他们俩早就认识，岸英一听，二话不说就同意了。"

毛泽东说："他倒是着急。姑娘是谁呀？"

康克清说："刘思齐。"

毛泽东说："刘思齐？我知道这个姑娘，他们怎么会……"

康克清笑着说："怎么，你不同意？"

毛泽东说："我怎么会不同意？思齐这姑娘很好，在延安的时候我就认她当了我的干女儿。"

康克清说："哦，还有这回事儿？这下亲上加亲，更好了。"

西柏坡 _ 221

毛泽东说:"思齐是烈士的女儿,他们两个人能确立恋爱关系,很好,我没意见。"

康克清说:"岸英还担心你不同意,让我先来探探你的口风。"

毛泽东说:"我早就跟他说过,自己的婚事自己做主。你告诉他,我同意,让他把思齐带过来,我也好久没见我的干女儿了。"

月朗星稀,河岸边的稻田中蛙声此起彼伏。一灯如豆,毛泽东的身影被灯光打到纸窗上,好像一幅剪纸画。屋外警卫员金路坐在小马扎上,仰头望着月亮发呆。

陈开尧提着马灯走进院子,金路也没发觉。陈开尧也仰头望望天,说:"天上有啥呢?"

金路吓了一跳,见是陈开尧,这才笑了:"什么也没有,我就是看看月亮。哎,陈连长,你说月亮上真有嫦娥吗?"

陈开尧板着脸说:"可真是闲得你!哎,主席还没睡啊?"

金路说:"主席的习惯你还不知道?哎,陈连长,你们老家的青蛙叫得也太邪乎了。你看,首长们都习惯夜里工作,这么吵可怎么行啊?"

陈开尧挠了挠头说:"我也为这事儿发愁啊,可蛤蟆不是战士,它不听命令啊。"

金路说:"那就把它们赶跑,实在不行就消灭它们!"

陈开尧一怔,说:"消灭?咋个消灭?"

金路胸有成竹地说:"明儿个你看我的就是了。"

第二天一早,除了值班战士,金路带领所有警卫连的人员拎上网笼,在田里抓起了青蛙。不到一个时辰,十多个网笼内已经装满了青蛙。

陈开尧赶过来,看到这情形大吃一惊:"金路,你抓这么多蛤蟆干啥?"

金路将一只大青蛙放进网笼,说:"吃呀!"

陈开尧更是诧异,说:"啥?吃?你……吃蛤蟆?"

金路说:"这有啥子奇怪嘛,在我们家乡,红烧青蛙好吃得很。"

"还红烧?我……我听着就想吐。哎,我就不明白了,你们这些南方人咋什么都敢吃呀?"

"那是因为好吃呀。你别急,晚上我亲自下厨,红烧青蛙,让你尝尝。"

陈开尧忙摆手说:"不不不,你还是饶了我吧,我可不敢吃。"

回到工委大院,金路把两网笼青蛙扔到二丫面前,把二丫吓了一大跳。二丫惶恐地看着堆叠在一起蠕动的青蛙,说:"你……你抓这么多蛤蟆干啥?"

金路得意地说:"不懂了吧,吃!"

二丫一怔:"吃?"

金路说:"对,吃。咱们给主席做一道好菜,红烧蛙腿。"

"啥?让主席吃这个?我……我可不敢。"

"你呀,跟陈连长一样胆小!你去找些辣椒,越多越好,我来做。"

到了午后,金路真的拎着一个食盒满心欢喜地向毛泽东房间走去,食盒内正是他精心烹制的红烧蛙腿。刚走到前院门口,就见毛岸英与毛泽东正在院子里谈着话。金路犹豫了一下,停在了院门口。

就听毛泽东对毛岸英说:"……你看,在土改工作团锻炼一下,身体硬朗了许多嘛,这肤色也正了,不像你刚从苏联回来的时候,是个小白脸。"

毛岸英说:"是。爸爸让我到劳动大学锻炼,一开始我还不理解,现在我明白了爸爸的苦心。"

毛泽东指了指磨盘下的马扎子,说:"来来,坐下,跟我说说,在土改工作团,有什么收获呀?"

两个人在磨盘旁坐了下来。毛岸英说:"收获很大。通过参加土改,我感觉到我们变革的不仅仅是封建土地制度,更重要的是要打破封建思想,而这个,比斗财主、分土地更难,那是灵魂深处的革命,需要更多的时间和耐心。"

毛泽东赞许地说:"说得好,说得好。看来我的儿子长大了,在不断进步啊。"

毛岸英说:"我都已经二十七岁了,当然是长大了。"

毛泽东感慨地说:"是呀,二十七岁了,不小了呀。"

"爸爸,有件事我要告诉你……"

"是不是你和思齐的事呀?"

毛岸英吃惊地看着他:"爸爸,你知道了?"

"康妈妈已经对我说了。思齐是个好姑娘,你们要好好相处。"

"我们相处得很好。爸爸,我们想……"

"思齐岁数比你小很多,你要在工作中多帮助她,生活上要让着她。"

"是,爸爸。我们想……"

毛岸英吞吞吐吐的,最后还是没有说出来,告别离开了。等毛岸英走后,金路才拎着食盒走了进来。他把食盒放到磨盘上打开,香味一下散了开来。毛泽东笑着说:"小金,今天吃什么好饭呀,这么香。"

金路笑着说:"野味,主席尝尝就知道了。"

毛泽东拿起筷子正要吃,周恩来走了进来:"主席,粟裕来电了。"

毛泽东放下筷子,说:"是不是关于打开封的事儿啊?"

周恩来笑着说:"嗯,主席猜得没错,你跟粟裕想的不谋而合。粟裕来电说他考虑再三,决定还是先打开封为宜。"

毛泽东接过电报看了看,说:"开封是中原重镇,在政治上和军事上都占有重要的地位。华野如果攻克开封,对中原和全国都将产生重大影响。蒋介石绝不会置开封于不顾,势必调兵增援。这样就能打乱敌人企图在鲁西南与我军决战的部署,为我军在运动中歼灭援敌创造战机。"

周恩来说:"还有,开封守敌处境孤立,蒋介石可能用于增援开封的主力集团军都在一百多公里之外,而华野的外线部队与中野一部相对靠拢,有强大的兵力和充裕的时间阻击援敌。"

毛泽东说:"这个粟裕不简单呀。快给粟裕发电,中央完全同意他的部署。"

"好，我这就给他发电报。"

周恩来说完要走，毛泽东又将他喊住，说："恩来，不着急，小金说给我做了野味，你也尝尝。"

周恩来笑着坐下，看着磨盘上的红烧蛙腿说："这野味看着面熟呀。"

毛泽东朝立在院门口的金路招了招手："来，小金，你说说，你这是什么野味？"

金路跑过来说："报告主席，是青蛙腿。"

毛泽东与周恩来都是一怔，面面相觑。毛泽东板起脸说："小金哪，青蛙是吃什么的，你知道不知道？"

金路一怔，不晓得毛泽东为什么这么问，于是说："这……是吃虫子的。"

毛泽东说："对呀，青蛙是吃害虫的。你把青蛙送进我们嘴里，那就等于把粮食送到了害虫的嘴里，是不是这个道理呀？"

金路挠头说："我……这里青蛙太多了，我怕影响首长们休息，就想……就想……"

周恩来说："青蛙对老百姓的庄稼有益，不能驱赶，更不该捕杀。"

"是，首长，我错了。我……我这就去让二丫另外做。"金路说着，连忙将磨盘上的菜盘装进食盒里，拎着跑了出去。

33

午后到前院的楸树下办公,很快成了毛泽东的习惯。这楸树下的一片阴凉,一盘石磨,成了他惬意的办公地。不过到了六月天,这楸树下也燥热起来,这燥热是打太阳一露头便开始,到日头落下了也不减弱,生性怕热的毛泽东更加怀念起延安的凉爽来。

这一天午后,毛泽东坐在楸树下看文件,知了的聒噪让他有些心烦意乱,便让在旁值岗的陈开尧去打了一桶凉水回来,然后拿了条毛巾擦洗身子,这才觉得舒服一点。毛泽东一边擦洗着一边还询问陈开尧:"小陈,你们当地人平时怎么过夏天的,有没有解暑的好办法?"

陈开尧说:"我们一般都是在树林子里歇晌,太阳快落山了才出来干活。"

毛泽东将毛巾扔到桶里,说:"哦,那好,搬上椅子,我们走。"

陈开尧挠挠头说:"主席,这……"

毛泽东说:"你担心什么?"

陈开尧说:"我担心您的安全。"

毛泽东笑着说:"哪有那么多可担心的。这一带是你的家乡,你还信不过你的乡亲们吗?"

陈开尧说:"十个手指头还不一般长呢,好些个地主老财还活着。再说,敌人的飞机……"

毛泽东说:"不怕不怕,他蒋介石的飞机在延安炸不到我,在西柏坡更炸不到。走！"

陈开尧无奈，只好搬起躺椅，跟着毛泽东出了院子。走过一个沟口的时候，就见路边的杨树上都有被马啃过的痕迹，有几棵树甚至已经枯死。毛泽东指着枯树说："小陈，你看看这些树，好像是被马啃过，怎么回事儿呀？"

陈开尧说："哦，是这么回事儿，去年开全国土地工作会议的时候，有些代表把马拴在这儿了，这不，就成了这样了。"

毛泽东沉下了脸，说："这说明我们有些干部对群众利益不重视，脑子里缺少群众意识。开会就开会嘛，把老百姓的树糟蹋得不成个样子，这让人家怎么看我们嘛。"

陈开尧说："主席，不就是几棵树嘛，老乡们也没说啥，就……"

毛泽东说："老乡们嘴里头不说啥，不说明心里头不想啥。群众利益没小事，几棵树确实不值多少钱，可我们有些干部的思想和作风很容易让群众产生反感。一旦动摇了民心，那是多少钱也换不回来的呀。你去调查一下，这些树是谁家的，要给人家赔偿。"

陈开尧答应着，跟着毛泽东继续向河边树林走去。来到树林中，从河面上刮来的风带着丝丝凉意，果然比村里凉快很多。毛泽东惬意地环顾四周，笑着说："好，这树林比院子里凉快多了。"

陈开尧把躺椅摆好，说："那主席就再睡一会儿吧。"

毛泽东："好，我就躺一下。"

说着，毛泽东坐到躺椅上躺下来。陈开尧则找了块大青石坐下，从腰间摸出一本书来看。刚看了不大会儿工夫，林外响起脚步声。陈开尧站起来，警惕地喊了一声："谁？"

林外传来回答的声音："是我，周恩来。"

周恩来是和董必武还有金路一起过来的。看到毛泽东躺在躺椅上已经睡着了，周恩来不忍心叫醒他，于是对董必武说："董老，要不先让小陈送你回去，待会儿我跟主席再去找你。"

西柏坡_227

董必武说："不要紧，这里很凉快，我就在这儿等主席醒来吧。"

董必武说完找了块石头坐下，定定地看着毛泽东。自打离开延安以后，董必武已经有一年多的时间没见到毛泽东了，眼见毛泽东比在延安时候瘦削了许多。董必武忍不住喃喃地说："主席瘦了呢，看来这一路受了不少苦啊。"

金路说："可不，主席瘦了差不多十斤呢。"

周恩来在树林里四下看了看，对陈开尧说："这林子里的确凉快，不过，你们可要做好警卫工作。"

陈开尧说："是，请周副主席放心。"

话音刚落，只听毛泽东的声音说："是恩来吗？"

周恩来回头，只见毛泽东已经坐了起来，一边揉着眼睛一边还打着哈欠，根本没有看到一旁坐着的董必武。周恩来走到毛泽东身边，说："主席，对不起，把你吵醒了。"

毛泽东说："恩来，你来得正好，我看应该给林彪他们再发一封电报……"

周恩来说："主席，董老来了。"

毛泽东欣喜地说："哦，是吗？那我们先去见董老。"

毛泽东说着起身要走，一扭头，看到董必武就站在自己身旁，正笑吟吟地看着自己。毛泽东立时喜出望外，大声说："哎呀董老，你看看，我还以为自己是做梦呢！"

董必武笑着与毛泽东握手说："主席做梦都是前线的战事，看来是我打搅了主席的好梦呢。"

毛泽东说："不要紧，自打搬到这西柏坡以来，我做的都是好梦，往后还能继续做嘛。"

众人都笑起来。毛泽东又说："听说董老正在筹备成立华北人民政府，这担子不轻啊，身体吃得消吗？"

董必武说："主席放心，再干几十年也没有问题。"

周恩来说:"主席,我听说董老每次去王子村,往返几十公里,总是骑马,从不坐车。你可要跟他说说,身体是革命的本钱嘛。"

毛泽东惊讶地说:"不是有车吗,为什么不坐?"

董必武淡淡地笑了笑说:"习惯了,骑马也挺好,车里憋闷。"

毛泽东说:"这可不行,天气这么热,会中暑的。董老,一定要保重身体啊,管理新中国还需要你呀。"

董必武说:"看来主席对未来的新中国已经有了成熟的考虑,'五一口号'已经勾画出了大致的前景,很鼓舞人心哪。"

毛泽东说:"还不能说已经考虑成熟。我们共产党人从来没有管理过国家,尤其是这么一个历史悠久的大国,没有经验啊。瑞金的苏维埃共和国严格地说起来,并不能算是一个国家,也没有取得什么实质性的经验。董老,成立华北人民政府,就是要搞一块试验田,摸索出一套行之有效的政治制度啊。"

董必武说:"我们也是这样想的。关于华北人民政府成立的程序问题,现在有三种方式……"

毛泽东指了指躺椅,说:"来,董老,坐下说,坐下说。"

说着,就要扶董必武坐到躺椅上。董必武却推托说:"哎,你坐,你坐,我坐石头上就行。"

毛泽东说:"你年纪大,理应你坐嘛。"

毛泽东将董必武摁到了躺椅上,他和周恩来各找了一块石头坐下:"董老,接着说,关于华北人民政府成立的程序。"

董必武说:"哦,第一种方式,由华北局提议召开晋察冀与晋冀鲁豫两边区参议联合会,并通过联合会宣布成立华北人民政府;第二种方式,由两边区政府联合召集华北临时人民代表大会,华北人民政府由临时人民代表大会宣布成立并任命相关机构人员;第三种方式,由两边区政府正副主席、参议会正副议长举行联席会议,宣布两边区合并,确定组织机构和负责人选,成立华北临时联合行政委员会,并由此委员会筹备华北人民代表大会，产生正式的华北联合行政委员会即华北人民政府。少奇同志和我个人比较倾向于第三种方式。"

毛泽东思忖了一下说："我看这第三种方式比较好。恩来，你认为呢？"

周恩来说："第三种方式更多地考虑到了边区政府在华北人民政府产生过程中的重要性，这样的政府，基础就比较扎实。"

董必武说："两个边区政府是华北人民政府的基础，在这个基础上挂华北人民政府这块招牌，比较牢靠。"

周恩来说："不仅是牢靠，在执行政策方面也有了更多的推动力，就不会相互扯皮，更有利于工作的开展。"

毛泽东说："好，就按第三种方式来组织。这件事要多跟少奇同志商量，还要开个会，统一一下思想。董老啊，华北人民代表大会一定要开好，如果成功，将来很有可能成为新中国基本的民主制度。"

董必武说："是，我们会尽快把各项工作筹备好。"

毛泽东说："好好，有董老你主持这项工作，我放心。这一年多来，华北财经办事处的工作卓有成效，有力地支援了战争前线，董老功不可没啊。"

董必武谦虚地说："主席过奖了。好了，主席，周副主席，你们谈工作，我先走了。"

毛泽东也站起来说："看你这一身尘土就知道还没进家门，快回去洗个澡，好好休息，开会的时候咱们再详谈。"

董必武笑着说："我是想着你老毛呢，就着急赶过来了。好，那我就走了。"

董必武说完由金路护送着离去。目送他们走远后，周恩来才对毛泽东说："主席，刚才你一睁眼就说到林彪，看来在梦里也惦记着东北的局势呀。"

毛泽东说："是啊，我觉得应该给林彪去电，老围着长春，拿不下来，不是办法，不能让老蒋用一座城就牵制住我们那么些部队。兵家云，欲擒故纵，欲取先舍，不能老是紧盯着长春不放嘛。"

周恩来说："嗯，是应该让林彪他们先暂时放弃长春，不过我今天却是来报喜的。"

毛泽东精神一振，说："哦，是不是开封拿下了？"

周恩来笑着说："主席说得对，粟裕把开封拿下了！"

毛泽东高兴地说："这么快？好一个粟大将军呀！"

周恩来说："歼敌四万多人，开封守备司令、整编第六十六师师长李仲辛被击毙，参谋长游凌云被活捉。"

毛泽东连连拍着树干，兴奋地说："好，好，拿下开封，济南这道菜就摆上我们的桌子喽。"

周恩来说："虽然拿下了开封，但是蒋介石的主力并没有遭受太大的打击，老蒋肯定要反击，粟裕的压力也不小呀。"

毛泽东说："是，来，我们研究研究他会怎么打，下一个目标在哪里。"转身又对陈开尧说，"小陈，把地图拿来。"

陈开尧从随身带着的挎包里拿出一副折叠着的小型地图，平摊在躺椅上。毛泽东与周恩来蹲在地上，在地图前指指画画，分析起局势来。陈开尧知趣地走到林边警卫。又过了不大一会儿工夫，河边又过来两个人，仔细看去，却是金路领着理发员曹庆卫走过来，曹庆卫手里还拎着个工具箱。

陈开尧诧异地说："小曹，你咋来这儿了？"

曹庆卫说："陈连长，你帮个忙，跟主席说说，让我把自己的工作完成了吧，再拖下去，我又要挨批评了。"

陈开尧说："咋的了，至于还找到这儿来吗？"

金路说："小曹想给主席理发，可去了好多次，都因为主席工作忙，没理成。"

曹庆卫说："是啊，安秘书长上个月就安排我给主席理发了，可每次去，不是看文件就是写电报，我也不敢打扰，所以……"

陈开尧与金路看着林子内正聚精会神交谈的毛泽东和周恩来，也感觉

西柏坡 _ 231

无奈。陈开尧说："这一段时间主席确实太忙了，有时候连睡觉都找不出时间。"

金路说："自从到了西柏坡，睡觉反而比以前少多了。"

曹庆卫说："那怎么办，总不能让主席……"

陈开尧说："哎，有了！你先等一等，一会儿让周副主席跟主席说。"

正说着，只见毛泽东和周恩来已经站起身来，收起了地图。周恩来朝这边走了过来："小陈、小金，这地方凉快，往后可以多陪主席到这儿来坐坐。"

陈开尧说："是，周副主席！有个事，小曹他想来给主席理个发，您看……"

周恩来听完回头看了看毛泽东，笑着走了过去："主席呀，你这头发可该理了。"

毛泽东摸了摸头发，说："是啊，是够长了。"

周恩来说："正好小曹来了，你可以一边理发一边起草电报嘛。"

毛泽东笑着说："那好，一举两得。"

征得毛泽东的首肯，曹庆卫就在树林里给毛泽东剪起了头发。周恩来走时，陈开尧让金路也跟着一块回趟村里，打点热水回来。

头发刚一理完，毛泽东就要去河边洗头，陈开尧连忙拦住他："主席，等等，小金去打热水了，马上就回来。"

毛泽东看着陈开尧说："你这个小同志，你想想，这大热天，洗头还要用热水吗？"

说完毛泽东径直走到河边，脱下鞋挽起裤脚就要下河。陈开尧与曹庆卫赶忙过去阻拦。陈开尧又劝说道："主席，不行啊，河水太凉啦！"

毛泽东说："你们把我看成什么了？弱不禁风的大小姐，还是一捅就倒的公子哥？"

毛泽东说着俯身下去，掬起一捧水就洗起头来。陈开尧与曹庆卫无奈，只好愣怔在一旁看着。金路拎着一桶热水快步跑回来，却看到毛泽东在河边就着河水洗头，惊讶地说："陈连长，主席怎么在……"

陈开尧苦着脸说："主席说河水凉快。"

毛泽东这时直起身来冲着陈开尧喊："毛巾。"

陈开尧从曹庆卫手里接过毛巾递给毛泽东。毛泽东边擦头边说："水凉才能锻炼意志嘛，我在长沙读师范的时候，在湘江里面还冬泳呢。"

金路说："那会儿您年轻，比不得……"

毛泽东说："现在我也不老呀，你们觉着我毛泽东老了吗？不老，我还要亲眼看到新中国的成立，还要建设新中国呢！"

"可是……"陈开尧想了想，大着胆子说，"主席，我对您有意见！"

毛泽东微笑地看着他，说："哦，有意见？提吧。"

陈开尧说："您是中国共产党的主席，您的身体可不光是您自己的事，您要对党负责！"

毛泽东笑了，说："小陈，你这帽子扣得好大哟。"

陈开尧说："主席，我……我要报告周副主席，我还要求召开民主生活会，让大家评一评，看我说的对不对？金路，小曹，你们怎么不说话呀！你们说，我说的对不对？"

金路说："对，主席，陈连长说得对。"

曹庆卫自责地说："都怨我，都怨我，我想得太不周到，我不该到河边来给主席理发，我……"

毛泽东看着一脸认真的三个人，愣了一下，很快又笑了，说："哎，小曹，不怨你，怨我，怨我。看来，我今天是少数派喽。好好，你们批评得对，我虚心接受，以后再也不用凉水洗头了，好了吧？"

陈开尧三人这才满意地笑了。

34

阎大头做梦都想要个儿子，用他的话说，老天爷不会瞎眼，不会让他这么淳朴善良的老实人成了没儿子的"绝户"。这些年来，阎大头时不时会到各地佛寺、道观为李大脚求医问药，偏方用过无数，大洋也花去不少，可就是没见老天爷睁开眼，没见李大脚的肚子大起来。

这一天早上，李大脚正在厨房切菜，阎大头捧了一碗血糊糊的东西进来，要李大脚喝下。李大脚朝碗里看了一眼，当下恶心得直作呕，问道："这……是啥？"

阎大头说："羊胎血。喝吧，喝了这个，准保你怀上儿子！"

李大脚气得瞪了他一眼，扔下菜刀就要出门去。阎大头一把拉住了她："你喝不喝？"

李大脚瞪着他说："要喝你喝，我不喝！"

阎大头板着脸说："我……今儿个你就是死也得给我喝下去！"

阎大头说着就要强行给李大脚灌药，二人拉扯起来，碗一下掉在地上摔得粉碎。恰好二丫这会儿进来，羊血差点溅她一身。二丫看着两人的样子心里诧异，这是她头一次见李大脚夫妇俩打架："干娘，干爹，你们这是干啥呀？"

李大脚哭丧着说："闺女，你来得正好，这个家我是一天也待不下去了，我，我……"说着李大脚呜呜地哭了起来。

二丫不悦地看向阎大头："干爹，这是咋的啦？"

阎大头瞅着地上血糊糊的液体，心里大为可惜，恨恨地说："她……她……唉，我他娘的上辈子缺德，咋就娶了个不下蛋的老母鸡呀！"说完气呼呼地出门而去。

李大脚抹了一把眼泪冲着门外骂道："我是不下蛋的老母鸡，好，我走，我回娘家，你去找那会下蛋的小母鸡去！阎大头，你他娘的给我回来，给我说清楚！"

李大脚正要冲出去，被二丫拉住了："干娘，我咋越听越不明白，你们到底是……"

李大脚靠着门板捂脸哭起来，边哭边说："我的娘呀，我的命咋这么苦呀……这个大头鬼，不把我折腾死，他不歇心哪！我也是奔五十的人了，他变着法儿地折腾我呀……"

二丫更糊涂了："干娘，干爹他让你……咋就……"

李大脚哽咽地说："闺女，你不懂，他是嫌我不给他生儿子呀！"

二丫吃了一惊，心想干娘都一把年岁了，怎么干爹还有这念头？"干爹他……他就这么想要儿子吗？"

李大脚说："他这一支儿三辈儿单传，他娘活着的时候就一门心思想要个孙子传续香火，可生儿子生丫头还能由了我？闺女，你是不知道啊，咱这家里，除了你玉莲姐，日本鬼子走的那年，我还连着生过俩丫头啊，可……可都被你干爹抱去送人了。丫头也是我身上掉下来的肉呀，你说他是不是个畜生，啊？"

二丫恨恨地说："干爹他……他也太狠了。你咋不找村里的干部说说他？"

李大脚说："这种事儿咋好跟外人说，我是一直忍着啊。咱是个女人，有啥法儿，这是咱的命啊。"

二丫劝慰说："干娘，不是命。干爹他是封建思想，咱这儿是解放区，不能由着他瞎闹。我去找妇女会，咱开他的批斗会。"

李大脚急忙说："不不，闺女，你要是把事儿闹到村里去，那你干爹还有啥脸见人呢？"

二丫说："哎呀，干娘，他都把你欺负成这样儿了，你还护着他！"

李大脚苦着脸说："甭管咋说，他……他也是我男人。"

"干娘，你这也是封建思想，不能再这么窝囊下去了。你等着，我去找春草大姐！"

阎春草此时已是西柏坡妇女会的主任，这个职务就相当于后来的妇联主任。二丫将阎大头逼迫李大脚生儿子的事情跟她讲了一遍，阎春草听完大为气愤，说平时三脚都踹不出一个屁来的阎大头怎么会如此恶毒，大家一直还都以为李大脚泼辣，当家做主，没想到还有着这样的委屈。当下阎春草便召集村里妇女们开会，会上一致决定要给李大脚做主，批斗阎大头的恶劣行为。

这天上午，阎大头正在地里除草，乌泱泱的一大群妇女走过来，将他围在了正中间，带头的妇女正是阎春草。阎大头十分诧异，不晓得这些个小媳妇、老娘们为何一下子拥到了自家地里。眼见这些女同志们一个个横眉竖眼的模样，阎大头心里不免有些打鼓，结结巴巴地说："春……草，你……你们……这是……干啥？"

阎春草冷笑着说："阎大头，真没瞅出来呀，平时你蔫拉吧唧的一个人，咋干起缺德事儿来那么狠？"

阎大头一愣，一下没明白阎春草这话什么意思："啥……啥缺德事儿，我干啥缺德事儿了？"

"你干啥缺德事儿了，你说说你干啥缺德事儿了！自己的亲闺女你都能送人，你还算是个老爷们吗，啊？！"

这话一说，阎大头明白过来，知道肯定是李大脚在阎春草面前告状了，当下把心一横，板起脸来说："春草，这可没你屁事儿，你少管。"

"我少管？我就要管！我是妇女会的主任，欺负我们妇女的事儿我就要管。"

"你算个屁呀,一边待着去。"

阎大头这话说得难听,一下惹恼了众妇女们,这帮巾帼英雄们七手八脚地将阎大头揉倒在地后,就是一通机关枪似的冷嘲热讽,阎大头差点没被淹死在吐沫星子里。

阎春草说:"平日里光瞅着李大脚欺负你了,没想到你是个窝里横,李大脚那是打掉了牙往肚里咽呀!妇女姐妹们,你们说,阎大头该咋处置?"

一个叫阎凤英的小媳妇儿说:"让他立字据,要是再欺负李大脚就把他关了!"

众妇女们各抒己见,哪一条也能让阎大头的脑袋再大上两圈。阎春草又说:"阎大头,大头叔,你摸着自个儿的良心问问,你能过得这么舒坦,是不是全指望大脚婶子给你操持?没生儿子咋的啦?生不了儿子怨女人,你咋不怨你自己个儿?生孩子是女人一个人的事儿?要是我们女人能决定生儿生女,我们全生秃小子!"

阎凤英笑着说:"哎,我说春草,你这妇女会长说话可不见水平啊,要都是生秃小子,那他们还不都得打光棍?"

众妇女哈哈大笑,阎大头羞得恨不得找个地缝钻进去。

阎凤英又说:"阎大头,你说,那俩丫头你都送哪儿了,是不是抱到河里头淹死了?"

阎大头委屈地说:"不不,没……没淹死,都送人了。岗南村一个,郭苏村一个,都是好人家,好人家。"

阎春草说:"大头叔,你说你身上有钱干点啥不好,吃了穿了都行,咋成天求神问鬼弄些个破药折腾大脚婶。我问你,那些个药你自个儿喝过没?"

阎大头说:"没……"

阎春草说:"那你为啥不喝?"

众妇女伸着手指头指着阎大头又是一顿数落。阎大头终于忍不住了,猛地吼道:"你们……这算个啥世道?老娘儿们都敢骑在爷儿们头上拉屎拉尿了！"

众妇女见阎大头动怒，都有些害怕，纷纷往后退了几步。阎春草恼怒地说："哎，咋的，你还不服气呀？如今不是从前了，咱是解放区，解放区的妇女和男人是一样的！"

阎凤英说："对，解放区的妇女都解放了，都当家做主人了，你们别想把我们当老妈子欺负。"

阎大头指着阎春草喊道："你们爱咋咋地，我们家的事儿用不着你们这些个老娘儿们掺和！"说完扛起锄头便向村口跑去。

众妇女指着阎大头的背影又是一通笑骂，才纷纷散去。阎春草和几名妇女回到村公所后，仍然愤愤不平地数落着阎大头。二丫听到后连忙询问了事情经过，听到结果后也十分失望。

这时李大脚匆匆赶来了村公所，看到阎春草等人都在，她将二丫拉到一旁小声说："二丫，你……你可给我惹大祸了！"

二丫说："咋的了，干爹他回去跟你闹了？"

李大脚说："可不。闺女，我不是跟你说了，这是咱自家的事儿，甭嚷嚷得三里五村的都知道，多丢人哪！"

听到李大脚说的话，阎春草忍不住走过来说："大脚婶，你这话可不对。要是不让他给你道歉认错，往后他还要欺负你的。"

李大脚哭丧着脸说："春草啊，你大头叔是个啥人你还能不知？今儿个你们跟他这么一闹，往后我……"

"往后怕啥，他要是再敢欺负你，你还来找我们。"

"得得，春草，你饶了我吧，你们可千万别再闹了……唉，闹个啥事儿呀。"

李大脚说完气咻咻地走了。二丫赶忙追过去，一路劝解着陪李大脚向家走去。

遭到一帮老娘们的羞辱让阎大头着实懊恼，回家后他都想狠狠地揍李大脚一通，但到底也没下得去手。吵了几句，说了几句狠话后，他便赶着羊群到河边放羊去了。

进到河边林子里，羊群散开各自吃草，阎大头蹲在地上烦闷地抽起了烟锅。正抽着，陈开尧快步走了过来，说："哟，是大头叔呀，你的羊……"

阎大头瞅了陈开尧一眼，没答话。陈开尧又说："哎，大头叔，麻烦你把羊往西边赶一下吧。"

阎大头又斜了陈开尧一眼，不悦地说："你叫谁呢，我没名儿啊？大头也是你叫的？"

陈开尧一愣，随即笑着说："好，好，我叫错了，长富叔，麻烦你把羊往西边赶一赶。"

阎大头没好气地说："你让我往西赶我就往西赶，这林子是你家的？"

陈开尧强压怒火说："你嚷嚷个啥，小声点！首长在那边休息呢。让你往西边赶赶羊，又能咋的？"

阎大头站起来，瞪着眼睛说："你们首长是人，我们老百姓就不是人？咋的，东边就不让人过了，不让羊吃草了？凭啥让我往西边赶羊？"

陈开尧终于压不住火气，喊道："哎，阎大头，你想吃枪子儿了还是咋的？我好好跟你说，你别蹬鼻子上脸……"

阎大头心里本就窝着股子火，正愁找不到出气的地方，听陈开尧这么一说，当下就回骂道："你他娘的才叫蹬鼻子上脸！你自个儿说说，你们来了，我们给你们腾房子腾地儿；你们开个屁会，啃了我的树，连个屁也不放一个；现在好，连老娘们儿都被你们挑唆得要造反了。你们还想咋的，啊？！"

眼看阎大头态度恶劣，陈开尧气愤地还要再说，身后却传来了毛泽东的声音："小陈，怎么回事呀？"

陈开尧回头，只见毛泽东已经走了过来。陈开尧急忙上前说："首长，打扰您休息了。这个阎大头，他非得赶着羊往这边走，我怕打扰您休息，让他往西边……"

西柏坡 _ 239

毛泽东沉下脸，批评说："你有什么权力不让人家往这边走？羊群过一下怕什么，还怕羊把我吃了？"

陈开尧晓得自己一定会挨批评，低着头没说话。毛泽东又说："小陈，快给老乡道歉。"

陈开尧挠挠头说："首长，我……"

毛泽东说："小陈，你是个党员，我们共产党的宗旨是什么，你不会不记得了吧？"

"我……我道歉。"陈开尧转头对阎大头说，"长富叔，对不起，是我不对，请你原谅。"

阎大头鼻子哼了一下，没说话。毛泽东微笑地对阎大头说："老乡，你的羊很肥啊。"

阎大头冷冷地说："肥不肥有啥用，不让到东边吃草，那还不得饿死？"

毛泽东说："好好，是我们不对，我们让一让。小陈，我们到西边去，东边的草长得好，让老乡到东边放羊。"

陈开尧搬了躺椅到西边林子。这边林子里树木稀疏，阴凉地儿并不多，明显比东边要热上不少。陈开尧安置好躺椅，抱怨地说："主席，这边树少，您来这儿就是为了要个凉快的工作环境，可这倒好……"

毛泽东打断他说："我现在明白了，为什么我们的土改工作进展缓慢，还出现了那么多差错，我看呀，总结千条万条，最根本的一条，就是我们有些干部对待老百姓的态度出了问题！"

陈开尧惶恐地说："主席，我……我只是想……我错了。"

毛泽东说："我知道你是好心，可是你想想，你要是为了这个把老乡轰走了，西柏坡的老乡怎么看我毛泽东，怎么看我们共产党？"

陈开尧低着头不敢作声。毛泽东又说："我也不单单是说你。我在各级干部会上，不止一次地说过，天大地大，老百姓最大。可是呢，有些干部就把这话当成耳边风，动不动就摆出一副官老爷的架子，这样的作风跟国民党有什么区别？跟过去的衙门官僚有什么区别？"

陈开尧说:"主席,您别生气了,我一定改,我回去后给您写检讨。"

毛泽东说:"不是给我写检讨,是写给你自己的。"

陈开尧说:"是,写给我自己。"

毛泽东说:"要写深刻!要当着警卫连全体战士的面检讨,我也要参加。"

陈开尧连声说是。毛泽东放缓语气说:"小陈,你还年轻,对中国的历史了解不多。你要知道,得民心者得天下,每一个朝代的更替,有外部的原因,但最重要的原因还是内部的腐败和变质。在延安的时候,我对一位老先生说过,我们共产党人可以跳出这个周期律,凭什么呢?那就是民主。你说说,什么是民主啊?"

陈开尧想了想,说:"民主就是批评与自我批评,开生活会,提意见,还有……"

毛泽东说:"你说的只是小民主,不全面。真正的民主,就是让人民当家做主。我们这些干部只是人民的勤务员,是为人民服务的,是人民的公仆。只有让人民来监督政府,政府才不敢松懈。只有人人起来负责,才不会人亡政息。看来,不仅要在我们的干部队伍中加强民主意识的学习,还要从根本制度上保证民主的施行,要不然,用不了多久,打下的江山也守不住啊!"

35

石家庄市的解放并未给它带来彻底的和平和安宁,仍然占据优势力量的国民党部队不断空袭石家庄,让这里的老百姓们始终生活在恐惧不安当中;与此同时,敌特分子的秘密破坏活动也没有一刻停止。

这天,在外面执行完救援任务,张洪志和干警小曹刚回到公安局,就看到罗峰正在自己的办公室焦急地等着他回来。

"张处长,老潘,就是潘寿生同志失踪了!"说着罗峰将一件带血的衬衣交给张洪志,"这是老潘的衣服,看情形是让人绑架了,还有他的儿子也一同失踪了!"

张洪志看着衣服上的血迹和破损的口子,眉头紧紧皱了起来:"衣裳是让鞭子抽烂的,肯定是有人绑架了他。"

罗峰说:"肯定是!张处长,你说潘寿生他……"

张洪志说:"他以前得罪过啥人没有?"

"寿生可是个老实人,我保证,没听说他得罪过谁。"

小曹插话说:"张处长,会不会是贫民团那帮子人?"

罗峰点点头说:"很可能,上次寿生差点跟他们打起来。"

张洪志却摇摇头说:"贫民团的人早就被遣送走了。"

小曹说:"没准又回来了。他们不敢报复咱们,拿老潘出气儿。"

张洪志说:"绑架了老潘干吗还要绑架他儿子?这里边有说道。"

小曹不解地说:"啥说道?这帮人坏得很,他们……"

张洪志缓缓说道："我想，敌人很可能是拿老潘的儿子要挟他。你们要知道，老潘手上可掌握着铁路大厂的物资库！"

这晚三更时分，铁路大厂物资仓库的大铁门缓缓打开，一个人影闪了进去。这人来到机床前，从包袱里拿出一包东西塞到了机床下，正要起身离开时，两束明亮的光柱同时打到他的脸上。不出所料，这人正是潘寿生。对面张洪志和罗峰拿着手电冷冷地看着他。

回到公安局办公室，潘寿生痛哭流涕地向两人诉说了自己的遭遇，并求两人一定救救自己的儿子。原来前几天的一个午后，潘寿生在德胜街上被两个黑衣人胁迫到了一个房间里。黑衣人拿他儿子潘小龙作为人质，勒令潘寿生炸毁铁路大厂物资库。刚才他在机床下放的，就是黑衣人那天交给他的炸弹。幸好张洪志和罗峰发现及时，这次破坏活动才没有得逞。

潘寿生在诉说过程中提到了十九号，这引起了张洪志的极大关注："十九号？他们说是十九号？"

潘寿生说："是，他们提了好几次十九号。张处长，你们可要救我家小龙呀！"

张洪志说："老潘，你放心，你现在是他们手上的棋子，他们还用得着你，小龙就会没事儿。"

潘寿生说："那他们让我炸物资仓库里的机床干啥？"

张洪志说："机床能干出什么物件来？"

潘寿生说："零件啊。"

张洪志说："是啊，机床能加工出火车上用的零件，也能加工出机枪、大炮上的零件，这就是敌人的目的。"

潘寿生苦着脸说："可我没完成他们交给我的任务啊，他们能放过我儿子吗？"

张洪志微微一笑，让潘寿生跟着自己走到窗口前。只见远处铁路大厂方向突然火光冲天，紧接着两声沉闷的爆炸声传来。潘寿生不由得惊讶地看向张洪志。

为了避免打草惊蛇，同时保护潘寿生儿子的安全，张洪志一早就做好了安排，在铁路大厂实施了一场假爆炸。这招瞒天过海果然有效，第二天早上，潘寿生装作没事人一样从家里出来，刚走过休门街的小巷，就被人用麻袋兜头罩住，带上了一辆汽车，飞驰而去。

再摘下头上麻袋的时候，潘寿生已身处一间破旧的仓库内。一个四十来岁脸上带着刀疤的男人狞笑地看着他，将一沓子晋察冀的钞票塞到他手里："这是老板赏你的。"

潘寿生将钱扔到地上，紧张地说："我不要钱，赶紧放了我儿子！"

"你放心，他没事儿。"疤脸男人拍了一下巴掌，旁边的一扇门应声打开，有人拉着一个十来岁的男孩就站在门口。

男孩看到潘寿生，挣扎着哭喊起来，大声叫着爸爸。潘寿生的眼泪一下流了下来："这位大爷，我求你了，放了我儿子吧。"

疤脸男人不动声色地说："你也看着了，你儿子在我们这儿白白胖胖的，挺滋润，是不是？"

潘寿生哽咽地说："大爷，大爷，求你了，放了我儿子吧，你让我干啥都行，先放了我儿子，我求你了。"

疤脸男人冷笑着说："你放心，干完这一票，就……"

他话未说完，张洪志与三名干警已经冲了进来，迅速将疤脸男人按倒在地。不等疤脸男人嚼动牙齿，张洪志已一掌击在他下颌处，然后在他的口中抠出一颗藏在牙齿缝隙处的药片。

这时小曹和另一名干警带着潘寿生的儿子走了过来。潘寿生见状激动地跑过去一把抱住儿子，老泪纵横。张洪志看着这对父子相拥哭泣的样子，心里也十分欣慰。小曹突然说道："对了张处长，这小子嘴里可能有毒药！"

张洪志笑着举起手里的药片："是不是这个？"

这晚,张洪志和小曹连夜审问抓获的疤脸男人和他的几名随从,但都一无所获。然而到了第二天,几人却在公安局内被人暗杀了。

36

这天夜里,西柏坡下起了瓢泼大雨,村路很快变得泥泞起来。陈开尧撑着把油布雨伞去给毛泽东送饭,沿途就见周恩来与叶子龙等正带人在检查各家的屋顶是否漏水。

到了房间里,毛泽东正在伏案写着报告。陈开尧先抬头仔细看了一圈屋顶,确定没有漏水,这才把饭盒里装的馒头和菜拿出来摆到桌上。毛泽东这时也放下毛笔起身,望着窗外的瓢泼大雨伸了伸胳膊:"小陈啊,你的检讨写好了没有啊?"

陈开尧紧张地看了毛泽东一眼,说:"写好了。"

毛泽东走到桌边,在沙发上坐下,拿起一个馒头边吃边说:"好,明天你们警卫连开个会,我也参加。"

陈开尧说:"主席,您还是别参加了……"

毛泽东看着他,说:"为什么不让我参加呀?"

陈开尧说:"您工作了一夜,白天还是多休息一下,我……"

毛泽东说:"干部作风问题不解决,我睡不着啊。"

陈开尧羞愧地说:"都是我不好,让主席为我分心了。"

毛泽东语重心长地说:"小陈啊,你也是老党员、老革命了。越是老党员,越要严格要求自己,做出表率来。"

陈开尧一边点头答应着,一边走到洗脸架旁,将上面那条破旧的毛巾取下,又从兜里拿出一条新毛巾挂上:"主席,我给您领了一条新毛巾,这旧的就扔了吧。"

毛泽东说:"哎,不能扔。新的我不要,你送回去。"

陈开尧展开旧毛巾,只见上边破了好几个洞:"主席,您看看,您这毛巾都成了啥样了?再说了,您擦脚擦脸都用它,也不卫生呀。"

毛泽东说:"那条毛巾是从延安带出来的,刚用了一年多,还能继续用嘛。"

陈开尧说:"要不……您用新毛巾擦脸,旧毛巾擦脚,怎么样?"

毛泽东笑着说:"不要不要,脚每天要走好多的路,比脸辛苦多了,分开对待,脚板子要有意见喽。"

无奈,陈开尧只好将旧毛巾又挂回到架子上。只听毛泽东又继续说:"你算一笔账,全军如果每个人都省下一条毛巾,那得省多少布呀,能做成多少件军装啊!我看够打一场沙家店战役了。"

"那……这条毛巾我让二丫补一补。"

毛泽东说:"好,补一补可以。"

正说着,周恩来走了进来。毛泽东看着浑身湿漉漉的周恩来说:"恩来,这么大的雨,你这是……"

周恩来边说话边仰头看着房顶:"这雨太大了,主席的房子不漏雨吧?"

陈开尧也再次抬头检查屋顶,只见西墙角那已经渗出了水珠,急忙说:"哎呀,不好了,西墙角漏雨了,刚才我进来的时候还没事儿呢。"

周恩来忙说:"小陈,快去找几块雨布上房顶盖住!"陈开尧答应着跑了出去。

暴雨如注,陈开尧和金路搬来梯子爬上了屋顶,找到漏雨处铺好油布,然后又用砖头把油布压好,以防被狂风吹走。弄好这一切,两人刚要顺梯子下来,就听到防空洞口方向传来喊叫声:"救人哪!……房子塌了,快来救人哪!"

陈开尧一怔,几步爬下梯子,向防空洞方向跑去。到了防空洞外,只见洞口东侧的两孔窑洞塌了半边,几个机关工作人员正在废墟上用手挖着。陈开尧抹了一把脸上的雨水，大声问道："怎么回事？有人埋里边了？"

有人回答说："窑洞塌了！小曹他们没跑出来！"

陈开尧连忙动手一起挖起来，一边焦急地问："里面几个人？"

"好像是五个。"

这时金路也跑了过来。陈开尧扭头冲他喊道："快去，把警卫连的人都叫过来！"金路答应着赶忙往回跑去。

陈开尧等人徒手又挖了一阵子，依然见不到被埋的人，正着急着，金路和警卫连的战士们带着铁锹、耙子等工具跑了过来。有了趁手的工具，效率果然提高很多，很快众人就挖出一个大坑。这时周恩来和叶子龙也赶了过来。周恩来提醒说："小陈，你们下手的时候要注意，不要伤到人！"

说话间，朱德、安子文和二丫等人也拎着竹筐、簸箕等工具赶了过来。眼见朱德冒雨前来，周恩来急忙说："朱老总，你怎么来了？雨太大，快回去！"

朱德抹了一把脸上的雨水说："我不要紧！埋了几个人啊？"

周恩来说："五个！这一孔窑洞的人都没有跑出来。"

这时只听陈开尧的声音喊道："慢点儿慢点儿，发现一个！快把马灯拿过来！"

周恩来和朱德提着马灯上前，就见一个人的头部露出了废墟。朱德连忙说："要小心！用手挖，不要伤到他！"

陈开尧等人放下工具，改用手小心地抠开这人身边的泥土。周恩来吩咐其他战士说："你们去找担架！去叫朱大夫！二丫，回去烧热水！"

二丫和战士们答应着，纷纷快步跑开。

又经过一番努力，五个被埋的战士都被挖了出来。最后一个被挖出来的是理发员小曹。被埋者全都被抬到了小伙房的餐厅，朱仲丽和其他几名大夫在那里给伤者进行了急救。最后，五人中有四人成功地转危为安，只有小曹由于窒息时间过长，虽然几名大夫尽了最大努力，还是没能挽回他年轻的生命。小曹牺牲了。

五名战士都被挖出来以后，陈开尧就晕倒在了防空洞边。长时间的大负荷劳动，再加上被冷雨浇淋，陈开尧发起了高烧。持续的高烧让陈开尧昏迷了一天一夜。这天早上，朱仲丽大夫给他扎好了输液管，又吩咐二丫给他熬点米汤喝。二丫看陈开尧一直昏迷不醒，心里早就焦急万分，赶忙跑到厨房去熬米汤。熬好之后端回来，待晾得温了，便用小勺舀着去喂陈开尧。陈开尧喉头耸动，喝了下去。正喂着，阎凤山端着个药碗走进来，二丫忙起身说："凤山叔，你咋来了？"

阎凤山走到床边，伸手摸了摸陈开尧的额头："哎呀，咋还这么烫？"

二丫说："朱大夫说陈连长是病毒感染，挺严重。"

阎凤山说："没啥严重的，就是让冷雨浇着了，喝了我这柴胡汤就能好。"

二丫说："朱大夫说输液的时候不能喝其他的药。"

阎凤山说："我这是柴胡汤，最能驱寒。没事儿，你喂给他喝。"

二丫犹豫了一下，接过药碗，拿过汤碗里的木勺搅了搅，喂陈开尧喝下。阎凤山又说："刮一刮吧，还是咱的土办法管用。"

二丫一怔，说："小时候我受寒了，我娘也是给我打火罐或是刮背，可陈连长输着液呢，不大好吧？"

阎凤山说："听我的没错，喝了柴胡汤肯定要发汗，再刮一刮，把寒气刮出来肯定就能好。"

二丫还是犹豫着："那还是跟朱大夫……"

"别跟她说，她肯定说不行，可咱的土办法还就是管用。你去找点水来。"

二丫端着汤碗到门口的水缸边打了一碗水，再返回到床边的时候，阎凤山正要拔下陈开尧手背上的输液管。二丫急忙上前阻拦："哎，凤山叔，不能拔！"

"不拔了，我咋给他刮？"阎凤山说着，把陈开尧的身子翻过来，掀起他的衣衫，露出古铜色的脊背，二丫羞涩地赶紧转过身去。

阎凤山取笑地看了二丫一眼，又拿了枚铜钱在水碗里蘸了蘸水，对她说："咋的，又不刮你，还不敢看？"

二丫红着脸说："我最怕刮，小时候刮背都是我哥摁住我，我总是又哭又闹的。"

阎凤山笑了笑，伸手在陈开尧的背上刮得沙沙作响。由于疼痛，陈开尧闷哼了一声，缓缓睁开眼来。

二丫惊喜地说："陈连长，你醒了？"

不等陈开尧开口，阎凤山抢着说："陈连长，我正给你刮痧呢。你看看，刚刮了两下，全都紫了。"

陈开尧紧咬牙关，额头上渗出大颗大颗的汗珠。二丫看得直心疼，关切地问他："陈连长……你疼不？"

陈开尧强笑着说："凤山大哥手劲儿就是大。"

二丫忙说："凤山叔，你轻点。"

阎凤山说："轻了就不管用了。陈连长，受得住不？"

陈开尧说："行，能行。"

阎凤山笑着说："好汉子！不瞒你说，这村里谁家男人生了病都让我去刮呢。"

阎凤山的手不停地在陈开尧脊背上刮蹭着。二丫侧眼看去，只见他的脊背上已经全是黑紫色。刮完痧后，二丫帮着阎凤山将陈开尧的身子翻过来。不一会儿，陈开尧又昏昏睡去。看着陈开尧瘦削的脸庞，二丫又是一阵心疼。

阎凤山看着二丫关切的神情，打趣她说："哎，二丫，你跟陈连长……你们俩相好？"

二丫的脸顿时羞得通红，急忙说："哎呀凤山叔，你瞎说个啥嘛！"

阎凤山笑着说："咋瞎说了，看你这眼神，不对头哩。"

二丫扭着衣襟说："你……他是陈连长，我算个啥？我……哎呀，我们是革命队伍里的同志，谁受了伤我都一样着急！"

两人正说着，门吱呀一声开了，朱德走了进来。阎凤山和二丫忙打住话头站起身。朱德望着床上的陈开尧，关切地问："怎么样，好点了没有？"

二丫说："刚又睡着。凤山叔给陈连长刮背了，都黑紫黑紫的。"

朱德伸手摸了摸陈开尧的额头，说："嗯，好像不是很烫了，看来土办法也管用呢。"

阎凤山得意地说："那是，这么些年咱都是这么弄的，管用。"

朱德说："那谢谢你了，凤山兄弟。"

阎凤山说："朱校董太客气了，远亲不如近邻嘛。"

朱德与阎凤山唠了几句后，阎凤山端着药碗出去了。朱德坐到床边，拿起陈开尧一双结满血痂的手看着，心疼地说："这个小陈呀，真是个好同志呀。"

二丫说："他愣是用一双手把同志们抠了出来，这手都烂了。"

朱德说："是呀，这就是我们革命同志的感情，深呢。"

二丫说："可我以前……以前还挺怨恨他的，老觉得他跟我过不去，对他的批评也……也听不进去，我……"

朱德微笑着说："二丫，你参加革命队伍时间短，对我们这支队伍了解还不深。像陈连长这样的战士，有很多很多，他们都是我们学习的榜样啊。"

二丫重重地点了点头："是，以后我一定多向陈连长学习。"

第二天晌午，二丫又过来给陈开尧送饭。朱仲丽大夫这时正在给陈开尧量体温。二丫关切地询问说："朱大夫，咋样，还烧不？"

朱大夫举起体温表看了看，说："好多了，三十七度八。我纳闷呢，咋退得这么快，是不是你给他吃什么药了？"

二丫笑着说："不是，是凤山叔给陈连长刮背了。"

朱大夫说："我说呢，看来这土办法也管用。"

说着，朱大夫收拾医药箱准备要走，恰好这时陈开尧醒了，看到朱大夫在身前，便问道："朱大夫，小曹……小曹他们怎么样了？"

听到这话，二丫和朱大夫都是一怔。片刻后，朱大夫才悲伤地说："陈连长，对不起，其他四名战士获救了，但小曹……小曹他……牺牲了，我们没能救活他。"

陈开尧又惊又悲，抻着身子就要坐起。二丫急忙上前将他摁住，说："陈连长，你可不能起来，你还没好利索呢。"

"小曹他咋会……咋会……"陈开尧说着，眼泪夺眶而出。

朱大夫也伤感地说："陈连长，你也不要太难过了。记住，一定按时吃药。"

朱大夫又嘱咐了二丫几句，这才背起医药箱离开了。二丫扶着陈开尧靠到躺柜上，陈开尧眼睛怔怔地望着房顶，眼泪不住地往下流着。二丫看得心里也一样酸楚。她从没见过陈开尧哭，也没想到这个平时对自己凶巴巴的连长竟然也会哭，而且哭得这么伤心，这么动情。二丫开始觉得，也许自己以前并没完全了解陈开尧。

二丫正想着，陈开尧抹了一把眼泪说："其他几位同志都没事吧？"

二丫说："都挺好。小曹的追悼会正开着呢，主席、朱老总他们都去了。"

话音刚落，陈开尧揭开身上的被子就要下床，二丫赶忙相拦，说："陈连长，你要干啥？"

陈开尧说："我要去参加追悼会。"

二丫吃了一惊，连忙说："可你的身子还很弱，不能去！"

陈开尧根本不理会二丫的劝说，穿上鞋迈步就向门口走去，可刚走了两步，眼前一阵眩晕，又要摔倒。二丫忙快步上前将他扶住："陈连长，还是别去了。"

陈开尧恳切地看着二丫说："二丫，你扶我去吧，求你了！小曹跟我是七八年的战友，他现在走了，我咋能不去送送他呢？"

二丫看着陈开尧的眼神，终于明白自己是劝不住他的，只好难过地点了点头。

  理发员曹庆卫的追悼会是在后沟防空洞前举行的。战士们在这里搭了一个灵棚,把小曹的棺椁摆在里面,棺椁前还放了一张照片,上面小曹的笑容憨厚和善。周恩来亲自主持了追悼会,毛泽东、朱德等人也都参加了。追悼会结束后,朱德不顾旁人劝阻,坚持和几名抬棺的战士一起前去墓地。从机关大院出发以后,送葬的人越来越多,许多西柏坡的乡亲都自发前来送小曹一程。看着年纪已大的朱德抬着棺椁,乡亲们都默默流下了泪水。

  棺椁被放进墓穴的一刻,天空下起了小雨。二丫扶着陈开尧终于赶到了这里。陈开尧在雨水中痛哭了一场,回去后就又发起了高烧。

37

又养了十多天后，陈开尧的身体才算慢慢恢复过来。这天正输着液，二丫又照惯例前来给他送饭。陈开尧看着二丫，感激又歉疚地说："二丫，这些天让你受累了。"

二丫笑着说："看你说的，咋还客气上了。"

陈开尧说："二丫，你也看见了，小曹去世，朱老总亲自……"

二丫说："可不，那天我都惊讶坏了，不说朱老总多大的官儿，就说他那个岁数亲自给小曹抬棺……对了，刚才我走过凤山叔家门口，你猜阁三齐大爷说啥了？他说，'共产党要不得天下，那就是老天爷瞎了眼！'"

陈开尧说："你觉得三齐大爷这话说得对不？"

二丫说："太对了。毛主席、朱老总他们多好的人啊，他们要不得天下，老百姓们都不答应。"

陈开尧说："是呀。就说小曹，他是个孤儿，是马夫侯大叔把他带到延安王家坪的。侯大叔说，'那天下着大雪，小曹披着一个破麻袋，躲在一个门洞里，连鞋都没有，浑身发抖，他……'"

陈开尧的话还没说完，二丫突然捂着脸哭了起来。陈开尧诧异地问道："二丫，你咋啦？"

二丫抹了抹眼泪："我……没啥，你说。"

陈开尧说："我知道了，说着小曹，你想起你以前的日子了，是不？"

"嗯，要不是朱老总收留了我，只怕我……我早已经饿死了。"二丫说着又抹起了眼泪。

陈开尧说:"二丫,不哭,革命同志不能哭,那都是过去的事了。"

二丫扁着嘴说:"可你,当时还不想要我,还烦我。"

陈开尧坐起来,急忙说:"我……我那……好好,我跟你赔不是,对不起,好不好?要是实在不行,你就……咳咳……"

一着急,陈开尧又剧烈地咳嗽起来。二丫赶忙给他捶背:"陈连长,你别着急,都怨我,我不该说你……快躺下吧。"

"你不怨我了?"

二丫微笑着说:"看你,小心眼儿,谁还真怨你呀!"

陈开尧看着二丫,挠了挠头说:"二丫,你真好。"

二丫脸一下子红了,心里也莫名其妙地激动起来,急忙岔开话题:"哎,你想吃点啥,我去给你做。"

陈开尧说:"这嘴里寡淡得很,就想吃我娘做过的棒子面漏粉儿,酸酸的……"

"嗨,就这个呀,我打小就会做。你等着,我给你做去。"二丫说着转身就往外走。

陈开尧又叮嘱说:"多放点醋。"

二丫笑着说:"你忘了我是山西人了?醋可少不了。"

二丫说着已走出了门外。陈开尧侧头望着她的背影,脸上露出甜蜜的笑容。

二丫刚要走出院门,迎面却与朱德撞了个满怀。二丫急忙说:"哎呀,朱老总,对不起,对不起,没撞疼您吧?"

朱德笑着说:"你这么个小丫头,能撞疼我这个老汉吗?"

二丫笑起来。朱德又说:"这么慌,去干什么呀?"

二丫说:"陈连长说想吃玉米面漏粉儿,我去给他做。"

朱德说:"哦,他怎么样了?"

二丫说:"本来都好多了,可那天他又非要去墓地送葬,又让雨给淋

西柏坡 _ 255

了，这不又烧起来了。朱老总，您可得好好批评他，他也太……"

朱德说："对，是要批评他，我们一起批评他！"

二丫说："哎呀，我可不敢批评他。朱老总，您进去吧，我先走了。"

朱德说："二丫，你先等等，我有话跟你说。"

二丫有些诧异地看着朱德，说："朱老总，啥事儿呀？"

朱德说："二丫，你觉得陈连长这个人怎么样啊？"

二丫也没多想，回答说："挺好的。以前，我还觉得他老跟我过不去，现在才知道他是在帮助我。他是个好人，好干部，好共产党员。"

朱德说："那好。我这个人说话不会拐弯抹角，我问你，要是让你跟陈连长组成一个家庭，你愿不愿意呀？"

这话让二丫愣住了，她根本没想到朱德会说这个，会是这个意思，当下脸羞得通红，把头埋得低低的，说："朱老总，你咋说这个……"

朱德笑着说："你到底是愿不愿意嘛？"

二丫语无伦次地说："不……我……那个……人家陈连长……"

朱德说："我先征求你的意见，你要是没意见，我去找小陈说去。我看你们俩挺般配。我这个人跟你康大姐一样，好给人家撮合。你说咋样？"

二丫扭捏着说："我……人家陈连长是干部，咋会……"

朱德说："啥子干部不干部的，都是革命同志，在我们这里可没有干部与群众的区别。你只告诉我，愿意还是不愿意。"

二丫羞涩地说："朱老总，这个……咋说嘛……"

朱德笑着说："怎么想的就怎么说嘛！同意就点头，不同意就摇头。"

二丫犹豫了好一会儿，轻轻点了点头。朱德笑着拍了拍她的肩膀说："我看陈开尧他也喜欢你，别看他总是批评你，他是心里有你才关心你的。"

说完，朱德径直向陈开尧房间里走去了。

二丫做好玉米面漏粉，再端着回到陈开尧房间的时候，心里是又喜悦又羞涩，还有些担心。她低着头，不敢去看陈开尧，将一大碗漏粉放下后转身就走。快要走出门时，陈开尧说话了："二丫，你等等。"

二丫转身看向陈开尧，四目一相对，两人脸都红了起来，迅速躲开对方的目光。其实刚才朱德来还没有和陈开尧谈到二丫的事儿，只是他自己心里有了一种莫名其妙的感觉。陈开尧也不知道为什么，对于二丫自己会有这样一种微妙的感觉，总觉得自己希望跟她在一起，希望能看到她，虽然有时候不免会摆老资格的架子，会挑她些毛病，说些批评的话，但内心里却诚心希望她能快快成长，快快入党，期盼她能早日成熟起来，能有军功，能得到大家的褒奖与认可……

陈开尧站起来，顿了顿说："你……也吃点吧。"

二丫扯着衣襟说："我刚才吃了一碗了，你快吃吧。"

陈开尧走到桌边坐下，拿起筷子吃起来。二丫站在门口看着他吃，本来是要走的，现在却一步也迈不出去。陈开尧用筷子扒拉着蝌蚪样的漏粉，吃得十分香甜："真好吃，自打离开家，就再也没吃过漏粉儿了。"

二丫奇怪地说："延安那边没有？"

陈开尧说："他们都不会做。"

二丫低着头说："你要这么爱吃，以后……以后我每天给你做。"

陈开尧看了二丫一眼，说："二丫，过来坐吧。"

二丫犹豫了一下，走到桌旁，挪了挪凳子坐下。陈开尧边吃边说："你可不能给我做，我不能老吃小灶，那是犯纪律的。"

二丫撇撇嘴，说："谁说给你开小灶了，我是说在自个儿家里做。"

陈开尧不解地说："自个儿……家里？"

二丫的脸腾地红了："我是说……在我干娘家里。"顿了顿，又问陈开尧，"刚才……总司令是不是又来看你了？"

陈开尧说："是，你刚走，总司令就进来了。你说我算个啥，就是一个普通战士，可总司令还这么挂在心上，让我……"

"朱老总是天底下最好的人。"

"可不嘛！你说说，天底下哪有总司令亲自给理发员抬棺材的？就凭这，让我去死我也愿意！"

二丫连忙朝地上啐了两口吐沫："别说死！好好的说啥死呀活的。"

陈开尧笑着说："咳，我随口说说，看你急得。"

二丫说："总司令跟你……说啥来着？"

陈开尧说："没说啥呀，就说让我好好养病，甭惦记着连里的事儿。"

二丫愣怔了片刻，红着脸说："就……就没说点别的？"

陈开尧说："哦，还问了问我的年纪，家里还有谁……哎，二丫，总司令……他……他是不是跟你……跟你说啥了？"

二丫脸一红，轻轻地点了点头。陈开尧挠挠头，依旧是不明所以，问："说啥了？"

二丫满脸羞涩，支吾地说："朱老总……他说……他说，让我以后好好向陈连长学习。"

说完，二丫夺过陈开尧手里的空碗，慌忙跑出房间了。陈开尧望着二丫的背影，仍旧是满头的雾水。

38

　　西柏坡西南的汤汤水发电站即将要为中央机关大院供电了。这天一大早，陈开尧与几个警卫员战士在后沟的朱德住处架起了电线。此时二丫正在窑洞窗前擦着刚上好的玻璃，耳听得身后一阵喧闹，扭头看去，只见金路和其他三个战士抬着一根又粗又长的松木走过防空洞，然后将松木栽进一个挖好的坑内，又向里边填土，固定松木。二丫好奇地走到近前观看，问道："小金，你们这是干啥哩？"

　　金路说："拉电线。"

　　二丫从未听说过关于电方面的知识，纳闷地问："电线？干啥用的？"

　　金路说："通电的呗。"

　　"通电？通电能干啥？"

　　"这电嘛，就是……这么说吧，有了电就不用煤油点灯了。"

　　"那用啥油？菜油？"

　　金路笑着说："通了电就不用油，用电，电灯。"

　　"电灯是啥？"

　　金路握起拳头对着二丫晃了晃说："电灯就跟我这拳头这么大，玻璃的，可亮可亮了。"

　　二丫好奇地说："那可真是稀罕。"

　　金路说："还有更稀罕的呢。有了电，往后你就不用推磨磨豆子了，用电磨，一摁电钮，几分钟就能磨五十斤豆子。"

二丫不相信地说："瞎说，尽逗我，五十斤豆子得磨大半天呢。"

金路还想解释，陈开尧这时兴冲冲地跑来了，冲着二丫大喊："二丫，二丫，好消息，好消息！"

二丫看到陈开尧，心里莫名其妙地紧张起来，把头一低，转身就要走。陈开尧上前拽住她的胳膊，说："哎，你跑啥？二丫，我帮你找着你哥了！"

二丫转身，惊喜地看着陈开尧，说："啥？我哥……他在哪儿？"

"我问你，你哥张宝顺左脸上是不是有道疤瘌？"

二丫激动地说："是，是，那是小时候翻墙摔的。"

"你哥是个大高个，比我还高是不是？"

"是，是！他在哪儿？快带我去呀！"

陈开尧说："他没在这儿，在杨得志司令员的部队上。"

二丫纳闷地说："啥？你不说他在阎锡山的……"

陈开尧说："你哥他弃暗投明啦！他们一个营都投了咱解放军。"

二丫十分惊喜，瞪着水汪汪的大眼睛说："真的？你咋知道的？"

陈开尧说："前两天从杨司令的部队上来了一个团长，我认识，他说他们团收编了阎锡山的一个营，我就跟他打听你哥。这不，刚才捎话来了，说投诚过来的里面真有个战士叫张宝顺，跟你是一个村的，有个妹妹叫二丫，还说了你的模样，这回准没跑！"

有了哥哥的消息，二丫很是兴奋，激动地说："是我哥，真是我哥，我哥他……陈连长，我啥时候能见着我哥呀？"

陈开尧说："甭急，只要有了准信儿，早晚能见上。哎，你先给他写封信吧，我让人捎过去。"

二丫说："我刚跟徐师傅认了几个字，哪会写信呀。"

陈开尧说："这么着，你说，我给你写。"

二丫欢喜地说："太好了，我身上就带着本和笔呢，现在就写。"

说着，二丫从兜里掏出一个识字本，还有一截铅笔。陈开尧接过本和笔，走到一块大石头旁蹲下，把纸笔都放在了石头上。二丫跟了过去，陈开尧说："说吧，想写啥？"

二丫想了想说："哥，我是二丫，我想你。"

陈开尧写下这几个字，抬头看着二丫："往下说。"

二丫又想了想，说："没了。"

陈开尧笑着说："这就没了？"

二丫扭着衣襟说："那还说啥？"

陈开尧说："咳，这哪是信啊？你得说，亲爱的哥哥，我是你的妹妹二丫……"

一边说，一边在纸上写了起来。

帮二丫写完信，陈开尧到毛泽东房间去送一份文件。刚走到门口，就听里边传来毛岸英的声音。陈开尧向里边瞅了瞅，只见毛泽东坐在一张沙发上，神情有些不悦，毛岸英则站在他身侧，表情急切。陈开尧晓得毛泽东父子肯定是有重要的事情在谈，便没有进去，把文件放到了西厢房的值班室，托那里的工作人员待毛岸英走后再送进去。

毛岸英的确是在跟毛泽东谈一件非常重要的事，一件有关他个人幸福的终身大事。他说的事情就是想和刘思齐结婚，所以特意来征求毛泽东的同意。

看着毛泽东严肃的表情，毛岸英有些不安地说："爸爸，你……不同意？"

毛泽东看了他一眼，说："我同意。"

毛岸英没想到毛泽东会这么痛快地答应，兴奋地说："太好了，我们今年就想把婚事办了！"

毛泽东又说："我同意你们结婚，但不是现在。"

毛岸英愣了，没想到毛泽东会这么说，诧异地问："为什么？爸爸，为什么现在……"

毛泽东说:"岸英啊,你和思齐年龄都还小,应该把精力放在学习和工作上。特别是思齐,这么早结婚会对她的学习产生影响,还是等一等吧。"

毛岸英说:"我不小了,我已经二十七岁了。爸爸,我想结婚,思齐也同意,我们是真心相爱的。结婚以后,我们还可以专心致志地学习、工作,以后也不必在这方面浪费那么多时间和精力了。"

毛泽东不悦地说:"我记得思齐还不满十八岁吧?"

毛岸英说:"是。可我已经很大了,我……"

毛泽东说:"你也知道,我们的规定是男方满二十岁、女方满十八岁才能结婚,思齐还不到法定结婚年龄,怎么能结婚呢?"

毛岸英说:"不就是只差两个月嘛,岁数不够就结婚的人多着呢,我怎么就不能结?"

毛泽东一拍茶几站了起来,厉声说:"谁叫你是毛泽东的儿子!我们的纪律你不遵守谁遵守?!"

毛岸英咬着嘴唇,委屈至极:"你……"只说了一个字,一跺脚,转身跑出去了。

陈开尧刚从毛泽东那里出来,就遇上了正在找自己的齐明臣,原来是朱德要他跟着自己出去一趟。陈开尧赶忙回连里交代了几句,然后与朱德一起坐上了出村的吉普车。

陈开尧上了车才知道,朱德是要去汤汤水发电站视察。吉普车很快出了村子,两人在车里闲聊着,朱德突然问陈开尧说:"小陈,上次我向你交代的事,办得怎么样了?"

陈开尧说:"哦,我们连百分之八十的战士的亲属都联系上了,都给家里写了信。"

朱德摆摆手说:"不是这个事情。"

陈开尧说:"啊,那……大院里的暗沟也都挖好了,铺上了青石板。"

朱德又说:"也不是这个。"

陈开尧纳闷，不晓得朱德指的是哪件事情，于是问道："那是啥事儿？"

"小陈啊，我记得你的生日是九月二十四日，对不对呀？"

"哎呀，总司令，您还记得我的生日，我……"

"再过几个月，你就满二十六岁了吧？"

陈开尧挠挠头说："是。"

他不晓得朱德说这个是啥意思，心里不免紧张起来，想问又不敢。朱德又说："不小了，该成家了。"

陈开尧没想到朱德会把话头转到这上面，忙说："不急，等革命成功以后再说。"

朱德说："哎，革命、家庭要两不误嘛。"

"朱老总，我……"

"有没有看上的姑娘啊？"

"有……哦，没有……"

"吞吞吐吐的，到底是有还是没有啊？"

"有倒是有一个，可是……我……"

"谁呀？我见过没有啊？"

陈开尧鼓起勇气说："您当然见过，就是……就是……二丫。"

朱德放声大笑起来。陈开尧这下更紧张了，说："朱老总，我也不知道咋的，就……就……朱老总，你为啥笑呀？"

朱德笑着说："我在笑我自己，多事！你们两个都好上了，我还在旁边瞎凑热闹！"

听到这话，陈开尧又联想起二丫给自己送漏粉时的神态，莫非……莫非二丫也是喜欢自己的？幸福来得太快，一时又不敢相信，嘴上忙说："不不，总司令，我没和二丫好上，我……我只是在心里头……"

朱德说："那好，我就给你们保个媒，如何呀？"

陈开尧喜出望外，大声说："太好了，太好了！可是，二丫……能看上我吗？"

西柏坡 _ 263

朱德得意地说："这个嘛，包在我身上。我说小陈啊，回去以后，你就去找二丫，跟人家说明，男子汉要主动一些嘛。"

陈开尧挠挠头说："是……我……我一定。"

车子飞快地行驶着，群山叠翠，纷纷向后掠去。

一道宽十余丈的瀑布从山顶倾泻而下，发出震耳欲聋的轰鸣声。瀑布两边的山峰刀削斧劈，就如鬼斧神工一般。瀑布下不远处一道水泥浇筑的坝墙耸立，坝墙下留有导流孔，孔内几道巨大的水柱向外喷涌着。即将为西柏坡中央机关供电的沕沕水电站，就掩映在群山耸峙之间。

朱德与电站负责人王站长立在坝墙上交谈着。王站长汇报说："井陉煤矿解放的时候，缴获了一台德国制造的火力发电机，功率虽说不大……"

朱德打断他说："火力发电机？能用吗？"

王站长说："我们的技术员经过多次试验，已经把它成功改造成了水力发电机，保证能用。"

朱德赞扬说："哦，我们的技术人员不简单啊！"

王站长说："都是各解放区支援来的骨干，技术上都是一把好手。"

"那什么时候能够发电呢？"

"我们的计划是九月以前正式送电。"

"好，你们这种勇于创新的精神值得嘉奖。还有什么困难吗？"

"困难当然有，但请总司令放心，我们一定能克服。"

朱德说："我相信你们能克服，不过也要说一说，我能帮上忙的也要发挥我的作用嘛。"

王站长说："现在最大的困难就是输电材料短缺。目前，电线杆和电线都只能保证到西柏坡，其他村子的部委机关就得等了。"

朱德想了想，说："这个嘛，我也来帮你们想办法。可以发个通知，战场上缴获了敌人的电杆电线，可以分一部分送过来嘛。"

王站长高兴地说："那可太好了！"

朱德说:"外援是需要的,但更主要的还是靠你们自己开动脑筋,想尽一切办法克服困难。你们能把火力发电机改成水力发电机,我相信其他的困难也一定都能克服。"

王站长坚定地回答:"是,首长,我们会尽快把电送到各个机关单位。"

视察完电站后,朱德又命令司机前往井陉县的三十三兵工厂。车子在山间的土路上缓慢行驶,山脚下的层层梯田里都种着高粱和玉米,高大的秸秆在山风吹拂下左右摇摆着。滹沱河的支流小清河在山间流过。汽车拐过一处山坳的时候,一群野鸭从车顶飞过,向山南振翅而去。再往前行,只见一座小石桥下有十数只鸭子在河里凫水觅食。朱德喜好打猎,见到这个场面很是兴奋,忙喊司机停车,自己下车向桥边快步走去。

走到桥前大约几十米处,朱德停下。此时河面上的鸭子并未受惊,朱德欣喜,说:"小陈,把枪给我。"

陈开尧把手枪递给朱德,朱德对准鸭子瞄了瞄,却又把枪放下了。陈开尧不解地说:"朱老总,咋又不打了?"

朱德仔细看着悠闲觅食的鸭子说:"那些好像不是野鸭子。"

陈开尧说:"咋会不是呢,刚才不是有不少野鸭子飞到山那边去了吗,这些应该也是啊?"

朱德说:"野鸭子应该没那么大个儿。你扔块石头看看。"

陈开尧捡起一块石头向河沟处扔去。鸭子们嘎嘎叫了几声,向上游奋力游去,却没有一只飞起来。陈开尧感叹说:"哎呀,还真是家鸭子。朱老总,还是您眼尖,要不然跟老乡没法交代了。"

朱德笑着说:"这不是眼睛尖不尖的问题,而是心里面有没有老百姓的问题。这根弦要绷紧,伤害老百姓的利益那是绝对要不得的。"

说着两人返回车上,车子继续向兵工厂驶去。

吉普车在兵工厂大门口停住,陈开尧与朱德下车后左右望了望,就见这兵工厂建在山谷之中,地形极为隐秘。陈开尧走到门口的传达室,跟值班的一个年轻人说:"首长来视察你们厂,把门开一下,让汽车进去。"

那个年轻人打量了陈开尧一眼,说:"什么首长?有介绍信没?"

陈开尧说:"我们是临时决定来的,没开介绍信。"

年轻人说:"没有介绍信不许进。"

陈开尧不悦地说:"啥介绍信,首长来参观还要啥介绍信?"

此时朱德走过来,说:"哎,小陈,好好跟人家说嘛。"

陈开尧强压火气,又对年轻人和气地说:"同志,你看,这就是首长,请你……"

年轻人上下打量着朱德,说:"啥首长呀?这年月首长可多了,团长,还是师长?"

陈开尧火气一下子上来了,眼睛一瞪,说:"你到底开不开门?"

年轻人斜了陈开尧一眼,说:"没有介绍信就不开,这是命令!"

陈开尧火更大了,可是当着朱德的面又不好发作,只能大着嗓门说:"你……你睁开眼睛好好看看,这可是朱老总!朱总司令你总听说过吧?"

年轻人一怔,再次打量了朱德几眼,说:"朱老总我当然听说过,可我没见过。我们领导说了,兵工厂是军事重地,没有介绍信,任何人都不能进!"

朱德倒是欣赏这个年轻人的执拗,微笑着说:"小同志,我真的是朱德,我刚从沕沕水电站过来,就是想看看这个厂的生产情况。"

年轻人梗着脖子说:"老同志,不能你说是朱德就是朱德吧,我还说我是毛主席呢,谁信啊!"

陈开尧大怒,一把拽住他的衣领,说:"你……你再说一遍?"

年轻人瞪着陈开尧说:"你想干啥,还想打人是不?"

朱德伸手拉开陈开尧,说:"我看这个年轻人认真负责,是个遵守纪律的好战士。那好,我们就按人家的规定办,回去开好介绍信再来嘛。"

陈开尧说:"那咋行,这么远的路,还得……"

正说着,又一辆吉普车驶来。车子停下,一个身材高瘦的中年人从车上走下。这人正是晋察冀军区后勤部部长况开田。眼见朱德在大门口站着，况开田大吃一惊，慌忙上前说："哎呀，朱老总，您怎么来啦？"

年轻人听到况开田的话吓了一跳，没想到眼前这位老者真的就是朱德，急忙道歉说："哎呀，朱老总，对不起，对不起，我不知道……"

朱德拍了拍他的肩膀笑着说："哎，不要道歉，你做得很对，很好，我很佩服。"

况开田说："你是怎么搞的，连朱老总都不认识？挂着那么多朱老总的像，你怎么就……"

朱德笑着说："不要批评他嘛，你应该表扬他才是。你们这里是军事要地，如果不负责任，随便让人进出，那是要出大事儿的。"

况开田连连点头。这时那年轻人已经拉开了大门，朱德和陈开尧随着况开田走了进去。

兵工厂的车间内到处是繁忙的工作场面，叮当声不绝于耳。工人们大多在用手工操作。虽然车间内也摆着一些破旧的机床，但上面全都蒙着厚厚的尘土。由于没有电，机器无法运转，一点用处也没有。

朱德在况开田等厂领导的陪同下走进车间，边走边询问着生产情况："一天能造多少子弹、多少炮弹呀？"

况开田回答说："步枪子弹是每天四千多发，机枪子弹三千多发，炮弹八百多发。"

朱德说："不多啊，还不如当年井冈山的兵工厂造的多。"

况开田说："这个兵工厂是当年阎锡山建的，机器设备都严重老化，再加上没有电，很多用电的设备都没法儿用。这个量，还是晚上加班才……"

朱德说："看来，是电的问题影响了你们的生产。不过我要告诉你一个好消息，沕沕水电站马上就要发电了。"

况开田兴奋地说："真的？那可太好了！"

朱德说："到时候，给你们这里拉一条专用线，优先保证你们用电。"

况开田说："好呀，这下我们就能生产机枪、大炮啦。"

这时，有眼尖的工人认出了朱德，一下子叫了起来。工人们纷纷放下手里的活儿围了上来。朱德与大家一一握手，大声说："同志们，我代表毛主席、党中央看望大家来了！同志们，我晓得你们的工作很忙、很累，但是，我还是要向你们提出一点要求，希望你们加紧生产，产量再多一些，质量再好一些。我们的大反攻就要开始了，能不能打败蒋介石，那和你们的工作是密不可分的呀，你们可不能让前线的战士用山药蛋去砸敌人呀！"

众人大笑，随即又热烈地鼓掌。况开田说："总司令的话大家听清没有？"

工人们齐声高喊："听清了！"

况开田说："记住没有？"

工人们高喊："记住了！"

况开田说："那我们怎么办？"

工人们再次高喊："为了新中国，加紧生产！支援前线！"

看到工人们群情激昂的模样，朱德也很兴奋，大声说："好了，大家决心很大，我就放心了，都回去工作吧，我朱德长得不好看，没得啥子看头嘛！"

工人们笑着散去，叮当声又重新响起。

从这个车间出来，朱德提出再到装填车间看看。况开田却说装填车间太危险了，还是不要去了。朱德笑着说："工人都不怕危险，我怕啥子呀？越是第一线的工人同志，越应该去看望一下嘛。"况开田不好违拗朱德的意思，只好带着他和陈开尧向装填车间走去。

还没走到装填车间门口，车间的铁门突然打开了，一个年轻工人抱着一颗冒烟的炸弹冲了出来，边跑边喊："闪开！快闪开！要爆炸了！"

众人急忙闪开。陈开尧赶忙将朱德推到一旁，用自己的身体遮挡住他。同时况开田也喊道："总司令，快跑！往那边跑！"

但朱德却将陈开尧一把推开，镇定地说："不要慌嘛！我们一慌，工人们都慌了，更容易出问题。"

说话间，那个年轻工人已抱着炸弹从他们身边跑过，直奔向不远处的一口水井。况开田冲着他大喊道："小田，来不及了，快扔！快扔掉啊！"

小田对况开田的话充耳不闻，一直抱着炸弹跑到井边，将炸弹扔进井里，这才迅速卧倒。轰的一声巨响，井里掀起一股高高的水浪，溅了小田一身。这时一只大手伸过来，将小田从地上拉起来。

小田站起来，惊喜地看着面前的朱德，说："您是……朱总司令？"

朱德微笑着看着他，说："小伙子，你姓什么呀？"

小田立正，打了个敬礼，说："报告总司令，我姓田，叫田文顺。"

朱德表扬他说："小田同志，你很勇敢，我们都要向你学习呀。"

小田高兴地说："总司令别夸我了，这是应该的。"

朱德说："刚才到底是怎么一回事呀？"

小田说："哦，有两个零件对不上扣，我一使劲儿，扳子滑了，敲出了火星。"

况开田走上前说："我们的每一个零件都是手工制作的，精度达不到，很容易发生这样的事。"

朱德说："看来电的问题是个大问题啊。走，到车间去。"

朱德说着就向装填车间走去。小田急忙上去拦住他，说："总司令，我们车间太危险，你还是不要去了。"

朱德说："那怎么行？我刚刚还说要向你学习，不能一转眼就被危险吓倒嘛！"

视察装填车间的时候，朱德又郑重感谢了不惧危险、辛勤工作的车间工人。大伙儿都很受鼓舞，纷纷下决心说一定会加紧生产，更好地支援前线战场。

黄昏时分，朱德等人从车间里出来，一抬头，就看见不远处的山头上正有人在维修一座铁塔。朱德问道："哎，那山顶上是干啥子呢？"

况开田解释说："那是咱们新华广播电台的发射站。"

朱德好奇心起，说："哦，我们去看看。"

况开田说："朱老总，天都快黑了，还是别……"

朱德说："没关系，我们每天都要收听新华广播电台，现在到了发射站，不上去看它一下，划不来呀！"

朱德率先向山上走去，众人在后跟随。走到半山腰，况开田等人都已经气喘吁吁，朱德却气息平稳，步履依旧矫健，这不禁让况开田等人大为佩服。

到了山顶，负责维修的战士们都过来兴奋地与朱德握手。朱德指着铁塔问道："怎么了，它出啥子问题了？"

一个战士回答说："不是，没有出问题，这是新架设的差转站发射塔。新华通讯社从晋冀鲁豫解放区搬过来以后，需要一个更大功率的差转站。"

朱德笑着说："对对，功率是要大一些，越大越好，把我们党的声音传得更远，最好是让蒋介石听到、让美国人听到才好嘛。你们不晓得，前线的战士们听到你们的广播，那个高兴劲儿哟！我就亲眼看到好多个战士围着一个电台，收听你们的广播。听到你们的声音，他们就觉得离党中央不远了，就晓得哪一个战场又取得了什么样的胜利。你们的工作很有意义呀，我代表毛主席、党中央谢谢你们喽！"

再次与战士们一一握手之后，朱德这才下山而去。

回到西柏坡已经是第二天的午后。陈开尧给毛泽东送饭来的时候，就见薄一波正在与毛泽东交谈。薄一波是来请毛泽东书写《人民日报》的刊头的。知道薄一波来的目的后，毛泽东有些奇怪地说："哎，我记得前年是题写过的呀？"

薄一波说："对，是四六年的四月，我去延安的时候请您题写过。当时我还问主席，我们晋冀鲁豫机关报该叫个啥名字，主席说，就叫'人民日报'吧。"

毛泽东说："对，对，'人民日报'好。怎么，原来那个报头不好吗？是不是嫌我的字太丑喽？"

薄一波笑着说："不是不是，您提出要办大党校、大军校、大党报的要求，晋察冀边区机关报《晋察冀日报》和我们的《人民日报》合并，大家觉得性质不一样了，应该有个新的报头。"

毛泽东也笑了，说："嗯，也对，是应该要有一个新的开端。好，我写。"

陈开尧赶忙铺开宣纸，研好墨。毛泽东提起笔来，略一沉吟，一挥而就，写下"人民日报"四个大字。毛泽东看着自己的字说："怎么样？"

薄一波仔细看着，赞叹说："嗯，苍劲有力，太好了。不过，中间这两个字好像小了些。"

毛泽东解释说："我是这么想的：第一，这么写是为了好看，这四个字要两边大、中间小些看起来才平衡；第二，我说过，天大地大，人民最大，所以我把这个人字写得大了些。"

薄一波高兴地说："好，我回到报社，一定把主席的话告诉同志们，让大家知道这四个字的含义。"

毛泽东说："告诉报社的同志们，合并后的《人民日报》不仅仅是华北局的机关报，还是党中央的宣传阵地。要办好，要把人民放在第一位，内容要活泼，要实事求是地反映人民疾苦，反映基层的真实情况，这样我们才能了解人民的呼声。"

薄一波点头称是。毛泽东又问："报社现在在哪里办公？有多少人呀？"

薄一波说："编辑部搬到了里庄，离西柏坡不远。有一百多人，张磐石同志任社长兼总编辑。"

毛泽东点头说："嗯，张磐石是个好笔杆子。你告诉他，手中的笔不能停。秀才的笔也是打击敌人的好武器，有时候顶得上我们的一个野战军哪！"

39

华北人民政府将要在石家庄成立并召开大会，这个消息让张洪志等一众公安干警又紧张忙碌起来。先前几个敌特分子在公安局内部被杀，令张洪志、小曹等人都非常愤怒。尽管可以由此判断公安局内部潜伏着敌特分子，但连日的侦查却没有一丝头绪。与此同时，他们也感觉到现在处于一种敌暗我明的不利形势下，公安局的任何行动似乎都在敌人的监视之下。不过张洪志毕竟是久经考验的革命战士，在度过起初的迷茫期后，他发誓一定要把这个潜藏的敌特揪出来，于是一系列有针对性的计划和行动开始了。

这天午后，张洪志和小曹等人正在办公室里商议着下一步的行动计划，副局长王钧让人把他叫到了自己办公室，向他布置了一项新的重要任务："华北人民政府要在石家庄召开代表大会，我们二处负责会场周围的保卫工作，这可是件大事呀！"

"哦？开多少天？"张洪志吃惊地问。

"十几天半个月吧。"

"这么长时间？有多少名代表？"

"预计超过五百人。"

"哎呀，这么多人？眼下石家庄敌特分子还没有肃清，这么多代表，要开这么长时间，这……"张洪志皱起眉来。

王钧笑着说："总不能等我们把敌特分子都肃清以后再开会吧？"

张洪志说:"不不,我是说……把咱们整个公安局的人都投入进去,加上几个派出所,也才不到一百五十人,还有一些是机关的女同志,这能行吗?"

王钧说:"你说的这些情况,市委毛铎书记清楚,柯庆施市长知道,咱们局长更知道。用毛铎书记的话说,我们新中国的公安战士,就是要完成不可能完成的任务。柯庆施市长说,不仅要完成任务,还要确保万无一失。张处长,什么都甭说了,执行命令吧。"

"唉,我担心的是,这个消息要是被十九号知道了,他肯定要……"说着,张洪志注意着王钧的反应。

王钧却笑笑说:"也许这是一个机会啊,逮住十九号的机会。"

张洪志也笑了:"对呀!只要十九号有动作,我们就能逮住他!"

代表大会的会场设在火车站东侧的一处电影院内。负责会场安全的除了张洪志,还有已经担任市委委员的罗峰。罗峰同时也是华北人民政府的代表。这天午后,两人来到电影院检查会场布置情况。刚一走进前厅,就看到潘寿生和另一个工人正在修理一台发电机。只见他们摁下按钮,发电机立时发出巨大的轰鸣声,同时还冒出一股难闻的黑烟。

罗峰看到潘寿生已一脸苦相,忙上前询问道:"老潘,怎么样,这发电机能用吗?"

潘寿生摇了摇头:"这机器起码用了二十年了。你也听见了,噪声大,又冒烟。"

罗峰说:"是啊,这么大的烟,还有这声音,会影响里面开会的。"

潘寿生说:"那没办法呀,就这一台。最好是找台新一点的发电机,我怕这台机器随时都可能撂挑子。"

罗峰笑着说:"老潘,你是技术能手,我相信你肯定能让它安静地工作。"

潘寿生挠了挠头,只好说:"我……好吧,我再拾掇拾掇。"

罗峰笑着拍了拍他的肩膀，转身向礼堂内走去。张洪志忙快步跟上："罗主任，代表们的伙食也得……"

罗峰点点头说："我们安排了专门的检验员，厨师也都是挑出来的党员，不会出问题。"

张洪志又说："还有，你们得给每个代表发个牌牌，贴上相片，我们的人可是认牌牌不认人！"

"这还用说？我们正在制作代表证。"

一九四八年八月七日，华北人民政府代表大会正式在石家庄召开。为了保证会场的安全，张洪志特意从老首长傅崇碧处请调了五十名战士，安排他们穿着便衣保卫会场。一切都在有条不紊地进行着。

代表大会开到第二天的时候，有国军飞机试图来轰炸。然而敌机还没过元氏县，便遭到我军防空火炮的拦截，狼狈逃走了。同时，抓捕十九号及其下属的行动也开始了。

敌特分子引领飞机轰炸目标的方法依然是在目标物上悬挂醒目物件。这天中午的时候，一面大水银镜首先出现在会场电影院南侧的一间废弃仓库上。顺着仓库往南，水塔、铁路道口的房顶，也接连出现巨型水银镜，显然是敌特想利用水银镜的反光指引飞机轰炸。然而就在敌特分子布置这些水银镜的时候，早已对他们进行跟踪的公安战士突然现身，将他们全部擒获。

喽啰全部被擒，神秘的十九号尚不知晓，不过迟迟不见国军飞机的影子，还是让他开始担忧起来。其实他也早有预感，国民党的失败是不可阻挡的，但他还是想做垂死的挣扎。

到了这天傍晚时分，一个神秘的无线电信号开始出现在市区内，早有准备的公安局技术部门迅速侦测定位，最后确认信号是从休门街的裕民澡堂子内发出的。

一直焦急等待消息的张洪志与小曹立刻出动，但当他们赶到裕民澡堂子的时候,敌特分子已经毁掉发报机逃走了。看着发报机冒出的一股股青烟,张洪志直觉地判断敌人应该还跑不远,于是他命令小曹等干警在附近街道、商铺展开搜查,自己则围着裕民澡堂子寻找可能留下的线索。

就在张洪志绕了两圈仍一无所获的时候,他警觉地察觉到对面楼上有一处窗户的窗帘似乎动了一下,再看到对面大楼上"大华酒店"的招牌,张洪志一下明白过来。

喊来小曹等人将大华酒店外围都控制住后,张洪志独自走向了饭店的二○二房间。之前他已经在饭店前台查清楚了,这个房间被人长期租用,但却很少见那人过来居住。

推开二○二房间的门,只见王钧副局长就坐在正对面的沙发上,旁边一盏装饰华丽的落地灯亮着,映得他的脸一片惨白。张洪志并没有惊讶,这一切已经在他的预料内了。他缓缓地开口说:"王副局长,其实黑夜并不比白天更好走。"

王钧看着他,露出苦涩的笑容:"张处长,你们……赢了。"说完嘴角流出鲜血,缓缓闭上了双眼。

40

尽管已是八月底，但西柏坡的暑气依然没有消散。生性怕热的毛泽东干脆把河边的小树林当作了自己常驻的办公地点。这一天午后，毛泽东依旧来到河边小树林歇晌，值班的陈开尧则在不远处守卫。

起草了几份电报，毛泽东站起来伸了个懒腰。此时周恩来快步走了过来，毛泽东笑着说："恩来呀，害得你总要到这里来找我，真是不好意思呀。"

周恩来说："这里挺好，凉快，我也愿意来这里跟主席谈事情。"

毛泽东说："说吧，有什么事情？"

周恩来说："是关于转运在香港的民主人士的事情。刚收到电报说，钱之光他们租了一艘苏联货轮，昨日已经从罗津港出发，预计八月底到达香港。"

毛泽东说："叮嘱他们一定要小心，眼下正是刮台风的时候，还有国民党的监视和封锁，要想让我们的朋友离开香港，可不是一件容易的事。"

周恩来说："钱之光是个绝对可以信得过的同志，不会出问题。我来找主席，是想看看主席的意思，这些民主人士是到大连之后直接来我们这里，还是先到哈尔滨去？"

毛泽东说："眼下北平这一关还不太好走，沈阳的后方倒相对安全一些。我看还是让他们先到哈尔滨吧，这样更稳妥，更安全。"

周恩来说："对，我也是这么考虑的。不过，这些日子，平津地区的民主人士也纷纷来电,希望早日到西柏坡商议有关新政协事宜,我看不妨把他们其中的一部分人先接到西柏坡来。"

毛泽东沉吟了片刻,说:"好嘛,可以让胡愈之、周建人他们先来。等消灭了卫立煌集团,我看进北平也就指日可待了。到时候,说不定李济深他们可以直接到北平去了。"

周恩来说:"好,那就这样,从平津、上海先期来的民主人士,我们就直接接到这里,由城工部负责接待。城工部的李家庄距西柏坡也不远,来往也方便。"

毛泽东说:"好,告诉城工部要把接待工作做好做细致。这些大学者都是耿直之士,眼睛里可揉不得半粒沙子,不能怠慢了人家。"

周恩来说:"对了主席,北京军调处传来消息,傅作义前不久拜见了你的老师……"

毛泽东说:"他去拜见了符定一先生?"

周恩来说:"是。我想主席肯定明了傅作义的用意。"

毛泽东笑着说:"我看傅作义是醉翁之意不在酒呀。现在东北的局势一触即发,傅作义也感觉到了压力。未雨绸缪,识时务者为俊杰,他是在为自己的后路做准备。"

周恩来说:"主席说得没错,傅作义不是老蒋的嫡系,不会为老蒋陪葬。根据我们的情报,和傅作义是存在和谈的可能性的。"

毛泽东说:"和谈最好,能够和平解决的就不要打。北平是古都,打是下策,打成个烂摊子,对新中国不利,对我们不利。"

周恩来说:"不过,我们在外围还是要打几个大胜仗,作为和谈的筹码。"

毛泽东正与周恩来交谈着,远远的二丫与阎春草等几个妇女抱着洗衣盆走了过来。陈开尧不愿他们打扰到毛泽东的谈话,急忙上去阻拦:"二丫,你们小声点!到西边去洗吧。"

二丫见陈开尧走了过来,脸不由得红了:"陈连长,你……你咋在这儿……"

看到二丫羞涩的表情，阎春草一下子就明白了怎么回事，笑着打趣说："二丫，你脸红个啥？陈连长，你瞅瞅，二丫一见你脸就红了，你们……"

二丫羞涩地说："哎呀，春草姐，你瞎说个啥呀！"

阎春草说："我咋瞎说了？姐妹们，你们看，二丫这脸红得就像个柿子！"

众妇女哈哈大笑起来。眼看她们肆无忌惮地大声说笑，陈开尧更着急了，板起脸说："张二丫同志，请你赶快带着她们离开这里！"

众妇女看到陈开尧横眉冷对的样子都是一愣，又全都看向二丫。二丫心里发窘，同时对陈开尧的态度也不免有些生气，不满地说："陈连长，你……你就不能好好说啊？"

陈开尧把眼一瞪，说："我的话没听见呀？赶紧走！"

二丫哪知道陈开尧这是在值班，当下倔强的劲儿上来了，也瞪着陈开尧说："我就不走，咋的了？！"

阎春草拉了拉二丫的胳膊，说："二丫，咱们走吧，没准前边有他们男人洗澡呢！"

别的妇女都笑了，二丫却冷着脸说："你要是看不上我，就直说，用不着来这一套！"

陈开尧一看二丫误会了，急忙说："不是，我……二丫，我在执勤，你应该要体谅。"

二丫抱起洗衣盆快步向西走去。阎春草等人都不满地瞪了陈开尧一眼，嘟嘟囔囔地跟着走了。

回到中央机关大院，陈开尧想尽快去找二丫解释。刚走到小伙房门口，却被安子文叫住了，说是让他到王子村去接董必武回来开会。无奈之下，陈开尧只好跟车前往王子村。

华北人民政府代表大会的常务机关就设在王子村。陈开尧来到大院前，和门口的执勤战士说明来意后，他进到院内去等候董必武。隔着玻璃，陈开尧向堂屋看去，只见华北人民政府的几个委员正在举手表决。主持会议的聂荣臻最后激动地说："……好，全体通过！现在我宣布：董必武当选为华北人民政府主席；薄一波、蓝公武、杨秀峰当选为华北人民政府副主席！"

41

"锄禾日当午,汗滴禾下土……"机关大院里飘荡着孩子们的声音,那是中央机关小学的学生们在教室内读书。但在教室外不远,陈开尧却在心急火燎地追着二丫解释着:"二丫,你听我说嘛……"

二丫一脸委屈地快步朝小伙房走着,边走边说:"不听不听,你走吧。"

陈开尧说:"二丫,那天我真的是在执行任务,要不然我吃饱了撑的撵你们干吗!"

二丫气愤地转过身,两眼泪汪汪地看着他,说:"我不信!你就是瞧不起我!瞧不起也没啥,直说呀!用不着找碴儿来这一套!"

陈开尧急得直挠头发:"我……二丫,我真不是找碴儿,我为啥要找碴儿?我……总司令跟我说了,让我……让我……"陈开尧一咬牙,干脆大声喊了起来,"张二丫同志,我喜欢你!"

二丫怔住了,一时不敢相信自己的耳朵,皱着眉说:"你……说啥?"

陈开尧红着脸说:"我……我喜欢你,我想跟你……跟你……"

二丫的脸一下子通红,羞涩地说:"哎呀,快别说了,羞死个人了!"

二丫转身就要走。陈开尧上前拉住她的手,说:"二丫,我说的都是真的,请你相信我。"

二丫就像被火烫到了一样,一下子甩脱了陈开尧的手,说:"你干啥,在这大院里头,你也……"

"咋的?管他呢,你就说你是同意啊还是不……"

二丫羞涩地说："人家能说啥，你是领导，还不是你说了算……"

话到最后，几乎听不到声音。说完，二丫一扭身匆匆跑开了。陈开尧望着二丫的背影，脸上露出幸福的笑容。就在这时，有人在身后拍了拍他的肩膀。陈开尧一回头，身后站的却是刘少奇和邓小平。

刘少奇说："小陈啊，你看看，这是谁啊？"

陈开尧惊喜地说："哟，邓政委，您……咋会在这儿？"

邓小平说："怎么，我就不能来开个会？"

陈开尧挠着头说："不不，我不是那意思，我是说……自从您和刘伯承司令员挺进中原以后，我再也没见过您，我……我是高兴的。"

邓小平笑着说："小陈啊，刚才我看你在追人家女娃娃，是怎么一回事啊？"

陈开尧尴尬地说："是……我……那是二丫，在小伙房做饭的，我们……"

邓小平说："不要紧张嘛，男大当婚，女大当嫁，自由恋爱，很好嘛。"

陈开尧扭捏地说："是。"

邓小平将一个纸包递给陈开尧："我带了一些腊肉，你去交给伙房做了，让主席、刘副主席他们解解馋。"

陈开尧接过，说："好，我这就去。"

邓小平说："跟他们说，多放辣椒炒出来才香。"

陈开尧答应着，转身向小伙房方向跑去。

邓小平随着刘少奇来到毛泽东住处，只见毛泽东、周恩来与朱德正在楸树下坐着谈话。几个人一见到邓小平都十分高兴，纷纷上前与邓小平握手。毛泽东说："小平同志，你来得好啊，我们正讨论你们那边的战局呢。"

邓小平说："我这次来也是向主席汇报战况的。"

朱德笑着说："老乡，你倒是比别人来得早啊！"

邓小平说："董老知道我要来参加政治局会议，让我提前一些动身，到华北人民代表大会上讲个话，所以我就提前来了。"

周恩来说:"你的讲话稿我们都看了,讲得很好嘛。"

邓小平说:"主要是介绍中原战场的情况,给代表们鼓鼓劲儿。"

毛泽东说:"来来,坐下,坐下。"

邓小平说:"你们是不是正在开会哟?我还是过一会儿再……"

毛泽东说:"你来得正好,坐下,一起讨论嘛。"

众人落座。邓小平眼见任弼时不在,说:"任书记呢?"

周恩来说:"弼时同志的高血压和心脏病越来越严重了。他太不爱惜自己的身体了,我们让他多休息。"

朱德笑着说:"现在又多了一个糖尿病,医生强迫他休息,规定每天最多工作四个小时。"

周恩来说:"主席,你接着讲。"

毛泽东点燃一根烟,抽了两口,说:"最重要的是,我们的解放区扩大了、巩固了,土地改革的成效看到了。"

周恩来说:"现在解放区的面积已经达到二百三十五万平方公里,约占全国总面积的四分之一;人口已达到一万万六千八百万,占全国总人口的三分之一以上。"

刘少奇说:"这当中,有一万万人实行了土地改革。翻身农民生产热情很高,踊跃参军支前,这股力量是巨大的!"

毛泽东说:"形势很好,对我们很有利。在这种形势下,召开政治局扩大会议,可以统一全党思想,提高认识,为最终实现全国的解放进行一次全面的部署与安排,做好迎接胜利的各项准备。"

朱德说:"自从我们从延安出来以后,还没有开过一个全体会议呢。"

周恩来说:"全面的大反攻即将开始,开这样的一次会议有利于更好地协调各个战场的军事战略。"

刘少奇说:"现在华北人民政府成立了,它的成立不仅能够更有力地支持战争,还将为全中国解放后的政治、经济等各个方面的建设探索经验、培养人才,会议也要考虑到这个有利因素。"

正说着，陈开尧和二丫提着食盒走了过来。陈开尧大声说："首长，开饭了！"

朱德笑着说："好好，边吃边说。"

陈开尧和二丫将饭菜摆在磨盘上，最中间摆的就是那盘辣椒炒腊肉。毛泽东笑着说："二丫同志，我好像闻到有腊肉的味道啊？"

二丫指着那盘腊肉，不好意思地说："主席，我不会炒这个，没炒好，您看，黑乎乎的……"

毛泽东俯身闻了闻："嗯，还真是腊肉啊，哪里来的呀？"

邓小平说："是我带来的，不多，我知道你们这儿吃不到这个，带来让你们尝个新鲜。"

毛泽东笑着说："好啊，还是你邓小平晓得我们几个的口味儿啊！"说着夹起一片腊肉放进嘴里，品尝着，"嗯，好吃，好腊肉。哎，朱老总、少奇，你们吃啊！"

众人纷纷动起筷子，都吃得有滋有味儿。朱德说："好味道，就是咸了一些。"

二丫不安地说："我……我放了酱，放完才知道这肉是腌过的。"

朱德笑着说："我可不是怪你呀，不知者不为罪嘛。"

二丫这才轻松下来，和陈开尧一起离开了。

朱德对邓小平说："听说你们刚到大别山的时候，粮食紧张得很，现在怎么样呀？"

邓小平说："现在好多了。刚开始我们在后勤保障方面犯了一些错误，有些同志和老百姓争粮食，甚至还出现了抢粮的事情，今天我再次检讨。"

毛泽东说："你们及时制止了这股歪风，亡羊补牢，为时未晚嘛。"

刘少奇说："土改的复查情况进行得怎么样？"

邓小平说："我走的时候，基本上都已经复查一遍了。复查的结果令我们很震惊也很心痛。以前的土改很多地区不是蜻蜓点水敷衍了事，就是打击面过宽，伤害了中农。通过这次复查，重新分配土地近百万亩。我们准备在某些地区再进行二次复查,争取彻底解决问题。"

毛泽东说:"好,只有解决了老百姓的土地问题,你们的后勤才有保障嘛。"

邓小平点点头说:"是啊,现在土地改革的作用已经显现出来了,我们的日子也好过多了。"

42

这天是刘少奇与王光美结婚的大喜日子,然而机关大院内一如既往,并没有什么特别的不同。陈开尧和金路往刘少奇的卧室内抬进了一张单人床,与原有的单人床并在一起,就算大功告成。

都收拾好后,陈开尧去刘少奇工作的屋内向他汇报,但看到刘少奇专心工作的样子,又不敢打扰,便悄悄地想退出来。这时候刘少奇看到了他,说:"小陈啊,有事吗?"

陈开尧说:"也没啥事儿。刘副主席,现在是不是该去接王光美同志过来了?"

刘少奇一怔,这才想起今天是他与王光美结婚的日子:"哎呀,我倒忘了,多亏你提醒。小陈,交给你一个任务。你们到柏里村去一趟,把王光美同志接过来!"

直到这天晚上婚礼开始举行,机关大院才有了一点喜庆的气氛。院子东边的大柏树上本来挂着一盏电灯,只是还没通电亮不了,战士们便在旁边挂了几盏马灯,又在灯下摆了两张办公桌,蒙上一块大红绒布,这里便成了刘少奇和王光美的婚礼舞台。

在人们的簇拥下,有些局促的刘少奇和王光美走了过来。有人适时地打开了桌子上那台老式唱机,大喇叭里很快传出延安时期的歌曲。随着乐曲声,周恩来、朱德等人都走到空地中央跳起舞来,孩子们也在旁边追打嬉闹着，笑声阵阵。刘少奇站在又是喜悦又是紧张的王光美面前，向她伸出了邀请的手。王光美羞涩地一笑，和刘少奇加入跳舞的行列。

看到首长们难得轻松地欢歌热舞，陈开尧和警卫连的战士们也都很开心，一起随着音乐打着拍子。陈开尧还不时看向对面的二丫，恰好二丫的目光也看过来，两人的目光刚一接触，又赶紧避开。

这时，那盏电灯突然亮了，照得现场明如白昼，大家都欢呼起来。李讷跑到灯下看着发亮的灯泡，高兴地大叫着："噢，好亮啊好亮啊！"

朱德喜悦地说："这是我们自己发的电！我们有了自己的电了！"

周恩来笑着说："少奇、光美，你们看，这电早不来晚不来，在你们的婚礼上它就来了。这预示着你们夫妻两个恩恩爱爱，生活红红火火啊！"

王光美说："谢谢周副主席的祝福。"

刘少奇说："也预示着我们的道路越走越亮堂。"

"说得好，说得好！"朱德呵呵笑着，转头又对大家说，"静一下，静一下嘛。下面，我们欢迎刘副主席和小王给大家出个节目，好不好啊？"

众人一边喊好一边鼓起掌来。王光美看了刘少奇一眼，羞涩地说："表演个什么节目呀？"

刘少奇也很窘迫地说："朱老总给我出难题了，我……什么都不会……"

王光美说："我们一起唱个《南泥湾》吧？"

"这个我会……会唱几句。"刘少奇又看向众人，"大家知道，我这个人平时不会唱也不会跳，我们就……就给大家唱一首《南泥湾》吧。"

众人兴奋地连声喊好。刘少奇与王光美合唱了起来："花篮的花儿香，听我来唱一唱，唱一呀唱。来到了南泥湾，南泥湾好地方……"

歌声嘹亮，人人欢笑。此时此刻，大家的思绪仿佛又飘回到了延安。

43

中央政治局临时会议结束的当晚，西柏坡的打麦场上要放一场电影。天黑以后，打麦场上亮起了几盏电灯，宽大的银幕就挂在两棵树之间，银幕前面黑压压地坐满了人，有参加会议的部分代表，还有一些战士和工作人员，其余都是西柏坡的村民。因为是这辈子头一次看电影，村民们都很兴奋，吵吵嚷嚷的，搞得打麦场上像赶大集一样。

二丫和阎春草等妇女坐在一起。这时的阎春草肚子已经很大了，可为了瞅瞅新玩意，她还是不顾劝阻跑来了打麦场。二丫虽然就坐在几位妇女旁边，可她们聊天说的话却一句也没听进去，因为她一直在留神看着斜前方，那里陈开尧和榆儿正在说着话。

榆儿是和更生一起来的。看到两人，陈开尧心中五味杂陈，尴尬地说："更生？你怎么……榆儿，你……也来啦？"

榆儿摆弄着衣襟说："来了。"

更生笑着说："听说这边放电影，咱村好些人都来了。"

陈开尧磕磕巴巴地说："是……是啊，我……刚瞅见四愣他们了……哎，在那边。"

人群中，有人冲着更生招了招手，更生便匆匆和陈开尧道别离开了。榆儿看了陈开尧一眼，犹豫了一下，也还是随着更生走了。陈开尧呆呆地望着更生和榆儿的背影，片刻后突然感到有些不妥，回过头，就发现二丫正在注视着自己。他尴尬地对她一笑，连忙向投影机方向走去。

电灯熄灭，一道光柱打到银幕上，电影开始了。

电影开始不久，毛泽东与周恩来散着步走了过来，边走边说着话。周恩来神情悲痛地说："冯玉祥将军响应'五一口号'的号召，立即回国，在回国的途中，乘坐的客轮在黑海发生了大火，冯先生他……"

毛泽东听完，猛地吸了两口烟，走到一棵树边，伸手一掌狠狠击在树上，说："冯焕章虽然出身于旧军阀，可是他的世界观、人生观并不狭隘，在那些国民党元老中，他给我们共产党的支持最多。"

周恩来说："是啊，冯将军是真正的爱国将领，当年五原誓师，掀起了抗日的热潮。"

毛泽东说："新政协眼看就要召开了，焕章先生这个时候遇难，不能看到这一刻的到来，让人痛心，不胜唏嘘，不胜唏嘘啊……恩来，李济深他们出发了吗？"

周恩来说："还没有，正在做最后的准备。"

毛泽东说："冯先生的遇难给我们敲了警钟，无论是国民党特务追杀也好，还是天灾也好，我们可不能再听到有民主人士遇难的消息了！"

周恩来说："是的，我已经给钱之光、潘汉年他们发电，一定要做到万无一失，坚决保障民主人士的生命安全。"

毛泽东点点头。他本来还想看一会电影的，但听到这个消息后，再也没有心情了，便转身向中央机关大院走去。陈开尧远远看到，赶忙跟了过来，但毛泽东却向他摆了摆手，示意要他回去看电影。陈开尧于是向金路使了个眼色，金路默默地跟随在毛泽东身后，向机关大院走去。

陈开尧刚走回打谷场，迎面就遇上更生牵着榆儿的手走了过来。看到对面的陈开尧，榆儿急忙甩开了更生的手。陈开尧并没注意到这些，只是奇怪地问两人："咋不看了？"

更生说："那……那女的太惨了……"

陈开尧一笑，说："咳！对了，我爹还好吧？"

更生说："好着哩。"

陈开尧说:"黑灯瞎火的,你们道上注意点儿。"

更生说:"没事儿。喜子哥,你啥时候回村啊?"

"现在还没空,你们……你们赶紧走吧,甭太晚了。"

更生说:"这就走。你回村的时候可得言语一声啊。"

陈开尧说:"好。榆儿……我……前些日子我去石家庄,没见着你哥,他忙着哩。"

榆儿一撇嘴,说:"没见着你跟我说个啥呀?"

陈开尧有些尴尬地说:"我……我不是……"

正磕巴着,二丫和阎春草几人也走过来。陈开尧有些慌乱地向二丫招招手:"哎,二丫,你过来。"

二丫走到陈开尧跟前,说:"啥事儿啊?"

陈开尧说:"没……没啥事儿。啊,这是榆儿,这是更生,都是我们村的。"

二丫看着榆儿说:"榆儿?这名儿真好听。"

陈开尧又向榆儿介绍说:"这是二丫,我们……我们伙房的。"

榆儿询问二丫说:"你跟陈连长……"

二丫说:"啊,他是我的领导。陈连长,你老说带我去你们村,啥时候去呀?"

陈开尧说:"等……等忙过这一阵儿。更生,还不赶紧走?"

更生拉了一把榆儿,说:"走,榆儿,咱走了。"

榆儿和更生离开后,二丫也没再搭理陈开尧,与阎春草相伴向村西走去。路上,阎春草对二丫说:"二丫,瞅出来没?"

二丫一下没明白,说:"瞅出来啥?"

阎春草说:"你呀,傻子!你没瞅见陈连长跟那个……那个榆儿有啥?"

二丫说:"他俩能有啥?陈连长不是说了,一个村的呗。"

阎春草说:"你呀,赶明儿问问他。"

二丫说:"问他啥?"

阎春草说:"咳,你就问他,你跟榆儿是咋回事儿,瞅他咋说。"

正说着,阎春草突然觉得腹部一阵剧痛,弯下腰去。二丫关切地询问:"咋的,孩子又踢你了?"

阎春草说:"二丫,快,扶我回去,我……怕是要生了。"

二丫一听,连忙扶着阎春草到一处草垛旁坐下,自己快步向村西跑去喊人。

阎春草是难产,幸亏二丫及时叫来了朱仲丽大夫,这才母子平安。朱大夫成功地为阎春草接生下一个男婴,这让阎三齐感激不已,不住地感谢朱大夫,又感谢共产党。

有人欢喜就有人愁。这边阎三齐家大摆筵席,那边阎大头却又多了一肚子闷气,回家不免又狠狠地埋怨了一番李大脚。自打上次批斗事件以后,李大脚也有些怕了阎大头,任他怎么埋怨也不敢顶嘴了。

44

陈开尧给毛泽东送去晚饭的时候,毛泽东正在与朱德、任弼时开会。看到陈开尧放在旁边的那个包袱,毛泽东边吃边诧异地问道:"小陈呀,那个包袱是谁送过来的?"

陈开尧说:"是董老捎过来的,他说是东北老乡送给您的。"

毛泽东说:"打开看看,是啥子东西。"

陈开尧打开包袱,只见里面是一袭貂皮大氅、一双靴子以及一顶皮帽,另外还有一封信件。陈开尧将信递给毛泽东,毛泽东说:"你念念吧。"

陈开尧看了一眼信封,说:"是哈尔滨靠山屯翻身会寄来的。"说着撕开信封,拿出信来念道,"毛主席呀,没有您我们真得饿死啦!这回我们都翻身了,分了地,分了马,分了衣服、粮食,都有吃有穿也都抱团了。一定打倒大地主打倒反动派。眼看到了冬天,你那里很冷吧?给你捎去了一件皮大氅、一双靴子、一双毛袜、一顶帽子,这是我们的翻身果实,也是我们的一点点心意,请您收下吧。我们都想看看你,离的又这样远,也见不着你。请你把最近的照片给捎一张来吧。"

听着这朴素而感人的话语,毛泽东神情凝重,感慨地说:"这封信写得很简单,很质朴。它不是写给我毛泽东一个人的,而是写给我们中国共产党的。这是人民对我们的鼓励,对我们的信任。人民就是我们夺取政权、建立新中国的基础。"

朱德说:"我看要把这封信在明天的机关干部大会上念一念。"

任弼时说:"要念,要让大家知道我们的群众对我们是多么大的支持!"

吃完饭,毛泽东和朱德准备去河边散步。刚走到前院,就见周恩来快步走了进来。周恩来将一封电报递给毛泽东,说:"主席、朱老总,你们看看。我认为粟裕他们的作战计划是可行的,打下济南,就拔掉了蒋介石在山东的钉子。只是,这是一场攻坚战,是一块不好啃的硬骨头啊。"

毛泽东看了一下电报,说:"前线指挥员很重要,要选一个敢啃硬骨头的人。"

周恩来说:"主席心中是不是已经有合适的人选了?"

毛泽东说:"有一个。许世友,怎么样啊?"

听了此话,周恩来有些犹豫。朱德拿过电报看了看,没有发表意见。周恩来说:"许世友一直在蓬莱休养,没有参与前期的战役策划,他……"

毛泽东说:"粟裕和谭震林他们会以大局为重,这个不用担心,我看好许世友。"

周恩来说:"我不是担心粟裕他们,而是担心许世友愿不愿意出山。"

朱德说:"这个好办。许世友的脾气你们都晓得,要想让他出山,用不着请,用激将法最管用。我们就问他,王耀武很狂妄,没把你这个泥腿子许世友放在眼里,你敢不敢跟他较量一下呀?他肯定跳起来说,他王耀武算个屁!"

朱德的话把毛泽东和周恩来逗得哈哈大笑。毛泽东说:"许世友在胶东的部队里威望很高,由他担任指挥更能激发战士们的信心。"

周恩来说:"那就让许世友担任攻城总指挥,谁和他搭档啊?"

朱德说:"这个由粟裕他们决定就是了。"

毛泽东笑着说:"不,我还给许世友找了一个好搭档。"

朱德说:"哪个呀?"

毛泽东说:"王建安!"

此言一出,周恩来和朱德都愣了。朱德摆手说:"王建安?不行不行,

‘抗大出走事件’主席还记得吧？他们两个矛盾很深，听说许世友发了狠话，这一辈子不理王建安。你说，他们两个怎么能够搞到一起嘛！"

周恩来说："是呀，许世友脾气大，只怕这个弯子不好转哪。"

毛泽东说："王建安和许世友是我们的两员猛将，总是闹矛盾会影响到我们的革命事业。我就是想通过打济南这场战役，让他们两个尽释前嫌。"

朱德和周恩来听完，既钦佩又不无担心。朱德说："主席的用意是好的，可我还是有些担心。"

毛泽东说："许世友那个牛脾气，我是知道的，直来直去。只要王建安采取主动，他是不会不给面子的。"

周恩来说："主席的意思是……"

毛泽东说："把王建安叫来，我要亲自跟他谈一谈。"

王建安赶到毛泽东住处的时候，朱仲丽大夫正在给毛泽东输液。由于连日操劳，他患上了严重的感冒。刚把针管插进手背，就听到外边王建安的喊声传来："报告，王建安奉命报到。"

毛泽东大喜，急忙说："朱大夫，快给我拔了、拔了。"

朱大夫说："主席，这刚输上，怎么能……"

"王大将军来了，我要跟他好好说说。"说着毛泽东自己把针头拔了下来，冲着门外喊，"建安，进来吧。"

王建安一进来，眼见朱大夫正收拾着输液器械，惊讶地说："主席，您……"

毛泽东笑着说："不要紧，不要紧，坐下说。"

王建安从身后摸出两条美制"万宝路"香烟，递给毛泽东，笑着说："主席，我给你带了两条美国烟，您尝尝。"

毛泽东爽朗地笑着说："好好，美国人送的礼我是要收下的。路上还好走吧？"

王建安说："都是咱们的解放区，好走。"

毛泽东说:"我看你比在延安的时候胖了一些。"

王建安笑着说:"可能是美国罐头养的吧。"

毛泽东说:"知道我为什么把你喊来吗?"

王建安说:"是不是要打硬仗?"

毛泽东说:"不愧是虎将啊,专找硬仗打。"

说着,毛泽东站起来,走到地图前,王建安跟着走过去。毛泽东说:"这次请你来,是要交给你一个重要的城市攻坚任务。此役关系重大,必须取胜。"

王建安说:"主席指的是……"

毛泽东的手指向地图上的济南,那里用红色铅笔圈着,说:"济南!"

王建安一愣,不解地说:"济南?让我……"

毛泽东说:"对的,就是你。我要你捣毁蒋介石在山东的巢穴!"

王建安当即立正敬礼,坚定地说:"我没有意见,服从军委的决定!"

毛泽东说:"经军委研究,你回山东去,到山东兵团,做好解放济南的准备。许世友任山东兵团司令员,你任副司令员,怎么样啊?"

毛泽东一边说,一边留意观察着王建安的反应。王建安又是一愣,说:"世友?"

毛泽东笑着说:"怎么,你不同意吗?"

王建安急忙摆手说:"不,我……我是担心……"

毛泽东说:"担心你们两个水火不容?"

王建安说:"世友一直因为延安那件事记恨我,他会不会……"

毛泽东说:"你是怎么想的呀?"

王建安说:"我当然想和世友说清楚,尽释前嫌。毕竟我们两个在红四方面军的时候情同手足、生死与共,有那么深的交情。"

毛泽东说:"对嘛。许世友在胶东部队很有威望,你在鲁中、鲁南也很有名气,你们是山东二虎。有人说两虎难并立,我却说是孤掌难鸣。你们两个手要击得响,同心协力,那我们的战士就会跟着你们赴汤蹈火!"

王建安信心满怀地说:"请主席放心,我一定协助许司令员打好这一仗!"

毛泽东说:"军中无戏言!"

王建安说:"军中无戏言,我愿意立下军令状。"

毛泽东说:"军令状要有。不过中央的精神是,整个战役争取一个月左右打完,但是必须要有打两到三个月的准备。"

王建安拍着胸脯说:"主席,您放心,肯定用不了那么长时间!"

毛泽东说:"军中无戏言啊,要知道,你们两个都是我毛泽东点的将,这一次我们三个人合演一出《失街亭》。"

王建安没明白,说:"主席,您是说……"

毛泽东说:"如果打不下济南,先斩他许世友,再打你四十军棍。我呢,向中央请罪,官降三级。好不好啊?"

王建安说:"打不下济南,我愿意挨这四十军棍。不过请主席放心,这四十军棍打不到我的屁股上。"

毛泽东笑着说:"希望我也不要官降三级哟!走,我们去跟恩来说说。"

二人边走边说,出了房间。

尽管入了秋,可秋老虎的余威还是热得让人受不了。这天午后,毛泽东照例要到河边林子里去办公。刚一出院子门口,就见李讷哭着跑了过来。毛泽东蹲下问:"哎哟,大娃娃,怎么回事儿呀?"

李讷委屈地说:"任远远不让我骑他的自行车……"

"哦?"毛泽东抬起头,只见任弼时的小儿子任远远推着一辆小自行车在不远处站着,噘着嘴,想过来解释却又不敢。毛泽东招招手,说:"任远远,你来,过来呀。"

任远远推着自行车过来,说:"毛伯伯,李讷她……这自行车是我从延安带来的,她根本不会骑,我怕摔坏了。"

毛泽东笑着说:"哪个不晓得这自行车是你的宝贝呀?大娃娃,你还小，等你长大了，远远哥哥就让你骑了。"

李讷撒娇说："我想骑嘛，我想骑嘛……"

毛泽东说："哎呀，这个矛盾很难解决呀。你们看这样行不行？任远远，你就让小妹妹推一下，你在后面扶着，这样就不会摔坏了，好不好啊？"

任远远点点头，说："好吧。"

李讷破涕为笑，从任远远手里接过车把，两人高兴地推着自行车向西院跑去。毛泽东说："好了，矛盾解决了。小陈，我们走。"

身后的陈开尧佩服地说："主席，您对孩子真有耐心。"

毛泽东说："孩子是国家的未来嘛。大人可以受些委屈，孩子们是不能受委屈的。"

正说着，周恩来从机关大院内快步追了过来，高兴地说："主席，主席。"

毛泽东回头说："恩来呀，是不是济南战役打响了呀？"

周恩来说："看来主席是又做了个好梦哪。"

毛泽东笑着说："是呀，昨天我做了个梦，梦见我站在济南城头作诗赋词呢。"

周恩来笑着说："不过主席肯定没有梦到这王建安一回山东就直接去找许世友了。"

毛泽东说："哦，他们不会又要吵架吧？"

周恩来说："没有，他们两个啊，就好像什么都没有发生过，一见面就干了几瓶高粱酒。"

毛泽东笑着说："好嘛，这两个人的酒量都很大嘛。恩来，有关济南战役的进展，要随时告诉我，就是睡着了，也要把我叫醒。"

周恩来说："好，我知道济南这一仗在主席心里的分量。对了，你的感冒怎么样了？"

毛泽东笑着说："刚才还有些咳嗽，现在完全好了。"

两人正说笑着，董必武走了过来，远远地和两人打着招呼。毛泽东说："哦，董老，你这是要去哪儿呀？"

董必武笑着说："找你嘛，家里找不到，这不正要去河边呢。"

毛泽东说："你看，我这毛病实在不好，让你们都劳累了。"

董必武说："这样也好，我们也锻炼身体嘛。对了，这次政治局扩大会议上，提出了金融工作、货币发行先统一的要求，我想汇报一下中央银行的筹备情况。"

周恩来说："我记得去年也是这个时候……"

董必武说："对，比现在稍晚一些，去年的十月份。"

周恩来说："对，是十月份，我们还在陕北的神泉堡，你们来电提出成立统一的中央银行，当时我们认为条件还不成熟，早了一点。"

毛泽东说："是心急了一些，但是中央要求你们的筹备工作可以先搞起来。"

董必武说："我正是要说这件事。按中央的意见，我们从各个解放区和华北银行、北海银行、西北农民银行抽调了一批专家，成立了中央银行筹备处，就设在离这里不远的夹峪村。去年十一月份，石家庄解放后，筹备处搬到了石家庄。经过将近一年的筹备，我们认为成立统一的中央银行的条件已经成熟。"

周恩来说："是呀，战争的进展很快，对经济工作也提出了新的要求，我看还是要尽快统一起来。"

毛泽东说："我在这次会议上提出金融工作、货币发行先统一，就是为了更好地支援战争。成立中央银行，发行统一货币，已经是当务之急了。你们准备在什么时候挂牌营业呀？"

董必武说："新年的元旦，怎么样？"

毛泽东说："嗯，新年伊始，万象更新，把旧政府的旧银行、旧货币打扫干净，迎接我们的新银行、新货币，很好嘛。"

周恩来说："元旦是可以的，不能再拖了。我们夺取的大城市越来多，人口也越来越多，急需统一的货币。只是时间太紧，只有三个多月的时间，来得及吗？"

董必武说："这个你们放心，各项准备工作都做好了。我问过南汉宸，他说明天挂牌都可以。"

毛泽东兴奋地说："那好，统一的中央银行就定在一九四九年元旦开张！"

45

　　担任财经委员会副主任的南汉宸将几张钞票版样的设计图案拿出来放到桌上，董必武戴上老花镜，一一认真地审视起来。这几张钞票的样张正面都有毛泽东的头像，但图案上应该写字的地方却还都空着。董必武有些诧异地问："我看图案没有问题，这些字怎么还没有写上去啊？"

　　南汉宸微笑着说："今天我来，就是请董老写字的。"

　　董必武摆手说："我的字不太好，还是请林老他们来写吧。"

　　南汉宸说："您太谦虚了，谁不知道您写得一手好字啊！您的字在党内是有口皆碑的，您就写吧。"

　　董必武点点头说："那好，我写。这是一件严肃的事，我要好好写。写好以后我给你们送到石家庄去。"

　　南汉宸说："不不，两天以后我派人来取。"

　　董必武说："用不着。会议结束了，我也正好要去石家庄，向大家传达会议精神。"

　　南汉宸说："那好吧。董老，我先走了。"

　　董必武起身送南汉宸出门，说："等把全套钞票都设计好了，再交给中央审阅。"

　　两人走到门口，正好遇见毛泽东和陈开尧从门前路过。毛泽东一见南汉宸，惊喜地说："哟，南汉宸，你什么时候来的呀？"

　　南汉宸说："下午来的，我把新钞票的设计版样图案送来，请董主席题写行名。"

毛泽东说："对对，董老是前清的秀才嘛，他的字好。董老说，新年的元旦就可以使用我们的新货币了，怎么样，来得及吧？"

南汉宸说："来得及。纸张已经从山东买回来了，准备送到佳木斯去印刷，那里有个印钞厂，被咱们完整地接收了下来。"

毛泽东笑着说："好好，我就等着看我们自己的钞票喽。"

送别南汉宸，吃罢了晚饭，董必武一边研墨，一边看着钞票样板上的空白思索。片刻后墨已研好，他戴上老花镜，但一时还是想不好如何下笔。这时候夫人何莲芝披着件夹衣进来，将手里的一杯茶水放到桌上："还没有下笔啊？"

董必武说："这个南汉宸，给我出这么大的题目，要我献丑啊。这是新中国的货币，字迹不能潦草，应该端庄、规整。"

何莲芝说："来，我给你再研研墨，你再好好想想。"

董必武将墨杵交给何莲芝，自己拿起设计图纸，一边在屋里踱步，一边认真看着、琢磨着。何莲芝一边研墨，一边望着董必武的身影，昏暗的灯光下，董必武的身形显得更消瘦了。

思考了约莫一袋烟的工夫，董必武突然兴奋起来，大声说："有了！"

他坐到桌前，抓起毛笔，蘸好浓墨，略一停顿，在宣纸上工工整整地写下"中国人民银行"六个柳体大字。董必武笑着说："老伴儿，你看看，怎么样？"

何莲芝歪过头，认真地看了看，笑着说："我不懂，不过看着不错。"

版式设计好后，董必武将初稿交到了毛泽东手里。毛泽东认真地看着。董必武就站在毛泽东身旁，看到他紧锁眉头的样子，心里有些不安，担心自己的字让毛泽东不满意。董必武问："润之，怎么样？"

毛泽东摇摇头说："不好。"

董必武一愣，说："看来我的字还是不入你毛润之的法眼呀。"

毛泽东摆摆手说:"我不是说董老的字,这字非常好,我是说不能把我的头像印上去。"

董必武说:"主席,在货币上印刷领袖的头像,这是国际惯例。以前银圆上印的都是袁世凯、孙中山的总统头像,这……"

毛泽东说:"票子是政府发行的,不是党发行的。我现在是党的主席,不是政府主席,因此不能印啊。"

董必武点点头,说:"我知道了,我让他们重新设计。"

当天下午,董必武便赶到了石家庄中央银行筹备处。此时,筹备处的几个负责人南汉宸、姚依林等正在商讨印刷事宜。董必武走进来,没有直接说毛泽东的意见,而是先询问了印版的问题。南汉宸说:"钞票要送到佳木斯印刷,中间还有很多敌占区,安全的问题很重要。董老能不能跟聂司令沟通一下,派部队护送?"

董必武说:"哦,这个问题不大。不过现在有了些变化,主席不同意把他的头像印上去,需要重新设计。"

南汉宸与姚依林都很吃惊,姚依林说:"这……各个国家的中央银行都……"

董必武摆摆手说:"道理我都讲了,主席考虑得很周全,他还不是政府的领导人,当然不能印到钞票上,你们要重新设计。"

南汉宸说:"那票面上改成什么图案呢?"

董必武说:"这个在来的路上我想了。人民币,是人民自己的货币,我们发行人民币就是为了搞好生产、促进流通,那就以反映解放区人民工农业生产为主吧。"

南汉宸思索了一下说:"好吧,让我们的设计人员到周围的工厂、农村去走走看看,争取尽快拿出新的设计方案。"

董必武说:"对嘛,艺术离不开生活,离不开实践。相信你们多走走,多看看,会有很多启发。货币是老百姓日常生活中离不了的,同时也是一个很好的宣传品,你们要开动脑筋呀!"

南汉宸说:"是。我们会尽快拿出几套样稿来,到时候再请您过目。"

董必武说:"还有一点你们要特别注意,人民币是新中国的货币,我们是独立自主的国家,在票版的正面和背面,除了必要的阿拉伯数字,一律用中文,不要像某些货币那样掺杂着英文字,这样不好。"

南汉宸说:"这没有问题。"

董必武看着他,说:"这样一来,我们的时间更紧张了。"

"您放心,我们会抓紧时间的!"

46

收音机里正播送着《兄妹开荒》这首歌曲，但还没放到一半儿突然停了，清脆的女播音员的声音传了出来："新华广播电台，新华广播电台，现在播送最新消息：我英勇的人民解放军已经攻克济南外城防线，正在向城内挺进。再播送一遍：我英勇的人民解放军已经攻克济南外城防线，正在向城内挺进……下面请继续收听歌曲《兄妹开荒》……"

毛泽东、周恩来和朱德一起听完这段广播，都异常高兴。周恩来说："许世友、王建安果然是两员虎将啊。"

朱德说："主席点将点得好。现在看来，解放济南要不了好多时间，军委给他们一个月的时间，太保守了。"

毛泽东说："我听说，战前制订计划的时候，聂凤智同志提出十五天就可以拿下济南，当时很多指挥员不以为然。现在看来，十五天内结束战斗，是很有可能的。"

正说着，歌声再一次中断，女播音员的声音又一次响起："新华广播电台，新华广播电台，现在再次插播来自济南前线的最新消息……"毛泽东等三人的神情再次专注起来。周恩来把音量拧大，女播音员的声音更清晰了，"我英勇的人民解放军已经攻克济南，已经攻克济南！济南解放了！再播送一遍：我英勇的人民解放军已经攻克济南，已经攻克济南！济南解放了！……"

这条胜利的消息让毛泽东等人都不敢相信。朱德说："这么快？"

周恩来关掉收音机说:"蒋介石在山东的钉子拔掉了,我们又多了一座大城市呀!"

毛泽东摸出一颗烟,点燃,说:"这一口烟,是胜利的烟,好香呀!朱老总,你是不是又要作诗呀?"

朱德笑着说:"要写,要写。"

周恩来说:"我去通知乔木,让他起草社论,庆祝济南解放的社论。"

周恩来转身就要走,毛泽东又叫住了他,说:"哎,不着急嘛。我想喝酒,把少奇、弼时他们都喊来,咱们一起喝酒庆祝。"

朱德和周恩来也都说好,三人出门向小伙房走去。

胜利的酒宴虽然只有简单的三两个小菜,但几个人却喝得十分惬意。毛泽东举起酒杯大声说:"政治局扩大会议统一了认识,制定了下一阶段的方针路线,现在济南又解放了,好事连连哪!"

周恩来说:"照这样的速度,我看全国解放很可能比我们预计的还要提前。"

毛泽东说:"对外宣传还是要准备长期作战,不要像蒋介石那样,先说几个月消灭我们,不能实现就再说几个月,再不能实现就又说战争才开始。"

朱德说:"济南解放了,下一步就看林彪他们的了。"

任弼时说:"现在,东北野战军通过开展诉苦和三查的新式整军运动,战士们正斗志高昂。"

刘少奇说:"经过土改,农民分得了土地,掀起了送亲人参军的热潮,后勤保障也没有问题。"

朱德说:"东北野战军已经完成了向'大兵团,正规化,攻坚战'的转变,已经把敌军分割包围在长春、锦州等几个孤立的大城市中,打大胜仗的条件已经成熟了。"

毛泽东说:"林彪他们能够改变最初的想法,同意军委的意见,放弃长春,南下北宁线,这样就能够做到关门打狗。"

几人正说着，陈开尧推门走进来。他手里拎着一个篮子，里面装着十几个金灿灿的鸭梨："主席，用这个下酒吧，可新鲜了，我都洗好了。"

毛泽东接过一个正要吃，却又停下了，问："哪里来的呀？"

陈开尧说："这是从周副主席院里那棵树上摘的。后沟那一棵结得更多，等一会儿我们……"

毛泽东把梨放到桌上，说："你这个陈开尧，又违反纪律，还拉着我们一起违反纪律。"

陈开尧纳闷，说："主席，这梨树长在咱们院里，咋就……"

毛泽东说："这梨树是你栽的？"

陈开尧说："不……不是。"

毛泽东说："我们在这里只是借住，是客人，这房子、梨树、鸡窝、磨盘都是人家房东的。没有经过人家同意，我们不能擅动。"

任弼时说："其他同志是不是也摘了人家的梨呀？"

陈开尧说："我……我摘过一个，给二丫了。金路也摘过……"

任弼时说："真是乱来！不拿群众一针一线，你们是怎么遵守的？"

毛泽东说："上次我让你打听村口那些被马啃了的树是谁家的，赔了人家没有啊？"

陈开尧说："是三齐大爷家的，已经赔了。"

朱德笑着帮陈开尧说情："每天看着这些梨子，确实很有诱惑嘛。"

毛泽东严肃地说："你们明天把梨子全都摘下来，给房东送过去，要不然挂在树上，会有更多的人违反纪律。"

陈开尧答应着，赶忙转身出去了。

收罢了梨子，陈开尧将一大筐鸭梨送到了阎三齐家。可说死说活，阎三齐就是不肯收："陈连长，这梨你要是不拿走，我跟你急！"

陈开尧为难地说："三齐大爷，您就收下吧，可别再让我犯错误了。"

阎三齐说："这咋就犯错误了？要不是你们，我家春草就死了，小外孙也活不成。你说，我该咋谢你们？"

陈开尧说："不用谢，那是我们应该做的。"

阎三齐说："你们应该救人，那我把梨留给你们就不该了？"

陈开尧说："三齐大爷，这梨我真的不能带走，我已经被首长们批评了。"

阎三齐说："我去找你们首长，我就不信，老百姓送几个梨都不让吃，这成啥了！"

说着阎三奇就要走。陈开尧连忙拦住，说："大爷，您甭去，去了也没用。"

阎三齐无奈地说："这……你说说，这……"

两人正说着，里屋传出婴儿的哭声和阎春草哄孩子的声音。陈开尧借机岔开话题："小家伙挺好的吧，起名儿了没？"

阎三齐说："还没，春草说，要等他爹回来起哩。"

陈开尧笑着说："他爹回来指不定多高兴呢。"

阎三齐说："说的是哩……哎，这梨我收下，你拿点韭菜走，刚割下来的。"说着，从一旁拎起一捆韭菜递给陈开尧。

陈开尧忙摆手说："不不，我不……"

阎三齐不高兴地说："你要不拿，我扔大街上去！"

"那……好吧，这韭菜我收下，可这梨大爷您得收下。"

陈开尧拎着韭菜回到小伙房，要二丫包些韭菜馅包子给首长们吃。二丫接过韭菜说："陈连长，这韭菜是三齐大爷给的吧？"

陈开尧说："你咋知道？"

二丫说："你刚从三齐大爷家回来，那还能是别人家给的？"

陈开尧笑着说："你倒是猜得没错。"

二丫说："陈连长，梨的事儿你都让主席批评一次了，这……韭菜……"

陈开尧苦着脸说："这韭菜是三齐大爷硬塞给我的，我要是不拿，他真跟我翻脸呀！我……总不能偷偷扔了吧？"

"那……可这主席要是再问起来,咱该咋说?"

"别想那么多了,都已经拿回来了,甭让首长们知道就是了。"

"那怎么行,那不是欺骗首长吗?"

陈开尧挠头说:"这……这咋是欺骗呢?这不是没法儿吗!"

二丫看着陈开尧着急的样子,不再多说,接过了韭菜。陈开尧看着二丫,突然说:"二丫,我觉得……你的思想觉悟进步很快,应该要求入党。"

二丫一愣,说:"我?入党?"

陈开尧说:"咋的,你不想?"

二丫说:"想,我想,可我不够条件。"

陈开尧说:"按现在的情况,你离党员的要求是还有一定的距离,但要求入党可以更好地督促自己进步。"

二丫说:"我……不行不行,跟毛主席比,我还差得远。"

陈开尧一下乐了出来:"你当然不能跟毛主席比,你得……"

二丫认真地说:"跟周副主席和朱老总比,我也不行啊。"

"你……你不能跟首长们比,谁都不能跟首长们比,但你可以用普通党员的标准要求自己,争取尽快达到标准。"

二丫点点头说:"那……行,我要求入党。"

陈开尧说:"那就赶紧写个入党申请书,交给支部,让他们……"

"入党申请书?我不会写呀。"

陈开尧说:"我帮你写,但说的得是你的心里话。"

二丫感激地说:"行。"

陈开尧笑笑,转身快步出去了。二丫望着他的背影,眼神里满是笑意。

47

这天午后,毛泽东、周恩来、刘少奇和朱德在地图前研究着战情。周恩来说:"东北野战军占领义县、高桥、塔山、兴中、绥中、昌黎,将范汉杰集团分割在锦州、锦西、山海关三个地区,并封锁锦州飞机场,完成了对锦州守敌的包围。但是这并不能说明我们将东北的门完全关上了,蒋介石亲自到沈阳来,这就证明他要做最后的一搏。"

朱德说:"应该立即电令林彪他们做好防范敌人反扑的准备。"

陈开尧拎着暖壶进来给他们倒水,在他身后,叶子龙拿着一份电报也快步走进来:"报告主席、周副主席、刘副主席、朱老总,最新情报,蒋介石命令廖耀湘组成西进兵团,包括五个军的十一个师以及三个骑兵旅,计十万余人驰援锦州,目前已经对彰武与新立屯形成包围。"

听到这份报告,气氛顿时紧张起来。毛泽东拿出烟卷点燃,吸了一口,眼睛一直盯着地图。刘少奇说:"现在蒋介石从沈阳和葫芦岛对锦州形成合围之势,这对林彪他们是个考验呀。"

周恩来说:"是呀。在原定攻打锦州的预案中,因锦西、葫芦岛方向敌人兵力不强,林彪将注意力主要集中于沈阳方向。在兵力部署上,除了集中主力准备攻打锦州,可以将战斗力更强的第五、第六和第十纵队摆在沈阳以西及以北的彰武、新立屯、黑山、大虎山一线,准备迎击沈阳出援锦州的敌军。而在锦西、葫芦岛方向,只放了一个战斗力不算太强的第十一纵。"

朱德说:"这个情况很严重,林彪会不会动摇决心呀?"

话音刚落,外面又传来参谋主任刘长明的报告声。朱德喊他进来。胖胖的刘长明走进来,手里又是一个电报夹:"首长,东野的电报。"

刘长明将电报交给周恩来。周恩来看了一下,说:"最担心的事情发生了,林彪的决心果然动摇了,他又想回过头打长春。"

毛泽东连忙将电报接过去,越看眉头皱得越紧。朱德说:"犹豫不决是兵家大忌。明明已经完成了对锦州之敌的包围,又要回过头打长春,他们是怎么想的嘛!"

毛泽东将电报递给朱德,点上一支烟,深吸了一口,皱眉思索。周恩来说:"应该给林彪发电,让他坚定打锦州的决心。"

毛泽东说:"我来起草电文。"说着走到桌前,提笔写起了电报内容,龙飞凤舞的字迹很快跃然纸上。他写道:"(一)你们应利用长春之敌尚未出动、沈阳之敌不敢单独援锦的目前紧要时机,集中主力迅速打下锦州,对此计划不应再改……"

短短的几天时间内,毛泽东一连给林彪发去了四封电报,坚决要求林彪兵团执行中央军委命令,围攻锦州。毛泽东重点强调说:"……丢了锦州不打,去打长春。除了前电所述之理由,假定你们改变方针打下了长春,你们下一步还是要打两锦,那时,第一,两锦敌军不但决不会减少,还可能增加一部,这样,将增加你们打两锦的困难;第二,目前沈阳之敌因为有长春存在,不敢将长春置之不顾而专力援锦,你们可利用长春敌人的存在,在目前十天至二十天时间(这个时间很重要),牵制全部至少一部分沈阳之敌。如你们先打下长春,下一步打两锦时,不但两锦情况变得较现在更难打些,而且沈敌可以倾巢援锦,对于你们攻锦及打援的威胁将较现时为大。因此我们不赞成你们再改计划,而认为你们应集中精力,力争十天内外攻取锦州,并集中必要力量于攻锦州同时歼灭由锦西来援之敌四至五个师。只要打下锦州,你们就有了战役上的主动权,而打下长春,并不能帮助你们取得主动,反而将增加你们下一步的困难……"

就在毛泽东准备启程前往李家庄探望民主人士胡愈之等人的时候，叶子龙再次送来了东野的来电。毛泽东接过看后，这才如释重负："林彪他们总算坚定了打锦州的决心了。他们只动摇了两三个小时，却把我搞得坐立不安呀！"心情舒畅的毛泽东看向周恩来，"恩来，我们骑马去李家庄怎么样啊？"

周恩来说："好呀，骑马可以锻炼身体嘛。"

毛泽东又对陈开尧说："小陈，我的大青马还好吧？"

陈开尧笑着说："好呀。主席可好久没骑马了，大青马都想您了呢。"

几人骑马赶到李家庄统战部大院外，只见胡愈之、周建人等民主人士已经在院门口迎接毛泽东的到来。毛泽东等人翻身下马，胡愈之等人迎上来，双方热情握手。胡愈之说："本来我们想着安顿好之后去看毛主席，没想到您倒先来了。"

毛泽东笑着说："我是这里的地主，你们是客人，哪有让客人去看主人的道理嘛。本来应该早些来看望你们的，可是最近太忙了。"

说着，一行人走进院子，分别在石桌前坐下来。一名勤务员过来，在石桌上放了两盘红枣。毛泽东招呼说："来，大家吃枣子。这是新打下的枣子，平山县是个产枣子的地方。"

周恩来起身，抓起枣子给众人分发，笑着说："除了枣子，这里还有柿子、核桃、栗子。"

胡愈之说："听说这里还有一种酒很是厉害，不知毛主席可听说过？"

毛泽东说："我很少喝酒，不知道你说的是什么酒。恩来呀，这酒你应该知道吧？"

周恩来说："胡先生说的是不是用枣子酿的呀？那种酒酒性很烈，连衡水的老白干都比不得呀。"

陈开尧插口说："对，我们本地人把这酒叫枣木杠，烈得很。"

吴晗笑着说："一方水土不仅养一方人，看来这一方水土还酿一方酒。这枣木杠怎么个烈法，今天一定要尝尝。"

大家都笑起来。周恩来说:"主席今天来,主要是看看大家。至于政协会议的事情,我们可以先局部地谈着,等李济深、沈钧儒他们来了我们再深入。不着急,时间多得很,大家好好在这里住下来,虽然条件差一点,不过也有好处,那就是没有老蒋的特务骚扰我们。"

毛泽东说:"老蒋的特务也来过,不过都是来投诚的。"

大家再次哄笑。胡愈之说:"先前您在讲话中说,赢得全国胜利的时间从现在起还要两年,我看您的说法保守喽。"

毛泽东感兴趣地说:"哦,胡先生说说看,我怎么保守了?"

胡愈之说:"在我看来,胜利时间不需要两年。"

毛泽东说:"哦,胡先生的依据是什么?"

周建人笑着说:"来的路上,胡先生就给我们分析了一番,我们都认为很有道理。老胡呀,你就别卖关子了,快跟主席说说。"

胡愈之说:"也只是我的个人看法,难免有主观的地方。我是这么分析的,主席说起码要两年,主要是从军事角度分析的。可是军事形势只是政治态势的一个方面,是充分条件而不是必要条件……"

吴晗说:"老胡,你就别卖你那一套逻辑了,你就直说嘛。"

毛泽东说:"不要紧,胡先生把逻辑关系摆出来,更能说明问题。"

胡愈之说:"除军事形势外,还有一个人心向背的问题。国民党不仅军事上崩溃了,就现在的情况来看,经济上也已经处于崩溃的状态。经济一崩溃,人心的崩溃就不可避免。人心一崩溃,那国民党在各个方面都将是一泻千里,完全崩溃。"

毛泽东认为胡愈之说得十分有理,首先鼓起掌来,大家也都跟着鼓掌。毛泽东高兴地说:"胡先生说得很好,十分在理呀!"

周恩来说:"就像唐太宗所说,水能载舟也可以覆舟,历代的王朝更替都是民心的反映。"

胡愈之说:"对,我们一路走过来的所见所闻,包括在上海、北平的所见所闻,都说明国民党失去了民心。就连国民党内部的一些人,也希望解放军取得胜利，希望蒋介石垮台。"

周恩来说："的确，现在国民党已经是穷途末路，我们给他军事上的打击将会是压垮骆驼的最后一根稻草。"

吴晗说："是呀，国民党政府内部早已经分崩离析了，这最后一根稻草，可能也就是三两次大胜仗。"

周恩来说："黄任之先生说过，'其兴也勃焉，其亡也忽焉'。我们把大家召集来，就是想听听大家的建议，我们的新政府如何摆脱这个周期律，这是给我们也是给大家的一个课题。"

毛泽东说："这个课题其实已经有了答案，那就是用一个民主、自由的新社会彻底摆脱中国两千多年来的王朝更替。现在问题的关键在于，我们怎么做才能达到真正的民主，这是我们召开政协会议的目的。"

众人讨论得热烈，时间也过得飞快。晚宴准备好后，周恩来招呼众人入席，边吃边谈。酒宴开始后，毛泽东和周恩来率先向众人敬酒。毛泽东笑着说："我先要请你们原谅，我喝的是茶，我喝不了酒，我就以茶代酒吧。"

吴晗说："酒和茶都一样，我们都感觉到了您的一片诚心。来，我提议，为即将到来的新中国，干一杯！"

众人都兴奋地高举酒杯，一饮而尽。

几杯酒过后，胡愈之感叹地说："这枣木杠就是烈呀，入喉如烧，入胃若灼，所言不虚，所言不虚啊。"

大家都笑起来。毛泽东对周建人说："乔峰兄所写的缅怀令兄的文章我看了，十分感人。"

周建人说："弹指一挥十三载。家兄毕生都在为民主、自由而呼号，他的这一愿望，只能由我们替他实现了。"

毛泽东点点头说："当我们还在井冈山的时候，鲁迅先生的斗争精神就给予我们莫大的鼓舞。他在黑暗和暴力的进袭中，是一株独立支撑的大树，不是向两旁偏倒的小草。他看清了方向，就向着一个目标奋勇地斗争下去，决不中途投降妥协。"

周建人说："家兄能得到主席这样的评价，九泉之下也会很欣慰的。"

毛泽东说："我已经嘱咐我们的宣传干部，要认真做好鲁迅先生著作的出版工作，在这方面，乔峰兄可要多加协助呀！"

周建人说："这个自然，责无旁贷。"

毛泽东说："来，你我向身在天国的鲁迅先生遥敬一杯。"

毛泽东与周建人碰杯，两人一饮而尽。

48

这天，在毛泽东的房间里，毛泽东和任弼时就青年团的命名问题产生了争执。毛泽东觉得"毛泽东青年团"这个称呼不好，坚持要改成"新民主主义青年团"，任弼时最后只好同意了。看到任弼时并没有太重视这个问题，毛泽东郑重地说道："我们党是集体领导，搞个人崇拜不好；蒋介石的前车之鉴就在眼前，我们不能重蹈他的覆辙。还有，少奇提出把毛泽东思想改称毛泽东主义，我看也不好。"

任弼时说："这件事少奇和我商量过，我们已经在革命实践中形成了关于中国革命新的理论体系，这也是一种主义。"

毛泽东说："称得上是主义的理论一定是放之四海而皆准的真理，马克思列宁主义那是经过实践检验的，具有超国际的广泛性。我们中国的革命理论毕竟是整个国际共产主义运动理论的一个局部，还不是很完备，还需要不断地检验，这个时候叫什么主义，那是会让人家笑话的。"

两人正争论着，周恩来手里拿着一份电报兴冲冲地走了进来："主席，东野向锦州发起了攻击，战斗打响了。"

毛泽东一下子站起来，接过电报一边看，一边兴奋地说："好啊，能不能顺利打下锦州，还要看东西两线的阻援情况。"

周恩来说："是呀，特别是西线塔山的阻击任务十分艰巨，如果不能有效地把锦西的敌人阻挡在塔山一线，我们的部队就将面临两面受敌的危险。"

毛泽东说:"塔山阻击,事关成败!走,我们去作战室看看。"

从作战室出来后,陈开尧又陪着毛泽东去河边散步,直到天黑才回来。这天晚上陈开尧是值前半夜的班,半夜的时候金路过来接班,看到毛泽东的办公室里依旧灯火通明,隐约还能听到毛泽东几人的争论声。金路说:"陈连长,主席他们还没睡?"

陈开尧说:"你看着,今儿个准保又是一夜。"

金路担忧地说:"这都一连好几个晚上了,老这么熬着,再好的身体也吃不消呀!"

陈开尧说:"那有啥办法?打仗了,看作战室那情况,就知道是场大仗。"

金路说:"主席又有点咳嗽。哎,陈连长,你让二丫做饭的时候少放点儿辣椒,太辣了不好,上火。"

陈开尧说:"行,明儿个我告诉她。"

两人正说着,朱德从房间里走了出来。陈开尧迎上前说:"朱老总,您咋还没回去睡啊?"

朱德说:"睡了一觉,醒了,睡不着了。"

陈开尧说:"您年纪大,也跟着这么熬可怎么行啊?"

朱德笑着说:"怎么不行啊,你看,我不是很精神吗?"

"我……自从主席来了以后,大家的工作时间全都颠倒了,我担心……"

朱德又笑着说:"我们要跟上主席的节奏嘛。"

金路好奇地问道:"哎,朱老总,是不是在打大仗啊?"

朱德说:"你这个小鬼,看出来了?"

陈开尧说:"可不是嘛,这些日子,我看周副主席老在作战室,走路也比平时快多了,肯定是一场大仗。"

朱德说:"你是不是又想上战场过枪瘾啊?"

西柏坡 _ 315

陈开尧嘿嘿地笑了起来，说："不，我不想去。"

朱德笑着说："哎，要说真心话嘛。"

陈开尧挠头说："我说的是真心话。现在我明白了，保卫党中央比啥都重要。"

朱德拍着他的肩膀说："哦，进步不小嘛。"说完向前院走去。

陈开尧小声对金路说："看，都是六十多岁的老人了，还这么……"

金路说："陈连长，眼下这么忙，能不能给首长们加点夜餐呢？"

陈开尧说："这话我说过，可被周副主席批评了一顿。他不让另外开小灶。"

金路说："这不算开小灶啊，他们每天都吃不上早饭，不能一天就吃两顿饭呀。特别是周副主席，一忙起来，有时候连晚饭都顾不上吃。你再去说说吧。"

陈开尧苦着脸说："能说的话我都说了，没用。"

"那……"金路突然眼前一亮，"哎，你跟朱老总说，只要朱老总点头，咱就……"

陈开尧一听也乐了："对，朱老总好说话。"说着便快步向前院追朱德去了。

49

清晨的中央机关大院沉浸在一片宁静当中,偶尔有鸟儿在柏树上鸣叫几声。阎凤山拎着把笤帚端着个笸箩走进了毛泽东住处的前院。他走到磨盘前,用笤帚扫了扫灰尘,然后把笸箩里的玉米粒倒在上面,开始推动碾子。碾子挤压玉米粒,发出咯吱咯吱的声音,一下子打破了晨间的宁静。

阎凤山正推着磨,陈开尧快步从屋里出来,走到他身边小声问道:"凤山大哥,你咋来这儿磨面了?"

阎凤山说:"村西的磨坏了,家里等着吃面呢!"

陈开尧说:"可首长……要不您换个地儿吧,首长昨天又熬了一夜,刚睡下。"

阎凤山不解地说:"啥?这都日上三竿了,这会儿刚睡?"

陈开尧解释说:"首长们习惯夜里工作,白天睡觉。"

阎凤山忙说:"那行,不磨了,不磨了。"

陈开尧又道歉说:"凤山大哥,实在是不好意思。"

"没事儿,没事儿。"

阎凤山说着,将玉米扫进笸箩,正要离开,周恩来满脸喜色地匆匆进来。看到阎凤山在这儿,周恩来说:"凤山兄弟,好长时间不见你呀。"

阎凤山说:"啊,我搬出去住了。"

周恩来诧异地说:"住得好好的,怎么搬出去了?"

陈开尧解释说:"凤山大哥非要把房子腾给咱们。"

周恩来说："哎呀，这用不着嘛，我们够住了。"

阎凤山说："我……住这院里不得劲儿，还是在外头松快。你们忙着，我走了啊。"

周恩来说："哎，这玉米还没磨，怎么就走了？"

一听这话，陈开尧急忙向阎凤山使眼色，但阎凤山根本没看到，随口答道："首长歇着哩，不磨了，不磨了……"

周恩来不满地对陈开尧说："小陈，是不是你让人家走的？"

陈开尧羞愧地说："我……我知道，我又错了。"

阎凤山急忙说："哎，不怨陈连长，是我自个儿不磨了。"

周恩来说："小陈，你带凤山兄弟到大食堂，帮他把玉米磨好。"

陈开尧答应一声，抢过阎凤山手里的笸箩就走。阎凤山急忙跟上，说："不用不用，我到北庄去磨，也是一样的。"

周恩来说："凤山兄弟，我们借住在你们西柏坡，影响了你们的正常生活，很是对不住啊。"

阎凤山急忙转身说："首长，你这说的啥话，这……这不是见外吗？"

周恩来说："快去吧，不要影响了做饭。"

阎凤山还想再说，陈开尧悄悄拉他一下，二人赶快离开了。周恩来走进后院，金路从值班室里迎出来，说："周副主席，主席刚睡下。"

周恩来犹豫了一下，说："事情紧急，还是得叫醒主席。"

正说着，江青带着李讷从西厢房出来。见到周恩来，江青做了一个噤声的手势，说："主席吃了安眠药，刚睡下。"

周恩来说："我知道，但有最新情况，必须向主席报告。"

"可是……"

周恩来说："主席有交代，不管他睡没睡，都要叫醒他。"

"那……我去叫他。"

江青说完进屋去了。周恩来蹲下揽住李讷，疼爱地刮了一下她的鼻子："大娃娃，这是要去哪里呀？"

李讷说:"妈妈怕我吵着小爸爸,要带我出去找任远远玩。"

周恩来笑着说:"大娃娃可真懂事。"

正说着,江青从屋里出来说:"主席醒了,让周副主席进去。"

周恩来起身进屋,只见毛泽东坐在床上,神情很是疲惫,正拿手揉着眼睛。周恩来有些愧疚地说:"主席,又让你睡不成了。"

毛泽东摆摆手说:"不要紧,给我一条毛巾,清醒一下。"

周恩来将一条湿毛巾递给毛泽东,毛泽东接过擦了擦脸说:"怎么样啊?"

周恩来说:"锦州解放了!"

毛泽东精神一振,高兴地说:"哦,这么快啊?"

周恩来说:"从发起总攻到攻克锦州,只用了三十一个小时。"

毛泽东撩开被子,穿着睡衣下床,连声喊了三个好,接着又说:"我要给他们发电报,部队精神好、战术好、指挥得当,应该传令嘉奖……"

周恩来说:"主席,你不要起来,我来起草电报就是了。"

毛泽东笑着说:"听到好消息,困意顿消啊。让林彪他们休整十五天,下一步先打锦西,再打葫芦岛,争取十一月完成任务。"

周恩来说:"对,这两个地方都是老蒋的嫡系,不像锦州都是杂牌军,卫立煌不敢坐视不救。"

毛泽东说:"那我们就有了打援的机会!"

周恩来说:"和六十军的谈判也要抓紧,不战而屈人之兵,攻心为上嘛。"

毛泽东说:"恩来呀,我看你可以给郑洞国写一封信,他可是你的学生哟。应该利用你们黄埔的旧交情,拉他一把,让他认清形势,不要继续冒天下之大不韪。俗话说,'亡羊补牢,为时未晚'嘛!"

周恩来说:"好,我马上给郑洞国写信,促其起义。"

锦州解放的消息让毛泽东又来了精神,他不顾身体的疲累,赶到作战室部署下一步的战局。一上午很快便过去了，中午的时候，陈开尧喊他与周恩来到小伙房吃饭，毛泽东这才来了困意，说："不吃了，先睡觉。"

朱德这会儿走了进来，笑着说："我说你的习惯真要改改了，该睡觉睡觉，该吃饭吃饭嘛。"

毛泽东说："没得办法，做梦都是前线的事情。"

朱德说："前方来电，说范汉杰发出感叹。他说，打锦州这一着非雄才大略之人是想不出来的；锦州好比一条扁担，一头挑着东北，一头挑着华北……"

毛泽东接着说："现在，这条扁担中间断了，两边都担不起来喽！"

周恩来说："是呀，曾泽生起义，长春和平解放，要给林彪发电，停止五纵、六纵、十二纵去长春，以两个纵队位于沈阳、营口之间，一个纵队在营口筑工守备，堵塞沈阳之敌向营口的退路。"

朱德说："目前最紧急的任务，应该立即动员大批得力干部接管长春，并且准备接管沈阳、抚顺和本溪等城市。还有，要赶快修通中长路，以便解放沈阳后迅速向北宁路推进。"

几个人正说着，叶子龙进来报告说："东野急电，蒋介石督令廖耀湘兵团坚持西进，看样子是妄图夺回锦州。东野准备用攻打锦州的主力转而围歼廖兵团。"

众人一愣，随即都笑了。毛泽东说："我们以为老蒋会知难而退，从营口逃走，看来他比我们想象的还要愚蠢。"

朱德说："老蒋不识时务，想拿回锦州，我们跟他也就不要客气了，就地全歼嘛。"

周恩来说："我们一直期待的全歼时机终于出现了。"

毛泽东说："本来，攻打锦州只是一场局部战役，我们的目的是关起门来，慢慢打狗。现在，老蒋把整个东北送到我们面前了，这很可能一举完成整个东北的解放。"

朱德说："毕其功于一役，好机会呀！"

毛泽东："我看给林彪他们的电报可以这么写。"叶子龙连忙掏出纸笔，准备记录，毛泽东继续说，"如果在长春事件之后，蒋卫仍不变更锦葫、沈阳两路向你们寻战的方针，那就是很有利的。在此种情形下，你们采取诱敌深入、打大歼灭战的方针，甚为正确……"

50

前线紧张的战事也让西柏坡骤然紧张起来,所有人都是忙忙碌碌的,就连一向清闲的小伙房也跟着忙碌起来。这天黄昏前,二丫正在小伙房的厨房择菜,陈开尧快步走进来,说:"二丫,晚饭做面条,再多加几个菜,主席要给夏娘娘过生日。"

二丫一怔,不解地说:"夏娘娘?谁是夏娘娘?"

陈开尧嗔怪地说:"来这儿这么长时间了,你咋连夏娘娘是谁都不知道?"

二丫瞪了陈开尧一眼,说:"人家本来就不知道嘛,我就是个做饭的,谁会跟我说。"

陈开尧说:"怪我,怪我没告诉你。夏娘娘可了不得,她的女儿夏之栩是咱们城工部的秘书长,她的女婿就是咱们党的早期创始人之一赵世炎。夏娘娘在上海的时候一直担任秘密交通员,还坐了三次大牢。"

二丫说:"那就是老革命了,是吧?"

陈开尧说:"可不。她本来姓黄,跟了男人的姓儿,所以又姓了夏。"

二丫说:"那我咋没见过夏娘娘,她不在咱这大院儿住?"

陈开尧说:"她在李家庄住,一会儿就过来。"

二丫说:"那夏娘娘今年多大了?"

陈开尧说:"八十,整八十了。在延安的时候,夏娘娘过七十大寿,毛主席他们都亲自去了呢!以后,每年到了夏娘娘的生日,毛主席都要给夏娘娘过寿,这都成了规矩。说实话,毛主席自己五十岁的时候都没过生日。"

二丫站起来,拍着手上的土说:"那是得好好准备准备。"

接下这个任务,二丫开始忙活起来。她先是去李大脚家买了几斤鸡蛋,又到山上采摘了一些野菜,在厨房忙活了大约一个时辰,一顿丰盛的晚宴终于准备下来了。

忙完晚饭,二丫也没歇上一会儿,又过来帮着陈开尧收拾餐厅。这时小伙房的餐厅内已布置得十分喜庆,四周的墙壁上都挂满了各种内容、各式样子的红色寿联和水墨画,其中一副上写着"祝娘娘高寿八十",落款正是毛泽东。

二丫帮着陈开尧擦拭好桌子后,又在上面摆好瓜子、大枣、核桃等物。这时,一位中年妇女搀扶着一位白发苍苍的老人走进来,两人赶忙迎了过去:"夏娘娘来啦,您老快上座,上座。"

夏娘娘打量了陈开尧几眼,说:"这后生是陈连长吧?"

搀着夏娘娘的中年妇女正是她的女儿夏之栩,她微笑着说:"可不,娘,是陈开尧陈连长。"

陈开尧说:"夏娘娘,您老眼神真好呀,我都两年没见到您了。"

夏娘娘说:"我眼不花,认得,认得。哎,这闺女是你媳妇?"

二丫脸红了,不知该说什么。陈开尧急忙解释说:"不是,哦,也算是,我们定亲了。"

夏娘娘打量着二丫说:"这闺女长得好俊呀。"

二丫忙说:"夏奶奶,你快坐,坐呀。"

夏娘娘在桌前坐下来。二丫端过一杯茶水来递给她,说:"夏奶奶,您喝水。"

夏娘娘接过水,走到毛泽东题字的寿联前观看起来,说道:"主席的字是越来越大气了呀!"

夏之栩说:"那是,主席心怀天下,那字当然大气。"扭头又对陈开尧说，"哎，小陈，你这保密工作做得挺好呀，啥时候办事儿呀？"

陈开尧有些不好意思地说："还没定，到时候夏大姐你可要来喝喜酒呀。"

夏之栩说："那当然，你不叫我都不行。哎，谁给你们介绍的？"

陈开尧说："朱老总。"

夏之栩笑着说："你看看，朱老总就是关心你们这些身边的人。你要是在前线，哪能遇着这么好的闺女。"

陈开尧说："我倒是想上前线，可朱老总他不让。"

夏之栩说："你这小子就是爱舞刀弄枪，在延安的时候，一到比武就显你能耐了。"

陈开尧笑着说："可再能耐也是没捞着几次仗打。"

夏之栩说："你这想法不对呀，保卫党中央不比上前线重要？"

陈开尧说："是，我知道，可我老是拗不过这股劲儿来。"

正说着，毛泽东撩开门帘进来，后边朱德、周恩来、刘少奇等人也跟着走进来。毛泽东上前抱拳向夏娘娘拱了拱手，说："夏娘娘，您老近来身体可好？"

夏娘娘打量着毛泽东，说："哎呀，主席，你瘦了。恩来，你们都来啦。我身体好着呢。快坐，快坐。"

几个人依次都坐下了。毛泽东说："娘娘她看来精神很好。小夏，你又要工作，又要照顾老母亲，辛苦了呀！"

夏之栩说："我不辛苦，我娘她为了让我安心工作，家里的活儿都是她干。"

周恩来奇怪地说："不是有个警卫员照顾夏娘娘吗？"

朱德笑着说："夏娘娘把我们的警卫员解雇喽！"

刘少奇说："哎，小夏，我看还是给夏娘娘安排一个人专门照顾好，毕竟已经八十岁了。"

夏之栩说："不用，我娘她闲不住，动一动也好，对身体好。"

毛泽东说："娘娘，您可要注意身体呀，等新中国成立了，我们还来给您过寿。"

夏娘娘高兴地说："好呀，不等到那一天，我是不会闭眼的。"

朱德说："看您老这身子骨，活到一百岁那是没问题。"

夏娘娘说："好，那我就听朱老总的话，活到一百岁，你们可都要超过我才行呀！"

众人都笑起来。李讷、任远远走进来，跪倒在夏娘娘身前磕头。李讷大声喊着："祝夏婆婆身体健康，平平安安！"

任远远接着也大声说："祝夏婆婆福如东海，寿比南山！"

夏娘娘高兴地将他们搂进怀里，笑着说："好，好，快起来，起来。来，吃糖，吃块糖。"

众人又说了一会儿闲话后，宴席开始了。毛泽东等人站起来为夏娘娘祝酒。周恩来首先说："我们党刚诞生的时候势单力薄，当初能有这样一位同情我们的老人，不怕危险，自愿与我们同住机关，那是非常宝贵的。她是革命的母亲，大家的娘娘，让我们为夏娘娘八十大寿，干杯！"

众人都高兴地举杯一饮而尽。连一向不喝酒的毛泽东也饮了一口，喝完后他感慨地说："娘娘是一位平凡而伟大的母亲，现在在平山，我们有两位伟大的母亲，一位是我们的夏娘娘，另一位就是我们的戎冠秀戎大姐。"

朱德说："俗话说，家有一老，如有一宝。来，娘娘，我朱德再敬您一杯。"

说着朱德端起杯来与夏娘娘的酒杯轻轻一碰，然后又一饮而尽。夏娘娘关切地说："朱老总你要少喝酒呀，喝酒伤肝。"

朱德笑着说："平时克清管得严，不过今天这酒那是要喝的，看到您健健康康，我们高兴呀！"

刘少奇也与夏娘娘碰杯，说："娘娘，我也敬您一杯，祝您老身体健康。"

夏娘娘说："好呀，你也要注意身体呀！哎，你那个新媳妇呢？"

刘少奇说:"哦,她去军政大学上课去了,过几天,我带她专门去看您。"

夏娘娘摆手说:"不用不用,你们都忙,不用去看我。"

夏之栩说:"我娘她是赶上好时候了,主席、朱老总、周副主席、刘副主席,我代表我娘敬你们一杯。"说着夏之栩起身,与毛泽东等人一一碰杯。

51

这两天，北平地下党送来的消息让聂荣臻又是吃惊又是担心，消息的内容就是：傅作义部队正准备偷袭西柏坡！

虽然当前敌我力量的对比已经发生了巨大的变化，但傅作义部队的实力仍然不容小视。而且北平距离西柏坡也就是六七百里的路程，倘若傅作义拼死一搏，必将会给中央机关造成重大的损失。聂荣臻当下给毛泽东去电告知。看到电文后，毛泽东却没有紧张，反而笑着对周恩来说："看来我们是打狗打得狠了，老蒋这是狗急跳墙，要反咬一口呀！"

周恩来说："阻击敌人的部署是这样的：第一，华北七纵主力两个旅赶到保定以南，坚决阻击；七纵另一个旅则部署于新乐、正定，沿沙河构筑阻击阵地。第二，命令华北第二兵团由平张路日夜兼程南下，其先头部队应从十月二十六日起，以五天行程赶到望都，协同七纵主力作战，兵团主力或直插平汉路进行破袭，或赶往保定。第三，电令林彪，以锦西的东北第十一纵迅速进入冀东的玉田、蓟县，威胁北平。"

毛泽东点燃一根烟，吸了一口，说："好，这个傅作义要将我一军，咱们就兵来将挡水来土掩嘛。"

正说着，朱德、刘少奇、任弼时三人走进来。毛泽东笑着对任弼时说："大胡子，你这次来不会是又要跟我吵架吧？"

任弼时说："你说对了，我就是来跟你吵架的。你不会又不想转移吧？"

毛泽东说："这次，我还是那个态度，你们谁想走谁走，我是不走的。"

任弼时说："没想到，你老毛一年以后还是这么强硬。好，这次我陪着你，我们都不走。"

周恩来说："这次虽然不同于上次胡宗南进攻延安，但是为了安全考虑，中央机关应该撤一下，我们也要做好临时撤离的准备。"

朱德说："最多就是往山里退个三五十里。主席，你就不要坚持了，毕竟我们这里的战士还不到一千人。"

毛泽东说："看看再说嘛，我觉得还是不要紧。别看北京到石家庄只不过六百多里，可这里是英雄王二小的故乡，还有我们打过地道战的广大民兵，我看他傅作义在这里是寸步难行。"

刘少奇说："撤与不撤，要相机行事，但要做好撤离的准备。"

尽管大家的意见有些分歧，但基本的态度是统一的，那就是根据实际情况的变化相机行事。五常委讨论过傅作义偷袭之事后，周恩来向中央警卫团团长汪东兴部署任务："东兴，你带领一个步兵连、一个骑兵排、一架电台和一部电话机，到行唐一带担任警戒。如果遇到敌人的进攻，就要坚决拖住敌人，为掩护中央机关转移赢取时间。"

汪东兴坚定地说："是，保证完成任务！"

汪东兴领命出去后，陈开尧走了进来。周恩来问道："小陈，转移的事宜都通知了吗？"

陈开尧回答说："都通知到了。"

周恩来说："你带领两个连去郭苏镇，占领制高点。"

陈开尧说："是。周副主席，那中央机关这边可就没什么战斗力了呀？"

周恩来说："这里有没有战斗力不要紧，关键是不能让战斗在党中央的所在地打响，你明白吗？"

陈开尧大声回答："明白！"说完快步出去了。

安排好防卫工作，周恩来又去作战室了解了一番敌人动向，这才又来到毛泽东的房间。此时毛泽东正抽着烟在地图前沉思。周恩来说："主席，晋察冀三纵已经出发，预计明天就可以通过紫荆关。"

毛泽东说:"恩来呀,我看我们不仅要在地面上阻击老蒋,还应该给他老蒋来个攻心策略呀。"

周恩来说:"主席的意思是要公开揭露老蒋偷袭石家庄的阴谋?"

毛泽东说:"应该利用我们的电台,把老蒋的阴谋告诉广大群众与指战员,一方面可以鼓舞我们的战斗意志,另一方面也让他老蒋和傅作义知道,我们早就做好了迎击的准备,让他们不要妄想一口吃了我们。"

周恩来想了想:"好呀,俗话说攻心为上嘛。"

毛泽东说:"我们在揭露老蒋阴谋的同时,还要警告他们:你们究竟还要不要北平?"

周恩来笑着说:"主席,你这是给老蒋和傅作义唱《空城计》呀。三国时候,诸葛孔明用空城计吓退了司马懿,你这一揭露,虽不会完全把敌人吓跑,但也至少让敌人不敢疾速前进,那粉碎敌人的偷袭就容易多了。"

毛泽东高兴地说:"好,那我现在就写。"

毛泽东把写好的新闻稿交给了胡乔木,胡乔木交由新华广播电台播发了出去:"当我解放军在华北和全国各战场连获巨大胜利之际,在北平的蒋匪介石和傅匪作义,妄想以突袭石家庄破坏人民的生命财产。据前线消息:蒋傅匪首决定集中九十四军三个师及新二军两个师经保定向石家庄进袭,其中九十四军已在涿县定兴间地区开始出动。消息又称:该匪部配有汽车,并带炸药,准备进行破坏。但是蒋傅匪首此种穷极无聊的举动是注定要失败的。华北党政军各首长正在号召人民动员起来,配合解放军,坚决、彻底、干净、全部地歼灭敢于冒险的匪军……"

北平地下党的消息陆续传回西柏坡,说蒋介石听到这则通告后果然又惊又怒,在电话里大骂傅作义,最后还指令傅作义不要受毛泽东讲话影响,坚决按照原定偷袭计划行动。任弼时看着传来的电文笑着说:"你老毛这一出《空城计》唱得好呀,我看他蒋介石听了之后一定火冒三丈。"

毛泽东说:"这第一段不见得能吓住他老蒋,依我的判断老蒋肯定还会硬着头皮往前拱。"

朱德说："那你老毛就再给他唱一段，前一段唱的是惊堂曲儿，算是刚开幕，这一段咱就跟他唱个《天门阵》，看他老蒋还敢不敢往里钻。"

毛泽东笑着说："好呀，索性我们就把傅作义的部署全都给他摆在明面上，让他老蒋自己去掂量。我们是不打无准备之仗的，兵来将挡、水来土掩嘛！"

任弼时说："主席的笔杆子堪比一个兵团呀，这一笔墨下去，那就是十万雄兵。"

众人哈哈大笑起来。毛泽东接着说："恩来呀，东北那边形势怎么样呀？"

周恩来说："目前廖耀湘兵团以新六军、第二〇七师的第三旅以及第七十一军继续进攻黑山作为掩护，以其第四十九军、第三军第七师、新六军的骑兵部队作为先头部队，经大虎山以东向营口方向撤退。"

朱德说："为了粉碎廖耀湘兵团出逃营口的企图，东北野战军的第七、八、九纵队从右翼迂回到廖耀湘兵团侧后，与第五、六纵队从左翼对敌实施钳形夹击。"

毛泽东说："好呀，看来这最后一道闸门已经关上，他们要想从葫芦岛逃跑那就是自投罗网。南下已然不行，我看他廖耀湘很可能会退回沈阳，与卫立煌兵合一处。"

周恩来说："那就是他的一厢情愿喽，我们的林司令员是不会让他想南就南、想北就北的。"

众人都笑着点头认同。

52

马夫侯登科吃力地挑着一担水走进马棚里。他将水倒进水槽里,又把食槽填满草料,毛泽东的大青马和其他几匹马便欢快地吃起来。此时的侯登科已是年近花甲的老人,突如其来的风寒让他这几天都在咳嗽。

侯登科拍了拍大青马的头,说:"吃吧,趁我还能伺候你们几年,多吃点。"

他正跟大青马说着话,金路笑呵呵地走过来,说:"老侯,你要是这么说,我看你的马就都不肯吃了。"

侯登科咳嗽了两声说:"为啥?"

金路说:"马能听懂你的话呢,你说伺候不了它们几年了,它们哪还有心情吃?"

侯登科说:"它们也长着眼呢,难道还看不出我老了?"

金路说:"能看出来又能怎么的,再老也是你把它们伺候大的,你说那样的话,它们能不伤心?老侯,说实话,你刚才那么说,我心里都……"

侯登科感叹地说:"老了就是老了,我也该退休了,该回家喽!"

金路说:"老侯,别老说自己老,你才五十九,还不到六十呢,你看朱老总,还有董老,多有精神呀。"

侯登科说:"是呀,我不老,我起码得看着咱新中国成立再闭眼。"

金路说:"你看,你又来了。毛主席说了,咱新中国再过个三两年就成了,你老侯才能活三两年?我看你起码能活二三十年。"

老侯笑了两下之后剧烈地咳嗽起来。金路急忙上前给他捶背，说："老侯，去找朱大夫看看吧，你都咳嗽十来天了。"

侯登科说："不用看，天一冷就这样，没事儿。小金啊，是不是要用马呀？"

金路说："是，周副主席让我往郭苏村跑一趟。"

侯登科说："行，牵这匹枣红马吧，跑得快。"

金路答应着，牵着枣红马走了。

侯登科看着金路远去，从地上挑起木桶，向水井方向走去。来到井台前，他将辘轳放下，水桶落入井中，溅得水花四散。他艰难地摇动着辘轳，井绳一截截地升上来。由于用力过猛，他又猛烈地咳嗽起来，终于手上的劲儿一松，辘轳飞快地倒转，水桶再次砸落在水面上，老侯也伏在井台上猛烈地咳嗽起来。

这时二丫恰好挑着一副水桶走来，见状急忙卸下水桶，过来将侯登科扶住："侯大爷，你咋啦？"

侯登科不住地咳嗽，说不出话来。二丫急忙搀着他回到宿舍，倒了一杯热水给他。老侯喝了两口水之后稍稍缓过了神，悲伤地说："唉，老了，水都……"

二丫说："侯大爷，你不老。我去找朱大夫，给你看看。"

说着二丫转身要走，侯登科将她拉住了："闺女，别去，不用，我没事。"

二丫关切地说："大爷，你看，都咳成这样了还不看大夫。侯大爷，你可不能……"

侯登科摆摆手说："没……没事儿，在延安的时候也这样，小陈他们都知道，老……老毛病了。"

二丫说："真的没事儿？"

侯登科说："没事儿，你忙你的去吧。对了，你可千万别跟小陈和朱大夫他们说，他们嘴不严，让主席知道了不好。主席现在正忙，可不能打扰了他，啊！"

二丫说："嗯。那……那我去给你做点吃的。"

侯登科说："用不着，你去忙你的吧。"

二丫还是去厨房给侯登科下了一碗面条，但等她端着面条再次来到侯登科宿舍的时候，却大吃一惊——只见侯登科倒在炕前，嘴角流着鲜血，已经昏迷不醒。二丫恐慌起来，喊了两声也不见侯登科答应，急忙放下碗去找朱大夫。然而当朱大夫从李家庄匆匆赶过来时，老侯已经过世了。众人都陷入了悲痛之中。

老侯去世的消息并没有告知毛泽东，这是周恩来吩咐的。这些时日毛泽东忙于东北战局，身心已经极为疲惫，他又与侯登科平日交好，周恩来怕要是告诉他，他又要为此难过好久，影响身体。由于此时正处在傅作义南下偷袭的紧张时期，丧事也只是简单地办了一下，就连在郭苏村担任警戒的陈开尧都没有得知。

傅作义派来偷袭的前锋部队很快便被阻击在唐河一带寸步难行。得到前线的消息后，周恩来拿着电报来向毛泽东汇报："鄂友三部被我军在唐河南岸歼灭一个团以后，已经逃回保定；郑挺峰率领的第九十四军与一〇一军的一个师被我七纵在定县城北阻击，伤亡几百人，目前也已经开始撤退。"

毛泽东说："我说他老蒋就是纸老虎嘛，他们本来想打我们一个措手不及，一看我们是有准备的，那自然就心虚，自然要逃之夭夭了。"

周恩来笑着说："主席，我看为了跟老蒋把这出《空城计》唱完，你还得写一篇，让他老蒋彻底死了心。"

毛泽东说："好啊，晚上我就再写他一篇，善始善终嘛！他老蒋跟我们耍阴招、玩黑手，我不怕，我担心的还是东北的局势，我担心廖耀湘他们从葫芦岛跑掉了。"

周恩来说："只要口子扎得紧，他们是跑不掉的。"

西柏坡_333

毛泽东点点头，但神情还是难以放松下来。这时叶子龙拿着电报夹快步走进来："主席、周副主席，东北前线战报！"

周恩来忙说："快念。"

叶子龙打开电报夹念起来："至二十八日，东北野战军全歼廖兵团的五个军共十二个师十万人，其中包括号称蒋介石五大主力中的两支即新一军主力和新六军全部。兵团司令官廖耀湘及军长向凤武、郑庭笈等被俘。"

毛泽东与周恩来相视一笑。毛泽东高兴地说："好啊，好一个林大司令，他这一口吃得不小哟！"

吃完晚饭，毛泽东坐在桌前开始书写给蒋介石的第三份通告。他写道："当着国民党军队的将军们都像一些死狗，咬不动人民解放军一根毫毛，而被人民解放军赶打得走投无路的时候，白崇禧、傅作义这两匹似乎还有一点生命力的狗子就被美帝国主义者所选中，成了国民党的宝贝了……"

陈开尧带着警卫连从郭苏村回到西柏坡时已是快午夜了。布置完工作以后，饿了一天的陈开尧跑去小伙房找些吃食。来到小伙房门口，只见里面灯还亮着。陈开尧上前敲了敲门："二丫，没睡呢？"

门很快打开，二丫披着件夹袄走出来："刚回来？"

陈开尧说："嗯，刚从郭苏村撤回来。还没吃饭，有啥吃的没有？"

二丫说："有，进来吧。"

陈开尧走进屋。二丫去灶台前揭开笼屉，取出两个馒头递给他。陈开尧接过馒头大口吃起来，边吃边说："满以为能跟他傅作义打上一仗，没想到主席的三篇文章就把他吓跑了，真他娘的是个软蛋。"

二丫说："咋的，你还真想让咱这边也打起来呀？"

陈开尧笑着说："也不是，我这不是……"

二丫说："又想过枪瘾？"

陈开尧嘿嘿笑了两声，说："不光我想，连里的战士哪个不想？"

二丫说："那你就起这个带头作用？"

陈开尧颇感意外地看了二丫一眼,没想到二丫已经敢批评自己了。他笑着说:"嘿,二丫,你……哎,对了,老侯他咋样了,他的咳嗽好点没有?"

二丫听他说起侯登科,心头一酸,眼睛里涌出了泪水。陈开尧一怔,急忙问:"咋的了?老侯他……"

二丫哽咽地说:"侯大爷他……他过世了。"

陈开尧一惊,手中的馒头掉落在地上。

侯登科本就隶属于警卫连,连里的战士们都与他十分要好,有很多都把他当成父亲一样看待,得知他过世的消息,无不悲痛万分。第二天一早,陈开尧便带着大家到侯登科的坟前去祭拜。陈开尧先上了三炷香,流着泪说:"老侯,我们走的时候你还好好的,咋就……"

金路抹着眼泪说:"老天爷他不长眼,好人不长命啊。"

陈开尧说:"老侯刚到咱警卫连的时候多精神,五百斤的石碾子,只有他能翻起来,咋就……"

金路说:"陈连长,你还记得不,咱们往枣林沟撤的时候,我掉河里了,要不是老侯救我……"

"当然记得,你别说了,我这心里……唉,我连他最后一面也没见上啊,"陈开尧说着拔开酒壶的塞子,将一壶酒全部洒在坟前,"老侯,你要走好呀!"

这再简单不过的一句话,却让警卫连的战士们一起失声哭了出来。

祭拜了侯登科之后,大家只能将悲痛隐藏在心里,又忙碌起来。当晚是金路在毛泽东住处值班。到了第二天黎明的时候,他坐在门口看着天,又想起了侯登科,想起老侯在枣林沟救自己的情形,想起老侯这艰难的一生,眼泪忍不住又流了下来。

毛泽东这时正好推门出来,看到金路正在抹泪,诧异地问道:"小金,你这是怎么了？"

金路急忙站起身，抹了一把泪说："哦，主席，我……没怎么。"

毛泽东说："没怎么，那掉什么眼泪呀？"

金路说："哦，刚才风大，刮土了，沙子跑眼里了。"

毛泽东说："大晚上的怎么会刮土呀，说谎都不会，到底怎么了？"

金路强忍眼泪说："主席，真的没事儿。"

毛泽东说："是不是陈开尧又批评你了？"

金路说："啊，那个……是。"

毛泽东说："你这个小鬼，批评几句还哭鼻子。他陈开尧比你挨批评挨得多多了，我可没见他哭过。"

金路低下头，说："都是我不好，不怨陈连长。"

毛泽东说："想通了就好，不要哭了，你也回去睡吧。"

金路说："我给您打点洗脸水吧。"

"不用，洗了脸又没睡意了。我这过的还是上一天，我要睡喽！"毛泽东说完转身回屋去了。

这天下午的时候，毛泽东从后院出来后，径直走到磨盘旁，推着碾子转起圈来。陈开尧正好拎着食盒进来，看到毛泽东在推碾子，惊讶地说："主席，您这是……"

毛泽东笑着说："活动活动筋骨，跟着这碾子一起转，脑子也就跟着转，这就叫开动脑筋嘛。"

陈开尧说："那您可千万别闪了腰。"

"我又不是纸糊的，没那么脆弱。"说完，毛泽东又仰头望了望天，"这西柏坡的秋天真是好，当真是秋高气爽呀！"

陈开尧说："可是冬天也特别冷。"

毛泽东说："比延安还冷吗？"

陈开尧说："差不多。"

毛泽东说:"那就不要紧,我不怕冷,我怕热。哎,小陈啊,你为什么批评小金呀?"

陈开尧纳闷地说:"批评小金?"

毛泽东说:"是呀。"

陈开尧说:"没有啊,我批评他干啥?"

毛泽东说:"没有?"

陈开尧说:"没有,他跟您说我批评他了?"

毛泽东说:"他都哭鼻子了,说是你批评了他。"

陈开尧一下子明白了,连忙打个哈哈,说:"哦……咳,我就说了他两句,他可真是的!"

毛泽东说:"我看有点不对头,你们是不是有事儿瞒着我?"

陈开尧说:"没有,没有。我就是说了他两句,他一直这样,您也知道。"

毛泽东说:"你没说实话吧?"

这时树上突然传来喜鹊的叫声。毛泽东和陈开尧转头看过去,却看到周恩来从机要室方向微笑着走来。毛泽东也笑着说:"喜鹊叫了,恩来呀,是不是又有好消息啊?"

陈开尧知道首长们要谈大事,赶忙走开。周恩来说:"主席,沈阳和营口解放了。"

毛泽东说:"哦,这么快呀?五十二军截住了吗?"

周恩来说:"五十二军军部和一个整编师乘船逃跑了。"

毛泽东惋惜地说:"一个军部加一个整编师那就是两万多人呀!可惜哟,可惜哟!"

毛泽东与周恩来在院子里交谈着,院门外,陈开尧却将金路拉到老槐树下,批评他说:"你说你,咋那么沉不住气?"

金路不晓得他说得什么,纳闷地说:"陈连长,你说什么呢?"

陈开尧说:"主席问我了,我差点说漏了。"

金路说:"主席问你什么了?"

陈开尧说:"他问我为啥批评你,你咋还把我给卖了呢?"

金路这才明白过来,傻笑了两声,说:"我就那么一说,谁知道主席还真问你了。"

陈开尧说:"那你说完也该跟我通个气呀,刚才主席问了,我差点说漏了。"

金路说:"那你没说吧?"

陈开尧说:"那我哪能说,这个时候不能让主席知道。你可注意点,别再沉不住气!"

毛泽东与周恩来谈完话后,又喊上陈开尧陪自己去河边散步。到了大院门外,只见阎凤山赶着马车往村西走去,车厢里装了满满一车的玉米棒子。毛泽东看着这金灿灿的玉米棒子,笑着说:"哟,凤山兄弟,收获不小嘛!"

"吁——"阎凤山将马车停下,说,"哎呀,首长,你们这是去哪儿呀?"

毛泽东说:"随便转转。收了多少玉米呀?"

阎凤山看了一眼车后的玉米,说:"估摸着有两千多斤吧。"

毛泽东说:"不少哟,夏天的稻子收了多少斤呀?"

阎凤山说:"三亩地,打了一千二百斤。"

毛泽东说:"明年你按我说的种,先育秧,后插秧,保证一亩地多收一两百斤。"

阎凤山说:"好咧,一定,一定按首长说的种。"

毛泽东说:"这玉米加上稻谷那就是三千多斤,今年要过个好年喽!"

阎凤山说:"是呀,托首长的福呀。"

毛泽东说:"怎么是托我的福呀?"

阎凤山说:"往年,哪年都闹点灾啥的,不是旱灾,就是闹虫子。今年你们一来，咱想有啥老天爷给来啥，咱不想来啥老天爷就没啥，好年头呀！"

毛泽东笑着说："老天爷不认识我毛泽东，我也没有那么大的面子，主要是你们种地种得好。"

阎凤山吃惊地说："毛泽东？你真的是毛主席？村里好些人都说你长得像画上的毛主席，搞了半天是真的啊！"

毛泽东又笑着说："我是毛泽东，也叫李德胜。"

阎凤山有些惶恐地说："哎呀，毛主席，你看这……跟你前后院住了这么长时间，这才知道……"

陈开尧说："凤山大哥，这事儿你还是不要跟老乡们说……"

毛泽东说："哎，说也不要紧，要相信我们的群众嘛！我毛泽东住在这里这么长时间了，如果还不敢以真面目示人，那也太说不过去喽！"

阎凤山感激地说："哎呀，毛主席，我们老百姓可真是托你们共产党的福啦！你看，你们不光给我们分地，还教我们咋个种稻子，咋个沤肥，咋个施肥，咋个浇水……"

毛泽东说："是呀，种田也是一门学问，靠老天爷那是靠不起的，只要我们掌握了种田的好办法，那就不用指望他老天爷喽！"

阎凤山说："是呀！反正呀，有你们在，我们这日子是越过越红火。"

毛泽东说："那就好，那就好。不打扰你了，你去忙吧。"

阎凤山说："好，那我走了。毛主席，有空去我家串门，啊！"

毛泽东说："好，一定去。"

阎凤山挥起马鞭甩了一个响鞭，马车嘚嘚而去。毛泽东望着田地里收割玉米的农民，脸上充满了喜悦，说："哎，小陈，我们骑马跑一圈怎么样？"

陈开尧说："好啊，我去牵马。"

毛泽东说："我们一起去，顺便去看看老侯，好长时间没见他了。"

陈开尧一下紧张起来，说："主席，您别去了，您就在这儿等着吧。"

毛泽东说:"我要去,走。"

说着毛泽东迈开大步就走。陈开尧忙追上去说:"主席,老侯他……"

毛泽东转身看到陈开尧悲伤的表情,心里预感到了什么,忙问:"怎么了?老侯他怎么了?"

"他……不是,老侯他……"

毛泽东关切地说:"快说嘛,老侯他怎么了?"

陈开尧难过地说:"主席,老侯他去世了……"

毛泽东的表情先是惊讶,继而悲痛。他没有说话,摸出烟来,点燃,猛地吸了几口,然后沉痛地说:"什么时候的事儿?"

陈开尧说:"就是傅作义要打咱们的时候,周副主席考虑到您的身体,所以就……"

毛泽东抽着烟,默默地向河边走去。陈开尧不敢出声,悄悄地在后跟随。走到河边,毛泽东望着滔滔河水,两眼含泪。陈开尧站在他一侧,时不时地抬头看一眼他。

夕阳西下,河水映着红红的晚霞,异常美丽。

53

陈开尧陪同朱德从石家庄回来时天已经黑了。吉普车飞快地在乡间土路上奔驰，陈开尧与朱德坐在车后交谈着。朱德问他说："你和二丫的事怎么样了呀？"

陈开尧最担心朱德问这个问题，挠挠头说："挺好的。"

朱德说："挺好的是啥子意思嘛？"

陈开尧说："我也说不上，反正是挺好的。"

朱德说："谈婚论嫁了没有呀？"

陈开尧说："我跟张二丫同志说了，等全国解放了，我们再结婚。"

朱德说："这是你的意思，征求人家的意见没有呀？"

陈开尧说："她没说啥，同意了。"

朱德说："你这样跟人家说，人家又好说啥子？不好，不好，我看还是赶紧办了好。"

陈开尧说："朱老总，您就别催我了，现在正是忙的时候，我哪顾得上啊。"

朱德说："那我放你三天假，够不够呀？"

陈开尧说："不好，还是等新中国成立了再说吧，到那时候，我心里也踏实。"

朱德板着脸说："那你现在心里是不踏实了？还怕我们打不过老蒋？"

陈开尧连忙摆手说："不是，我是想着……朱老总，能不能把我调前线去啊？"

朱德说："怎么，你陈开尧还惦记着上前线？"

陈开尧说："我……老在后方待着，我这心里……不去前线，老觉着没给咱新中国做啥贡献似的。"

朱德说："这是啥子想法嘛！噢，非要战死沙场那才叫做贡献？战士们都要跟你一样想法，那我们的新中国怎么办，谁去建设？新中国当然一定是成千上万的烈士们用生命用鲜血换来的，但是我们的新中国更需要像你们这样的年轻人去建设。不要老想着战死沙场，战争不是我们的目的，解放广大人民群众、建设新中国才是我们的使命。"

陈开尧说："可我是个战士，老不去打仗、杀敌，我……"

朱德说："你这想法不对头呀，陈连长。不上战场，你这个警卫连的连长就没有价值了，革命就没有意义了？"

陈开尧说："不是，我就是想……"

朱德说："想过过枪瘾？你陈开尧上战场，新中国不会早一天成立，你陈开尧不上战场，新中国也不会晚一天成立。要安心自己的本职工作嘛！"

陈开尧说："我要是再不上战场，恐怕以后就……"

朱德说："恐怕啥子？"

陈开尧说："恐怕就没的仗打了。"

朱德说："没的打仗还不好？要是老蒋搞真民主、真共和，谁想打仗？你以为我和毛主席想打仗？打仗是要死人的，是要死很多人的。你这还是武夫的想法，把打仗当成了职业，这个要不得，十分的要不得。"

陈开尧说："可哪个战士不想……"

朱德说："陈开尧，你这是本末倒置呀。我问你，战士的使命是为了打仗还是为了和平？"

陈开尧说："当然是为了和平。"

朱德说："是呀，我们是为了将来的和平才打仗，和平到来，我们就要避免打仗，我们就要开始新中国的建设，让广大人民过上幸福的新生活。

像你这样为了打仗去打仗，这种思想要不得呀！"

陈开尧低着头不再说话了，但其实他心里并没有服气，上前线的愿望已经深深植入他的心里，轻易不会动摇。

经过王子村的时候，朱德下车去探望董必武。到了董必武的住处，南汉宸恰好也在，他是来送新的人民币草样给董必武过目的。见到朱德前来，董必武便把草样也拿给他看："朱老总，你给看看，怎么样啊？"

朱德接过看了看，说："我不懂，你还是问老毛吧。"

董必武说："我看这次差不多了，这一款比上次的好很多。你看，冒烟的工厂与收获的农田相间，说明我们党是以工农为基础的政党，很有创意，不错。"

南汉宸说："上次听了董老的点拨，我们的设计人员深入到田间地头还有车间、煤矿寻找灵感，解放区轰轰烈烈的生产建设场面打动了我们。几经修改，我们终于画出了这个样稿。"

朱德接话说："是呀，人民币嘛，要有人民才好嘛。"

董必武说："苍天不负有心人啊，相信你们的努力一定会得到毛主席与周副主席他们的认可的。好，那先这样，我这就拿草样给主席他们看去。"

董必武搭朱德的车一起赶到了中央机关大院，到了毛泽东住处。周恩来正在这和他讨论战事。董必武将人民币草样递给毛泽东并解释了一番。毛泽东将草样儿又递给周恩来看，说："我看这个不错，比把我毛泽东的头像画上去好多了嘛！"

董必武说："这些草样我也比较满意。"

毛泽东说："董老呀，这人民币的草样是谁画的？"

董必武说："是晋察冀边区印刷局的王益久和沈乃镛。"

毛泽东说："看得出这钞票的图样不是闭门造车的产物，这二位同志一定是深入到生产建设现场不少日子，不然绝不会画出这么生动的场景来。"

董必武说："是呀，为了设计好这个图案，他们下矿山、进车间，在田间地头观察农民收割，确实下了很大辛苦。"

毛泽东说："我个人给打满分！恩来，你觉得呢？"

周恩来点头说："不错，我没意见，尤其五十元这张，田间的这头驴子，很亲切，给人很生动的感觉。"

确认过人民币草样后，毛泽东与周恩来、朱德又赶往作战室去慰问辛苦多日的参谋们。三人来到作战室时，刘少奇和任弼时已经先到了。五大书记站在一起，面前却是一幅再简陋不过的战场形势图，连敌我双方进退方向都是用红蓝毛线粘上去的。周恩来指着地图笑着说："我们这个作战室，一不发枪，二不发人，就发电报，可效果好得很呢。"

众人笑起来。朱德对参谋室主任刘长明说："东北战场我们一共发了多少电报？"

刘长明说："报告朱老总，一共是七十七封。"

毛泽东说："好啊，七十七封电报消灭了他老蒋近五十万部队，这个效率蛮高的嘛！"

任弼时说："要是他老蒋来我们这里参观，不知他会做何感想啊！"

刘少奇说："我看他做梦也想不到我们是在这样的条件下指挥作战的。"

朱德说："他要是真到我们这里参观，就会明白一个道理。"

任弼时问："什么道理？"

朱德笑着说："光脚的不怕穿鞋的嘛！"

众人开怀大笑。周恩来说："打下了东北，粟裕同志提出的淮海战役就摆在我们面前了。"

毛泽东说："不久前，我就跟粟裕、刘伯承他们提出过，淮海战役最重要的是钳制邱、李两兵团，歼灭黄兵团。"

朱德说："华东野战军打淮海的同时，中原野战军要采取有力行动，钳制华中白崇禧集团，配合华东野战军作战。"

毛泽东说:"朱老总说得好。现在蒋介石已命令郑州孙元良兵团三个师东进,刘伯承、陈毅、邓小平他们应迅速部署,以攻击郑徐线歼敌一部之方法牵制孙兵团,否则孙兵团加至徐州方面,将极大妨碍华野的新作战……"

五大书记讨论完战局后,一起来到小伙房吃晚饭。二丫特意做了一盘芹菜炒香干拿给几人。毛泽东夹了一块品尝后,笑着说:"嗯,味道不错。张二丫同志,你的手艺越来越好了嘛。"

二丫不好意思地说:"谢谢主席鼓励。"

朱德跟着也尝了一口,说:"嗯,是不错。哎,二丫,陈开尧带你见了公婆没有呀?"

二丫羞涩地说:"朱老总,你咋问这个啊?"

任弼时笑着说:"朱老总是想喝酒,找不到理由嘛。"

众人笑起来。毛泽东说:"二丫同志,你可以强硬一些嘛,给他下个最后通牒,看他怎么办?"

众人又笑了。二丫羞得满脸通红,不知该怎么说。周恩来说:"现在我们在战场上是喜事连连,我们这个大院里也要办几场喜事配合配合嘛。"

话音刚落,陈开尧抱着一个酒坛子走了进来,嘴上吆喝着:"黄酒来喽!二丫,快拿酒杯来!"

二丫拿来五个酒杯,陈开尧拍开泥封,往杯子倒酒。二丫红着脸又赶快退回了厨房。毛泽东端起酒杯闻了闻,说:"哎,小陈,从哪里搞的黄酒?"

陈开尧说:"社会部,这是李克农李部长给淘换来的。"

刘少奇说:"朱老总呀,我看这黄酒你还是可以喝一点的。"

任弼时说:"那我也应该可以喝一点喽。"

毛泽东说:"哎,大胡子,你不能喝,高血压,什么酒都喝不得。"

任弼时说:"黄酒不要紧嘛,再说我喝一杯是有理由的。"

朱德看着任弼时说:"啥子理由?"

任弼时笑着说:"庆祝他老蒋与傅作义偷鸡不成蚀把米嘛!"

大家又欢快地大笑起来。周恩来说:"好,我看这个理由成立,不过只许喝半杯。"

任弼时说:"好,半杯也行啊。"

五大书记举杯相庆,陈开尧在一旁斟酒。朱德看着陈开尧说:"小陈呀,我们刚才正在说你呢。"

陈开尧纳闷地说:"说我啥呀?"

朱德说:"说你啥子时候迎娶人家二丫同志呀!"

陈开尧挠头说:"快了,快了。"

任弼时说:"公婆都没去见,怎么会快了?你要抓紧嘛!"

毛泽东说:"小陈,你在中央警卫团多少年了?"

陈开尧说:"不算跟彭老总打仗那一年,也有十年了。"

毛泽东说:"十年,弹指一挥间啊。我记得你刚来我们身边的时候,还留着两股鼻涕呢!"

周恩来说:"十年,时间可不短了。小陈呀,该成家了,要不我们心里也过意不去呀!"

朱德说:"主席,我看就放他陈开尧三天假,让他带二丫同志去见公婆好不好?"

毛泽东说:"这个假我准,你们明天一早就走。"

二丫这时正端着盘菜从厨房出来,听到毛泽东与朱德的话,羞涩地说:"主席、朱老总……"

陈开尧抢先说:"朱老总、主席,这不好吧?"

毛泽东笑着说:"怎么,难道你还有想法?"

陈开尧说:"不是,不是。上次我跟朱老总说了,我们是想等着全国解放了再……"

毛泽东说:"新中国要是不成立,你们这些战士难道还要打一辈子光棍？没道理嘛。赶紧走，先去见公婆，完后再抽个日子结婚，今年一定要把你们的婚事办了！"

朱德笑着说："好，主席下命令了，陈开尧你就赶紧执行吧。"

二丫害羞地看了陈开尧一眼，放下菜盘快步跑回厨房去了。

54

田地里的作物已经收割完毕,只留下一片密密麻麻的根茬。阳光照射下,田地里雾气蒸腾。二丫穿着一身崭新的军装跟着陈开尧向村口走去,肩上还挎着一个绿书包,显得精气神十足。她远远地指着村口的牌坊问:"前边就是吧?"

陈开尧点点头,说:"嗯,就是。"

二丫拽了拽军装说:"不穿军装就好了。"

陈开尧说:"咋的了?"

二丫说:"要是你爹让我跪下给他磕头,那不是……"

陈开尧说:"没事儿,不会让你跪的,我会跟他说。"

二丫说:"那也得有个礼数呀!"

陈开尧说:"咱这次是带任务来的,任务是大事儿,见咱爹是小事儿。"

二丫说:"啥任务?见你爹也是任务?"

陈开尧说:"哪儿跟哪儿呀。临走的时候朱老总跟我说了,要我观察指导地方的支前工作,还要写总结报告,这不就是任务?"

二丫说:"那你这一路上,拉着个脸,也不说一声。"

陈开尧说:"我心里琢磨事儿呢。"

二丫说:"啥事儿啊?"

陈开尧说:"我琢磨着,我要是能上前线就好了。"

二丫瞪了他一眼,说:"得了吧,为这个你让朱老总都批评多少次了,咋还在琢磨？"

陈开尧说："上一次傅作义偷袭咱们，本来以为能狠狠地打一仗，到最后连敌人的面也没见着。"

二丫说："你这人想打仗想疯了，在党中央身边打仗好呀？"

陈开尧说："是不好，可我也不知道咋的，就是想。"

两人刚走过村前牌坊，就听村内隐隐传出喜庆的唢呐与锣鼓声。陈开尧纳闷地说："这是谁家娶媳妇呢？"

这时，几个小孩从巷子里跑过来，差点撞到二丫身上。小孩们欢快地又向村西跑去了，边跑还边喊着："看新女婿去喽，看新女婿去喽！"

二丫笑着说："你们这儿的孩子真逗，人家都说看新娘子，他们说看新女婿。"

陈开尧也笑了，说："那没准儿是招女婿的。"

来到陈开尧家门口，两人正要进去，就见陈大宽推着一个手推车走出来，车上放了两个红泥封口的大坛子。陈开尧见到父亲，欢喜地喊了声："爹！"

陈大宽看到陈开尧，也是十分惊喜，高兴地说："哎呀，喜子！你咋回来了？"

说着又看到一旁站着的二丫，上下仔细打量了几眼，看得二丫都有些不好意思。陈大宽说："喜子，这后生是……"

陈开尧笑着没答话。二丫摘下军帽向陈大宽行了个礼，说："大叔好。"

陈开尧这才笑着说："爹，这是张二丫同志，女同志，也是我……"

陈大宽抢着说："咳，我说这个后生咋长得这么俊呢。你看我这眼神，原来是个女长官。"

二丫忙摆手说："大叔，我可不是啥长官，陈连长才是我的长官。"

陈开尧说："二丫，啥长官不长官的，都是同志。"

二丫笑着说："说秃噜了。"

陈大宽说："你咋回来了，首长又来了？"

西柏坡 _ 349

陈开尧说:"不是,这次来是有其他任务,还有就是给您把……咱别在门口唠呀,您这是干啥去?"

陈大宽说:"更生娶媳妇,我给他们送酒去。"

"啥?更生娶媳妇,谁家的闺女啊?"陈开尧欣喜地问。

"榆儿!"

陈开尧一愣,说:"哦,他们……这么快?"

二丫早听说了他跟榆儿的事情,于是仔细观察着陈开尧的表情,偷偷一笑。陈大宽说:"谁让你小子没福气呢!你们先进家坐着,我给人家送去。"

陈开尧说:"不进去了,我们也去看看。"

陈大宽说:"你还是别去了,省得给人家添堵。我先走了,你让开点。"

陈开尧说:"我咋就给人家添堵了,早就说开的事儿了。"

陈大宽板着脸说:"堵门口干啥呀,快让开。"

二丫一把将陈开尧拉到一边儿。陈大宽瞪了陈开尧一眼,推着手推车走远了。陈开尧看着父亲的背影,怄气地说:"疙瘩早就解开了,咋他还没完了?"

二丫说:"人家成亲,你也得给人家送点东西呀!"

陈开尧说:"送啥?谁知道他们成亲,咱啥也没带。"

二丫说:"要不把我干娘给的药材……"

陈开尧说:"你这就不懂规矩了,人家结婚哪有送这个的。"

二丫说:"要不你去看看吧,我在家等你。"

陈开尧说:"算了,我也不去了。咱去村公所,先完成朱老总交代的任务。"

陈开尧拉着二丫向村公所走去。到了村公所大院,只见村支书方定国正在锁房门。陈开尧喊了声:"老支书。"

方定国扭头,见是陈开尧,笑着说:"哎呀,喜子,你回来啦?"

陈开尧说:"嗯,回来看看。"

方定国看着二丫说:"这位是?"

陈开尧说:"这是张二丫同志。"

方定国说:"哟,还是个女同志。你好,你好。"

二丫躬身行了一礼,说:"老支书好。"

陈开尧说:"您这也是喝喜酒去?"

方定国笑着说:"你知道啦。走,一块去,一块去。"

说着就要去拉陈开尧。陈开尧忙摆手说:"我们不去啦,您去吧。对了,老支书,我想问问咱村的支前工作……"

方定国说:"乡里昨天来了通知,说是明天县上跟乡里有人来组织这事儿。"

陈开尧说:"那就好,明儿个他们来了您叫我一声,我这次也是为这事儿来的。"

方定国说:"那好,到时候我叫你。不过,我说喜子,更生娶媳妇你能不去?"

"还是不去了,我爹他……"

"管你爹干啥,咋能不去呢,更生是你兄弟不?"

"我们啥都没带,空手去不好。"

"这有啥的,赶上了就去。"

方定国的话都说到这了,陈开尧和二丫只好跟着他一起前去。刚到张庆发家大院,就见更生被一伙年轻人簇拥着进来了。他穿着一身崭新的衣裤,头上戴着顶瓜皮小帽,胸前还披着一朵大红绸花。一帮人七嘴八舌地喊着:"新女婿来喽,新女婿来喽,快让让,快让让……"

方定国安排陈开尧与二丫坐到院子一角。刚坐下,张洪志端着茶杯从西厢房里走出来。陈开尧起身喊道:"洪志哥。"

张洪志一怔,扭头看去,见是陈开尧,也很惊喜,急忙走过去,说:"喜子,你这是从哪儿冒出来了?"

陈开尧笑着说:"咋的,我不能来呀?"

西柏坡 _ 351

张洪志说:"我问你爹了,你爹说你没回来。"他看到了陈开尧身边的二丫,"哎,这位是……"

陈开尧介绍说:"哦,她叫张二丫,是我们工校后勤部的。"接着又对二丫介绍张洪志,"二丫,这就是我常跟你说起的洪志哥,是石家庄公安局的侦察处长。"

二丫站起来,正要给张洪志敬礼,方定国走过来说:"你呀,好长时间没见你洪志哥了吧,人家呀,如今是局长了!"

陈开尧说:"哟,当上局长啦?"

张洪志笑着说:"都是为人民服务。"说着又与二丫握手,"你好,你好,欢迎参加我妹妹的婚礼。"

二丫大方地给张洪志敬了个礼,说:"张局长好。"

三人坐下,随便聊了起来。正说着话,陈大宽提着两把椅子从堂屋出来,抬头看见陈开尧。他放下椅子,走到陈开尧身边,瞪着他说:"不让你来,你咋又来了?"

陈开尧说:"老支书非让我们过来。"

张洪志说:"哎,大宽叔,为啥不让喜子来?"

陈大宽说:"我怕他给榆儿添堵。"

张洪志说:"这说的是啥话!大宽叔,这就是你的不对了,我们家都没事儿了,你可不能老这么小心眼儿。"

陈大宽哼了一声,甩手离开了。约莫又过了一炷香的工夫,酒菜摆上了桌子。陈开尧、二丫与张洪志、方定国等人坐在了一桌。方定国端着酒碗站起来,说:"大伙儿先别甩开腮帮子吃,听我说两句。"

众人都看着方定国。方定国说:"俗话说,吃水不忘挖井人。今儿个咱能过上这好日子,那得感谢共产党,大家说是不是?"

众人高喊:"是,是啊!"

方定国说:"咱村可是好风水呀!"指着张洪志说,"看着没有,栓柱子,现在可是公安局的局长,那可是大官。"众人鼓掌。方定国又指着陈开尧说，"喜子，现在是连长，专门保卫首长的，那也是大官儿。"

刘光腚插嘴说："是这连长官大还是局长官大呀？"

方定国说："都一样，甭管啥长，反正不欺负咱老百姓，都是给咱老百姓干事儿的，都是好官。"

陈开尧与张洪志相视一笑。陈开尧说："老支书，这话说得好。"

方定国又说："下边咱们让喜子给咱讲两句，传达传达中央精神。"

热烈的掌声响起。面对众乡亲，陈开尧倒有些不好意思，忙摆手说："老支书，我就不讲了吧。"

张洪志说："讲讲，首长们有啥新指示，你给大伙儿说道说道。"

方定国说："要讲，喜子，讲！"

众人跟着起哄，一起喊道："讲两句，讲两句……"

无奈，陈开尧只好站起来，看了大家一眼，说："好，那我就讲两句。今天能赶上更生与榆儿的婚礼我很高兴……"

刘光腚起哄说："哎，陈喜子，你是真高兴还是假高兴啊？"

众人哄笑起来，二丫也跟着笑了。方定国指着刘光腚骂道："你个刘光腚，少他娘的放屁行不？"

陈开尧摆摆手说："看得出，自从咱分了地，大伙儿的日子是越来越红火了。以后等咱全国都解放了，大伙儿的日子会更好！在这儿，我告诉大家一个好消息，咱解放军把东北打下来了，东三省是咱老百姓的天下了！"众人又是一通喊好。陈开尧接着说，"还有，咱们的解放军马上要往南边打了。刚才老支书说得好，吃水不忘挖井人，共产党给咱分了地，让咱过上了好生活，咱是不是应该积极地支援解放军打胜仗呀？"

众人都兴奋起来，纷纷叫喊："那没的说，没的说，支持，支持！"

陈开尧看着这个场面，大受感动，说："我这次回来，就是要动员组织大家支援前线的……"

这时方定国站起身来，插嘴说："喜子，我插一句。"

陈开尧说："老支书，您说。"

方定国大着嗓门说:"这个支前呀,上一次开村民代表大会的时候,大伙儿就表态了,那是有人的出人、有粮的出粮、有车的出车,大伙儿说是不是呀?"

众乡亲异口同声地喊了一声"是"。刘光腚接着说:"虽说我没儿子,不过我出粮五百斤。"

方定国笑着说:"嘿,光腚,你可别吹牛,你有那么多粮吗?"

刘光腚拍着胸脯说:"这个你别管,我一准儿出五百斤粮。"

陈开尧说:"光腚叔,你可兜着点,别到时候又闹饥荒。"

刘光腚不屑地看了陈开尧一眼,说:"看你这话说的,指不定谁家闹饥荒呢。"

陈大宽听着这话刺耳,于是瞪着刘光腚说:"嘿,光腚,你的腰板可从来没这么硬过啊?"

刘光腚得意地说了句:"那是!"

陈大宽家几乎是真正的家徒四壁,堂屋里除了一张迎门桌和两把破椅子外,就只有西墙下的一个旧躺柜。二丫正端详着北墙上贴的那张优秀军属奖状,门外传来脚步声,陈大宽提着一盏马灯和陈开尧走了进来。

二丫看到陈大宽脸色不悦,不晓得他们父子俩又有过什么争执,一时也不知说什么好。这时就听陈开尧说:"爹,您这是咋的了,一整天都阴阳怪气儿的?"

陈大宽把马灯重重放到桌子上,冷哼了一声:"好好一个闺女,便宜更生那小子了!"

二丫看着陈开尧,悄悄朝着陈大宽努了努嘴,陈开尧晓得二丫是让自己跟父亲说两句好话,可他心里却是极不服气,说:"这话是咋说的,人家榆儿又不是物件,咋还便宜这个便宜那个的?"

陈大宽说:"可不就是便宜了他,你倒是也给我便宜一个回来呀?"

陈开尧说:"爹,您别老便宜便宜的好不好,娶媳妇又不是做买卖。"

又指着二丫说,"张二丫同志就是您没过门的儿媳妇,今儿个是专门来看你的。"

陈大宽急忙站起来,吃惊地看着二丫,说:"这闺女是……是……"

二丫羞红了脸,低下头去摆弄衣角。陈大宽马上变得眉开眼笑起来,说:"哎哟喂,你小子咋不早说?"说着又赶忙伸胳膊抹了抹椅子,"哎呀,闺女,快坐,快坐。"

二丫也忙说:"大叔,还是您坐。"

陈开尧看着父亲殷勤的模样,心中暗笑,但故意板着脸说:"我倒是想跟您说,您连家门都不让我们进,着急地往人家那儿跑。"

陈大宽看着二丫笑着说:"怪我,怪我。闺女,急慢了,你别……"

二丫笑着说:"大叔,没事儿。"

陈大宽又去躺柜里抓了一些大枣、核桃过来,塞在二丫手里:"闺女,吃,坐下吃。"说着又瞪了陈开尧一眼,"你看啥,烧水去,让人家闺女洗洗。"

陈开尧早就料到父亲的态度会有一百八十度的转变。他看着二丫笑了笑,说:"你先跟我爹说说话,我去烧水。"

二丫急忙说:"我自己去烧。你们爷俩好久也没见了,你们说。"

陈开尧将二丫按着坐下了,说:"你坐着吧,我去。"

陈开尧说完转身出去了。陈大宽打开马灯灯罩挑了挑灯芯,灯光更明亮了。陈大宽借着灯光打量二丫,越看心里越欢喜:"闺女,多大了?"

"二十二了。"

"老家是山西的吧?"

二丫一怔,说:"大叔您听出来了?"

陈大宽笑着说:"喜子他娘就是山西婆娘,没想到他也……来,吃,吃枣。"

二丫抓起一个枣子放进嘴里,躲避着陈大宽的目光。陈大宽又问:"家里还有啥人哪?"

西柏坡 _ 355

"就一个哥哥，也在咱们部队上当兵。对了，"二丫说着打开挎包，拿出李大脚给的药材放到桌上，"大叔，这是我干娘给您捎的药材。"

陈大宽有些诧异："干娘？"

二丫解释说："嗯，干娘，我在西柏坡认下的，对我可好了，跟亲娘一样。"

"哎呀，那咋好意思呀，我啥也没给人家送。"

"陈连长他已经送了。"

"他送了？"

这时陈开尧端着一盆热水进来。陈大宽说："你给人家闺女干娘送东西了？"

陈开尧放下盆说："嗯，送了。"

"当聘礼送的？"

"是呀。"

陈大宽瞪了他一眼，说："你看你这事儿办的，咋一点礼数都不讲呀！你爹还没死，你自个给丈母娘送聘礼，那算个啥！"

二丫忙解释说："大叔，不用讲究那么多，我干娘她不计较。"

陈大宽说："那总是不好。闺女，对不起你呀！"

二丫说："大叔，看您说的。"

陈开尧说："爹，这支前的事儿，咱家……"

陈大宽一摆手说："你放心，咱决不能比别人差了！"

55

  在县武装部同志的动员组织下，岗南村的支前工作轰轰烈烈地展开了。这天一大早，陈开尧便被方定国叫到了村公所。方定国给县里来的几个同志和陈开尧相互介绍："这是咱们部队上的连长陈开尧同志，这次来我们村是指导支前工作的。"又指着一个戴眼镜的年轻人说，"这是县武装部的副部长彭三元同志。"

  彭三元站起来与陈开尧握手："哎呀，你就是陈连长呀，幸会幸会！早就听说咱们县有个在延安当连长的干部，今天终于是见着了。欢迎你来指导我们的工作。"

  陈开尧说："彭部长客气了，指导谈不上，我是来学习的。"

  方定国说："下面我们就让陈连长讲几句吧。"

  陈开尧说："还是让彭部长先说吧。"

  彭三元说："哎，陈连长，你先说说，你是带着中央精神来的。"

  陈开尧不再推辞，站起来说："那好，我先说两句。毛主席对我们说过，'兵民是胜利之本''战争的伟力之最深厚的根源，存在于民众之中'，就是说战争的胜负，主要取决于军队和人民群众这两大因素，而最终还是取决于广大群众的人心向背。我们这次的支前工作，就是要把人民群众发动起来……"

  关于支前的具体工作，陈开尧又说道："粮食问题也得注意，不过可不能强行摊派，也要制止村民们之间的相互攀比。军粮固然重要，可要让老百姓留下足够的口粮和种子，决不能为了支前而耽误了明年的春耕生产。"

方定国说："陈连长说的是，去年大伙儿支持打石家庄的时候，有的人家就把种子都捐出来了，结果闹得开春没得种。"

陈开尧说："是呀，这种情况在这次支前中一定不能发生，这也是上级的精神。"

方定国说："陈连长，你放心，这次我们吸取了上次的教训，一定把粮食工作做好。"

陈开尧说："彭部长，关于征兵工作，需要注意的就是严把年龄关，凡是不满十八岁的青年都不能应征入伍。这是首长一再嘱咐的，你们在实际工作中要严格审查。"

彭三元点头说："这个我们也有教训：很多父母送孩子当兵的时候都瞒报年龄，结果每年都让部队退回来不少娃娃兵。这次我们一定严格审查。"

陈开尧说："总之，这次支前工作我们要又快又好地组织完成，但同时也不能加重乡亲们的负担，一定要本着自主自愿的原则，同时也要严格审查……"

这天一大早，村子里热闹异常，争相交公粮支前的乡亲们将村公所大门堵了个水泄不通。老支书方定国指挥着几个民兵将公粮送到打谷场上，接着又安排县上的工作人员对前来报名参军的青年们进行考察登记。

二丫在村公所门口碰到了榆儿。榆儿张嘴就喊了声"嫂子"，这让二丫有些不知所措，忙摆手说："榆儿，我们还没……"

榆儿笑着说："定亲了就是嫂子。嫂子，喜子哥他不敢欺负你吧？"

二丫不知该如何作答，只说没有。榆儿拉着二丫的手说："嫂子，去我家看看，我跟几个姑娘都在做军鞋，你给指导指导。"

二丫不好意思地说："我哪会指导你们，还是……"可话没说完便被榆儿拉走了。

到了张庆发家，只见院子里堆了不少做鞋的麻绳、鞋样儿还有黑布。

榆儿从窗根下拿起一双快要做好的鞋子递给二丫,说:"嫂子,你看看行不?"

二丫被她嫂子嫂子地叫得很不习惯,便说:"榆儿,还是别叫嫂子,就叫我二丫。"

榆儿说:"那我叫你二丫姐,行吗?"

二丫说:"那行。这鞋是你做的?"

榆儿说:"是。这不是要支前嘛,我跟村里的几个姐妹想着给战士们做棉鞋,可大伙儿不知道该做成啥样子,也不知道你们上边有啥要求,这不就找二丫姐来问询问询。"

二丫摸着崭新的鞋子说:"好事儿呀。那我跟你们一块儿做,行吗?"

榆儿笑着说:"哎呀,那可太好了。你先在我家歇会儿,我去叫姐妹们过来。"

找齐了成员,二丫便指导起几个年轻妇女做棉鞋。她说:"战士们每天都要行军,鞋得跟脚,这棉鞋呀,不能做成咱们村里男人穿的那种老汉鞋。"

榆儿说:"二丫姐,那做成啥样子的呀?"

二丫说:"榆儿,你有纸和笔没有?"

榆儿说:"有。"说着跑进堂屋去拿纸笔。

拿来纸笔,二丫画出了一幅军鞋的模样给大家看。她说:"就要这样的,鞋面要多出两片帮子来,这两片帮子上要掏眼,绑鞋带用。"

榆儿看了一眼,说:"这个好做。"

二丫说:"这鞋底子要厚,要结实,起码得纳五百针,要不容易烂。"

讲解完之后,院子里七八位年轻妇女在二丫的指导下,热火朝天地做起了棉鞋。有的裁剪棉布,有的絮棉花,有的粘鞋底,分工明确。二丫与榆儿则负责纳鞋底。二丫给榆儿讲着:"……我哥让阎锡山抓了丁,家里就剩下我娘和我。我娘有痨病,一到冬天就喘半口气儿。去年年初,我娘为了还地主家的债,进山去采草药,结果摔到了,回家没几天就过世了……"

榆儿听到二丫一家悲惨的命运，十分感伤，说："二丫姐，没想到你这么苦命。"

二丫说："我不命苦，我很幸运遇上了朱老总，他收留了我，就这么着我跟着朱老总去了工校。"

"喜子哥他对你可好了吧？"

"他？他可没少批评我。"

"啥？这么说，他还真欺负你了？"

二丫笑了笑，说："说不上是欺负。我刚去工校的时候啥也不懂，啥也不会，老犯错误。一犯错误，他就数落我，一开始我真挺恨他的，后来……"

"后来咋了？"

"也没啥，反正觉得他挺好的。榆儿，我那会儿不知道你跟陈连长……"

"咳，二丫姐，你还说这个干啥，那都是过去的事儿了，我早想开了，这就是缘分，要不我能嫁给更生哥？"

"榆儿，其实陈连长也一直说你好，说你胆子大，敢做敢当，有股大丈夫的劲儿。"

榆儿扑哧一笑，说："这是他说的？"

二丫说："是呀。"

榆儿笑着说："他说的也对，我从小就爱跟小子们一块儿耍，有话憋不住，倒出来才痛快。上一次喜子哥跟一个首长来咱们村，我差点没把他气死。"

二丫觉得有趣，忙问道："咋回事儿？"

榆儿反问说："他回去没跟你说？"

二丫摇摇头说："没有。"

榆儿笑着说："也怪我不懂事儿，知道首长来了，估计能镇住他，我就说他是个陈世美……"

讲完，二丫与榆儿欢快地笑起来。正说笑着，门外传来了陈开尧的话音："你们俩在说我坏话呢吧？"

二丫与榆儿扭头望去，只见陈开尧笑吟吟地站在院中。二丫白了他一眼，说："你没做坏事儿还怕别人说你坏话？"

陈开尧没想到二丫这么快就和榆儿要好了，心里十分高兴，故意说："哼，我都听见了，你们俩编排我的坏话。"

榆儿笑着说："我们没说你，说陈世美呢！"说完与二丫又咯咯地笑起来。

陈开尧说："榆儿，你爹呢？"

榆儿说："上县城了。你找他有事儿？"

陈开尧说："有点事儿，等他回来让他去村公所，我和老支书在那儿等他。"

陈开尧说完转身往门口走去。榆儿起身喊他："哎，喜子哥，我家更生去报名参军没有？"

陈开尧转身看着榆儿，说："去了。榆儿，你们可刚结婚，你就舍得他走？"

榆儿坚定地说："那有啥舍不得的。哎，喜子哥，更生他能行吗？"

陈开尧笑着说："行！只要他符合条件，那咋不行？"

岗南村的支前运动如火如荼地开展着，打谷场上堆满了大小不一的各色麻袋，好几杆大秤不停地称着玉米、稻谷、高粱等粮食，人欢马嘶，热闹不已。

榆儿家里则是另一番场面。岗南村的妇女们在二丫和榆儿的带领下日以继夜地做着棉鞋、棉袄等衣物。妇女们边劳作边叽叽喳喳地说笑着。二丫给她们讲述西柏坡中央机关大院的故事，妇女们都羡慕二丫找了个好男人。

河滩边是陈开尧他们的训练场地，应征参军的青年们都在河滩上练

西柏坡_361

习刺杀、行进、投弹等各项技能。陈开尧一丝不苟的严格要求，让青年们有些吃不消。更生鼓励大家，要想为新中国为革命出把力，就一定要能吃苦！尽管大伙儿嘴上埋怨陈开尧，但还是都咬牙坚持了下来。陈开尧也不由得暗暗佩服自己村里小伙子们的韧劲。

组成岗南村支前委员会的，除了方定国与陈开尧，还有张庆发。这日一早，他们在村公所堂屋里商议运送物资的事宜。由于缺少骡马大车，因而要在规定时间内将物资运出去成了个难题。陈开尧问："现在还缺多少车？"

方定国说："那可缺得多了，就咱现有的大车，能运走一半儿就不错了。"

陈开尧皱眉说："今儿个是二号，武装部那边定的是几号到下东峪集合？"

张庆发说："十一号。"

陈开尧说："还有九天时间。哎，老支书，有这九天时间咱也能做他好几辆大车呀！"

方定国一拍脑门说："哎呀，是呀，我咋把这茬儿给忘了！咱村有好几个好木匠，打几辆大车肯定是没问题。"

张庆发说："我家正好有几方好木头，我都捐出来。"

陈开尧说："哎，庆发叔，那应该是给我洪志哥结婚打家具的吧？"

张庆发说："先不管他了，咱先做大车。"

方定国说："庆发，你的木头就算村委借你的，以后一定还上。"

张庆发说："这话说的，见外不？你要是这么说，我还不给了。"

正说着，陈大宽进来了。陈开尧一怔，说："爹，你咋来了？"

陈大宽说："你咋还不走，人家二丫等着你去郭苏村呢！"

陈开尧说："这就走。哎，爹，咱家有木料没有？"

陈大宽说："有，咋的，你要办事儿？我现在就给你请木匠。"

陈开尧说："我办啥事儿呀，捐出来吧，做大车，运粮食。"

陈大宽挠头，说："这……"

陈开尧故意说："爹，你这觉悟可不高呀，人家庆发叔可都把给洪志哥打家具的木料拿出来了……"

陈大宽小声地说："喜子，那些木料我寻思着给你打几件家具，好娶媳妇……"

陈开尧说："咳，用不着。再说，新中国打不下来，我娶啥媳妇儿呀！"

陈大宽一拍大腿说："行，这可是你做主的，反正是你小子娶媳妇，又不是我娶！"

九号这天是新兵出发的日子，一大早，打谷场上锣鼓震天，四周围满了欢送的乡亲。更生等参军青年们胸前戴着大红花，整齐地站在武装部彭部长面前。

榆儿站在石碾子旁看着更生，眼中含泪，看到陈开尧与二丫走过来，她急忙躲到了大槐树下。二丫早看见了榆儿，跟陈开尧说了两声后朝榆儿走过去了。陈开尧则过去和彭三元交谈起来。陈开尧说："彭部长，我们岗南村这些个子弟兵可都交给你了。"

彭三元与陈开尧握握手，感谢地说："陈连长你放心，我会安安全全地把他们带到军分区。"

陈开尧看了子弟兵们一眼，说："好，你们一路好走。"

彭三元说："那我们就出发了。"说完转身面对众参军青年大声喊道，"听我的口令：立正，向左转，齐步走！"

众参军青年神采奕奕地跟着彭三元齐步走出打谷场，两旁送行的乡亲们挥泪不断地招着手。榆儿从大槐树下跑出来，冲着更生高喊："更生哥，到了部队要记得捎信回来！"

更生转过头，向榆儿微笑着招手，喊道："榆儿，你放心吧，照顾好咱爹咱娘！"

榆儿看着队伍渐渐远去，看不清了，又三两步爬上秸秆垛，朝队伍远远地挥着手,眼泪止不住流下来。

参军的队伍走后,陈开尧和二丫也向陈大宽道别,陈大宽坚持要送送他们,三人缓步向村口走去。陈开尧看着天色已晚,便劝说道:"爹,你回吧。"

二丫也说:"大叔,回吧,天冷,别冻着了。"

陈大宽看看陈开尧,又看看二丫,眼睛湿润了,说:"没事儿。喜子、闺女,爹知道你们成亲以后肯定不在咱村住,可办喜事儿得在咱村办,知道不?"

陈开尧说:"那是,一定在咱村办。"

陈大宽拍了拍陈开尧军装上的尘土,说:"你好好待人家闺女,可不兴欺负人家。"

陈开尧说:"那怎么会?"

二丫抿嘴一笑,说:"大叔,他不敢欺负我,他要是欺负我,我就来跟您告他的状。"

陈大宽说:"就是,他要是敢欺负你,你就告诉首长。"

陈开尧说:"爹,你可多注意身体。"

二丫说:"是呀,大叔,天冷了,不能老吃冷饭,要不肚子疼。"

陈大宽说:"没事儿,你爹身子骨那是谁都比不了。走吧!"

陈开尧拉过二丫的手,恭恭敬敬地一起向陈大宽鞠了个躬,接着转身离去了。望着他们渐渐远去的背影,陈大宽脸上终于露出宽慰的笑容。

56

　　西柏坡支前活动的踊跃劲儿一点也不输给岗南村，众村民在老支书阎三齐的号召下，争先恐后地把自家粮食送到村公所来。看到别人家都积极踊跃地捐粮，阎大头的眉头那是越皱越紧。

　　这日午后，阎大头坐在玉米地旁抽着烟，只见收割过的玉米地里满是割剩下的根茬，齐刷刷的。正闷头抽烟，阎凤山走了过来。阎大头扭头看了他一眼，说："凤山，这次支前你准备支援多少粮食？"

　　阎凤山说："你呢？"

　　阎大头吸了一口烟说："我先问的你。"

　　阎凤山说："八百斤。"

　　听到这个数，阎大头倒吸了一口凉气，惊讶地说："八百斤？"

　　阎凤山说："咋的，少呀？"

　　阎大头在脚上磕了磕烟锅，说："不少，可不少。"

　　"你捐多少？"阎凤山问。

　　"你都捐八百斤，我咋也不能比你少了，我也八百斤。"

　　阎凤山嘲笑地说："你能做了大脚的主？"

　　阎大头鄙夷地看了阎凤山一眼，说："咋就不能？"

　　阎凤山笑着说："你得了吧。我就纳闷了，咱们阎家可从来没出过怕老婆的，你咋就……"

　　阎大头霍地起身，不悦地说："谁怕她了？我不就是……"

阎凤山说："你就是怕她不给你生儿子。我说大头，咱都一把岁数了，儿子不儿子的又能咋的？你就别……"

阎大头说："你说哪儿去了，跟这个有球相干？"

阎凤山笑着说："那你给我拿出八百斤看看。"

阎大头一跺脚，说："我还就捐八百斤了。"

阎大头说完拎起锄头向村口走去。回到家里，见李大脚不在屋内，阎大头从东厢房内搬出几麻袋粮食放到手推车上，正要推出去，只见李大脚手里拎着个纺线拐子走了进来。李大脚扫一眼手推车上的粮食，冷冷地看着阎大头说："你那是推了几麻袋粮食？"

阎大头放下车把，说："两……不是，四麻袋。"

李大脚说："你都支了前，咱喝西北风去呀？"

阎大头说："我盘算了，剩下的够咱吃的。人家都起码五六百斤地捐，咱也不能太少了是不是，要不面子上……"

李大脚从鼻子哼了一声，说："面子能当饭吃呀？再说了，还有一冬天一春天要过呢，你不留着点，开春了喝西北风去呀！"

阎大头说："看你说的，不至于。我不是说了嘛，留下的粮咱足够吃。"

李大脚说："光吃粮呀，你不得换点油盐和零花？"

阎大头说："那也够啦！"

"不行，不能捐那么多，给我搬回来两袋。"李大脚板着脸说。

阎大头瞪着他，满脸的不快，说："你……少跟我扯。"

李大脚说："我扯还是你扯，二百斤还不够？我看你是吃饱了撑的。"

阎大头说："二百斤咋能拿得出手嘛？"

"咋叫拿不出手，有那么个意思就得了，你还真当回事儿？"

"哎，大脚，共产党对咱可不赖！春草生孩子的时候，你还不是一个劲儿地说人家共产党好，咋到了动真格的时候，你就……"

"一码是一码。别人家爱捐多少捐多少，咱家就二百斤。"

"不行，这事儿我不听你的。"

说着，阎大头推起车就要走。李大脚一把拽住他的衣领："你敢，我看你敢走出这个门！"

阎大头只得又放下车把，瞪着李大脚说："你想咋着？"

李大脚说："给我搬回去两麻袋。"

阎大头心急，在麻袋上拍了一掌，说："大脚，二丫可是你干闺女，让她知道了咱家就捐二百斤，要是问起来，你脸上挂得住？"

李大脚说："有啥挂不住的。"

"你……人可不能昧良心呀！"

"我咋就昧良心了？我又没干缺德事儿！"

"你说，村里交粮，你死活就是不交，这……这些日子我在村里都抬不起头！人家背地里说的那些话……"

"哎呀，这话你都说一百遍了，我这不是让你交嘛。"

阎大头说："那要交就多……"

李大脚说："少扯，你要想交就二百斤，不想交就拉倒！"

无奈，阎大头只好扛起一麻袋粮食又放回了东厢房。

阎大头不愿和李大脚吵架，他照着李大脚的意思往村公所交了二百斤粮食。然而到了第二天下午，趁着李大脚不在家，阎大头又偷偷把两麻袋粮食扔到牛车上，送去了下东峪。

从下东峪送完粮回来，阎大头走到一处山坡的时候，就见一辆两匹马拉的大车在山路上颠簸而行。车上用篷布遮得严严实实，篷布上还坐着几位持枪的战士，车前坐着一位干部模样的年轻人。由于刚下过小雪，山路湿滑，拉车的马奋力蹬踏，但还是很难爬上前面的陡坡。几个战士跳下来，准备推车。突然，捆扎篷布的绳子松了，几捆印刷品滚落在地垄边。赶车的战士忙勒停马，战士们将印刷品抬回车上，重新扎好篷布。

阎大头赶着牛车走上前去，说："同志，上不去啦？"

年轻干部说："是呀，老哥。"

西柏坡 _ 367

阎大头说:"走这种道,马不行,蹄儿滑!甭急,咱有招儿!"

说着,走到自己的车前,把车辕架卸了下来,牵过犍牛拴到马车上。年轻干部看到阎大头是要帮他们,感激地说:"老哥,谢谢你呀。"

阎大头说:"谢啥。一看你们就是部队上的,咱都是自己人,一家子。"

年轻干部说:"对,是一家子。来呀,过来推!"

阎大头牵着牛在前面拉,战士们在车后推着,马车终于上了陡坡。到了坡顶,年轻干部握着阎大头的手感激地说:"老哥,真是太谢谢你了,要是没碰上你,可就费老劲了。"

阎大头说:"哎,咋又说远了,咱不是一家子嘛?"

年轻干部笑着说:"是,是,不说了,不说了。老哥,那我们走了。"

战士们纷纷上车,马车继续向前行了。阎大头返回坡下将牛重新套好,又到沟垄边要撒泡尿。正撒尿时,他忽然看到干草丛中有一捆纸张。他走过去拨开干草,竟然是一大捆钞票模样的纸张。他拎起来看了看,认不得是什么东西,随手便扔到牛车上,甩了个响鞭,向坡上走去。

回到家里,就如同阎大头料想的,李大脚上来就是一通数落谩骂,最后竟然哭着喊着要去找二丫把粮食要回来。阎大头忍不住发火了,说:"你敢!你要是敢去,我就去跳滹沱河!"

李大脚被阎大头的气势吓住了,这才不再闹了,又看到牛车上那一大捆没有切割的纸张,问:"这是啥?"

阎大头蹲在墙根抽烟,说:"不知是啥,道上拾的。"

李大脚解开纸上的绑绳翻了翻,说:"啥地儿拾的?"

阎大头说:"下东峪西边疙瘩岗子下头,上坡时候在那儿撒泡尿,拾了这个。"

李大脚拎起纸张,用手掂掂,感觉挺重,说:"像是票子。"

阎大头说:"不是吧,那地儿能长出票子来?"

李大脚不再多说,拎起纸张拿进了屋。

吃罢晚饭,点燃油灯,李大脚将那捆纸张展开到桌上,瞪着眼睛看着，觉得像钞票又觉得不像，说："倒是像票子，可这么一大张，咱从来没见过呀。"

阎大头从西耳房走出来，看了看说："像是……像是咱边区的票子。"

李大脚说："胡说！你见过这么大张的边区票？"

阎大头说："那你说是啥？"

李大脚说："我咋知道？咳，甭管是啥，糊墙糊窗户都挺好的。你瞅瞅，这花花绿绿的，多好看。快过年了，咱这炕围子也该糊糊了。"

第二日一早，李大脚正将一张张纸往墙上糊的时候，二丫进来了，诧异地问："干娘，你这是弄啥了？"

李大脚说："你干爹拾了这些花花纸，正好把这炕围子糊糊。"

二丫拿起一张看了看，很是喜欢，说："是挺好看的。干娘，给我几张行不，我也糊糊墙。"

李大脚说："行，拿吧。哎，闺女，你有事儿？"

二丫说："啊，是。干娘，把你家的细筛子我用一下。"

二丫借筛子是拿给董必武的夫人何莲芝用的，她把筛子送到董必武住处时，何莲芝已经拆开了枕头，把荞麦皮都倒了出来。二丫把筛子递给她，说："何阿姨，我来帮您筛吧。"

何莲芝笑着说："谢谢你啦，这就不用了，你忙你的去吧。"

二丫点点头，转身正要出门，董必武恰好回来。他看到二丫手里的纸张，不由得一怔，说："二丫，你手里拿着的是什么？"

二丫说："哦，不知道啥东西。"

董必武说："让我看看。"

二丫将纸张递给董必武，董必武看后大吃一惊，说："这是从哪儿来的？"

二丫说："我干娘说，是我干爹从野地里捡的。"

董必武说："走，快带我去你干娘家。"

二丫不晓得出了啥事儿,但看到董必武紧张的神情,也不敢多问,带着董必武直奔李大脚家而去。到得李大脚家,董必武进到堂屋,只见李大脚还在往墙上贴纸,泥皮斑驳的墙上已经糊上了不少。董必武着急地说:"大妹子,不能糊了。"

李大脚一惊,赶紧转身,吃惊地看着董必武,说:"你是……"

二丫忙介绍说:"干娘,这是咱们中央的董老。"

董必武指着李大脚手里的纸说:"大妹子,这票子哪来的?"

李大脚从炕上拎起糊剩下的纸张递给董必武,说:"我男人昨儿个在下东峪那边地里捡的,剩下的都在这儿了。我也不知道是啥,就是看着花花绿绿的挺好看……"

董必武说:"这是咱解放区新发行的人民币,昨天丢在路上了。"

李大脚吃惊地说:"咱解放区的票子我们都见过呀,可这都连着的,真是咱的票子?"

董必武说:"是,这钞票还没分切。幸好落到咱自己人的手里,要是落到敌特分子手里那就麻烦了。"

李大脚说:"哎呀,那已经糊上这么多了,咋办呀?"

董必武说:"大妹子,还是揭下来吧,这钞票是咱解放区的脸面,糊在墙上不合适,你说呢?"

李大脚说:"是,是,我们也是不知道,实在是对不住,对不住……"

董必武说:"没关系,不知者不怪。那这钞票我就拿走了。大妹子,待会儿我让二丫给你送些旧报纸来,拿报纸糊墙也挺好的。"

李大脚说:"不糊了,不糊了,啥都不糊了。"

董必武说:"大妹子,那就谢谢你了。"

李大脚说:"哎呀,还说啥谢,我们没闯下大祸那就是万幸了。"

董必武说:"二丫,你帮着大妹子把那些糊上的钞票揭下来,送到我家去。"

二丫答应着,脱鞋上炕与李大脚一起揭了起来。董必武拎着钞票赶忙转身出去了。

听说阎凤山、阎树根等人都已经报名去支前送粮以后，阎大头心里很不是滋味。这天他跟李大脚商量，说自己也想去前线送粮，李大脚一听就火了，大闹了一场，硬是逼着阎大头赌咒发誓，说一定不去支前。

然而阎大头嘴上说了不去，心里却已经拿定了主意。第二天上午，他先来中央机关大院找到了二丫，跟他说了自己的想法。二丫听后十分意外，说："干爹，你……真要……去支前？"

阎大头点点头说："嗯，闺女，干爹不能落后了，你说是不是？"

二丫说："这没啥落后不落后的。干爹，您跟我干娘说了没有？"

阎大头说："说了，她没说啥。闺女，我来找你就是想跟你说一声，你要是有空就多去看看你干娘。"

二丫没想到阎大头的觉悟提高得这么快，心里也替他高兴，于是说："干爹，您就放心去吧，这是好事儿，干娘那边有我呢。"

阎大头听到二丫的话，总算放心了，脸上也露出了笑容，说："哎呀，闺女，那可多谢你了，有你在，我也能放心走了。"

距离出发的日子越来越近了，李大脚知道自己是拦不住阎大头了，虽然这些天她对阎大头不理不睬，但心里却是越来越牵挂。临走这天晚上，李大脚半夜爬起来，专门烙了十几张白面烙饼塞进阎大头的褡裢里。第二天送阎大头到村口，虽然李大脚仍然赌气地一句话没说，但看着阎大头渐渐消失的身影，她还是忍不住在村口放声大哭起来。

57

下东峪村的打谷场是此次支前队伍的集合点，只见一排排骡车整整齐齐地排列在这里，全部整装待发。临近中午前这里又下了一场大雪。快要出发的时候，一辆吉普车在打谷场前停下，陈开尧扶着朱德走出了车子。

朱德与陈开尧走上打谷场，晋察冀军区后勤部部长况开田迎上来，激动地说："哎呀，朱老总，下着雪您就不要来了。"

朱德说："要来，下点雪怕啥子嘛。"

况开田站到一块大石头上，冲着运送物资的乡亲们喊话。陈开尧看到一辆骡车后竟然有自己的父亲陈大宽，还看到阎凤山、阎大头、阎树根等西柏坡的村民们也在队伍当中。陈开尧大为惊讶，没想到父亲这么大岁数也要上前线支前。正要前去询问，只听况开田说："乡亲们，首长来给你们送行来啦。下面我们有请首长给我们讲几句话。"

热烈的掌声响起，朱德踩上大石头，满含感激之情地望着乡亲们说："乡亲们，我代表党中央、代表三百万解放军战士谢谢你们了！"说完，朱德冲着乡亲们深深地鞠了一躬，接着又说，"天气冷，我也不多说了。乡亲们，路途遥远又艰险，你们可要保重，平平安安回来。"

热烈的掌声再次响起。况开田冲着乡亲们高喊一声："出发！"

骡车一辆辆向坡下走去，浩浩荡荡的队伍走下打谷场，一路逶迤东去。出了下东峪村口，陈开尧追上陈大宽，解下自己脖子上的围巾给父亲围上，说："爹，您这么大岁数了，要不……"

陈大宽将围巾扔给他，说："这么大岁数咋的了？少说丧气话。"

陈开尧还是将围巾给父亲围上，说："您围上吧。爹，您去支前咋也不跟我说一声？"

"我是你爹，跟你说得着吗？"

"爹，这一路可不轻松，您能行吗？"

"咋的，你看你爹不行？"

"您都快六十的人了，毕竟……"

"又放这个屁，佘太君八十岁还挂帅呢！"

刚才朱德讲话的时候，陈开尧捡了根粗树枝削成一根木棍，这会儿便递给陈大宽，说："爹，把这个拿上。"

陈大宽说："我又不是七老八十了，拿这个干啥？"

陈开尧说："您腿脚不灵便，拿上吧。"

陈大宽看了陈开尧一眼，接过木棍，说："行啦，快回去吧，别让人家首长等你。"

"那您小心点。爹，我走了。"

陈大宽说："走吧，等爹回来你就跟二丫把事儿办了。"

陈开尧说："回来再说吧。"

陈大宽转身跟上队伍走了。陈开尧望着父亲的背影，眼眶中涌出了泪水。这时阎凤山从后边上来了，说："陈连长，你这是跟谁说话呢？"

陈开尧说："我爹。"

阎凤山一愣，说："岗南村的陈老宽是你爹？"

陈开尧说："啊，我爹。"

阎凤山说："嘿，陈老宽可是个老车把式，我们早先就认识，不过他这么大岁数了，你咋……"

陈开尧说："是呀，我也担心，我爹今年都五十八了。"

阎凤山说："哎呀，你爹可真行，你们爷俩都是好汉。"

陈开尧说："凤山大哥，你快跟着大伙儿走吧，路上小心。"

阎凤山拍拍陈开尧的肩膀说:"没事儿,你放心,我替你照顾你爹。"

陈开尧感激地说:"那谢谢凤山大哥了,你自己也多保重。"

阎凤山牵着骡车嘚嘚而去,阎大头又赶着骡车跟了上来。眼见陈开尧仍在张望,阎大头说:"陈连长,你就放心吧,有我跟凤山在,不会让你爹受累的。"

陈开尧说:"哎呀,干爹,我还真没想到你也来支前了。"

阎大头笑着说:"咋的,富农就不能去支前了?"

陈开尧说:"不是,我是说干娘脾气不好,你就不怕她……"

阎大头说:"她能说啥,她要是再光说人话不办人事,我休了她。"

阎大头的话把身后的阎树根逗得哈哈大笑。阎树根说:"我说大头哥,也就是嫂子不在你过过嘴瘾,你还敢休人家,人家休你还差不多。"

陈开尧说:"干爹,你就放心去吧,干娘那边有我跟二丫呢!"

阎大头说:"有你们俩在,我放心。话又说回来了,你干娘那人就是心眼儿小,爱占个小便宜,心地还是好的。我这可是良心话,谁要是说话不讲良心,甭管谁,生孩子都没屁眼!"

不少赶车的人听了阎大头的话,都哄笑起来。雪花又落了下来,越下越大,天地渐渐变得白茫茫一片。

大雪纷飞,支前的车队顶着风雪走在乡间路上。

陈大宽拄着木棍深一脚浅一脚地跟在队伍中走着。车上有个麻袋露出一个小口,往外渗着麦粒,陈大宽从棉袄中拽出一团棉花,搓成一根短绳系住了漏口。这时阎凤山从后边走过来,说:"老哥,咋的,漏了?"

陈大宽说:"嗯,漏了点,没事儿,系住了。"

阎凤山说:"老哥,你还是坐车上歇歇吧,别走了。"

陈大宽说:"不打紧,路还远着呢,咱也得体谅拉车的牲口不是。"

阎凤山看到陈大宽手里拄的木棍上刻了不少字,奇怪地问:"哎,老哥,你这棍上刻的是啥字儿?"

陈大宽说:"地名儿。咱现在一共走过了六个县,我都刻在这上面了。"

阎凤山说:"老哥你还识字呀?"

陈大宽说:"不识,我是让人家彭部长先写下,我再照猫画虎地往上刻。"

"刻它干啥?"

"凤山兄弟,不怕你笑话,我一辈子也没出过远门,这次就想看看咱能走多远。"

"哎呀,老哥,你可真是个细心人。哎,老哥,你家陈连长啥时候跟二丫那闺女办事呀?"

陈大宽一怔,没想到阎凤山竟也知道这事儿,于是说:"凤山兄弟,这事你咋知道的?"

阎凤山说:"咳,我就在他们那个大院里头住,低头不见抬头见的,知道。"

陈大宽吃惊地说:"啥?你也在大首长他们那个院里住?"

阎凤山说:"是呀,毛主席住的那个院子就是我家的。"

陈大宽说:"哎呀,这么说你不就成了毛主席的房东了吗?"

阎凤山憨笑两声,说:"嘿,还真是房东。有时候碰见了毛主席,他也叫我阎房东。"

"哎,凤山兄弟,毛主席长得啥样?"

"高高大大的,白白净净的,一看就是个福相儿。"

"那肯定是福相儿。听说上一次蒋介石派飞机去阜平轰炸,炸弹就落在了毛主席家的房顶上,可他愣是没啥事儿。阜平那边都传开了,说毛主席是上界的天神下凡呢!"

"我看是。不过人家干部们可不这么说,说咱那是迷信的说法。"

"啥迷信,尽扯。谁让咱过上好日子,咱老百姓就迷信谁。"

阎凤山颇为认同陈大宽的说法,高兴地说:"是,老哥,说得好呀!"

每路过一个县城，就能遇到一个县的支前队伍，所以不过十几天工夫，队伍已经陡然增大了数倍，浩浩荡荡的骡车队伍行进在乡间路上，首尾相距足有二十多里地。

这天到了山东境内，队伍在一处村庄歇脚，阎大头与陈大宽往马槽内添加着草料。阎大头说："陈老哥，说起来，咱俩还是半个亲家呢！"

陈大宽一怔，不知道他这话是从何说起，纳闷地问："你……"

阎大头笑着说："我就是二丫的干爹。"

陈大宽握住阎大头的手，说："哎呀，阎老弟，你就是二丫的干爹呀，凤山兄弟咋也没跟我说……"

阎大头说："这层关系他们不知道。你家喜子可是个好人，二丫能找上他，以后可要享福喽！"

陈大宽高兴地说："是我家喜子享福，二丫是个好闺女，我看得出来。二丫跟我说了，说这两年你们两口子没少照顾她，我得谢谢你呀！"

"谢啥，说实在的，是二丫没少照顾我们俩。二丫跟陈连长都仁义，他们俩能在一块儿那可真是天生一对。"

"那是，那是，等他们办喜事儿的时候，咱老哥俩可要好好喝两杯。"

"那一准要好好喝。"

铺好草料，阎大头与陈大宽说笑着走进一处土坯房。房内生着一个泥炉子，热气蒸腾，乡亲们围在炉子前，一边烤火一边吃着干粮。

陈大宽提议让阎凤山给大伙儿讲讲首长们的事情，阎凤山也不推诿，添油加醋地讲了起来。正讲得高兴，彭三元走了进来，说："大伙儿吃完就早点歇了吧。"

陈大宽说："哎，彭部长，天还早，咱不走了？"

彭三元说："雪太大，明天一早再走。"

陈大宽又问："这里是啥地界了？"

彭三元说："山东东平。"

阎凤山说："离前线不远了吧？"

376 _ 西柏坡

彭三元说:"不远了,也就是三五天的路。"

陈大宽起身走到彭三元身边,脸上堆着笑,说:"彭部长,还得麻烦你,'东平'这两个字咋写。"

彭三元拿起茶壶往桌上倒了点水,用手指蘸着水写下"东平"两个字,说:"陈大叔,看清楚了没有?"

陈大宽看了看,说:"看清楚了,谢谢你啊!"

说着,陈大宽从怀里掏出小刀,照着桌子上的字在木棍上刻起来。

临出门,彭三元又转身拍拍手,对乡亲们说:"老乡们,注意一下,听我再说一个事儿。"众人安静下来,彭三元继续说,"过了东平,咱的车队很可能会遭到国民党飞机的轰炸,大家出发的时候前后不要挨得太紧,要保持五米左右的距离。"

彭三元说完转身出去了。阎大头走到陈大宽跟前蹲下,从怀里掏出两张烙饼递给陈大宽,说:"亲家,吃这个。"

陈大宽低头刻着字,说:"我不吃,你吃吧。"

阎大头说:"这是临走时候大脚偷偷塞给我的,还剩两张,你吃吧。"

陈大宽接过一张,说:"好,咱俩一人一张。"

两人分了烙饼,边吃边说笑着。

第二日一早,雪停了,队伍继续前行。众乡亲们从土坯房出来,纷纷走到自己车前,抖落油布上堆满的积雪。彭三元从一间房内走出来,冲着大伙儿喊道:"我再说一遍,走的时候不要跟得太紧,要保持五米左右的距离。"

在乡亲们的吆喝声中,骡车队再次出发。

朔风呼啸,天空阴沉,随时可能再次落雪。铃铛叮咚响着,支前的车队一字长蛇般行进在公路上。想到彭三元关于可能遭遇敌机的叮嘱,人们的心情也随着天气一样阴沉下来,都默默地走着,没有人说笑。走了约莫十几里路,忽然,天空中远远传来飞机的轰鸣声。

西柏坡 _ 377

彭三元高喊："不好，有敌机！"接着转身对乡亲们又高喊，"大家卧倒！"

乡亲们大多没听清他的话，依旧走着。彭三元从队头向队尾一路边跑边喊："散开，有敌机，散到田里去，快卧倒！"

乡亲们这才牵着骡车纷纷走下公路，朝地里散开。轰鸣声越来越近，敌机从云层中钻出，炸弹呼啸而下。爆炸声连连，硝烟弥漫开来。陈大宽牵着的骡子突然受了惊，拉着车在田地里没头苍蝇似的狂奔。陈大宽追着骡子，想把它制服。阎凤山与阎大头等人趴在沟垄间，看到这个情形，都替他捏了一把汗。阎凤山高声喊道："老哥，别追了，趴下，快趴下……"

阎大头也大喊："亲家，别追了！趴下！"

话音未落，一颗炸弹在陈大宽身边爆炸，车上的粮食夹杂着鲜血四散开来。阎凤山大喊一声"陈老哥"，爬出沟垄向陈大宽冲来。阎大头与阎树根等乡亲们也跟着冲了过来。阎凤山抱起血肉模糊的陈大宽泪水涟涟，哭喊着说："老哥，陈老哥，你醒醒，醒醒啊！"

阎大头悲痛地说："亲家，醒醒，咱老哥俩还要喝喜酒啊！"

陈大宽缓缓地睁开眼，四下寻找着什么，嘴里喃喃地说："车，车……"说完，头一歪，永远闭上了眼睛。

阎凤山大吼一声："老哥！"

大片大片的雪花落下，大地白茫茫一片。田地里燃烧着十几个火堆，阎凤山跪在一个火堆前，用铲子铲起灰烬倒进一个瓦罐。公路上，支前的乡亲们个个表情肃穆地望着火堆。

阎凤山等人将燃烧后的灰烬扬洒在田地里，说："陈老哥，你车上的粮食一粒都没丢，你放心，我保证给你完整地送到前线去。"

阎大头从腰间解下一个葫芦，拔开塞子，将葫芦里的酒向田地洒去，说："亲家呀，喝吧，等孩子们办事儿的时候，我再给你倒三杯，咱好好喝，啊！"

58

二丫想参加支前卫生队到前线去的愿望并没有让陈开尧吃惊，不过出于工作上的考虑，陈开尧并不愿意二丫这个时候走。二丫托他去县里报名他也没有去，他想再劝劝二丫，现在正是中央机关最紧张的时候，首长们的伙食也是重中之重，这个时候二丫提出要去前线，陈开尧有些不情愿。

这日一早，陈开尧去小伙房找二丫。一进来，只见二丫正在灶台前刷锅。没等他开口，二丫急切地问："给我报了名没？"

"你真的要去？"

"我不是都跟你说好了吗，你咋……"

"我是支持你去，可你想想，你走了，你这一摊又得换人，主席他们刚吃惯了你做的饭菜，这下又得……"

"说起这个，我心里也不舒服。陈连长，我现在也是个战士，是不是？"

"那当然是。"陈开尧斩钉截铁地说。

二丫说："一个战士一辈子没上过前线，那是不是有点太那个了？"陈开尧盯着二丫没有答话。

二丫又说："陈连长，跟你说句心里话，可能你不爱听。"

陈开尧说："你说。"

"我也不知道咋的，我这思想、我这觉悟总觉得跟你们有差距。我说不清是咋回事儿，可能就是我没有经历过战火的缘故。"陈开尧有些惊讶地看着二丫，似乎体会到了她的心情。

二丫接着说:"我知道上前线要冒牺牲的危险,可我不怕。说真的,我想立功,我想为解放全中国立点功。我在这儿虽然安稳,可要是立功估计是没啥机会了,上了前线不一样,上了前线……"

陈开尧说:"上了前线也不见得能立功呀,前线上百万的战士,不是人人都能立功的。"

"我知道,可在前线毕竟机会多些,立功不是主要的,我就是想去经历经历。如果这次不去,估计以后也没啥机会了。"

陈开尧说:"说实在的,我的心情跟你是一样的,我一直也想上前线,可现在看来是没啥机会了。我支持你去,你要是能立功回来,我也会觉得特光荣。"

得到陈开尧的赞同,二丫很是欣喜,高兴地说:"那你是同意了?"

陈开尧说:"我同意管啥用,关键是人家安秘书长点头才行。"

二丫说:"那你就赶紧去跟安秘书长说说。"

陈开尧说:"嗯,我这就去,你也准备准备。"

陈开尧好说歹说,终于说服了安子文同意二丫参加支前卫生队。这天一大早,二丫便赶往平山县妇联去参加学习班。

来到学习班,一众青年妇女已经在听朱仲丽大夫讲授救护知识了。二丫一进来,就看见榆儿向自己招手。她赶紧走过去坐到榆儿身旁,掏出纸笔记了起来。

朱大夫说:"伤口包扎是为了压迫止血,保护伤部,防止感染,固定敷料、夹板。包扎的常用材料有三角巾、绷带、四头带。"朱大夫一边介绍一边拿出这几样物品给大家看,"这个就是三角巾,这个就是绷带,这个呢,就是四头带。下面,我给大家介绍几种最常用的三角巾包扎法……"

课间休息时候,榆儿拉着二丫的手说笑,她问:"二丫姐,你就舍得喜子哥?"

二丫说:"有啥舍不得,又不是不回来了,你不也是让更生……"

榆儿说:"我们不一样。喜子哥他就没拦着你?"

二丫说:"没有,他挺支持我去的,要不是他去跟安秘书长说,我还来不了呢!"

"说实话,其实我挺舍不得更生走的。"

"那你为啥还让他去?"

"不让去行吗?不让他去他心里会埋怨我一辈子的。没准儿我喜子哥也是不想让你去,可是他又怕你埋怨。"

二丫忙摆手说:"不会。去就去,不去就不去,这有啥埋怨的……"

卫生队支前的日子到了。这天一大早,陈开尧便赶到县城去送二丫。在妇联大院门口,陈开尧拉着二丫的手说:"有空就给我写信。"

二丫羞涩地说:"我可不会写。"

陈开尧深情地看着二丫,说:"想起啥就写啥呗。"

二丫褪下手腕上的手镯递给陈开尧。这手镯还是上个月离开岗南村时陈大宽送给她的礼物,说是陈开尧他娘生前留下。二丫说:"这个还是你拿上吧,戴着不利索。"

陈开尧说:"不利索你就装兜里,我拿上算啥?"

二丫说:"挺金贵的,我是怕……"

陈开尧说:"怕啥?"

"怕丢了。"

陈开尧笑着说:"丢了就丢了,你人别丢了就行。"

二丫红着脸说:"去你的。哎,我要是丢了,你会不会再找一个?"

陈开尧故意逗她,说:"找一个啥?"

二丫噘着嘴说:"揣着明白装糊涂。"

陈开尧笑着说:"你要是丢了,那肯定是你想给你哥换媳妇儿,跟人家有妹子的男人跑了。"

二丫笑着在陈开尧的肩上打了一拳:"去你的,净胡说。"

这天，支前送粮的队伍到达了砀山，这里已经接近我华东野战军围歼国民党黄维兵团的前线。一大早，乡亲们在一处破庙的大院中整装准备前行。有的提水饮牲口，有的抱着草料喂骡子，阎凤山则拿着一把匕首，在陈大宽留下的木棍上刻下"砀山"两个字。正刻着，阎大头抱着一捆草料走了过来，说："凤山，你这是刻啥呢？"

阎凤山说："刻地名。"

"刻它干啥？"

"陈老哥每到一个地儿都刻，我也不能让这事儿断了，你说是不是？"

阎大头满脸哀痛地说："我这亲家他……唉，你说，咱这回去咋跟陈连长说呀？"

阎凤山也叹了一口气，悲伤地说："是呀，唉……"

出了破庙大约一袋烟的工夫，只见前方天空升起数十枚五颜六色的信号弹。信号弹拖出的光弧在天空中摇曳着，紧接着是排山倒海的欢呼声。领队的武装部副部长彭三元不知道前方发生了什么事，急忙转身冲着队伍摆摆手，大声喊停，车队停了下来。阎凤山走过来问："前边是咋回事？"

彭三元说："不知道，先别走了，看看情况再说。"

正说着，两匹快马飞驰而来，马上是两位解放军战士。彭三元向战士招招手，说："同志，同志，打听一下……"

马停下，两个战士跳下马，一个矮瘦的战士说："老乡，你们这是……"

彭三元说："我们是从河北来支前的，前边是不是打仗呢？"

矮瘦战士："打完了，黄维兵团让咱彻底消灭啦！"

阎凤山高兴地插嘴说："哎呀，那太好了，肯定是大胜仗。"

彭三元说："哎，同志，我问一下，我们这些支前的物资该交到哪儿去呢？"

矮瘦战士说："哎呀，这个我也不太清楚。这样吧，我们要去小李庄指挥部报信儿，我给你们问问我们首长。"

彭三元说："那谢谢你们了，我们就在这儿等。"

矮瘦战士说:"这么冷的天,别在野地里等着了。小李庄离这儿不远,也就是十来里的路,你们去那儿等吧。"

彭三元说:"好,好,谢谢你们。"

战士上马,飞驰而去。彭三元向众乡亲招手前行,车队再次启动。又前行了约莫一盏茶的工夫,一队身穿解放军服装的战士冲过来,将支前的队伍团团围住。

彭三元大为讶异,正摸不着头脑的时候,一个干部装束的人走了过来。这人长得五大三粗,一副大大咧咧的模样。他斜眼看了一下彭三元,说:"我是独立团的李占魁团长,你是领头的?"

彭三元说:"啊,李团长你好,我是平山县武装部的,乡亲们都是从晋察冀来支前的老乡。"

李占魁说:"那你们可来着了,我的团刚歼灭了黄维的一个旅,需要补充物资,你们这些东西留给我们团就是了。"

彭三元说:"这位同志,我们跟当地武装部接洽上了,我得交给他们才行呀。"

李占魁说:"我说这位同志,我们纵队可是歼灭黄维的主力部队,你们这支前的物资就得给我们,这要是让那些个地方团接收了去,那可不对头呀!"

彭三元说:"李团长,不是我不给你们,出来的时候上级交代了,支前的物资必须交给当地的武装部,我们……"

李占魁说:"武装部?等武装部分发下来,我们还能见着粮食?我们还要打邱清泉呢,你们这些物资正好够我们一个团用,既然咱们有缘在这儿撞见了,那就运到我们团部吧。"

彭三元摆手说:"不行,不行,李团长,我们必须交给当地的武装部才行。要不你跟我们去武装部,人家同意,你们再拉走,咋样?"

李占魁不悦地说:"还费那个事儿干啥,直接拉我们团部不就得了,我们政委给你开收据。"

彭三元为难地说："哎呀，李团长，真的是不行。"

李占魁说："有啥行不行的？"转身又对周围的战士们说，"兄弟们，让老乡们歇会儿，咱们把大车拉走。"

众战士大声应着："是！"接着开始拉拽骡车。

支前的乡民们都觉得有些莫名其妙。彭三元急忙上前阻挡，大声喊："你们不能拉走，你们这是抢！"

众乡亲们听到彭三元这样喊，也都纷纷上前阻拦。正拉扯着，忽地砰砰两声枪响，众人吃惊地看去，只见李占魁手里的枪正冒着青烟。他瞪着彭三元说："嘿，你这个同志咋说话呢，我们兄弟们出生入死打老蒋，咋让你说得跟土匪一样，你要是再……"

话未说完，随着一阵马蹄声响，人群外传来一声嘹亮的喊声："邓政委到！"

李占魁大吃一惊，挤出人群循声望去，只见邓小平与中原野战军副政委张际春骑马赶了过来。李占魁急忙上前立正敬礼，说："邓政委、张副政委，你们咋过来了？"

邓小平与张际春翻身下马。两人看了看这场面，邓小平瞪着李占魁，说："把你手里的枪收起来！"

李占魁一愣，赶忙将枪塞回腰间，接着转身又对拉扯着骡车的战士喊道："都放开，撤开！"

邓小平不悦地瞪着李占魁说："李占魁，你们这是干什么呢？"

李占魁讪笑着说："邓政委、张副政委，我们……"

彭三元走上前，认出了邓小平。八月份华北人民政府开成立大会的时候，彭三元见过邓小平。彭三元说："哎呀，邓政委，没想到在这儿遇到您了。"

邓小平有些想不起彭三元了，问："你是……"

彭三元说："我是平山县武装部的彭三元。邓政委，您忘啦，上次华北人民政府开会的时候，咱们见过的。"

邓小平想了起来，笑着说："哦，彭三元，晓得，晓得。"又看了看彭三元身后的乡亲们，"彭部长，你们这是支前来了？"

彭三元说："是呀，这不走到这儿，这位李团长非要让我们把物资交给他们。"

邓小平扭过头瞪着李占魁，愤怒地说："你们这是在干啥子？怎么会把枪口对准自己的同志？！"

李占魁神情恐慌，急忙解释说："邓政委，我们这也是为了……"

邓小平严厉地批评说："难道你不知道支前的物资要由本地武装部统一分配？你这样的行为跟过去的军阀有啥子分别？简直是无法无天了！"

李占魁羞愧地说："是，是，邓政委，我错了。"

邓小平命令说："还不快向老乡们道歉！"

李占魁接连向乡亲们鞠躬，说："乡亲们，对不起，对不起；彭部长，对不起，对不起！"

乡亲们虽然知道来了大首长解了围，但多数人还有些莫名其妙。阎凤山与阎大头等人还小声嘀咕着，说都是解放军给了他们又能咋的。

这边邓小平又对李占魁说："李占魁，回去认真写检讨。你要在团以上干部会议上公开做检讨。"

李占魁立正敬礼，大声说："是！政委，那我们走了。"

说完，李占魁带着战士快速离开。邓小平踩上一块大石头，大声说："老乡们，你们辛苦了，我邓小平代表淮海前线的将士们感谢你们。"说着，邓小平冲着乡亲们深深地鞠了一躬。

西柏坡 _ 385

59

支前物资交割完以后,大部分乡亲开始陆续返回。由于前线依然在进行围歼杜聿明与邱清泉两兵团的战役,因此彭三元决定留下一部分年轻力壮的男人继续支前。阎凤山也想留下来,只是他都已经五十多岁,因此被通知返回。但阎凤山还不死心,几次三番去跟彭三元磨,彭三元就是死活不松口,坚持要阎凤山回去。这天一早,阎凤山在集结点内正清点着货物,阎树根走了过来。阎凤山急忙上前问:"树根,彭部长咋说的?"

阎树根说:"人家彭部长还是那句话,你岁数大了,让你回去。"

阎凤山不满地说:"啥?咋老揪扯这岁数,我刚五十出头,咋就大了?"

阎树根说:"人家说了,只留四十岁以下的青壮年,超过四十的都要回去。"

阎凤山说:"这不是扯淡嘛,支前还能论岁数?陈老哥都快六十的人了,那不照样也来了?"

阎树根说:"这次不一样,人家说这次是要跟着前线部队来回跑,危险得很。我看你就跟阎大头一块儿回去吧。"

阎凤山说:"谁爱回我管不着,反正我不回。有啥危险的,能比日本鬼子扫荡还危险?明儿个我去找彭部长,我就不信他不让我留下。"

第二天一早,阎凤山果真又去支前办公室找彭三元,一见到彭三元便说:"彭部长,你爱咋说咋说,我就不回去,我要留下。"

彭三元和气地说:"阎大哥,你五十了吧?"

"五十咋的了?你当我七老八十了是不?"

彭三元笑着说:"不是,阎大哥,你听我说,这次……"

阎凤山说:"你就是说破大天了,我也不走。"

彭三元说:"阎大哥,这是上级的规定,再说这次是跟着大部队在前线行动,又辛苦又危险,这么做我们也是考虑到……"

阎凤山:"你甭跟我说这个,我不能回去。我是毛主席的房东,谁能比我有资格留下,我这回去算个啥?我咋还好意思回那个大院子?"

听到这话,彭三元笑起来,说:"阎大哥,你不想走的心情我理解,说啥毛主席的房东,这玩笑可开不得。"

眼见彭三元不信,阎凤山焦急地说:"我骗你我是你孙子,毛主席住的院子就是我家的。"正说着,阎大头与阎树根走了过来,阎凤山招呼他俩说:"大头、树根,你俩来得正好。"转而又对彭三元说,"彭部长,不信你问问他俩。树根、大头,你们跟彭部长说说,咱是不是毛主席的房东?"

阎大头嘲笑说:"凤山,你看你这牛皮吹得大了吧,工校是在咱西柏坡没错,可你说毛主席住你家……"

阎凤山着急地在阎大头胸口上捶了一拳,说:"哎,你……树根,你说,毛主席是不是住咱村?"

阎树根说:"那都是乡亲们瞎猜的。彭部长,我们村的人瞅着那个叫李德胜的首长像毛主席,就猜是毛主席。你也不琢磨琢磨,毛主席能住咱那小破山村?"

阎凤山说:"嘿,你们咋就……我告诉你们,这可是毛主席亲口跟我说的,李德胜就是毛主席,毛主席就是李德胜!"

彭三元笑着说:"好了好了,你不就是想留下吗?行,让你留下!"

阎凤山高兴地说:"太好了。大头,你呢,留下不?"

阎大头没有马上回答,而是把阎凤山拉到了一旁,说:"凤山,你刚才说李德胜就是毛主席,这可是真的?"

西柏坡 _ 387

阎凤山说："我要说半句瞎话，舌头上长毒疮！"

阎大头说："要是真的，那……那我就留下。"

阎凤山说："这咋说的，你留不留下跟毛主席有啥……"

阎大头说："毛主席要真住咱村，那咱说啥也不能给西柏坡丢脸不是？"

阎凤山说："是这话，是这话。赶紧跟彭部长说去。"

阎大头走到彭三元跟前，说："彭部长，我也留下。"

彭三元笑着说："咋的，你也是毛主席的房东？"

阎大头说："凤山说是，那就是。"

彭三元犹豫片刻，说："行，西柏坡乡亲们这份热情，咱得尊重。"

虽然支前的劳动任务繁重，但阎凤山、阎大头以及西柏坡一众留下来的乡亲们却个个奋勇争先，赢得了所有支前乡亲们的尊重。闲暇时分，阎凤山便给大伙儿讲中央机关大院里的逸事。阎凤山添油加醋的讲述，渐渐成了乡亲们休息时最期待的消遣。

这日黄昏，给前线送罢物资，乡亲们又围在阎凤山身旁听他讲故事。阎凤山点燃烟锅，深深地吸了一大口烟，说："我们西柏坡工校的校长叫胡服，你们知道这个胡校长是谁？"

众乡亲异口同声地问："谁？"

阎凤山说："这个人可厉害了，那就是刘少奇刘副主席，早先他们工校刚在我们西柏坡盖房的时候，我还跟他说过话呢。"

一个黑瘦的老乡说："哎，阎老哥，你真的是毛主席的房东？"

阎凤山不屑地看了他一眼，说："你说这事儿还能瞎诌吗？"

黑瘦老乡说："阎老哥，我可听说你家是地主啊。"

阎凤山吸了一口烟说："你咋说话的？你家才是地主呢！"

黑瘦老乡说："那你家有啥好房子让毛主席住？"

阎凤山："我们村都没好房子，毛主席住的是被日本鬼子炸过的烂房子。"

一个矮胖老乡说:"你这人也真是,咋能让毛主席住烂房子呢?"

阎凤山说:"你当毛主席是蒋介石呢!毛主席说了,他在陕北躲胡宗南的时候,连烂房子也没得住呢!毛主席是咱老百姓的毛主席,可不是啥皇帝,也不是啥大官,就跟咱老百姓一样。"

黑瘦老乡说:"是,是,咱老百姓的毛主席不讲究,不讲究。哎,老哥,这么说你能天天见着毛主席了?"

阎凤山得意地说:"也不是天天能见着,隔三岔五地能看见一次。"

矮胖老乡说:"哎,老哥,毛主席长得啥样?"

阎凤山说:"精神,可精神了。毛主席比我还大几岁,人家那身板直得很,走起路来噔噔的……"

阎大头接话说:"人家毛主席还有朱老总跟咱老百姓一个样,穿的也是粗布衣裳,走到大街上你还当他们是种地的呢!"

60

淮海战役进入尾声的同时，平津战役也在如火如荼地进行着。新参军的更生被分配在了杨成武兵团。新保安战役打响在即，更生所在的尖刀排在排长张宝顺的指挥下正在战地前沿挖掘战壕。

连着忙活了两个多小时后，眼见已近晌午，张宝顺停下手中的铁锹，往手里哈了几口热气，冲着众战士喊："停手吧，先歇会儿。"

众战士陆续停下来。更生拿起腰间的水壶要喝水，却发现水壶里的水早已经冻结："嘿，这口外的天就是冷，我刚灌的热水，这会儿就成冰疙瘩啦。"

张宝顺说："这新保安可算不上口外，上了坝才算口外，要真到了口外，把你的水壶都要冻裂了。"

"哎，张排长，听你的口音好像是山西人吧？"

张宝顺冲着更生一笑，说："你听出来了？"

更生说："我们平山话跟你们山西话差不多，听得出来。"

"你是平山的？"

"嗯，平山岗南村的。"

"平山好呀，咱中央的啥工校就在平山的西柏坡，我妹妹还是专门给工校的首长们做饭的呢。"

更生一怔，说："我也认识工校一个做饭的，她叫张二丫，不知……"

"哎呀，我妹妹小名就叫二丫。咋的，你真认识？"张宝顺高兴地说。

"嘿，这可太巧了。二丫是我嫂子，我能不认识？"

张宝顺吃了一惊，说："啥，你嫂子？你小子可别胡说呀！"

"没胡说，西柏坡工校的陈开尧陈连长你知道吧？"

"听说过，就是没见过面。就是他托人找着了我，我这才知道二丫还活着，还在工校当上了炊事员。"

更生笑着说："二丫，你妹妹，跟陈连长好上啦！陈连长是我本家的哥哥，你说，我该不该叫她嫂子？"

张宝顺半信半疑地问："有这回事儿？"

"可不是咋的，不信你写信去问问你妹妹。"

张宝顺欣喜地说："哎呀，二丫她真是好命呀，以后可要享福了！"

就在新保安前线五里之外的地方，有个村寨叫作辛庄子，兵团的战地医院就设在这里。一名医生带着二丫、榆儿等支前卫生队的妇女们到达这里，向她们做着医院的简单介绍。因为来之前，大家都接受过详细的救护培训，所以一来就能立即协助医生进行救护工作。

二丫从信中得知哥哥张宝顺也是在杨成武兵团，就想着有空打听打听哥哥的消息，可是连日来的忙碌让她根本就顾不上这事儿。

这日晌午前，新保安战役打响了。五里外的新保安城炮声隆隆，硝烟滚滚，不断有伤员被送进医院来。进进出出的担架，远远传来的枪炮声，医院的工作人员对这些根本就视而不见、充耳不闻，他们心里只有一个念头，那就是救护好每一名受伤的战士，保存他们的肢体与姓名。

刚过晌午，二丫端着放手术器械的盘子从后院出来，只见三个战士各背着一个血肉模糊的伤员冲了进来。走在最前面的正是排长张宝顺。他一个箭步跨到二丫身边，问道："哪儿做手术？在哪儿做手术？"

由于张宝顺满脸血污，头上也扎着绷带，因而二丫并没认出哥哥，她抬手指向后院说："后院堂屋。"

张宝顺等人背着伤员直奔后院而去。二丫端着盘子走进消毒室内，对手术器械清洗、消毒完后,她又端着盘子走出来。刚走到甬道口,只见张宝顺又急匆匆地跑出来,两人四目相遇,都愣怔了一下,二丫赶忙端着盘子走进了甬道。

张宝顺望着二丫的背影轻轻摇着头,自己嘀咕说:"咋这么像二丫,这么像……"说着冲二丫的背影喊了一声,"哎,同志!"

二丫转过身,有些惊讶地看着张宝顺,说:"同志,你还有啥事儿?"

张宝顺说:"请问同志,你老家是不是山西……"

二丫正要答话,只听堂屋里的大夫喊道:"磨蹭什么呀!快拿过来,快点!"

二丫顾不上张宝顺,急忙往手术室里走去。张宝顺正要跟上去,这时又有担架抬过来,他急忙侧身躲避。担架过后,张宝顺犹豫了一下,还是转身向安置伤员的后院跑去了。

这台手术一直忙到黄昏时候才结束。稍微吃了些东西后,二丫与榆儿去河边洗床单。榆儿看到二丫望着冰面直发愣,便问道:"二丫姐,你咋的了?"

二丫说:"晌午时候来了一个送伤员的,看着好像我哥。"

榆儿说:"那你们认了没?"

"没有,他问我老家是不是山西的,我还没顾得上说,就赶紧回手术室了。"

榆儿说:"你觉得那个人是你哥?"

二丫说:"像,长得像,说话声音也像。"

榆儿说:"待会儿你去问问他送过来的伤员,没准儿他们是一块儿的。"二丫应了一声,搓洗着手里的床单。榆儿又说,"要是能找着你哥,应该也能找着更生了。"

说这话的时候,榆儿的眼中闪烁着期盼的目光。

次日清晨,第二波攻击开始了。炮声轰隆,硝烟弥漫。敌人设在城外的鹿寨、铁丝网、地堡统统被炸上了天。新保安城墙被一层一层地揭皮、掀顶、穿透,露出一个凹字形的大口子。浓烟中,城东各爆破队的红旗开始飘扬。

东城门处,战士们奋勇向内冲锋。随着突突的机关枪声,不少战士倒下了。二丫等几个白衣救护队员冲上去,来到倒下的受伤战士身边,给他们包扎。二丫大声招呼着跟上来的救护队员,子弹啾啾地在他们身边擦过。二丫不顾雨点般的子弹,背起一个战士便往城门外跑去。正跑着,身后有人高喊:"小心,趴下!"

随着喊声,炮弹的呼啸声也接踵而来。二丫救人心切,并未注意到危险,仍然向前跑去。刚跑两步,一个身影扑过来,将她扑倒在地,接着是一声巨大的爆炸声响,二人都被掀翻。约莫过了一袋烟的工夫,二丫从昏迷中缓缓醒来。她抖了抖头上的尘土,弓起了身子,压在她身上的战士滚落到一旁。二丫翻过战士的身子,只见这位战士身上血肉模糊。二丫满含泪水给他处理伤口,嘴里喊着:"同志,醒醒,同志,醒醒……"

救下二丫的这名战士正是张宝顺,他缓缓地睁开眼,嘴角淌着血说:"我不……不行了,你去救……救其他同志吧!"

二丫哽咽地说:"不,不,我一定要救活你,我背你去医院!"

说着,二丫背起张宝顺往西城门跑去。张宝顺伏在二丫的背上,说:"同志,放……下我,放下我……"

二丫飞快地向前奔跑,但是脚下一绊,两人再次扑倒。二丫起身,翻过张宝顺的身子去背他,张宝顺却抓住了她的双手,说:"同……志,我……我求你……一件事儿……"

二丫抹了一把眼泪,说:"同志,你别说了,你挺住,到了医院就好了,让我背你走吧,啊!"

张宝顺摇摇头说:"不……用了,我……我求你一件事,转告西柏坡……中央警卫团的陈开尧陈连长,让……让他告诉我妹妹张二丫……"

二丫听到这话如同五雷轰顶,她哆嗦着掏出手帕去擦拭张宝顺那张血肉模糊的脸。擦了几下,二丫认出眼前的人果然就是自己的哥哥张宝顺,顿时失声痛哭出来:"哥,哥,我就是二丫呀,我就是二丫呀!"

张宝顺努力睁开眼睛,看着二丫,痛苦的表情中透着疑惑:"二……丫,你是……二丫?"

二丫泪流满面地说:"哥,我就是二丫,咱爹叫张葫,咱娘叫刘三彩,你是民国三十六年的夏天让阎锡山抓的丁。对吧,对吧?"

二丫的话让张宝顺眼睛一亮,面上露出了微笑,说:"真的是……二丫,妹妹,妹妹!"

说着,张宝顺的眼里落下泪来。二丫一把将哥哥掀到背上,又快步向西城门跑去,边跑边说:"哥,你忍着,我背你去医院,你忍住,啊!"

"妹妹,二丫,放下我,我……"

到了战地医院,张宝顺被两名救护人员抬进了手术室,二丫哭喊着对做手术的刘大夫说:"大夫,这是我哥,我哥为了救我受了伤,你无论如何也要救活他呀!"

刘大夫说了声一定尽力,便匆匆走进手术室。二丫紧张地在手术室外等候。约莫过了一盏茶的工夫,刘大夫出来了。二丫惶恐地看着刘大夫,不敢开口询问。刘大夫悲伤地向她摇了摇头,二丫顿时瘫软在地。

二丫从悲痛中醒过来后,榆儿搀扶着她走进西厢房,那里地下放置着一具盖着白布的担架。二丫蹲下撩开白布,下面露出张宝顺的面孔,她手执毛巾轻轻地为哥哥擦脸,眼泪簌簌地落下。二丫边擦边抽噎地说:"哥,哥呀……"

榆儿也蹲下,轻轻地拍着二丫的肩膀:"二丫姐,别哭了,啊……"

二丫忽地直起身子,双手扳住榆儿的双肩,两眼瞪着她,哭喊着说:"我哥为了救我才死的,是我克死了我哥,从小我娘就骂我是个灾星,我就是个灾星,我……"

榆儿抬手捂住了二丫的嘴，泪流满面地说："二丫姐，你胡说啥呢！啥灾星不灾星的，打仗哪有不死人的呢……"

二丫抹了一把眼泪，眼神迷离地说："我不是灾星？"

榆儿轻轻地拍打着她的脸，说："不是，不是，二丫姐，你不是……"

"哥！"二丫转身，又伏在张宝顺的尸体上痛哭起来。看着二丫伤心欲绝的模样，榆儿也转身抹起了眼泪。

解决了新保安的傅系郭景云部之后，傅作义已经成了惊弓之鸟，属下仅存的主力部队龟缩在张家口与天津城内。而张家口与天津也被我人民解放军包围得水泄不通。平津的战局基本已经确定，只等着傅作义是起义还是顽抗了。

新保安战役后，二丫与榆儿又随着救护队来到张家口城外，驻扎在大境门外西太平山下的一个小村庄里。自打哥哥为救自己而牺牲后，二丫一连几日都精神恍惚，救护队长为了照顾她的情绪，便让她做些洗涮之类的杂务。

这日一早，二丫端着大木盆到河边去洗床单。呼啸的北风、冰冷的河水并没有让她觉得寒冷，她双手机械地在河水中揉搓着布单，脑子里满是哥哥牺牲时候的模样，搓着搓着忍不住又是泪流满面。正洗着，榆儿走了过来，掏出手帕给她擦着脸上的泪水，说："二丫姐，别洗了，你看看你的手，都是冻疮了，可别再……"

二丫转过神来，抬手抹了抹眼泪，笑了一下，说："没事儿，榆儿，找着更生没有？"

"还没信。"榆儿说着接过二丫手里的床单，使劲儿拧干。

响午将至，总攻张家口的战役打响了。大境门外的西甸子地界上硝烟弥漫。从西太平山上向下望去，只见数万敌人被压缩、包围在大境门外不到二十里的狭小沟内。远方的大境门也笼罩在浓烟中，门洞下不断有敌人的步兵与骑兵冲出来。敌人密密麻麻地向我军朝天洼阵地冲击。二丫与榆儿等救护队员在炮火中穿插奔跑，救护着伤员。

几轮炮火齐射之后，大境门外的敌军炮兵阵地已经大部分被摧毁，解放军战士在冲锋号的鼓舞下奋勇向敌人的阵地冲去。这时，掩藏在几个土岗之下的暗堡冒出了火舌，尖刀连的战士们纷纷倒下。连长与更生等一些战士被阻击在一处沟垄边抬不起头。连长举起望远镜观察了一番后，冲着更生喊道："陈更生！陈更生！"

更生拎着枪矮身跑到连长跟前，高喊："到！"

连长放下望远镜，说："陈更生，我现在任命你为爆破排代理排长，把门洞下边那两个地堡给我炸了！"

更生抬头看了一眼高耸的大境门，说了声："是！"

说完，更生跑回自己的位置，抱起一个炸药包，又环顾了身边的几名战士一眼，说："爆破排的战士跟我来！"

更生当先跃出战壕，十几个战士每人都抱着炸药包跟着他向前冲去。

就在更生与爆破排的战士们前去攻击敌人暗堡的同时，不远处的西太平山下，二丫与榆儿冒着枪林弹雨往西甸子方向迂回穿插，每一次都要救回好几名受伤的战士。到了晌午时分，鹅毛大雪落下，硝烟被呼啸的北风挟卷着一路咆哮。

二丫与榆儿抬着一副担架走下一处土岗，快步向山下跑去，突然噗的一声，一颗流弹击中了二丫的胸口。二丫闷哼一声，单膝跪倒在地。她咬牙稳住身子，尽力不让担架脱手。榆儿并没有注意到二丫中弹，眼见二丫跪倒，关切地问："二丫姐，咋的了？"

二丫摆摆手，说了声没事儿，咬牙站起来继续前行。从土岗到山下医院二里来地的路上，洒满了二丫从裤管内流出的鲜血。

到了战地医院门口，二丫终于支持不住晕厥在地，担架侧翻。榆儿急忙将担架上的战士抱了上去。接着她又扳过二丫的身子，只见她脸色惨白,胸口上鲜血渗出。

"二丫姐!"榆儿痛苦地哭喊起来。

二丫缓缓地睁开眼,从兜里摸出一枚玉镯交给榆儿,说:"榆……儿,告……诉陈……陈连长,让……他再……"

榆儿紧紧握住二丫攥着镯子的手,说:"二丫姐,你会好起来的,会好的,喜子哥他还等着娶你呢……"

二丫微微笑了笑,说:"告……诉陈连长……我……我见着我哥了。跟陈连长……说……我……我喜欢他……我……真的……喜欢他……"

话未说完,二丫闭上了双眼。榆儿抱着她的身子号啕痛哭起来。

伤员不断地被送进医院,榆儿强忍悲痛在手术室里忙碌着。最后一台手术医治的是一名被绷带裹得如同粽子的战士。榆儿娴熟地解开战士身上的绷带,当脸部露出的时候,榆儿惊呆了,这名战士不是别人,正是她的丈夫陈更生。为了不打扰大夫手术,榆儿没有哭喊,强忍着内心的悲痛协助大夫手术。所幸手术非常成功。三天后,当得知更生终于活过来了之后,榆儿这才长舒了一口气,只是又一想到二丫的牺牲,心里又悲痛起来。

这日午后,榆儿去给受伤的战士们换药,一进病房便听到更生的声音:"水,水……"

榆儿急忙上前,倒了一茶缸水喂他喝下。喝完水,更生慢慢睁开眼,就看到榆儿微笑地看着他,正在轻轻喊着:"更生,更生……"同时眼泪簌簌地落下。

听到榆儿的声音,更生这才认出眼前的人是榆儿。他高兴地咧嘴笑了笑,说:"榆儿……"

榆儿向他摆摆手,说:"别说话,好好躺着。"说完转身又去照顾其他战士了。

过了五天以后,更生彻底度过了危险期,外面一连多日的阴沉天空也终于放了晴。榆儿搀扶着更生走出病房,当说起二丫的事情,更生沉默了半晌，说：“我们回去咋跟喜子哥交代啊？”

榆儿流着眼泪说：“他们兄妹刚相认就……”

榆儿哽咽着无法再说下去，伏在更生身上抽泣起来。更生拍着她的肩膀说：“别……哭，别哭，你回去后先别跟喜子哥说。”

榆儿说：“可……喜子哥迟早会知道的呀。”

更生想了想说：“那就说吧，喜子哥是个坚强的人，他……”话没说完，更生也忍不住流下泪来。

61

第二天就是一九四九年的元旦了。这日午后,毛泽东在大伙房的餐厅里向中央机关的干部们讲话。在众人的鼓掌声中,毛泽东站起来说:"今天是四八年的最后一天,记得去年的这个时候我们还在陕北的窑洞里猫着,吃也没得吃,喝也没得喝,要不是贺龙同志接济我们,我们是要喝西北风喽。"

众干部们开心地笑起来。毛泽东点燃一根烟又说:"昨天,乔木同志找我,让我为新年写一篇献词。来这里之前,我把这献词写出来了,现在我在这里讲话,就把这献词的内容搬过来一些,也正好代表我毛泽东的心意。"

众干部再次热烈鼓掌。毛泽东弹了弹手上的烟灰,说:"我这篇献词的第一句话是'中国人民将要在伟大的解放战争中获得最后胜利,这一点,现在甚至我们的敌人也不怀疑了'。去年,十二月会议的时候,那时我们估计打倒蒋介石、解放全中国大概还需要三到五年的时间。今年九月份开的政治局扩大会议上,我们认为当时的估计是保守了,我们对这个预期做了修正,认为大概要用两到三年的时间。可现在看来,我们的估计又保守了,照现在的情势来看,明年的这个时候,我们会基本实现解放全中国。"

话音刚落,掌声雷动。听着毛泽东的讲话,陈开尧在遐想着自己美好的未来,想着自己将会与二丫结婚生子、白头到老,不禁满心欢喜。

开罢会议,按安子文的吩咐,陈开尧与警卫连的战士们分头去慰问西柏坡的乡亲们。陈开尧扛着一袋白面来到阎三齐家，敲开门，只见阎三齐挂着拐杖站在门口。陈开尧说："大爷，首长让我们来慰问老乡，给您送来了一袋白面。"

阎三齐不解地说："哎呀，陈连长，你这又是闹啥？"

陈开尧说："大爷，这不是马上要过年了嘛，首长让我给您送点慰问品，这是五十斤白面。"

阎三齐说："哎呀，不用不用，首长们还吃窝头、小米呢，你让我吃这个，那不是……"

"大爷，您就收下吧，老党员都有份，这是首长们的心意。首长们还说了，等以后解放全中国，条件好了，让你们这些为中国革命做出贡献的老同志都过上好日子。"

阎三齐感激地说："哎呀，说啥好呀，我就是打了两年日本鬼子，首长还这么惦记我，我……"说着竟哽咽地抹起眼泪来。

陈开尧说："大爷，您就精精神神地活着，有共产党在，享福还在后头呢！"

阎三齐激动地说："哎，那是，那是……"

陈开尧从阎三齐家出来，还没走到中央机关大院门口，就见到榆儿抱着个瓦罐站在院墙下向里面张望。看到榆儿，陈开尧满心欢喜，想着二丫肯定也一起回来了，便快走两步迎上去，喊道："榆儿，榆儿。"

榆儿听到陈开尧的声音，先是一怔，接着转身就走。陈开尧纳闷，赶紧上去拉住她的胳膊，说："榆儿，你这是弄啥呢，干吗还躲我？"

榆儿低着头没有答话，侧身靠着院墙嘤嘤抽泣起来。陈开尧更加纳闷，再看到榆儿手里的瓦罐，心里咯噔一下，似乎意识到了什么，颤着声音说："二……二丫呢，二丫没……没跟你一块回来？"

榆儿忽然蹲下，抱着瓦罐呜呜地哭起来。陈开尧愣怔地看着她怀里的瓦罐，说："咋的了？二丫……出事儿了？"

榆儿不停地抽噎着，就是不开口。陈开尧一把将她拉起，说："你倒是快说呀，二丫她咋了？"

榆儿抹了一把泪说："喜子哥，二丫姐她……"

"受伤了？"

"牺牲了！"说完，榆儿再次失声痛哭起来。

这话宛如晴天霹雳一般，让陈开尧目瞪口呆。他怔怔地站在那里，脑子里一片空白，嘴唇不住地抽搐着："牺牲了，牺牲了……不会的……不会的……"

榆儿哽咽地说："喜子哥，你骂我吧，要不打我，是我没照顾好二丫姐，你打我吧……"

陈开尧紧握拳头，关节啪啪作响，他说："不关你的事，不怪你……"说着，接过榆儿手里的瓦罐，"这是她的骨灰？"

榆儿含泪点点头，说："喜子哥，二丫姐临死时候说，让你……"

榆儿无法再说下去，泣不成声。陈开尧喃喃地说着："革命哪有不牺牲的？革命哪有不牺牲的……"说着，陈开尧抱着瓦罐，转过身，僵硬地向大院门口走去。

榆儿冲着他的背影大喊："喜子哥！"

陈开尧停住，慢慢转过身，愣怔地看着她。榆儿快走两步来到他身前，掏出红绸布包着的玉镯，放到瓦罐上，说："这是二丫姐让我给你的。"

陈开尧愣怔地看着镯子，说："哦。"

榆儿说："镯子，是你爹给她的镯子。"

陈开尧说："哦。"

榆儿说："二丫姐说……"

陈开尧说："哦。"

"二丫姐说，让你再……再找一个好姑娘。"

陈开尧依旧说："哦。"

榆儿一下子又哭出来，说："喜子哥，你哭吧，哭啊！"

陈开尧含泪笑笑，说："不哭，我不能当着二丫的面哭。"

说着，陈开尧转身向大院门口走去。榆儿又喊道："喜子哥，二丫姐最后还说了，说她喜欢你，她真的喜欢你！"

陈开尧没有停下，径直走进大院，但泪水已经布满了脸颊。

二丫牺牲的消息是由康克清告诉朱德的。朱德听后沉默了半晌，从窑洞里走出来，望着晴朗的天空说："我对不起这女娃子呀！把人家收留了，却……"

康克清说："张二丫同志是代表我们中央机关工委去支前的，是不是要开个追悼会？"

朱德说："要开，要隆重地开！"

追悼会上，中央机关工委宣布追认张二丫为中共党员。看到毛泽东等首长冲着二丫的遗像鞠躬致敬，陈开尧在心里默默地对二丫说："二丫，你是党员了，朱老总亲自宣布你是中国共产党党员了……"

参加完追悼会后，陈开尧被李大脚叫到了家里。李大脚摸着给二丫缝制的结婚衣服，泪水涟涟地说："我苦命的闺女呀，你可要心疼死娘了呀！"

陈开尧哽咽地说："干娘，别哭了，二丫认下你这么好的一个娘，她……"

李大脚从桌子上拿起一个竹篮，里边全是纸钱，她说："去，外边墙根下，给你媳妇烧上。"

陈开尧接过，转身走到屋外，将纸钱堆到墙根下烧了起来。李大脚又拎着一个篮子出来，里面也是满满的纸钱，她流着泪说："逢七要记着给我闺女上坟烧烧，知道不？"

陈开尧哽咽地点着头，说不出话来。

李大脚抹着眼泪说："这些个纸钱够你烧到七七了，你拿回去吧。"

陈开尧站起来，接过篮子，说："干娘，让你费心了。"

李大脚又抹一把眼泪，说："二丫她要是能活过来，我就是少活十年也愿意呀！"说着，李大脚一下子坐到炕上，号啕痛哭起来。

阎凤山等人赶着骡车回到西柏坡的时候，已经是大年二十八的晚上了。一进平山县境内，又下起了鹅毛大雪。当天黄昏时候，阎凤山、阎大头和阎树根三人赶着骡车进了村口。刚一进村，便听见打谷场方向传来丝弦与锣鼓的声音，大概是在唱戏。阎树根将手里的骡子缰绳扔给阎大头，便要跑去看戏。阎凤山一把拉住他，说："不能去，万一让陈连长看见了，咋跟他说？"

阎树根一寻思也对，三人便默默地向村西走去。阎树根说："凤山叔，还是说了吧，迟早也是知道。"

阎大头说："不能说，过年时节的，这不是让人家家里人难受吗？"

阎树根说："那……大过年的，咱们总不能躲出去吧？"

阎凤山听着二人的话，也是满脸愁容，咳嗽了两声说："唉，是没法儿跟陈连长说呀！"

阎大头说："大过年的，陈连长肯定要去给咱拜年，你们说，这……"

阎树根说："躲着不见不就得了。"

阎凤山说："躲能是个事儿吗？你想躲到啥时候？"

阎大头说："起码也得过了正月十五吧。"

阎凤山皱眉说："树根，陈连长他爹的死那叫牺牲，咱不能瞒着不报。"

阎树根说："我看说了也没啥，陈连长是条汉子，该是不会有啥，你们说是不是？"

阎大头说："反正我说不出口，陈老哥那是我的亲家，我开不了这个口。"

回到家里，阎大头满以为李大脚会给自己准备好火盆子和烧刀子酒，最好还有一大碗热乎乎的手擀面，可没想到屋里既没生火也没亮灯，冷冷清清的堂屋里只听见李大脚一个人在抽泣。阎大头推门进来说："大脚，你这是咋的了？"

李大脚一怔，急忙点亮油灯，眼见阎大头一身雪的进来，抹了一把眼泪说："回来了？"

"啊，回来了，你哭啥？"

"二丫，咱家二丫……"

"二丫咋的了？"阎大头问。

"二丫……二丫……她牺牲了！"

说完，李大脚又号啕痛哭起来。阎大头一下愣在那儿，不知说什么好。他心想，陈连长这孩子咋就这么命苦啊，爹牺牲了，咋现在连媳妇儿也没了，老天爷这眼咋长的嘛！

第二天一早，阎大头正要赶着骡车出门，迎面陈开尧扛着一袋面就进来了。眼看是陈开尧，阎大头慌了神，没等陈开尧开口便支支吾吾地说："陈连长，你……那个……这……"

听到阎大头语无伦次的话，陈开尧打断他说："干爹，你想说啥就说。哎，干爹，我爹他们也回去了吧？"

阎大头正要答话，就听见门口阎凤山的声音传了过来："大头，这个东西得在你家存上。"

陈开尧一扭头，只见阎凤山手里拎着一根木棍走了进来。阎凤山看到陈开尧也在，急忙转身就走。陈开尧放下面袋子，一个箭步冲上去拉住阎凤山，说："凤山大哥，我爹的拐棍咋在你手里？"

阎凤山不知该如何说，连向阎大头使着眼色。阎大头支支吾吾地说："啊，那个……你爹……没啥……"

陈开尧看看阎凤山又看看阎大头，眼见他们脸色不对，焦急地问："我爹到底咋的了？受伤了？"

阎凤山说："啊，是受了点伤，正在平山医院呢。"

"那我去看我爹。"

陈开尧说完就走。刚走了几步，阎凤山在他身后流着泪喊道："陈连长，你别去了，陈老哥，你爹……他，他牺牲了！"

陈开尧停下脚步，缓缓地转过身来，只见阎凤山蹲在地上，抱着木棍呜呜地哭着，阎大头也摸着骡子的头抹着眼泪。

"爹……"陈开尧转身向河边冲去。跑到河边，陈开尧在一棵大树上连踢带打，发泄着心中的悲苦："爹呀，二丫已经走了，你为啥也不要我了呀！爹，你们怎么都不要我了呀……"

阎凤山与阎大头追了过来，听到陈开尧伤心的哭喊，也都扭转身去抹着眼泪。阎凤山抹了一把眼泪，走过去将木棍交给陈开尧，说："你爹留下的。"

陈开尧接过，只见上面刻满了地名：藁城、辛集、深泽、衡水……看着木棍上一个个歪歪扭扭的字迹，陈开尧忍不住又痛哭起来。

62

一架飞机缓缓地在石家庄机场跑道上滑行，停稳后，朱德、任弼时等人向飞机悬梯处走去。舱梯打开，只见一名身穿裘皮大氅的外国人首先走出舱门。这人正是苏共中央委员米高扬，他是作为斯大林的特使来秘密拜会中共中央的。

米高扬一行从舱梯上走下，朱德、任弼时、汪东兴与翻译师哲等人上前迎接。宾主热情地握手，寒暄了几句后，众人一起坐上吉普车向平山县方向疾驰而去。

一路上米高扬与朱德、任弼时有一句没一句地交谈着。说到保密事宜，米高扬说："这次来与毛泽东同志见面，你们的保密工作一定要做好，现在你们与国民政府正处于交战状态，如果让他们知道了，对于我们与国民政府的关系将要产生负面影响。"

师哲将米高扬的话翻译给朱德，朱德笑着说："你告诉他，请他放心，我们的保密工作连蒋委员长都是称赞的。"

黄昏时分，车队到达西柏坡中央机关大院门外，毛泽东等人亲自在门外迎接。吉普车在毛泽东身前不远处停下，米高扬等人走下车，毛泽东与周恩来上前与米高扬握手寒暄。米高扬向毛泽东、周恩来介绍代表团的其他成员，指着一个身材高大的人说："这是伊万·弗拉基米罗维奇·科瓦廖夫同志。"

毛泽东与伊万握手，说："伊万同志我听说过，他是你们的铁道部的副部长,在我们东北帮助我们进行铁路恢复工作。"

伊万用蹩脚的汉语说:"主席先生,我听得懂你们中国话,可您的湖南口音让我听起来有些困难。"

毛泽东哈哈大笑,说:"没关系,你听不清还有师哲同志嘛!要听清我的话,我可以给你一个建议。"

伊万说:"什么建议?"

毛泽东笑着说:"多吃辣椒。"

伊万不解,师哲翻译了之后,伊万与米高扬等人一起哈哈笑起来。

到了中央机关大院的后沟招待所,宾主落座,毛泽东说:"从石家庄到西柏坡这段路程虽说不算远,可是很难走。早就提出要修这段路,可是因为打仗,一直没有人力财力,只能先打仗、再建设了。"

米高扬说:"我代表斯大林同志以及苏共中央政治局的全体同志问候中共中央政治局的同志们,祝中国革命尽快取得胜利,彻底解放全中国。"

说完,米高扬从包内取出一块毛料递给毛泽东说:"主席同志,这是斯大林同志送给您的礼物。"

毛泽东接过看了看,递给汪东兴,笑着说:"斯大林同志真是客气呀,你回去要替我谢谢他。我也有礼物回赠斯大林同志,也许他不会喜欢。"

米高扬说:"什么礼物?"

毛泽东说:"辣椒酱,要比你们的鱼子酱好吃哟。"

毛泽东的话又逗得众人大笑。问候了一番后,米高扬正色说:"中国革命形势发展迅猛异常,在这关键的时候,毛泽东同志不能离开指挥岗位;再者,中国境内交通不便,还要通过敌人的封锁线,也要考虑到安全问题;到苏联往返的时间太长,怕影响毛泽东同志的身体健康。因而,斯大林同志不主张毛泽东同志在这个时刻到苏联去。斯大林同志十分关心中国革命形势的发展,派我代表他到中国来听取你们的意见。你们所讲的话我回国后向斯大林汇报,任何事都由斯大林同志决定。"

毛泽东说:"在你来这里的路上,华北最重要的大城市北平已经和平解放,天津在半个月前也已经解放。所以你来回的路上就安全了,没有太大的担心了。今后,我或者我们的代表团去苏联,不再有那种通过敌人封锁线的安全问题。"

正说着,刘少奇、董必武进来了,毛泽东向米高扬等人介绍他们,米高扬热情地与刘少奇、董必武握手。米高扬说:"这次前来与中国同志会谈,我们只是带着两只耳朵来听的,不参加讨论决定性的意见,希望大家谅解。"

毛泽东说:"能把我们的问题反映给斯大林同志也很好嘛。这次米高扬同志能亲自前来那是再好不过,当面谈不容易产生误会,也容易拉近感情。"

米高扬带来的随身翻译根本没有听懂毛泽东的话,张口结舌地翻译不出来,问毛泽东说:"毛泽东主席,我没有听清,你能不能再重复一遍。"

毛泽东说:"哎呀,再重复恐怕是另一番意思了,那就让师哲同志翻译吧。"

师哲把毛泽东的话翻译给米高扬,米高扬的随身翻译有些窘迫。毛泽东又说:"米高扬同志,你们远道而来,一定很疲劳,肚子也肯定饿了,现在我们就吃饭。晚上你们早点休息,明天下午我们再谈怎么样?"

米高扬点点头说:"好。"

毛泽东站起来说:"那好,我们先吃饭,可以边吃边聊嘛!"

晚宴开始,毛泽东不善饮酒,于是周恩来便陪着米高扬对饮了起来。喝罢两瓶老白干,陈开尧又拿来两瓶汾酒。周恩来开着瓶子盖说:"米高扬同志,这是汾酒,很有历史的酒,关于这酒我们中国有一首最有名的诗,'借问酒家何处有,牧童遥指杏花村'。"

师哲翻译之后,米高扬说:"好,中国的白酒我喜欢,不过,酒精含量不高呀。"

说着,米高扬端起酒杯咕咚咕咚将酒喝下。看到米高扬如此喝酒,毛泽东等人都不禁皱眉。米高扬咂巴着嘴说:"这个酒很香,好酒,只是……味道淡了些。"

汪东兴再次给米高扬将酒满上。周恩来举杯说:"来,为苏联同志的到来,我们干一杯。"

周恩来与米高扬一饮而尽,毛泽东等人则只抿了一小口。米高扬笨拙地使用筷子夹了一块鱼,尝了尝,说:"很好,很好吃。不过中国的筷子不好,吃东西很困难。"

任弼时笑着说:"中国的筷子很科学地利用了杠杆原理,倘若阿基米德活到现在,他一定会说,给我一个支点,我会用中国的筷子撬起地球。"

众人笑起来,米高扬又说:"看来要想适应中国的筷子,需要很长时间呀。来,中国同志,我们干杯,为中国的筷子干杯。"

又饮罢一杯,米高扬看着毛泽东说:"毛泽东同志,你喝酒不行。要喝,要大口地喝。在我们苏联,不能喝酒,革命是很难成功的。"

毛泽东对米高扬的话也不在意,夹了一根辣椒放在嘴里香甜地嚼起来,笑着说:"你们苏联的传统拿到中国来那就不适用喽,在我们这里有我们自己的传统。来,米高扬同志,你先吃些辣椒,吃完了,我把我们的传统告诉你。"

说着,毛泽东夹了几根辣椒放进米高扬的碗里。米高扬端起碗把辣椒都扒拉进了嘴里,但刚咀嚼了两下,就被辣得张大嘴巴直哈气,连连叫喊:"好辣,好辣!"

周恩来等人哈哈大笑。毛泽东说:"我们这里的传统是,不能吃辣椒就是不能革命哪!"

听了师哲的翻译,米高扬有些尴尬。毛泽东笑着说:"你们莫斯科很冷,喝烈酒能暖身子,可以抵御严寒。我们这里比较潮湿,吃辣椒可以去湿气,也是对身体好。"

周恩来说:"在我们中国,湖南人最能吃辣,毛泽东同志就是湖南人。"

米高扬笑着说:"看来我们两国的革命都有不同味道的辣呀。"

众人又哈哈笑起来。

此后的一连几天,毛泽东等人分别就政治、军事、经济等不同方面的问题详细地向米高扬做了阐释与报告。米高扬认真地聆听,表示一定转达给苏共中央。

送别米高扬之后没多久,西柏坡又迎来了一拨客人,他们就是邵力子、颜惠庆、章士钊、江庸等国民党谈判代表团,以及跟随前来的傅作义与邓宝珊。

63

吉普车在中央机关大院外停下,邵力子、傅作义等人走下车,四下张望着。周恩来从大院中走出,与邵力子、傅作义等人握手寒暄。安排客人在后沟招待所住下后,周恩来又带着邵力子等人去见毛泽东。这次召见并没有安排傅作义前去,因而让傅作义心里不免惴惴不安。

到了毛泽东居所,毛泽东与邵力子的手紧紧握在一起。毛泽东笑着说:"想起当年在重庆,邵兄对我颇有关照,当时走得急,临走时也没来得及谢你,现在让我毛泽东补上一句,谢谢!"

邵力子说:"哎呀,主席,你太客气了。"

毛泽东说:"邵兄为中国的民主和平奔走呼号多年,其诚心诚意令我们感动呀!"

"汗颜,汗颜呀!当年老蒋撕毁和平协定,搞得我是心灰意冷,如今他蒋介石大势已去,我们再也不用去跟一个独裁者与虎谋皮了,这还要感谢你毛润之呀!"

接着毛泽东又与章士钊握手,说:"章老,感谢你当年资助我赴欧留学呀,不过我没有走成,至今心里还有些遗憾呢。"

章士钊笑着说:"等将来全国解放了,你毛润之还可以出去看看嘛,到那时候你是我们新中国的领导人,欧洲那些国家一定是巴不得你前去访问呢!"

聊了一些过往交情之后,毛泽东向邵力子等人介绍了中共中央对待当前局势的态度，邵力子也转达了代总统李宗仁的意见，双方并没有就有关问题深入讨论，因为双方都知道这个时候讨论这些问题都没有太大的意义，一切都要取决于蒋介石的态度，那就是他到底要不要接受中国共产党领导下的社会主义革命。

第二天下午，周恩来到招待所探望傅作义，回忆了当年在陕北的一些交情后，周恩来说："傅先生以人民利益为重，使北平问题得以和平解决，避免了战争的灾难，否则就会给人民造成无可估量的损失啊。"

傅作义愧疚地说："尽管如此，可我仍是罪孽深重，想起去年十月间偷袭之事，实在是汗颜呀！"

周恩来笑着说："过去的事情不必再提，毛主席曾经跟我评价过傅先生，说你功过相抵，还是功大于过的。"

傅作义一怔，苦笑着说："惭愧，惭愧呀，主席先生真的这么说过？"

周恩来说："那当然。我们欢迎你和我们合作，我们的合作是有历史根源的。在抗战初期，守太原时，你让我派人把一些军用物资运出去，补给八路军，你的部队与八路军一二〇师在晋北联防，这些不都是合作得很好吗？"

傅作义说："我愿意合作。我来这里之前，绥远主席董其武将军到过北平，我与他谈过和平解放绥远之事，他表示愿意接受中共提出的和平解放绥远的条件。"

周恩来说："好嘛，你看，你这不是又立了一大功嘛。"

傅作义说："应该的，应该的，能让人民避免战火涂炭，我这心里也能得到稍许安慰。"

周恩来说："原来要在解放区召开民主党派和无党派人士会议，成立中华人民共和国临时政府，现在北平解放了，这个会议可以在北平开。你可以参加这个会议，你是有功将领，参加会议是有代表性的。"

傅作义感慨地说："我戎马半生，除抗日战争时期外，真是罪恶累累，罪该万死。今后我决心要在共产党的领导下，为祖国人民立功赎罪，以求得党和人民的宽恕。"

周恩来笑着说："很好，我们欢迎傅将军这种态度。"

傅作义说："宜生愿将余生都投入到新中国的建设上来，这是我的心愿。"

和傅作义交谈之后，周恩来将傅作义的反应说给了毛泽东。周恩来笑着说："看来傅作义先生的心理包袱很重，一直把赎罪挂在嘴边。"

毛泽东说："他是有罪，不过北平解放他是大功，功过相抵，我看他的罪可以忽略不计嘛。"

周恩来说："我是这么跟他说的。看得出，他的态度很诚恳。他说，今后决心要在共产党的领导下，为祖国人民立功赎罪，以求得党和人民的宽恕。"

毛泽东说："傅作义在抗日战争中是有功劳的，从这一点来看，他是个具有正义感的人，我相信他的反悔是诚心诚意的。看来，我再不去见他，倒要显得我毛泽东小气喽。恩来呀，你去告诉他，明天下午我去见他。"

毛泽东会见傅作义是在国民党谈判代表团离开前两天的晚上。一见到毛泽东，傅作义将准备好的几条哈德门牌香烟递给毛泽东，紧张地说："主席，这是特制的哈德门香烟，送给你，权当作见面礼。"

毛泽东笑着接过，说："好，谢谢你。我在北平的时候也喜欢抽哈德门，不过当时囊中羞涩，买不起呀。"

参与会见的朱德等人笑起来。毛泽东又与邓宝珊握手，说："邓先生当年在榆林地区支撑了抗日的北线，保护了我们的陕甘宁边区，此恩此德，我毛泽东一辈子是不会忘记的。"

邓宝珊说："区区小事，主席至今挂怀，让邓某感动。当时之情势，倘若没有八路军在太行山牵制住更多的日军，我又如何能保榆林的平安。"

毛泽东说："来，坐，坐下说。"

众人落座。毛泽东点燃一根哈德门香烟，说："嗯，这个烟不错呀。过去我们在战场见面，清清楚楚，今天我们是姑舅亲戚，难舍难分。蒋介石一辈子要码头，最后还是你把他甩掉了。"

傅作义说："谁是真民主，谁是假民主，宜生早已心知肚明，只恨自己不能早日迷途知返，犯下了滔天大罪……"

毛泽东说："亡羊补牢为时未晚嘛！北平和平解决最好，你这是为人民做了一件大好事。假如说，你过去有错的话，那么现在功过权衡，还是功大于过，也是有功人员……"

傅作义站起来说："不敢，宜生断不敢称功。"

毛泽东摆摆手，示意他坐下，说："功就是功，这是谁也抹杀不了的。这次和平解放北平，是你带了个好头，立了大功。今后的事，可能还不少。你可以向你的部下讲清楚，既然是和平解决，你原来的部队要进行改编，将来你们都是人民解放军的一员了，和解放军一样看待，决不歧视。你知道，我们历来说话是算数的。"

傅作义感激地说："多谢主席宽宏大量。"

毛泽东说："我们俘虏的你的部队，我们都给你放回去。你可以接见他们，我们准备把他们送到绥远去。"

毛泽东的话让傅作义大为惊讶，说："还给我？"

毛泽东："是的。"

傅作义说："那我怎么处理呢？还要送到绥远去，主席能告知为什么吗？"

毛泽东说："国民党不是一贯宣称共产党杀人放火、共产共妻吗？他们到了绥远，可以现身说法，共产党对他们一不搜腰包，二不侮辱人格。他们回去了，可以帮助绥远的人学习学习，提高认识嘛，这些人我们以后还有用呢！"

傅作义说："那是，那是，能为新中国效劳，是我、也是他们的福气！"

毛泽东说:"关于绥远的问题我是这个意思,有了北平的和平解放,绥远就好解决了。可以先放一下嘛,等待他们的起义。还是以前说的,给你们编两个军。对于你们来说,走革命的道路,要过好几个关,但主要的是要过好军事关。这一关过好了,以后土改关、民主改革关,将来还有社会主义关等就好过了。"

这天晚上,毛泽东邀请傅作义等人观看歌剧《白毛女》,警卫值班的正是陈开尧和金路。对于傅作义的到来,陈开尧心里存着疙瘩。陈开尧还记得,二丫正是傅作义的部队打死的,他怎么还有脸来到解放区,他怎么还有脸来见毛主席?这个罪人!

金路看出了陈开尧的郁闷,于是说:"陈连长,你这是怎么了?怎么还一直想不通?"

陈开尧说:"我就是想不通,打了半天,死了那么多战士,到最后他还有功了,我就是想不通!"

金路说:"这话可不像是你陈连长说的呀?你想想,没有人家傅作义同意和平解放北平,北平就得打个稀巴烂,那又得多死多少人?我知道,二丫的牺牲让你恨他,你要是带着情绪去做工作,小心朱老总又批评你。"

陈开尧咬牙说:"我真想一枪毙了他!"

金路说:"得,我看你今儿个还是别值班了,我真怕你出点事儿。"

陈开尧说:"能出啥事儿?我嘴上痛快一下还不行呀?"

金路开玩笑地说:"嘴上痛快行,那你就骂吧,要是不解气,就把我当成傅作义、当成蒋介石,打我,我挨着。"

陈开尧瞪了他一眼,说:"去你的,你经得住打吗?"

第二日一早,傅作义与邓宝珊到河边散步,陈开尧作为警卫在后跟随。傅作义走到村口,回望升起袅袅炊烟的小山村,感慨地说:"没想到共产党的中央机关就在这么个小地方,但却赢得了天下,不简单呀!"

邓宝珊说:"从一路上的地形来看,这里进可攻退可守,确实是一个好地方。"

傅作义说:"三年,短短的三年时间,共产党在这样的小山村里扭转了乾坤,蒋介石若是到此来看看,不知道会作何感想啊。"

邓宝珊说:"他断不会想到共产党在这么个破院子里接连吃下他二百多万部队。"

傅作义说:"当初胡宗南拿下延安,我们都高兴地以为这下我们的蒋总统要一统天下了,谁承想,人家中共当真是拿一个延安赢得了全中国。这就是民心,不服不行呀!到这儿一看,我心里有一个强烈的感觉:国民党当败啊。"

正说着,阎大头赶着一群羊迎面走来。阎大头看到陈开尧,说:"哎,陈连长,弄啥哩?"

陈开尧将阎大头拉到一旁,指了指前边的傅作义与邓宝珊,小声说:"没办法,给他傅作义当班呢。"

阎大头吃惊地说:"啥,傅作义?"

陈开尧忙把手指放在嘴边嘘了一声,说:"你小点声。"

阎大头说:"他来得正好,我得找他说道说道去。"

说着,阎大头大步朝傅作义走去。陈开尧急忙要去拽他,可阎大头走得很快,三步两步就走到了傅作义身前,瞪着眼睛说:"姓傅的,你给我站住。"

傅作义与邓宝珊回头,吃惊地看着怒气冲冲的阎大头。陈开尧想再去拦他,犹豫了一下没有迈步。只听阎大头不客气地说:"姓傅的,你说你干了多少坏事,啊?毛主席还在城南庄的时候你就让飞机去炸,啊?毛主席到了西柏坡你又来打,你还有脸来这儿呀,啊?你还有脸见毛主席呀,啊?!"

傅作义没想到一个乡民会跟自己说这些,当下神情窘迫,无言以对。陈开尧听完阎大头的话心里舒坦了许多,赶紧跑过去拉开阎大头,说:"大头叔,你这不是给我添乱嘛,再说了,傅司令当年可打过小日本,毛主席都说过他好。"

阎大头说:"好个屁,你小子咋还替他说话呢,你忘了二丫是咋死的啦?"

陈开尧一怔,想起二丫,心里又是一阵酸楚。阎大头指着陈开尧对傅作义说:"这个后生,他是警卫团的连长,他还没过门的媳妇就是让你的兵打死的,你看看,他不记仇,他还来给你执勤,你就不愧得慌啊?!"

傅作义的脸抽搐了两下,弯下腰向陈开尧鞠了一躬,说:"陈连长,实在对不起,是我罪孽深重。"

陈开尧说:"傅先生,我工作没做好,让他在这儿吵着您了,是我对不起您。"

阎大头不依不饶地说:"你这个陈连长咋回事儿,脑袋让驴踢了?"

陈开尧说:"大头叔,你走不走?你再胡闹,别怪我不客气了!"

阎大头说:"你想咋的,啊?二丫死了就白死了,是不是,啊?"

陈开尧连推带拽地将阎大头往村口拉,一边说:"干爹,你是咋回事儿啊?这是我的工作,你是不是又想让首长批评我啊?"

阎大头气呼呼地说:"批评你活该,二丫死了你忘了她了,是不是?你看你现在的窝囊样……"

64

　　中共中央七届二中全会即将召开了，西柏坡中央机关大院内一派忙碌的景象。陈开尧带领警卫连的战士们在大伙房的餐厅内布置会场。主席台上方挂着马恩列斯的大幅画像，两个战士踩着梯子将毛泽东与朱德的画像挂在了斯大林的画像一侧。

　　陈开尧左右看了看画像，说："左边高点，高点。"

　　挂画像的战士抬了抬画像的左侧，陈开尧又看了看，说："好了，好了。"说完，转身又对擦玻璃的战士喊，"灯罩上也得擦，别看不着的地方就不管了。"

　　正指挥着，毛泽东与汪东兴走了进来。陈开尧走过去说："主席，您咋过来了？"

　　毛泽东左右看了看，笑着说："我来看看嘛，会场也是战场，我来看看你们怎么收拾这个战场。"

　　陈开尧笑起来，说："那您给我们检查检查，看哪儿还不合适。"

　　毛泽东左顾右盼地看了看，最后把目光停留在了画像上，指着画像说："这像挂得不好。"

　　陈开尧挠挠头说："去年九月份时候的政治局会议也是这么挂的呀。"

　　毛泽东说："以前也是这么挂的？"

　　陈开尧说："是呀。"

　　毛泽东说："那就怪我，没有注意。不过我还是认为不要把我和朱老总的像跟马恩列斯并列,我们还没有那个资格。"

陈开尧说:"中国有四万万人,都拥护您,您没有资格谁有资格?"

毛泽东说:"你这个小鬼,这话说得一点都不对头,哪里有四万万人拥护我呀,人家老蒋还统治着大半个江山,人家还领导着几百万国民党党员呢,人家怎么会拥护我毛泽东?"

陈开尧说:"我是说老百姓,国民党不算。"

汪东兴说:"主席,以前都是这么挂的,还是不要改吧?"

毛泽东皱眉想了想,说:"那就先这么挂着。"

从大伙房出来,只见彭德怀与王震走了过来。毛泽东笑着迎上去,说:"哎呀,彭大将军,王大将军,你们来啦。"

彭德怀热情地与毛泽东握手。毛泽东笑着说:"老彭,你胖了呀!"

彭德怀笑着说:"老毛,你也没瘦。"

两人哈哈大笑。毛泽东又与王震握手,笑着说:"王胡子,别来无恙呀!"

王震高兴地说:"好得很,就是想念你毛主席。"

毛泽东开玩笑地说:"想我,不是实话吧,是不是想我给你弄红烧肉吃啊?"

三人哈哈大笑,边走边说笑着向后沟而去。

正式开会的这天早上,摄影师苏河清在大伙房门口调试着摄影机,前来参加会议的委员们纷纷投来好奇的目光。其中贺龙因为只注意摄影机,还差点错过了会场门口,引来陈毅等人的一通玩笑。陈毅打趣着贺龙,自己也对着摄影机左看看右摸摸,问苏河清说:"小同志,你这是拍电影吗?"

苏河清说:"不是拍电影。领导说,这是为这次会议留下影像记录。"

陈毅笑着说:"哦,不知道我陈毅在里边是个啥样子,不会走样了吧?"

苏河清说:"不会,您本来是什么样子就是什么样子。"

陈毅走进来,只见会场已经布置一新,一排排长条桌椅将不大的会场摆得满满当当。主席台上方挂着的是马恩列斯以及毛泽东与朱德的画像,陈开尧正在给先到的委员倒着茶。陈毅找了个后排座位坐下。陈开尧走过来指了指前排说:"陈老总,您的位置在前边。"

陈毅说:"哦,我的位置为什么在前边?"

陈开尧说:"主席说了,凡是从前线来的委员都要坐到前边。"

贺龙开玩笑说:"前边是沙发座,舒服得很,毛主席照顾你们这些从前线来的。你要不去坐,我可要去了。"

陈毅笑着说:"我当然要去前边坐,你贺胡子就看着我的后脑壳子吧。"

一九四九年三月五日下午三时,中共七届二中全会在西柏坡召开。主持会议的周恩来对着麦克风说:"我宣布,中国共产党第七届二中全会开幕!"

全场报以热烈的掌声。周恩来说:"本次大会,实到中央委员、中央候补委员三十四人,因交通条件等原因缺席的中央委员和中央候补委员共二十人。现在,我们有请毛泽东主席作报告,大家欢迎。"

掌声雷动,毛泽东走到发言席前开始作报告。他说道:"从一九二七年到现在,我们工作重点是在乡村,在乡村聚集力量,用乡村包围城市,然后取得城市。采取这样一种工作方式的时期现在已经完结。从现在起,开始了由城市到乡村并由城市领导乡村的时期。党的工作重心由乡村转到了城市……必须学会在城市中向帝国主义者、国民党、资产阶级作政治斗争、经济斗争和文化斗争,并向帝国主义者作外交斗争。……我们必须全心全意地依靠工人阶级,团结其他劳动群众,争取知识分子,争取尽可能多的能够同我们合作的民族资产阶级分子及其代表人物站在我们方面,或者使他们保持中立,以便……一步一步地去战胜这些敌人……"

当晚,陈开尧与金路在毛泽东居所外值班。两人蹲在西厢房的窗根下,为今后的新中国定都什么地方争论着。陈开尧说:"我看还是西安好,西安离着延安近,咱想回延安看看,开着车立马就到了。"

金路摇摇头说："西安不行。"

"咋就不行，西安可是六朝古都。"

"那洛阳也还是六朝古都呢，北平也是。"

陈开尧说："谁说的，哪那么多六朝古都？"

金路说："书上写的呗。反正西安肯定是不行，那边一个是气候不好，再一个经济也不行。咱新中国定都肯定还得是在南京，把老蒋赶走，咱去占了他的总统府！"

陈开尧说："南京有啥好的，让老蒋折腾个底儿掉咱还去干啥？"

金路说："那不去南京我琢磨着去北平，西安肯定是没戏。"

"你要说北平，我倒也觉着可能。"

正说着，毛泽东笑呵呵地从房内出来，说："你们这两个小鬼吵吵什么呢？"

陈开尧与金路赶紧站起来。陈开尧说："对不起，主席，吵着您了。"

毛泽东笑着说："没有吵到我，我是出来走走，听到你们在这里说得热闹，就出来看一看。"

金路解释说："我跟陈连长正在说以后咱新中国的首都定在哪里好。"

毛泽东感兴趣地说："哦，你认为定在哪里好呀？"

金路说："我觉得应该在南京，咱打过长江去，把老蒋赶走，南京总统府现成的房子给咱预备着，再说那边经济也发达。"

毛泽东笑着对陈开尧说："看来小金的理由很充分哟。小陈，你呢？"

陈开尧说："我说还是在西安好，西安靠着延安近，群众基础好，又是在中原腹地，好多朝代都是在西安定都。"

毛泽东说："你的理由也很有道理呀。"

陈开尧说："主席，你说咱以后的首都定在哪里好？"

毛泽东说："现在我也说不上来，不过这倒是一个大问题，这个问题值得讨论，也值得争论。"

这天晚上,毛泽东把王稼祥请了来,拿出陈毅送的美国烟递给王稼祥一根,说:"今天,我用美国货招待王主任。这是美国骆驼牌,陈毅同志送来的战利品。美国人不远万里送到中国,蒋委员长又转送给我们,盛情难却呀!"

王稼祥笑着说:"主席,我不抽烟了,戒了。"

毛泽东一怔:"戒了?"

王稼祥笑笑,说:"是,戒了有一年多了。"

毛泽东开玩笑地说:"是不是朱大夫逼着你戒的呀?"

王稼祥笑着说:"她也说过,不过自从到了东北,我就戒了。"

毛泽东说:"看来你比我的毅力强呀,朱大夫劝我戒烟好多次了,我就是戒不了。"

"适当的时候,主席还是戒了好。"

"是呀,我也想戒,可是写东西的时候,这手里要是不抓着这根烟,我是什么也写不出来。"两人笑起来。毛泽东又说:"稼祥呀,请你来我这里,是有件事情想请教你。"

"请教不敢当,不知主席要谈什么事?"

"历史上的京城有西安、开封、洛阳、南京、北平等,我们就要胜利了,你看首都定在哪里合适呢?"

王稼祥皱眉沉吟了片刻,说:"是不是可以考虑定在北平?"

毛泽东又续上一根烟,说:"谈谈你的理由。"

王稼祥说:"现在国民党定都南京,虽称虎踞龙盘、地势险要,但纵观历史,凡建都金陵者,从三国的东吴到太平天国,包括现在的蒋介石在内,都是短命的。"毛泽东微微点头,王稼祥又说,"当然,我们也不是搞唯心主义,从唯物主义观点看,南京离东南海太近,作为全国的首都,也是一种缺陷。"

毛泽东说:"西安怎么样?"

王稼祥说:"西安嘛,我认为西安的位置偏西,已不具中心特点。"

"那开封与洛阳有考虑的价值吗？"

"黄河沿岸的洛阳、开封等古都，因为中原经济相对落后，短期无法改变，加之黄河水患，所以失去了作为京都的地位。"

"你的意思是北平最合适？"

王稼祥说："我个人认为还是北平最为合适。北平不仅地理位置好，而且从战略上看，能扼守联结东北与关内的咽喉地带。同时，北平背靠苏联和外蒙，短期内无战争之忧，虽然离海近，但渤海是中国内海，有辽东、山东两个半岛拱卫，战略上十分安全，一旦国际上有事，不致京师震动。此外，北平是明清两代五百年帝都，从人民群众的心理上也乐意接受。考虑到这些有利条件，我觉得，定都北平比较理想。"

毛泽东起身走到地图前，眼睛望向地图上的北平。王稼祥跟了过去，又解释了一番。从神情上看，毛泽东似乎对定都北平有了更多的想法。

会议结束前一天的晚上，五大书记在小伙房就将中央机关迁往北平的事宜进行了讨论。周恩来说："关于我们到北平的事情，已经在紧锣密鼓地进行，转移委员会由杨尚昆和曾三同志负责，总负责人是弼时同志，统一处理撤出西柏坡和迁移过程中的有关事宜。派往北平的先遣组织则统一由李克农负责。照计划，我们可以在三月底以前搬到北平。"

任弼时说："到北平后，我和恩来商量，我们中央机关先不要进北平城，暂时先在香山办公。这是出于两方面考虑：第一是确保安全。时下，北平和平解放，反动势力还没有一下肃清，并且，青岛尚未解放，敌机很有可能随时来北平轰炸。第二是房屋困难。北平解放不久，傅作义的军事机关尚未完全撤出，房屋十分困难，环境也十分复杂。据李克农他们报告，香山有三千多间房子，作为中共中央机关驻地较为合适。"

朱德笑着说："你们想得很周到，在延安的时候我们有宝塔山，在西柏坡有太行山，到了北平我们在香山脚下，我看很好嘛。"

刘少奇说："北平的交通、通信都比较发达，我们到了北平可以更有效地指挥即将到来的渡江作战。"

毛泽东说:"到北平去,并不是我们的权宜之计,我看可以把我们新中国的首都定在那里嘛!蒋介石的国都在南京,他的基础是江浙资本家。我们要把国都建在北平,而且也要在北平找到我们的基础,这就是工人阶级和广大的劳动群众。当然,这只是我毛泽东的提法,是否定都在北平,需要在政治协商会议上讨论。"

第二日上午是大会的最后一次讨论会。毛泽东作了总结发言,之后他指着上方的挂像说:"我们中国共产党人不应当和马恩列斯并列,如果并列起来一提,就似乎我们自己有了一切,似乎主人就是我,而请马恩列斯来做陪客。我们请他们来不是做陪客的,而是做先生的,我们做学生。"众人对毛泽东的话有些惊讶。毛泽东喝了两口水继续说,"对科学的东西不能调皮,不能比国家的大小,不能因为保加利亚小,苏联也只有两万万人口,而我们国家大,一下就搞了四万万多人口,就应该占先。在这里,数量不等于质量。如果硬要比较,那么马克思的祖国,那里今天还没有革命,那又应当怎么看呢?"

说到这,毛泽东掏出一根烟卷点燃。众人交头接耳,议论纷纷。毛泽东扫视了大家一眼,说:"中国革命的思想、路线、政策等都是对马恩列斯理论的实践,如果再搞一个主义,那么世界上就有了好几个主义,这对革命不利。我们还是作为马克思列宁主义的分店好。"

董必武说:"主席,关于将来我们新中国政府人员的组成你有什么想法?"

毛泽东说:"关于这个问题,我们也一直在考虑,不过现在还不能定下来,这需要与民主人士商量整个配备。但有两个人要说明一下,那就是我毛泽东和周恩来是否加入的问题。我认为,恩来一定要加入,其职务是内阁总理;至于我,我看还是不参加的为好。我不参加有好处,可以有时间想问题;但不参加有缺点,内阁上面要设主席团、总主席。请同志们看是否妥当。少奇与弼时我认为也暂时不加入的为好,因为我们都是党的干部，不要全加入进去，全加入是不行的……"

最后，毛泽东又说："夺取全国胜利，这只是万里长征走完了第一步。如果这一步也值得骄傲，那是比较渺小的，更值得骄傲的还在后头。在过了几十年之后，来看中国人民民主革命的胜利，就会使人们感觉那好像只是一出长剧的一个短小的序幕。剧是必须从序幕开始的，但序幕还不是高潮。中国的革命是伟大的，但革命以后的路程更长，工作更伟大、更艰苦。这一点现在就必须向党内讲明白，务必使同志们继续地保持谦虚、谨慎、不骄、不躁的作风，务必使同志们继续地保持艰苦奋斗的作风。"

话毕，全场报以热烈的掌声。毛泽东摁灭烟头，说："我们的会开到这里就算告一个段落了，最后，我再强调几个纪律问题：第一，禁止给党的领导者祝寿；第二，禁止请客送礼；第三，少敬酒；第四，开会要多争论、少拍巴掌；第五，禁止用党的领导者的名字作地名、街名和企业的名字；第六，保持艰苦奋斗作风，不要把中国同志和马恩列斯并列，制止歌功颂德现象。"

65

春光明媚，毛泽东与周恩来向柏坡岭盘旋而上。岭上的树木都已经抽芽，一派养眼的新绿之色。

毛泽东站在岭上，望着滔滔的滹沱河，说："我们从延安撤出来是三月，从陕北过黄河也是三月，现在要到北平去，还是三月。我看到明年的三月份，全国就可以解放喽。"

周恩来说："是呀，三月是春天的开始，我们是一路迎着春光从延安到陕北，从陕北到河北，又从河北到北平的。"

毛泽东感慨地说："恩来呀，从井冈山到延安再到西柏坡，我们党历经了三个农村指挥所。如果有人问起我们怎么评价在西柏坡的日子，我们该怎么告诉他呢？"

周恩来沉吟了片刻，说："西柏坡是解放战争后期，我们党进入北平、解放全中国的最后一个农村指挥所。指挥三大战役在此，召开党的七届二中全会在此，表明党中央在此完成了农村包围城市、逐步走向城市的战略转移，开辟了以城市为中心、领导全中国的新纪元。"

毛泽东认可周恩来的评价，点头说："好，总结得好呀！"

两人从柏坡岭上下来，走进中央机关大院，只见各个科室单位都在忙碌着打包封装文件等物。毛泽东回到居所，看了一会儿文件后，便要陈开尧等人前来收拾相关物品。收拾妥当，毛泽东又要陈开尧把房东阎凤山找来。黄昏时分，阎凤山走进了毛泽东房间，两人交谈了一会儿后，阎凤山跟着毛泽东从后院来到前院。陈开尧则抱着一架收音机跟着出来。

毛泽东四下看了看，说："凤山兄弟，你好好看看，缺了什么东西没有，或者是损坏了什么，都要告诉我。"

阎凤山急忙说："我家里可没有啥贵重东西，也没丢没坏，主席您就放心吧！"

毛泽东说："哎，还是要仔细看看的好。"

阎凤山说："这些个小事，不用主席操心，有什么事我会跟他们管这个事的人说的。"

毛泽东说："我们住在西柏坡，给乡亲们添了许多麻烦。这不是客气话，确实如此。就说你这个家吧，让我借占了，一住十个月，不仅不交房费，丝毫报偿没有，倒让你一家养不了猪、养不了鸡，尤其是造不了肥。我听村里人说了这么一句话：种地不上粪，那是瞎胡混！我让你们家，恐怕还有许多家，就这么瞎胡混了一年，那要少打多少粮食啊！我已经告诉了小陈，他会把赔偿的钱给你们送过去。"

阎凤山感动地说："这院子本来是个破院子，让日本人毁了，本来也没想着在这里干个啥，你们来了都给修好了，我们应该感谢主席才是，还说啥赔不赔的。"

毛泽东说："损坏了就要赔，在井冈山、在延安我们都是这么做的。"

"主席，您可别说啥赔不赔的，您再说，就见外了，俗话说，远亲还不如近邻嘛！"

毛泽东感慨地说："西柏坡的乡亲们真好呀！既然乡亲不要我毛泽东赔偿，那我就不再说赔偿了。可我不能忘记，这个情还是要欠着的！"

阎凤山说："情也不要欠。主席住在我们这里，还不是为咱全国的老百姓办事情。我们少沤几圈肥是心甘情愿的，能跟毛主席你们在一个村子里过这么些天，是我们上辈子修来的福分哪！"

毛泽东掏出一根烟递给阎凤山，阎凤山则从背后拽出了烟锅子，说："我抽这个。"

阎凤山划着火柴给毛泽东点上，毛泽东深深地吸了一口说："你们西柏坡这一带的老乡们，在抗日战争和解放战争中做出的贡献，我们是绝不会忘记的！"

"毛主席对我们的恩情我们也是一辈子不会忘的。"

毛泽东握住阎凤山的手，说："凤山兄弟，你要保重。你的三叔——阎三齐老哥为革命受伤，他是我们的优抚对象，你放心，我们一定会照顾好他的。"

阎凤山感动地说："不用照顾，三叔他有儿有女，都还年轻呢！"

毛泽东说："我们走了以后，家里有什么困难或什么事情，要给我写信。我们在北平的通信地址是……"转身又对陈开尧说，"哎，小陈，我们的通信地址你说说。"

陈开尧说："是北平3028信箱。"

毛泽东说："你写到纸上，留给乡亲们。"

陈开尧答应着。阎凤山说："不用了，我们不会有啥事儿，不会麻烦主席。"

毛泽东说："这不是麻烦，有困难就写信。刚才你不是说了嘛，远亲不如近邻，我们是邻居嘛。"

"主席以后要是得空了，常回来看看。"

"是要回来的。等你们农闲的时候，也要到北平上我家住几天，我带你们去到处转一转。"

"我们这庄稼人，一辈子能去一趟北平，那是人人都盼望的。等我有空了，一定去看望主席。"

毛泽东说："临走了，我也没什么送给你们的。"说着接过陈开尧手里的收音机递给阎凤山，"这架收音机我就当作咱们分别的礼物，送给你，请你收下。"

阎凤山急忙摆手说："主席，使不得，使不得，这么金贵的东西我咋能收呢？"

毛泽东说:"收下,要收下。有了这个收音机,村民们就能知道我的消息,就能知道党中央的消息,更重要的是能了解党的政策。这架收音机能帮助你宣传党的政策呢。"

阎凤山说:"哎呀,要这么说,那我收下。请主席放心,我一定要把党的政策宣传好。"

阎凤山接过收音机,激动地双手摩挲着。

这日晚间,毛泽东早早地睡了,第二天九点多,他便出现在了院门口。此时,周恩来与朱德等人都不约而同地来到了机要室前的空地上。周恩来看到毛泽东神采奕奕,高兴地说:"主席,今天起得好早呀,精神也好得很呀。"

毛泽东笑着说:"今天是进京赶考嘛。进京赶考去,精神不好怎么行呀?"

朱德、任弼时、刘少奇三人也走了过来。朱德打趣地说:"你们这两个夜猫子,今天也早起了?"

毛泽东说:"是呀,不早点起,总不能让人家车队等我等到下午嘛。"

任弼时说:"你们刚才说什么赶考,我们去哪里赶考呀?"

周恩来说:"过去的秀才、举人不都是要到京城赶考嘛,主席说我们这次到北平去,那就是秀才到京城去赶考。"

刘少奇说:"赶考这个比喻好,这说明我们的革命还没有完成,还需要人民的检验。"

周恩来说:"是呀,我们应当都能考试及格,不要退回来哟。"

毛泽东说:"退回去就失败了。我们决不当李自成,我们都要考个好成绩。"

五大书记望着柏坡岭上苍翠的青松,都是精神焕发、踌躇满志。

66

中央机关大院外停着十几辆吉普车,几十名警卫战士笔挺地站在大院门口。毛泽东等五大书记谈笑风生地从大院内走出,朱德摸着土坯垒就的院墙,一副依依不舍的神情。毛泽东拍了拍朱德肩膀说:"朱老总,是不是别有一番滋味在心头呀?"

朱德感慨地说:"是呀,离开延安的时候我们有些着急忙慌,什么也顾不上想。这次不同,没有炮火,没有追兵,可是这心里呀却不是个滋味儿。"

毛泽东说:"是呀,多情自古伤离别嘛!西柏坡留在我们记忆中的是一个接一个的胜利,可以说是我们共产党人的福地,要离开了,很难过呀。"

刘少奇说:"这个小山村给我们留下了太多美好的回忆,以后我们翻看党史,在西柏坡发生的几百个日日夜夜,将会是最激动人心的一笔。"

任弼时说:"在井冈山,我们播下了燎原的火种;在延安,我们的火种历经风火的洗礼并且越来越明亮;在西柏坡,我们是高举着解放全中国的火炬挺进北平。"

毛泽东说:"好嘛,大胡子,你这几句话很有气势呀!我们这火是越烧越大喽!"

周恩来说:"新中国的历史会给西柏坡留下浓墨重彩的一笔,我看等我们的条件好了,可以在这里建一座纪念馆,让子孙后代都来看看,在这个小山村里,中国共产党是如何实现解放全中国的。"

毛泽东说:"好呀,这就是让历史去告诉未来嘛!"

说着,五大书记分别坐进吉普车。

一辆辆装满大木箱的卡车驶过后,十几辆吉普车也缓慢地来到村口。西柏坡以及四邻五村的乡亲们都已经等在这里。阎凤山认得毛泽东乘坐的车,眼见车开过来,大喊:"毛主席的车来啦!"

村民们躁动起来,翘首张望。只见吉普车缓缓地驶到村口停下,毛泽东等五大书记从车上下来。众村民激动地纷纷喊起来:"毛主席,毛主席,朱老总、周副主席、刘副主席、任书记……"

毛泽东等人走到人群中,与众村民握手告别。毛泽东握住阎大头的手说:"我毛泽东也是西柏坡人哩,乡亲们,可不要忘了我这个姓毛的老乡呀!我在北平等着乡亲们去做客,你们可一定要去!"

阎凤山将一个装满鸡蛋的篮子递到毛泽东面前,说:"毛主席,这是煮鸡蛋,你们拿上,路上吃。"

毛泽东说:"你们留着吃吧,我们在路上有吃的。"

阎凤山说:"主席,您就收下吧,这是我家的一点心意。"

毛泽东说:"好,那我就收下了,谢谢你呀。"陈开尧听着忙上前接过篮子。

主投沟村的凤妮儿这时也挤到了毛泽东身前,激动地说:"首长,首长。"

毛泽东认出了凤妮儿,笑着说:"是小凤妮儿呀,你大老远的也赶来啦!"

凤妮儿兴奋地说:"首长,您就是毛主席呀?您就是毛主席呀?!"

毛泽东说:"是的,我是毛泽东。"

毛泽东上前与凤妮儿握手。凤妮儿有些不知所措,含着泪说:"毛主席,我……我还一直以为您是晋察冀日报社的首长呢。"

毛泽东笑着说:"是谁都不要紧,是谁都是为人民服务嘛。"

凤妮儿摇着毛泽东的手说:"毛主席,您可要多保重身体呀!"

毛泽东说:"谢谢你的关心,小凤妮儿,你也要注意身体呀,既要搞好生产,又要照顾好你老父亲,你的任务不轻松哪!"

这边毛泽东与凤妮儿说着话,那边李大脚在陈开尧面前抽噎着。李大脚说:"喜子,你可记得回来看干娘呀。"

陈开尧说:"干娘,你放心,我一定回来看你。"

"干娘以前太自私了,你可别……"

"干娘,都是过去的事儿了,你就别说了,我知道,你是个好人。"

李大脚抹了一把眼泪说:"你放心,清明的时候我会去给二丫烧纸的。"

陈开尧的眼睛也湿润了,说:"那就麻烦干娘了。"

五大书记各自与自己的房东告别之后钻进吉普车,又打开车窗不住地向乡亲们挥手。

毛泽东深情地向乡亲们挥手告别:"再见,再见,谢谢你们呀!"

周恩来将头探出车窗,挥着手说:"老乡们再见,祝你们的日子越过越好。"

朱德隔着车窗行着军礼向乡亲们告别:"老乡们,我们会回来看你们的,你们都回去吧,回去吧。"

刘少奇与王光美一左一右坐在车窗旁向乡亲们挥手告别:"乡亲们,再见。"

任弼时摘下眼镜挥手告别:"老乡们,再见啦!"

车队缓缓地驶出了村口,开上公路,直到远得已看不见了,乡亲们还在不停地挥手。

到了保定市郊,车子停下,毛泽东从车上走下,做着扩胸运动。陈开尧端了一脸盆水过来,放到一块大石头上,说:"主席,洗洗脸吧。"

毛泽东说:"是得洗一洗,灰头土脸的进保定城,有碍观瞻嘛。"

洗脸之后,陈开尧递过毛巾,毛泽东边擦脸边说:"保定是历史文化名城,我当年来保定看望留法预备班的湖南老乡的时候,游览过古莲花池,也在直隶总督府门口看了看。弹指一挥间，那都是三十年前的事情喽。"

陈开尧笑着说："您的那首《沁园春·长沙》，正说的是这个时候吧？"

毛泽东想了想，说："差不多，比这个时候还早两年。"

陈开尧的话让毛泽东回想起往事，轻声地吟诵起来："怅寥廓，问苍茫大地，谁主沉浮？携来百侣曾游，忆往昔峥嵘岁月稠。恰同学少年，风华正茂，书生意气，挥斥方遒……"

晌午时分，车队缓慢地行驶在保定市的街道上，街上的行人纷纷驻足围观。陈开尧担心敌特分子破坏，于是吩咐司机开快点。车速刚快起来，毛泽东说："不要开快了，应该慢点开。你们看这里的人很多，开快车要出事的。万一伤着老百姓，那就不好了。"

车速又缓慢下来，毛泽东摇下车窗，向围观的群众挥手致意。

车子在市委大院门口停下，毛泽东等人从车上下来，冀中区党委的同志上前迎接。书记林铁与毛泽东握手说："主席路上辛苦了，好好休息休息吧。"

毛泽东四下看了看，说："我不累，我的精神很好。你们现在都很忙，许多问题亟待解决，你们是怎么安排的呀？"

林铁正要开口，周恩来抢先说："就让主席先休息一下，你们有什么问题向主席谈，先准备好。休息、吃饭和你要汇报的时间加在一起，不能超过三个小时，因为下午三点半还要出发。"

林铁说："那好，那就请周副主席掌握时间，我们的汇报可长可短。"

午宴十分的简单，二荤二素外加一条鱼。毛泽东指着一盘清蒸鲤鱼问林铁："这鲤鱼是从哪里来的呀？"

林铁回答："是白洋淀的鱼。白洋淀就在保定以东七八十里远的地方，保定吃的鱼，大部分都是从白洋淀来的。现在市场上能买到鱼、买到菜，城里的饭馆也不少了。保定刚解放不久，变化还是不小的。"

毛泽东感慨地说："敌人在这里占领了那么多年，在敌人占领时期，这一带的人民群众可遭了大难呀。解放才几个月，看来已经有了很大的变化，取得了不少的成绩，今后还要抓紧。有了这样的基础，以后就好办了，人民群众的心安定了，工作就好做了。"

听罢冀中区党委的汇报后，车队即刻再次北行，约莫黄昏时分到达了涿州。到了涿州城下，门口执勤的一个高瘦士兵将车队拦下，陈开尧下车与士兵交涉，说："这是首长的汽车，有紧急任务，请你们不要挡车，让我们进去。"

高瘦士兵看了看排成长龙的车队，说："那也不行，没有我们领导的命令，不管你是谁，就是毛主席来了也不行，我们要执行命令！"

陈开尧气愤地说："嘿，口气挺大呀！你知道不，这就是毛主席的车队？"

高瘦士兵一脸严肃地说："我刚才说了，没有我们首长的命令，就是毛主席来了也不能进。"

陈开尧大怒，说："你……这真是毛主席的车，耽误了事儿，你吃不了兜着走！"

高瘦士兵不为所动，说："我只认命令不认人，请你说话客气点。"

陈开尧正要动粗，身后传来毛泽东的声音："小陈，说话要客气嘛。"

陈开尧转身，只见毛泽东走了过来。毛泽东说："人家这位战士做得对，我们又不是去打仗，耽误一点时间不要紧，可以等一等。"

正在这时，涿县县委书记王成俊以及其他县委领导气喘吁吁地跑了过来。王成俊跑到毛泽东身前，惶恐地说："哎呀，主席，我来晚了，对不起，对不起。"

毛泽东说："你不晚，我们也是刚到。"

执勤的高瘦战士眼见县委书记称呼主席，顿时目瞪口呆。王成俊对高瘦士兵喊道："进！进！快让汽车进去。"

说完，毛泽东和陈开尧上车，车子驶进城门洞。车子从高瘦士兵身前驶过时，他连忙立正敬礼，一脸的崇敬之情。

晚饭是在县委招待所吃的,毛泽东等人坐下后,服务员端来了白米饭。毛泽东接过一碗饭,仔细看了看又闻了闻,高兴地说:"嗯,这米又白又香,让人食欲大增呀。"

说着,毛泽东扒拉了两口饭。王成俊解释说:"涿州种植水稻历史悠久,魏晋南北朝时期这里就有种植水稻的,历史上都有记载。"

毛泽东感兴趣地说:"哦,你详细说说。"

王成俊说:"涿州米,柔润清馨,誉满京华,在北平市场列为上品,早在乾隆年间,宫廷就选用涿州'稻地八村'大米为膳米,故有"贡米"之称。在华北地区可与天津小站稻相媲美。"

毛泽东边吃边说:"嗯,这个米配得上这样的称誉,的确是好米。产量怎么样呀?"

王成俊说:"产量不低,从清朝开始这边种水稻就已经学会先育秧、后种稻,不像其他地区直接往田里撒种,因而产量要高一些。"

毛泽东说:"我们住在平山的时候,那边的老乡们种稻就是直接往田里撒种,不育秧。我看你们应该把你们种稻的经验推广到其他地区去,让广大的种稻农民都提高产量嘛。"

王成俊说:"如果上级领导能协调一下,这应该没问题。"

毛泽东笑着说:"这个事情好办,你们选好技术人员就可以了。"

67

叶剑英赶到涿州后,当即向毛泽东等人汇报入城的准备情况,他说:"阅兵由四野负责,准备了三个步兵团,两个炮兵团,一个摩托化团,一个坦克营;城市庆祝及扩大宣传由市政府主持,民主人士临场欢迎……"

毛泽东摆摆手,打断了叶剑英的话,说:"这个欢迎仪式的规模要缩小,声势太大了,动员的人太多了,也太浪费了。阅兵式也要简单,不要搞那么多兵,简简单单就好。"

阅兵仪式敲定之后,周恩来又说:"到北平住下以后,要在西苑机场举行入城式。先检阅部队,然后与各界代表见面,特别是与那些知名党外人士,如张澜、李济深、沈钧儒等见面。这些人过去就和我们合作共事,今天胜利了,他们更高兴了,急于想见到我们。他们也在考虑今后怎么办,成立新政府后,他们能安排什么工作,等等。"

毛泽东说:"我赞成恩来的意见。对做过贡献的民主人士和各民主党派的领导人,应该在政府里安排适当的职务。在蒋介石反动统治下,由于各个时期的情况不同,他们所采取的斗争形式也不同。有时是公开的,有时是秘密的。他们的斗争很坚决,不怕抓,不怕关,不怕杀,在斗争中做出了贡献。那个时候,在蒋介石的血腥统治下,他们能做到那样就很不简单了,对他们的要求,不能和对共产党人的要求一样。"

刘少奇说:"关于党外人士如何安排工作的问题,我们到北平以后,还要召开各种会议征求意见,进行协商。"

毛泽东兴奋地说:"明天我们就要和他们当中的一些人见面了。明天见面,是他们欢迎我们,也是我们欢迎他们,并向他们表示感谢。我们希望他们继续同我们合作,在今后的政府工作和其他工作中,他们能够做出应有的贡献。"

问题商定之后,第二日一早,毛泽东等人便坐上了开往北平的火车专列。汽笛声鸣响,火车缓缓启动。车窗外依稀有亮光一闪而过,车轮行驶在铁轨上的咔嗒声有节奏地响着。

叶剑英与毛泽东面对面地坐在一起,叶剑英说:"我们的部队从前门大街开到东交民巷的时候,更是雄壮、整齐、威严。过去,东交民巷是外国人的租界地,中国人是不能随便进入的。人民解放军开进去了,这就向一切帝国主义表明,中国是中国人民的中国,中国人民从此站起来了,以后再也不会受外国人的欺侮和侵略了。"

毛泽东说:"工厂照常生产,商店照常营业,学生照常上课,和平解放的城市一切都照常,这就好了。要对我们参加军事管制的人员讲清楚,我们不但能解放大城市,我们还要能管理好大城市。我们人民解放军和全体党政干部,学会管理城市工作和学会做经济工作,在当前来说非常重要。"

列车驶出丰台站,北平的城墙依稀可见。叶剑英指着灰砖的城墙对毛泽东说:"主席,前面就可以看到北平的城墙了。"

毛泽东说:"哦,我要看看。"说着,拉开窗帘扭头向窗外望去。江青、李讷等人也向窗外张望。

望着车窗外高耸的北平城墙,毛泽东兴奋地说:"看到了,看到了。我以前也到过北平,到现在整整三十年了,那时,是为了寻求救国救民的真理而奔波。还不错,虽然吃了点苦头,但是后来却遇到了一个好人,那就是李大钊同志。可惜呀,李大钊同志已经为革命献出了宝贵的生命。他是我真正的老师呀!没有他的指点和教导,我今天还不知道在哪里呢!"

检阅部队的仪式是在西苑机场进行的。此时的西苑机场，两侧满是荷枪实弹、头戴钢盔、一身苏式装备的解放军士兵。机场跑道上等待检阅的部队整装待发，或成列站立，或站在气势雄壮的装甲车上，或站在炮筒冲天高耸的榴弹炮旁。

车队驶入机场，车子停下，毛泽东等人下车，迎候的群众代表欢呼起来。毛泽东、朱德、刘少奇、周恩来、任弼时走上前与代表们一一握手。欢迎的代表以沈钧儒、郭沫若、李济深、黄炎培、傅作义等民主人士为首，大家热烈地握手，寒暄问候。

随着一发白色照明弹的腾空升起，阅兵开始。毛泽东登上第一辆吉普车，朱德、刘少奇、周恩来、任弼时等也依次登上了汽车。

受阅部队容装整齐，精神百倍。检阅车所到之处，"毛主席万岁！朱总司令万岁！"的欢呼声排山倒海。一面面战旗迎风飘扬，成排的高射炮、榴弹炮、重炮、摩托化步兵显示出我人民解放军的强大力量。

一九四九年九月二十一日，中国人民政治协商会议第一届全体会议在北平中南海怀仁堂召开。这天一早，以毛泽东为首的六百多名各界代表走向会场。他们每人手执一个贴着近照的证件，交由警卫人员查验后走入会场。

在雄壮的《中国人民解放军进行曲》中，大会执行主席毛泽东、朱德、李济深、沈钧儒、郭沫若走上主席台。台下与会代表纷纷起立鼓掌。毛泽东走到发言席前，向台下代表摆了摆手，掌声停歇。毛泽东大声地说："现在我宣布，中国人民政治协商会议第一届全体会议，开幕！"

热烈的掌声再次响彻会场，会场外礼炮声不断地响起。

十月一日，天安门广场上人山人海，彩旗飘扬，毛泽东等五大书记以及众多的观礼代表走上天安门城楼。广场上欢呼声响彻云霄。毛泽东神情庄严地宣布："中华人民共和国中央人民政府今天成立了！"

毛泽东宣布中华人民共和国成立的声音随着电波，通过设在井陉的差转台传遍了全中国、全世界,当然也传到了西柏坡。

乡亲们围坐在阎三齐家的院子中,阎凤山调试着收音机,随着一阵电波的嚓嚓声之后,毛泽东浑厚有力的声音从收音机内传出:

"中华人民共和国中央人民政府今天成立了!"